元典章が語ること

―元代法令集の諸相―

赤木崇敏／伊藤一馬
高橋文治／谷口高志 著
藤原祐子／山本明志

大阪大学出版会

はじめに

十三世紀の初頭、ユーラシア大陸の中央附近に位置するモンゴリアの地にチンギス・カンと呼ばれる一人の指導者が出現すると、遊牧民たちは彼のもとに組織され、またたく間に強大な軍事勢力に成長した。それからわずか五十年後、彼らの子孫たちは大陸のほぼ全域に及ぶ超広域の大帝国を打ち建てた。その帝国はやがて四つに分裂し、大陸の東側に位置した華北の地には、一二七一年、国号を大元とうたう王朝が誕生した。モンゴルの軍団が華北に侵入して金王朝のみやこ開封を陥れたのは一二三三年のことであったが、彼らが本格的に華北の経営に乗り出したのは、実質的には、忽必烈《クビライ》が西夏・中国方面の経営を兄の蒙哥汗《モンケ・カアン》から委託された一二五〇年代からであり、大元という国家が建国されたのは、その忽必烈《クビライ》が自身の本拠地を今の北京からドロンノールにかけての一帯に置いて後のことであった。

この大元は、その支配の仕組みをわかりやすく説明するなら、拡大を続けようとする軍団組織が基本にあって、その軍団組織の下に、現地の富をより効率的に集めるために、そこに以前からあった政治機構の一部を噛ませたような、そんな収奪中心の、便宜的組織だったように思われる。一二七九年に南宋を完全に接収してしまうと、ヘッド・クォーターを南中国にも複数配置して、大元はさらに拡大を続ける姿勢を示した。各地に置かれたヘッド・クォーターに統率関係はなく、細胞が分裂を続けるように増殖していけば拡大は可能だったはずであり、また現に、第二次の元寇《げんこう》・弘安《こうあん》の役やジャワ遠征等はその意思表示だったが、拡大しすぎればすべてが弛緩してしまうのも理の当然で、十四世紀の中葉、大元は南中国の混乱を収めることができず、結局、軍団組織を撤収し、もとのモンゴリアに引き返してしまったのである。かくして大元は中国方面から姿を消してしまうのだが、本書が扱う『元典章《げんてんしょう》』とは、その大元において、中国全土がモンゴルの支配地域にはいった十四世紀の前半期、現地を管理する中国人スタッフたちが自身の職務にかかわる規程集をまとめようとして編集・出版した、漢語による法令集である。

『大元聖政国朝典章』、通称『元典章』は、ユーラシアの歴史や文化を考える上でおそらく根本的な意味を有する歴史資料である。それは単に有用であるにとどまらず、さまざまな人間群像がいろいろに登場して、読んでいて実に面白いのだが、にもかかわらずこの資料は、これまで、中国史やモンゴル時代史を専門とする研究者の間においてさえ、十分に活用されてきたわけではなかった。それがなぜかといえば、『元典章』には実に多くの不確定要素があって、それら不確定要素がそれぞれに使いにくさを形成しているからであろう。たとえば『元典章』は、いつ、誰によって編纂され、何のために、どこで出版されたか、そんな基礎的で単純なことさえ必ずしも明らかではない。この書物は、さまざまな事件を例示した判例集のような側面ももっていて、そこには異様なほどに生々しく具体的な事例も記述されるのだが、それらの事象が何のために掲げられ、〈事実〉であったか否かさえ時に明らかではないため、結局、奇妙にアンバランスでデフォルメされた細部だけが読者に残され、事態の全体像はきわめて不明瞭なまま放置される。

また『元典章』においては、しばしば、奇異な語彙や文体によって特殊な歴史状況が語られる。奇異な語彙や文体は、一方では読み物としての魅力をも形成しているのだが、他方、時としてそれは過度に例外的であり、言語としての磁場さえ失いかねない。たとえば、『元典章』に未知の語彙があったとして、その語彙の意味を考える際、われわれは普通用例を集め、語源なども考慮しつつ、その意味を帰納する。しかるに、その用例が限られた文献にしかなく、しかも、それぞれの文献が語る〈状況〉がその語彙によって指示される〈状況〉に深く負っていると判断される場合、二つの〈状況〉は独立した変数としては作用せず、結局、どちらの意味も集約できないまま作業を休止せざるを得ない。われわれは普通、一つ一つの〈ことば〉に立脚して〈状況〉を判断しようとするだろうし、また、〈状況〉をたよりに〈ことば〉の方向性や意味を確認しようともするだろう。しかるに、両者がそれぞれに曖昧である場合、眼前にたとえどんなに色鮮やかな部分があったとしても、風景全体は構築できず、色鮮やかに見えていた部分さえ、時に色彩や輪郭を失ってしまうのである。ここでの〈難しさ〉は意味が確定できない〈難しさ〉ではない。確定できるか否かを確定できない〈難しさ〉なのである。

『元典章』の面白さと厄介さは、結局、この点にあるように思う。

『元典章』は、おそらく、元朝期の〈民間〉が〈役所の近辺〉で編集して上梓した、官吏のマニュアルを擬した法令集だったと思われる。元朝とは、すでに述べたように、クビライがユーラシアの東側に一二七一年に打ち立てた国家《ウルス》の漢語名であり、『元典章』は、当然のことながら、その元朝に住んだ中国の人びとが日常的に用いていた漢語によって記述されている。しかるに一方、元朝を支配したモンゴルの人たちは、これも当然のことながら、漢語を母語とはしなかった。政権側が発する命令は漢語文に翻訳されて文書化されるのが通例だったし、また、各法令は特殊な時代状況を反映して時に奇異な制度用語も用いられた。漢語に伝統的な表現法が採用される場合でも、その文脈は古典的なそれと必ずしも同じではなかったし、各官庁はそれら文書類を適当に取捨選択し、都合に合わせて切り貼りもしたから、全体に統一感はなく、前後で矛盾するように見える箇所も多い。『元典章』は、さまざまな矛盾や混乱を内包した資料集なのであり、その矛盾や混乱がそれぞれに〈読みにくさ〉を構成する、厄介な文献といってよい。

しかるに『元典章』は、元刊本を今日に残し、同時代の状況をかなり具体的に伝える、掛け替えのない資料集でもある。モンゴルがユーラシアの各地に打ち建てた帝国のうち、これほど大量の法令を今日に伝え得たのは、大元ウルスの『元典章』だけである。未知の語彙や奇妙な表現が多く見られる原因にしても、モンゴル支配という特殊な現実がそうした表現を生んでいる場合もあれば、翻訳者の言語上の未熟さに由来する場合もあった。政権側の都合や各官庁の事情が反映されている場合もあれば、地域や民族の文化差が反映されている場合もあって、また、単純なダイジェスト・ミスや抄写ミス、板刻ミスに由る場合もあった。『元典章』が包含するさまざまな矛盾や混乱にはそれぞれに来歴があって、その一つ一つが元朝期の時代状況の何らかの反映に他ならなかった。『元典章』がかかえる〈読みにくさ〉とは、要するに〈時代の刻印〉なのであり、その一つ一つが〈時代の真実〉を語ってもいる。それらを解きほぐすことは、ユーラシアの法制史や社会史の様相を一変させることでもあろう。

本書は、大阪大学で行われた『元典章』の研究会、〈胡馬越鳥の会〉の成果を世に問うことを目的に企画された。〈胡馬越鳥の会〉は、『元典章』がかかえる〈読みにくさ〉を克服することを目指したのではなく、むしろ、〈読みにくさ〉を構成する実質が何にあるのかを究明することを目指した。したがって本書も、読んだ結果を提示するより、どちらかといえば読む過程を例示することを優先した。

本書に列せられる十一の各論は、すべて、冒頭に具体案件を提示し、それを発端にして〈読みにくさ〉の実質を解析する形式をとる。また、例示する冒頭案件は『元典章』「刑部 十九」「諸禁」から採るのを原則とした。それは、「諸禁」が「刑部」全体の一種の〈ゴミ箱〉に相当し、〈箱〉としての一定の枠組と、〈ゴミ〉としてのバラエティーを併せもつ、と考えたからである。つまりそのことによって、各論の議論があまりに拡散しすぎず、また、叙述全体があまりに単調に流れないことを企図した（ただし、第一部第一章のみは、議論の都合上、冒頭案件を『元典章』巻頭の「刊記」とした)。

また本書は、全体を、第一部「異形のことばたち」、第二部「政権と仲介者」、第三部「地域と交易」に分け、第一部「異形のことばたち」においては、『元典章』編纂の経緯や文体上の特徴、各文書の形態上の特徴等を論じ、第二部「政権と仲介者」においては、元朝社会の征服王朝的特質のいくつかを論じ、また第三部「地域と交易」においては、モンゴルが入ることによって中国社会が被った衝撃を、主に〈交易〉に特化して論じた。本書は、〈言語〉〈文書〉〈法令〉〈制度〉〈売買〉〈移動〉等の諸要素をすべて、人と人とを〈仲介〉する諸事象の一つと捉え、どのような〈状況〉にどのような〈仲介者〉が介在したか、という観点から諸案件を分析した。その意味では、本書の各論は、『元典章』の「刑部 十九」「諸禁」をめぐって展開された、〈仲介〉を主題とする十一の変奏と見なすことができるかもしれない。

胡馬越鳥の会

二〇一六年八月二十二日

目　次

第二部　政権と仲介者

第一部　異形のことばたち

第一章　律令と典章

――『元典章』はいかに編まれたか――

『元典章』の巻頭に置かれる「中書省の箚付」を発端にし、そこに言及される「律令」や「奉使宣撫」の語を分析することによって、『元典章』がどのように編纂され、また、なぜ「典章」を書名にするに至ったか等の問題を考察する。

《大徳七年中書省箚節文》

大徳七年、中書省箚付節文：准江西奉使宣撫呈、「乞照中統以至今日所定格例、編集成書、頒行天下」。照得、先拠御史台「比及国家定立律令以来、合従　中書省為頭一切随朝衙門、各各編類中統建元至今聖旨条劃、及朝廷已行格例、置簿編写検挙、仍令監察御史、及各道提刑按察司、体究成否、庶官吏有所持循、政令不至廃弛」。已経遍行合属、依上施行去訖。今拠見呈、照験施行。

〔訳〕

《大徳七年中書省箚節文》

大徳七年（一三〇三）に中書省が発した箚付のダイジェスト：

江西の奉使宣撫の上呈文にいう：「中統建元（一二六〇）から今日に至るまでに定められた〈格例〉を編集して書籍にし、天下に頒行することをお願いする」。

また、御史台からは、「国家が〈律令〉を定めるまでは、中書省をトップとするさまざまな中央官庁がそれぞれに分類・編集した中統建元から今日までの〈聖旨〉〈条劃〉、ならびに朝廷がすでに各所に廻した〈格〉〈例〉を、簿籍に整理・選択してファイルし、また、監察御史と各道の提刑按察司に命じてその成否を実地に調査させれば、官吏も依拠すべき基準をもち〈政令〉も廃れない、ということになろう」という意見があって、すでに関係下級官庁にその旨を通達し、上記のように実施させている。

江西の奉使宣撫の上呈についても、以上のように実施せよ。

一　なぜ典章なのか

『大元聖政国朝典章』、通称『元典章』は、なぜ「典章」を書名にもつのだろう。

この書物は、「大元」と呼ばれる王朝の法令を集めて分類し、それを編集・版刻したから「大元聖政国朝」の「典章」と呼ばれる、と一般には考えられている。「大元」とは、チンギス・カンの孫のひとりクビライがユーラシアの東側に打ち建てた国家《ウルス》の漢語での呼び名で、中国史でいう所のすなわち元王朝。その元朝は、一般のイメージとは裏腹に、法令集を何度も改訂しては編集・出版しているのであり、現存する『元典章』にしても、『大元聖政国朝典章』とは別に、それを増補した『大元聖政典章新集至治条例《しちじょうれい》』なる編纂物が付録のかたちで付されているほか、完全な形では現存しないが、『至元新格《しげんしんかく》』『大徳律令《だいとくりつりょう》』『大元通制《だいげんつうせい》』『通制条格《つうせいじょうかく》』（現存の『通制条格』は『大元通制』の一部ともいう）『風憲宏綱《ふうけんこうこう》』『至正条格《しせいじょうかく》』等の法令集が次々に編纂されては刊行されたことが、さまざまな記述から明らかになっている。ここで問題なのはもちろん、それらさまざまな法令集と『元典章』との関係であり、『元典章』は何を目的にどのように編纂されたか、なのだが、不思議なことに、『元典章』はそれらさまざまな法令集の中で唯一今日に完本を残し得た書物なのに、これに言及する同時代の関連資料を一切もたない(1)。上記『至元新格』『大徳律令』『大元通制』『風憲宏綱』『至正条格』等の法令集は、本文は残っていなくても、『元史』といった正史や同時代資料に言及があるからこそそれらの書物が編纂されたことがわかるし、『至元新格』『大元通制』等に至っては官撰の立派な「序文」まで残されている。

筆者がいだく疑問とは他でもない、法令とは古くは〈律〉とか〈令〉と呼ばれ、元朝期には〈条劃《じょうかく》〉とか〈格〉〈例〉〈綱〉と呼ばれたのだから、『至元新格』や『大徳律令』『大元通制』『風憲宏綱』『至正条格』等が〈律〉〈令〉〈条〉〈格〉〈例〉〈綱〉を書名にもつのは得心がいくとして、では何故『大元聖政国朝典章』はそれら〈律〉〈令〉〈条〉〈格〉〈例〉〈綱〉を書名にもたず、「典章」などという大仰な名前をもつのだろう。「典章」とは一条ごとの法令を指すよりは、「六典」とか「経典」、ないし「典章文物」という言葉があるように、国家の定めた制度や法体系全般を指す、どちらかといえば「典籍」というに近いタームだったからである。「典」とは「皇朝経世大典」という場合のそれが字義に忠実な用法なのであって、『大元聖政国朝典章』という書名をあえて訳すとすれば、「聖人が主宰する大元という王朝の経典」というのがその字義に最も近いかもしれない。

（1）『永楽大典』には「大徳典章」と呼ばれる「典章」からの引用が二箇所あり、この「大徳典章」が時に『元典章』と関連づけて論じられることがある。だが、『永楽大典』が明代の資料であることはいうまでもなく、また、「大徳典章」に出るとされる数条は現存の『元典章』にはない。この「大徳典章」がいかなる文献かは無論不明であるが、「大徳」という元号に着目するなら、あるいは、「大徳律令」の残簡をいうかもしれない。「大徳律令」について、本章第三節「律令と格例」参照。

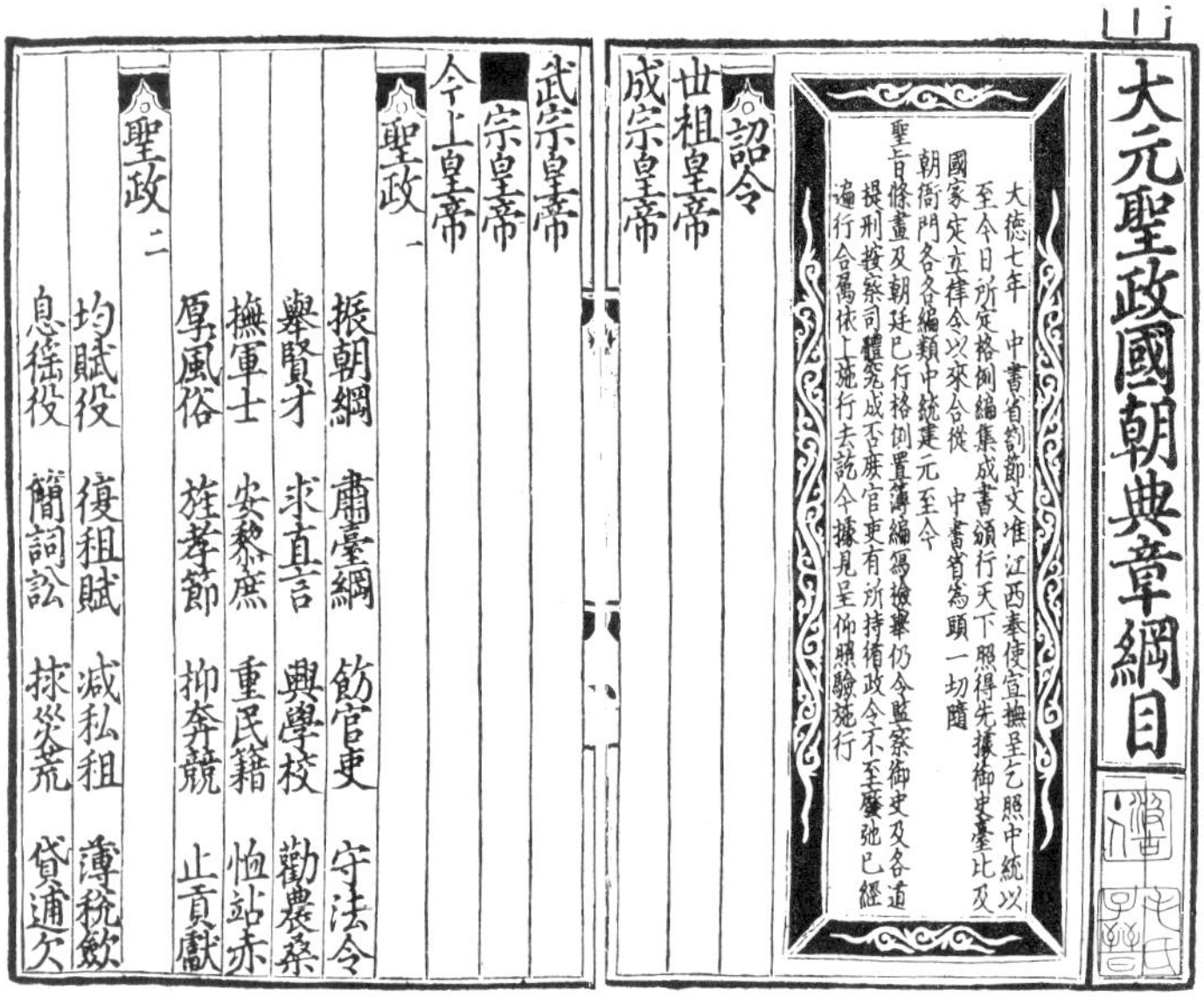
大元聖政國朝典章綱目

大德七年　中書省劄節文准江西奉使宣撫呈乞照中統以
至今日所定格例編集成書頒行天下照得先據御史臺比及
國家定立律令以來合從　中書省爲頭一切隨
朝衙門各各編類中統建元至今
聖旨條畫及朝廷已行格例置簿編寫檢舉仍令監察御史及各道
提刑按察司體究成否庶官吏有所持循政令不至廢弛已經
遍行合屬依上施行去訖今據見呈仰照驗施行

詔令
世祖皇帝
成宗皇帝
武宗皇帝
宗皇帝
今上皇帝

聖政一
振朝綱　肅臺綱　飭官吏　守法令
舉賢才　求直言　興學校　勸農桑
撫軍士　安黎庶　重民籍　恤站赤
厚風俗　旌孝節　抑奔競　止貢獻

聖政二
均賦役　復租賦　減私租　薄稅斂
息徭役　簡詞訟　捄災荒　貸逋欠

図１　『大元聖政国朝典章』第一葉

版心の右、額内に掲げられるのが《大德七年中書省劄節文》

現存する『大元聖政国朝典章』には序文がないから、この書物の出版にかかわる事情は詳しくはわからない。が、現存の元刊本巻頭「綱目」には簡単な「刊記」のようなものがあって、それが本章の冒頭に示した《大徳七年中書省劄節文《さつせつぶん》》である。この刊記は興味深いさまざまな内容を含むのだが、ここでは、とりあえずは書名にかかわる情報だけを拾い上げてみよう。

右の原文にいう「比及～以来」はこの時代の法律文書にしばしば現れる一種のイディオムで、(2)「～までは」の意。また、「合従」は「させるべきである」「まかせるべきである」の意で、右の一文の場合は後文にある「庶」と呼応して「…にさせておけば、…がほぼ実現するであろう」という仮定と結果を構成する。したがって右の一文は、「比及国家定立律令以来、合従…」から「庶官吏有所持循、政令不至廃弛」までが御史台の意見書の中身であり、「国家が〈律令〉を定めるまでの間、中書省をトップとするさまざまな中央官庁がそれぞれに分類・編集した中統建元から今日までの〈聖旨〉〈条劃〉、ならびに朝廷がすでに各所に廻した〈格〉〈例〉を、簿籍に整理・選択してファイルし、また、監察御史と各道の提刑按察司に命じてその成否を実地に調査させれば、官吏も依拠すべき基準をもち〈政令〉も廃れない」の意だということになる。つまり『元典章』とは、奉使宣撫や御史台の意見にしたがって、〈律令〉が発行されるまでの間に合わせとして作られた、各官庁が常備して参照すべき〈聖旨〉〈条劃〉〈格〉〈例〉のファイルということになる。とすれば『元典章』は、至治二年（一三二二）に時のカアン英宗シデバラの勅命によって版刻されたという『大元通制』とほぼ同様の目的で編集されたことになるだろう。

蘇天爵《そてんしゃく》編『国朝文類《こくちょうぶんるい》』巻三十六が収める孛朮魯《ボジュル》翀《ちゅう》撰「大元通制序」は、『大元通制』について次のようにいう。

　仁宗皇帝が登極された当初、中書省が奏上して許可を得、当時でいえば中書右丞相の杭、平章政事で商議中書であった劉正といった長老や練達の士を選び、我が国家草創以来の〈政制〉〈法程〉で清書して〈令〉とすべきものを分類編集し、それぞれの担当者に示しておくことになった。収集する要点は三つあって、〈制詔〉と〈条格〉と〈断例〉である。また、〈格〉と〈例〉を整理分類して配置していく際に、前線や出征地等のために急務を要するポイント以外のものを網羅的に集め編集し、「別類」とした。延祐三年の夏五月に書物は完成し、枢密院、御史台、翰林国史院、集賢院の臣下たちに仁宗はそれぞれ検討是正するよう勅命を降された。以来、

（2）『元典章』「兵部 一」「軍糧」「整点急近鋪舎」では「比及～以裏」ともいう。たとえば「兵部一」「病故」「已死軍無弟男…」が「若有同戸弟姪兒男、比及成丁以来、権支老小口糧四斗、已後成丁、収係応役（戸籍を同じくする弟姪兒男がいる場合は、その弟姪兒男が成人するまでは、家族分の食料四斗を取りあえず支給し、成人して後に、戸籍に登録し、応役させる）」と述べるように、「比及～以来、権～（～までは、取りあえず～とする）」が頻出する表現パターン。

およそ八年の歳月を経たが、その作業はいまだ果たされていない。(3)

ここにいう〈制詔《せいしょう》〉〈条格〉〈断例〉とは具体的には何を指したのであろう。そのことを考えるには、呉澄《ごちょう》の「大元通制条例綱目後序」（呉澄『呉文忠集』巻十九「大元通制条例綱目後序」）という一文が参考となろう。呉澄の「大元通制条例綱目後序」は、至治二年冬十一月に英宗シデバラが『大元通制』の上梓を命ずる以前にすでに独力で法令集を編集しようとした張紹《ちょうしょう》の『大元通制条例綱目』に、後年、呉澄が付した跋文である。

十二篇の律令(4)として残るものは周代の遺法であり、秦以来、官府が遵守し法律家が受け継いできたものを、各王朝が少しずつ改めて継承したものである。唐代の〈律令〉は前代のそれより精密で、五代後周の〈律令〉は最も完備していたが、それらは古律の正文に依拠してそれを増補・削除し、〈勅〉や〈令〉や〈格式〉を加えたものであった。〈勅〉とは時の君主の処断、〈令〉とは官府が発行したもの、〈格式〉とは各王朝が時宜に応じて設置したものであり、それぞれを参照して、しかるべき判断を下したのである。

宋の建隆の間に、官僚たちに命じて法令を検討させ、「詳定刑統《しょうていけいとう》」を作って「五代後周の顕徳律令は用いてはならない」とした。ここにいう「用いてはならない」とは「後周の顕徳年間に編纂したそれを発行しない」の意であり、「歴代の古律を用いない」の意ではなかった。皇元の世祖クビライ皇帝も天下を統一し、宋初に周律を発行してはならないとしたのと同様、金朝の太和律《たいわりつ》（＝泰和律）を用いてはならないという命令を降した。かくして、以来、古律はすべて廃止されることになった。朝廷に仕える大官が懇切丁寧に意見を申し述べたが、お上が御心をお変えになることはなかった。おそらく、時宜に従って政治を行うことが古律の復活に通じるとお考えになったのだ。

仁宗皇帝は、創業の偉大な事跡を受け継ぎ、各カアンの御代の〈条劃〉〈体例〉を纏めて一書とするよう廷臣たちに命じた。そのポイントは三つあって、〈制詔〉と〈条格〉と〈断例〉であった。延祐三年の夏に書物は完成した。英宗皇帝はその成果を継承して、枢密院、御史台、文臣たちにあらためて協議検討を命じ、「大元通制」という名前を付けて天下に降された。古律は廃されて用いられなかったが、この書物が皇元一代の新律となったのである。この書物を古律と合わせてみると、その文言は異なっているが、内容は多く一致する。古律は、表面上は使われず名目も廃止されているが、実質は残り利用されているのである。それは何故か。〈制詔〉〈条格〉というのは、昔の〈勅令〉〈格式〉である。〈断例〉の篇目は〈衛禁〉〈職制〉〈戸婚〉〈廐庫〉〈擅興〉〈賊盗〉〈闘訟〉〈詐偽〉〈雑律〉〈捕亡〉〈断獄〉といい、古律の篇題の順序にしたがい、その必ず遵守すべきものが編集されている。(5) 古律に違反したくても、できはしないのである。「表面上は使われず名目も廃止されているように見えるのだが、暗に流用され、実質は残っている」といわざるを得まい。……

わが郡の張紹は儒術に染まり法令に習熟した法律家である。彼は『大元通制』がまだ完成する以前から〈詔条〉や中書省が定めて世に行き渡っている〈体例〉を編集し、中書六部の管轄にしたがって分類し、「大元条例綱目」という題を付けた。一つ一つ細かく拾い、遍く集めて、今日に至るまで四十年になろうとする。その努

(3) 原文は以下の通りである。「仁廟皇帝御極之初、中書奏允、択耆旧之賢、明練之士、時則若中書右丞相杭、平章政事商議中書劉正等、由開創以来政制法程可著為令者、類集折衷、以示所司。其宏綱有三、曰制詔、曰條格、曰断例。経緯乎格例之間、非外遠職守所急、亦彙輯之、名曰別類。延祐三年夏五月書成、勅枢密御史翰林国史集賢之臣、相与正是。凡経八年、事未克果」。

(4) 『旧唐書』巻五十「刑法志」は唐律五百条が〈名例〉〈衛禁〉〈職制〉〈戸婚〉〈廐庫〉〈擅興〉〈賊盗〉〈闘訟〉〈詐偽〉〈雑律〉〈捕亡〉〈断獄〉の十二篇目に分類されていたことをいう。

(5) 以上の記述によって、『大元通制』には、唐律の十二篇目の第一〈名例〉に当たる篇目が欠けていたことがわかる。

力と功績はきわめて大きい[6]。……

以上の説明によれば、『大元通制』に収められた〈制詔〉とは歴代の〈勅〉に当たり、皇帝の処断に係るもの、すなわち「皇帝の命令」である。〈条格〉とは、歴代の〈令〉や〈格式〉に当たり、各王朝の官府が時宜に応じて定めた法令、すなわち「政府発行の規定」である。また〈断例〉とは、それら〈制詔〉〈条格〉と併置される法令の種類・性格をいうのではなく、〈断例〉の〈断〉は〈断決〉、〈例〉は〈体例〉の〈例〉であって、役人が事案を処理する際に依拠すべき法令の分類法をいうものと思われる。つまり『大元通制』は、〈制詔〉〈条格〉〈断例〉の三つの部分から成り立っていたのではなく、おそらく、〈制詔〉と〈条格〉が〈断例〉の十二分野に分類されて配列されていたと思われる。右の呉澄「大元通制条例綱目後序」は、その十二分野が『旧唐書《くとうじょ》』巻五十「刑法志」にいう唐律五百条の篇目を襲ったものだったことをいうのである。

ただし、『大元通制』が唐律五百条・全十二巻の分類法をそのまま襲ったものだったかどうかについては、実は多少の疑問がないわけではない。それは何より、現存の『通制条格』の巻名が唐律のそれとは一致せず、むしろ金朝の『泰和律』「二十九章」の章名に似るからである。念のために、「唐律十二篇」の篇名、『大元通制』の現存篇名、『泰和律』「二十九章」章名、『通制条格』の現存巻名を以下に列してみよう。

唐律十二篇名

〈名例〉〈衛禁〉〈職制〉〈戸婚〉〈廐庫〉〈擅興〉〈賊盜〉〈闘訟〉〈詐偽〉〈雑律〉〈捕亡〉〈断獄〉

『大元通制』現存篇名

〈衛禁〉〈職制〉〈戸婚〉〈廐庫〉〈擅興〉〈賊盗〉〈闘訟〉〈詐偽〉〈雑律〉〈捕亡〉〈断獄〉

『泰和律』「二十九章」

〈官品〉〈職員〉〈祠令〉〈戸令〉〈学令〉〈選挙〉〈封爵〉〈封贈〉〈宮衛〉〈軍防〉〈公式〉〈禄令〉〈儀制〉〈衣服〉
〈倉庫〉〈廐牧〉〈田令〉〈賦役〉〈関市〉〈捕亡〉〈賞令〉〈医疾〉〈仮寧〉〈獄官〉〈雑令〉〈釈道〉〈営繕〉〈河防〉
〈服制〉

『通制条格』残存巻名

〈戸令〉〈学令〉〈選挙〉〈軍防〉〈儀制〉〈衣服〉〈録令〉〈倉庫〉〈廐牧〉〈田令〉〈賦役〉〈関市〉〈捕亡〉〈賞令〉

（6）原文は以下の通りである。「律十二篇、蓋其遺法。自秦以来、官府之所遵守、吏師之所授受、而各代頗有釐革者也。李唐増修、視前加密、柴周続纂、比旧尤精。所因拠古律正文、所損所益、或附勅令格式。勅者、時君之所裁処。令者、官府之所流布。格式者、各代之所造設也。与律相参、帰於允当。

宋建隆間、命官重校、号称詳定刑統。而云周顕徳律令後不行。夫不行者、謂不行於周顕徳所纂之本、非謂不行歴代相承古律之文也。皇元世祖皇帝既一天下、亦如宋初之不行周律、有旨金太和律休用。然因此遂并古律倶廃。中朝大官懇懇開陳、而未足以回天聴。聖意蓋欲因時制宜、自我作古也。

仁宗皇帝克縄祖武、爰命廷臣類集累朝條劃体例為一書、其綱有三、一制詔、二條格、三断例。延祐三年夏書成。英宗皇帝善継善述、申命兵府憲台及文臣一同審訂、名其書為大元通制、頒降於天下。古律雖廃不用、而此書為皇元一代之新律矣。以古律合新書、文辞各異、意義多同。其於古律暗用而明不用、名廃而實不廃。何也。

制詔、條格、猶昔之勅令格式也。断例之目、曰衛禁、曰職制、曰戸婚、曰廐庫、曰擅興、曰賊盗、曰闘訟、曰詐偽、曰雑律、曰捕亡、曰断獄。一循古律篇題之次第、而類輯古律之必当従。雖欲違之、而莫能違也。豈非暗用而明不用、名廃而實不廃乎。……

吾郡張紹、漸漬儒術、練習法律、為律吏師。通制未成書之時、編録詔條及省部議擬通行之例、随所掌分隷六部、題曰大元條例綱目、枚莖朗例、采拾該徧、由初逮今垂四十載、功力勤甚……」。

〈医薬〉〈仮寧〉〈雑令〉〈僧道〉〈営繕〉

また、『国朝文類』巻四十二に収められる「経世大典序録」は、『皇朝経世大典』《こうちょうけいせいたいてん》の一部として編纂された「憲典」部分の序を掲載して、[7] この「憲典」が唐律の十二篇目を基礎としながらも、実際には、次に示す二十二篇に分類されたものだったことを述べる。

『経世大典』『憲典』二十二篇目

〈名例〉〈衛禁〉〈職制〉〈祭令〉〈学規〉〈軍律〉〈戸婚〉〈食貨〉〈大悪〉〈姦非〉〈盗賊〉〈詐偽〉〈訴訟〉〈闘殴〉
〈殺傷〉〈禁令〉〈雑犯〉〈捕亡〉〈恤刑〉〈平反〉〈赦宥〉〈獄空〉

さらに近年、韓国慶州の孫氏宗家から元刊本の『至正条格』の断片、約十二巻分が発見され、その影印本が韓国学中央研究院によって刊行されたが、『至正条格』の全体構成をその断片から推測するに、第二十三巻は〈倉庫〉、第二十四巻は〈厩牧〉、第二十五巻・第二十六巻は〈田令〉、第二十七巻は〈賦役〉、第二十八巻は〈関市〉、第二十九巻は〈捕亡〉、第三十巻は〈賞令〉、第三十一巻は〈医薬〉、第三十二巻は〈仮寧〉、第三十三巻・第三十四巻は〈獄官〉とそれぞれ表題が付けられており、第三十三巻・第三十四巻の〈獄官〉を除いて、篇名、ならびにその順次ともに、現存の『通制条格』のそれ、すなわち『泰和律』「二十九章」のそれと一致する。

以上のことを総合するなら、元朝期の法令集の篇次についてはおよそ次のように考えることができる、「元朝期の法令集の編纂については、唐律十二篇と泰和律二十九章名を合成した分類・配列法が採られたが、カテゴリーがより細分化された泰和律二十九章名の方が実際の運用には便利なので、篇名より章名を採用することの方が多かった」

と。『大元通制』の篇目が、呉澄の説明によれば唐律十二篇目にしたがい、一方、現存の『通制条格』が『泰和律』「二十九章」の章名にしたがうのは、厳密にいえば両書が同一の書物ではなかったことを物語っていようが、上記のように考えれば、泰和律二十九章名で篇次されていた『大元通制』を、呉澄がより理念的に、唐律十二篇目に依拠して説明し直したもの、とみなすことも不可能ではないように思われる。現存の『通制条格』が『大元通制』の一部であるか否か、その結論は結局保留せざるを得ないが、ただ、『大元通制』が〈制詔〉と〈条格〉の二つの部分からなり、その〈条格〉部分が現存の『通制条格』と同様、唐律十二篇目ないし泰和律二十九章名を襲った分類・配列になっていたことは、おそらく動くまい。

では、これに対し、現存の『元典章』はどのような構成を採るのだろう。『元典章』はまず、「典章一〈詔令〉」として世祖クビライから仁宗アユルバルワダに至る歴代の聖旨が列せられ、次に「典章二・三〈聖政〉」として歴代の〈制文〉が、次に「典章四〈朝綱〉」として中書省の職務規程、「典章五・六〈台綱〉」として御史台の職務規程が配された後、「典章七」から「典章六十」までは、中書六部の部屋割りにしたがった分類が〈吏部〉〈戸部〉〈礼部〉〈兵部〉〈刑部〉〈工部〉の順に配列され、それら中書六部に擬された大分類の枝類には、たとえば〈吏部〉には「官制」「職制」「吏制」「公規」が、〈戸部〉には「禄廩」「分例」「戸計」「婚姻」「田宅」「鈔法」「倉庫」「銭糧」「課程」「農桑」「租税」「差発」「賦役」「科役」「銭債」が、〈礼部〉には「礼制」「学校」「釈道」「礼雑」が配されるなど、唐律十二篇目ないし泰和律二十九章名に似た篇目が採用されている。末端にある一つ一つの篇名は唐律十二篇目ないし泰和律二十九章名に似なくはないが、それら篇名を統括する大分類には中書六部の部屋割りがあり、各篇名の下にもさらに項目があって、世祖から仁宗にいたる歴代の〈条劃〉〈格例〉

（7）『皇朝経世大典』は「帝号」「帝訓」「帝制」「帝系」「治典」「賦典」「礼典」「政典」「憲典」「工典」の十篇から構成されたという。

が、各項目内においてはほぼ時代順に配列されている、というのが『元典章』の巻七以下といえようか。これを単純化していえば、『元典章』は、〔制詔〕＋〔朝政〕＋〔台綱〕＋〔六部の部屋割りによる条格〕という配列になっており、〔制詔〕＋〔唐律十二篇目に分類された条格〕という配列を採っていたと思われる『大元通制』や『皇朝経世大典』所収「憲典」と、全体を〔制詔〕と〔それ以外〕に大きく二分類する点で共通点をもつ。ただし『元典章』は、その中核部分といえる〔条格〕部分において中書六部の部屋割り分類を採用するのであって、その点では大きく異なっているともいえるだろう。

このように見るならば『元典章』は、張紹という法律家が私的に編纂したと呉澄が「後序」で説明した『大元通制条例綱目』に最もよく似るかもしれない。本論の冒頭に示した『元典章』の刊記が「中書省をトップとするさまざまな中央官庁がそれぞれに分類・編集した中統建元から今日までの〈聖旨〉〈条劃〉、ならびに朝廷がすでに各所に廻した〈格〉〈例〉」と述べていたから、『元典章』の分類と配列は、あるいは、御史台の上申内容に忠実にしたがった結果だったかもしれないが、より根本的には、おそらく、六部の部屋割りにしたがって配列した方が便利だと感じる張紹のような人たちが一定数いて、それらの人をターゲットに『元典章』は編集されたから、このような構成を採ると思われる。

二　新集の刊記

『元典章』の新集『大元聖政典章新集至治条例』に付された刊記も念のため紹介しておくなら、次のようにいう。

大元聖政典章、自中統建元以来、至延祐四年、所降条劃、板行四方、已有年矣。欽惟
皇朝、政令誕新、朝綱大振、省台院部恪遵成典。今謹自至治新元以迄今日、頒降条劃、及前所未刊新例、類聚
梓行、使官有成規、民無犯法、其於政治、豈小補云。

〔訳〕

『大元聖政典章』は、中統建元（一二六〇）より延祐四年（一三一七）にいたるまでに降された〈条劃〉を版本にして発行し、すでに数年の月日が過ぎた。思えば我が皇朝は、〈政令〉は一新され〈朝綱〉は大いに振るい、中書省・御史台・枢密院・六部は秩序にしたがい仕事を行っている。至治改元（一三二一）より今日までに頒降された〈条劃〉、および以前に刊行されなかった〈新例〉を集めて分類・上梓すれば、官には依拠する法令があり民には犯罪がなくなって、政治の小補となるであろう。

大元聖政典章新集至治條例綱目
大元聖政典章自中統建元至延祐四
年所降條畫板行四方已有年矣欽惟
皇朝政令誕新朝綱大振省臺院部恪遵成
典今謹自至治新元以迄今日頒降
條畫及前所未刊新例類聚梓行使官
有成規民無犯法其於政治豈小補云
國典
詔令
朝綱
中書省　紀綱　政務
御史臺　紀綱　體察　追問　照刷

図２　『元典章新集』第一葉右頁
額内に「刊記」が掲げられる

〈条劃〉の〈劃〉とは「くぎる」を原義とし、〈条劃〉で「箇条書きにされたもの」の意。一方、〈条格〉の〈格〉とは〈格式〉の意であり、呉澄が訓じたように〈令〉と同意。『新唐書』「刑法志」の定義にしたがうなら、「格」は「百官有司の常に行う所の事（すなわち、役人の職務内容）」、「式」は「その常守する所の法（すなわち、役人の勤務規程）」ということになろう。〈条格〉とは「各条に分かれた、役人が職務として行うべき規程」の意である。また、〈例〉とは〈体例〉の意だから、〈格〉〈式〉

〈例〉に実質的な意味の差はなく、したがって、〈条劃〉〈条格〉〈条例〉の三者もほぼ同意と見てよい。

ただし、右の刊記は「至治改元より今日までに頒降された〈条劃〉、および以前に刊行されなかった〈新例〉を集めて分類・上梓する」と謳《うた》い、その書名も『大元聖政典章新集至治条例』と「至治条例」を標榜するのだが、現存する伝世文献を見る限り、至元や大徳といった元号に〈条例〉の語を加えて法令集を編んだ例はなく、「至治条例」なる書物が編纂されたとする記事も、『元典章』の現物を除いて一切残されていない。それに対し『至元新格』[8]や『大元通制』『皇朝経世大典』『至正条格』といった書名は、『元史』等の編纂史料にもしばしば登場するばかりか、『至元新格』や『皇朝経世大典』『大元通制』は、『国朝文類』や当時の文集に「序」まで残される。

では、それら『至元新格』や『大元通制』『皇朝経世大典』『至正条格』が『元史』等の編纂史料になぜしばしば言及されるのか。

その答えは至って単純であって、要するに、時のカアンがそれらの書物の発行を承認したからである。たとえば『至元新格』については、『元史』巻十六「世祖本紀 十三」、至元二十八年（一二九一）五月の条に「何栄祖《かえいそ》、公規・治民・禦盗・理財等十事を以って輯して一書と為す。名づけて至元新格という。命じて刻版・頒行し、百司をして遵守せしむ」という記事があり、蘇天爵の『滋渓文稿《じけいぶんこう》』巻六に、その重刊の折のものではあるが、「至元新格序」なる文章が掲載されている。「至治条例」は一見、それら『至元新格』や『至正条格』と肩を並べる由緒正しい法令集に見えながら、「条例」を書名に用いる法令集はなく、また、『元史』等をみても、至治年間に「至治」の名を冠した法令集が編纂された形跡はない。

さて、ここで問題を整理してみよう。現存する元刊本の『元典章』は、元朝期に編纂された法令集としては異例な、中書六部の部屋割りにしたがった分類法を採用し、序跋類はなく、簡単な刊記が付されるのみである。一方、

『元史』等の記述から官撰だったことが明らかな『至元新格』『大元通制』、『経世大典』の「憲典」部分、『至正条格』等は、唐律十二篇目ないし泰和律二十九章名を基礎とした篇目にしたがって分類されていたのであり、そのことを証す序文等も『国朝文類』等に掲載されている。しかるに、『元史』等の編纂史料に言及もなければ、序文もない、「チンギス・カンの遺訓」を漢訳した法令集でもなければ、来歴も背景もはっきりわからない書物に、『大元聖政国朝典章』、すなわち「聖人が主宰する大元という王朝の経典」という、元朝の国政を代表するような実に大きな表題が付され、新集に至っては、官府で編集された形跡もない「至治条格」に「至治条例」という異例の書名まで冠せられているのである。これらの事実はおそらく、『元典章』が官撰ではなく、しかも一見官撰に見えるよう装う必要のあった書物だったこと、すなわち〈民間〉の書肆《しょし》が官撰を模して版刻した、いわば営利目的の書物だったことを意味するように、筆者には思われる。

　新集が刊記のなかでうたう『大元聖政国朝典章』の出版年は延祐四年（一三一七）。延祐年間は、延祐三年に『大元通制』の一応の編集作業が終わり、また、仁宗が再開した科挙の試験が二年と五年の二度にわたって実施された期間でもあった。そうした時期に、官撰の法令集を編集した際の〈元《もと》資料〉（ないしその一部）を入手した機関があった。その機関は、その原稿に官撰と同様の名前を付けるわけにはいかず、六部建てに編集し直して（ないしは、はじめから六部に分類されていたのかもしれない）、名前も「大元の公認された典籍」という意味を込めて『大元聖政国朝典章』とし、版刻した。現存の『大元聖政国朝典章』は延祐七年の案件まで含むから、初刻本でないことは明らかだが、だとすれば、新集の刊記にいう「至治改元より今日までに頒降された〈条劃〉、および以前に刊行されなかった〈新例〉を集めて分類・上梓する」とは、単に新集の編集をいうのみならず、原刻本の補填も指したと考えざるを得

（8）『至元新格』は時に『至元条格』と記述されることもある。

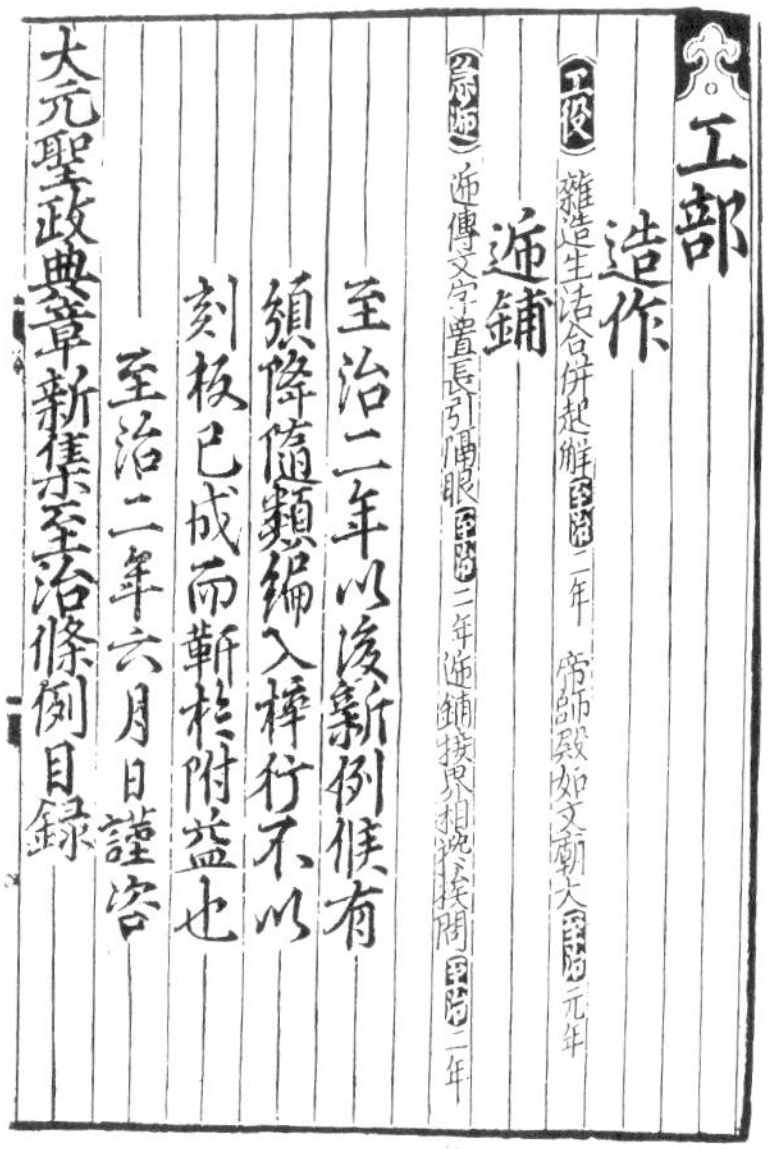
工部
造作
（工役）雜造生活合併起解（至治）二年　帝師殿妝文廟大（至治）元年
站鋪
（站赤）站傳文字置長引隔眼（至治）二年站鋪接界相搀接間（至治）二年
至治二年以後新例候有
須降隨類編入梓行不以
刻板已成而斬於附益也
至治二年六月日謹咨
大元聖政典章新集至治條例目録

図３　『元典章新集』目次の最終葉左頁

書肆の「啓白」が草書風に刻される

まい。現存の『元典章』とは、英宗シデバラが即位し、書肆によって「至治条例」なる書物が捏造された際に、補填を済ませた原刻本とセットにして出版された、至治二年段階の重刊本であろう。新集の「目録」の最後に付された次の刊記は、この書肆の商魂を示して面白い。

至治二年以後新例、候有須降、随類編入梓行、不以刻板已成、而勒於附益也。至治二年六月日、謹咨。

〔訳〕

至治二年（一三二二）以後に出される〈新例〉については、頒降され次第、該当部分に編入して随時出版する。すでに刻板が完了しているものであろうとなかろうと、すべて増補して付刻する。至治二年六月某日、謹んでお知らせする。

「すでに刻板が完了しているものであろうとなかろうと、すべて増補して付刻する」とは、営利を求める書肆の口吻であろう。

三　律令と格例

さて、以上のことを念頭に、『大元聖政国朝典章』「綱目」の冒頭に付された刊記をもう一度見てみよう。「大徳七年」の一句に始まる上記の一文を筆者は「刊記のようなもの」としたが、より正確には、この数行はもちろん刊記ではなく、「中統建元から今日に至るまでの聖旨や格例を収集して分類・整理すること」を中書省が認可した劄付《さつぷ》の一部に他ならない。版本の冒頭に中書省が発給した劄付が置かれるのは、元朝期の刊行物に限っていえばよく見られることで、その版本が官撰であることのある種の証明といってもよいのだが、ただし、官撰の元刊本には名文家による奉勅撰の序文が付され、冒頭に置かれる中書省の劄付も、出版の認可に至る一件書類が省略なく掲載されるのが通例であろう。『元典章』の場合、序文も刊記も付されず、そのうえ、劄付の受領衙門《がもん》がどこで、如何なる手続きを経て板刻にいたったのか、その経緯がきわめて不明瞭な〈節文〉が置かれるのみである。その点から見て本劄付は、序文等を用意しなかった出版元が官撰を偽装するために形式的に置いた、ある種の辻褄合せ・アリバイと考えておそらく差し支えはない。しかもまた、この劄付には「国家が〈律令〉を定めるまでの間、中書省をトップとするさまざまな中央官庁がそれぞれに分類・編集した中統建元から今日までの〈聖旨〉〈条劃〉、ならびに朝廷がすでに各所に廻した〈格〉〈例〉を、簿籍に整理・選択してファイルし」といい、『元典章』という書物が〈奉勅撰〉ではない、中書省の劄付を受けた地方衙門の編集にかかる、〈中書省をトップとするさまざまな中央官庁〉、すなわち〈六部〉を中心にした中央官庁の部屋割りにしたがって分類された法令集だったことが、すでに明瞭に示されているのである。

だがそれにしても、『元典章』の初刻本が延祐年間の編集に係ると思われるのにもかかわらず、この箚付はなぜ大徳七年の日付をもち、また「国家が〈律令〉を定めるまでの間」と述べて〈律令〉と〈聖旨〉〈条劃〉〈格〉〈例〉を区別しなければならなかったのだろう。「中統建元以来の〈聖旨〉〈条劃〉〈格〉〈例〉」と〈律令〉とは一体どこが異なったのだろうか。

〈律令〉の語義からまず考えてみよう。

『新唐書』巻五十六「刑法志」は〈律〉〈令〉〈格〉〈式〉を定義して次のようにいう。

唐の刑書、四有り、〈律〉〈令〉〈格〉〈式〉と曰《い》う。〈令〉とは尊卑貴賤の等数にして、国家の制度なり。〈格〉とは百官有司の常に行する所の事なり。〈式〉とはその常に守る所の法なり。凡そ邦国の政は必ず此の三者に従事す。その違う所あり、及び人の悪を為して罪戻《ざいれい》に入れらるるは、一に断ずるに〈律〉を以てす。〈律〉の書たるは、隋の旧に因りて、十有二篇と為す。一に〈名例〉と曰う、二に〈衛禁〉曰う、三に〈職制〉と曰う、四に〈戸婚〉と曰う、五に〈厩庫〉と曰う、六に〈擅興〉と曰う、七に〈賊盗〉と曰う、八に〈闘訟〉と曰う、九に〈詐偽〉と曰う、十に〈雑律〉と曰う、十一に〈捕亡〉と曰う、十二に〈断獄〉と曰う。

ここにいう〈律〉とは、後文に十二の篇名が列せられていることからして、いわゆる「唐律十二篇」を指すことが明らかである。とすれば、〈律令〉と〈格式〉〈条格〉とは元来同じものであり、語義の上からは区別する必要のないもの、ということになるだろう。にもかかわらず、中書省の箚付が引用する御史台の意見書はこれを区別する。しかも、元朝期の文章が〈律令〉と〈格式〉〈条格〉を区別するのは実は『元典章』にとどまらない。

たとえば『元史』巻二十二「武宗本紀」大徳十一年（一三〇七）十二月乙未の条は、「中書省の臣」の意見書を引いて次のようにいう。

〔中書省の臣〕又た言う、「〈律令〉は治国の急務なり。当《まさ》に時を以て損益すべし。世祖、嘗て旨有りて、金の泰和律は用いること勿《な》からしめ、老臣の法律に通ぜしものに令して、古今を参酌《しんしゃく》し、従新《あらた》に〈制〉を定めしむるも、今に至りて尚お未だ行されず。臣等謂《おも》えらく、〈律令〉は重き事なり、未だ軽がるしく議すべからず。請うらくは、世祖即位してより以来、行する所の条格を、校讐して一に帰し、遵《したが》いてこれを行せしめん」と。制して可とす。

この一文を読む上で注意しなければならないのは、「老臣の法律に通ぜしものに令して、古今を参酌し、従新《あらた》に〈制〉を定めしむるも、今に至りて尚お未だ行されず」が『至元新格』について述べるように一見みえながら、実はそうではない点である。後文に「世祖即位してより以来、行する所の条格を」というから、『至元新格』はその「行する所の条格」に当たる。とすれば、「古今を参酌し、従新《あらた》に〈制〉を定め」ながら、「未だ行される」ことのなかった法令が『至元新格』とは別にあったと考えざるを得まい。その法令は、右の一文の文脈から考えるに、金の泰和律に代わるべきものであり、〈条格〉等を「校讐して一にした」、「新たに制定すべき〈律令〉」の一種だったのである。

世祖クビライが『至元新格』を発行したのは至元二十八年（一二九一）五月。その制定に中心的にかかわったのは御史中丞や按察使としてクビライ時代に永く活躍した何栄祖という人物だったが、『元史』巻二十「成宗本紀 三」大徳四年（一三〇〇）二月の条は、この何栄祖について次のような興味深い記事を掲載する。

二月……壬戌、帝、何栄祖を諭して曰く、「〈律令〉は良法なり。宜しく早くこれを定むべし」と。栄祖、対えて曰く、「臣の択ぶ所のものは三百八十条。一条に該《ほ》ぼ三・四事有り」と。帝、曰く、「古今、宜を異にす。必ずしも相い沿《よ》らざれ。但だ宜を今に取れ」と。

ここにいう〈律令〉とは、『元史』巻百六十八「列伝五十五」「何栄祖伝」に「これより先、栄祖、旨を奉じて大徳律令を定む。書、成りて已に久し。是《ここ》に至りて乃ち請を上に得て、元老大臣に詔して聚まりてこれを聴かしむ。未だ頒行に及ばざるに、適子《ちゃくし》の秘書少監・恵、没し、遂に広平に帰り、卒す」と記述される『大徳律令』を指すと思われるが、だとすれば、至元二十八年（一二九一）に『至元新格』を編集した何栄祖は、それからわずか九年後の大徳四年に、成宗テムルより『大徳律令』の編纂を命じられ、その書物を一応完成させながら、未発行のまま没したことになる（何栄祖の没年は不明）。また、「臣の択ぶ所のものは三百八十条。一条に該《ほ》ぼ三・四事有り」との何栄祖の言葉に対し、成宗テムルは「古今、宜を異にす。必ずしも相い沿《よ》らざれ。但だ宜を今に取れ」と応じており、その点から見て何栄祖が編纂した〈律令〉の元原稿は、三百八十にも及ぶ項目に三、四箇条ずつの法令を列した〈条格集のようなもの〉だったと想像される。その〈条格集のようなもの〉から時宜に適したものを選択し、〈律令〉を早く完成させるよう求めたのが、成宗テムルの「古今、宜を異にす。必ずしも相い沿《よ》らざれ。但だ宜を今に取れ」という言葉だったといえよう。このことから判断するに、『元典章』や『元史』がいう〈律令〉とは、歴代のカアンや有司が発した〈聖旨〉〈格式〉を取捨選択して一本化した、〈万代不易の法令のようなもの〉を指したに相違なく、これを逆からいえば『至元新格』等の〈条格集〉は、カアンの代替わりによって変化し得る、ある言い方をすれば〈その場しのぎ〉の対処療法的法令と認識されていたに違いない。そしてここに、『元典章』を版刻した書肆が「至治条例」の刊行を謳い、『至正条格』等の〈条格集〉が『至元新格』とは別に刊行された理由もあったと思われる。

とすれば、『元典章』「綱目」冒頭に付された刊記がいう「国家が〈律令〉を定めるまでの間…云々」とは、カアンの代替わりによって変化することのない、元一代の〈律令〉が制定されるまでの間、『至元新格』以後に変化したものも含め、役人たちが職務として行うべき規定（すなわち〈格〉〈式〉）を集めたファイルが必要であることを述べるものに他あるまい。そしてまた、『元典章』の冒頭に付された箚付の日付が大徳七年であるのは、何栄祖が成書しながら結局は刊行されないままに終わった「大徳律令」の原稿を再利用したいとする意図が中書省や御史台の人びとにはあったから、かもしれない。何栄祖が編集した「大徳律令」は「唐律十二篇」に依拠した配列をとったはずであり、六部立てになっていたとは思えないが、『元史』巻二十「成宗本紀 三」大徳四年二月の条が記述する何栄祖の言に「臣の択ぶ所のものは三百八十条」といい、現存の『元典章』も「朝綱」以下三百六十六条から成っていることを考え合わせるなら（現存の『元典章』は「朝綱」の前に「聖政」三十二条がある）、「大徳律令」の〈篇目〉が『元典章』編集に利用された可能性がなくもないように思えるからである。

四　奉使宣撫をめぐって

では次に、「大徳七年」という紀年、ならびに〈奉使宣撫《ほうしせんぶ》〉という役職について考えてみよう。「中統から今日にいたるまでの〈格例〉を編集して書籍にし、天下に頒行すること」を奉使宣撫はなぜ大徳七年に上申する必要があったのだろう。

『元典章』冒頭の刊記がいう大徳七年という日付は、実は、中書省の箚付に言及される奉使宣撫が設置された年でもあって、『元史』巻二十一「成宗本紀 四」大徳七年（一三〇三）三月庚寅の条は次のようにいう。

庚寅、詔を出して奉使宣撫を派遣し、諸道を巡行させた。郝天挺と塔出を江南・江北に行かせ、石珪を燕南・山東に行かせ、耶律希逸と劉賡を河東・陝西に行かせ、鉄里脱歓と戎益を両浙・江東に行かせ、趙仁栄と岳叔謨を江南・湖広に行かせ、木八辣と陳英を江西・福建に行かせ、塔赤海牙と劉敏中を山北・遼東に行かせて、全員に二品の銀印を支給し、詔を降して職務に励むよう戒めた。(9)

ここにいう奉使宣撫とは、永い中国史においても成宗テムルの大徳七年（一三〇三）三月、〔仁宗アユルバルバダ延祐年間のいつか〕(10)、泰定帝イスン・テムルの泰定二年（一三二五）九月、ならびに順帝トゴン・テムルの至正五年（一三四五）十月と、十四世紀の前半期に数回だけ設置された一種の巡検使をいう。上記、『元史』大徳七年三月の条は、その奉使宣撫が初めて設置された際の記事であり、中国全土を江南・江北（河南・湖北）、燕南・山東（河北・山東）、河東・陝西（山西・陝西）、両浙・江東（江蘇・浙江）、江南・湖広（湖南）、江西・福建、山北・遼東（河北・遼寧）の七道に分割し、各道に二名ずつ二品の銀印（おそらく正二品であろう）を支給して、詔勅を降して派遣したことをいう。上記には奉使宣撫を設置した目的は述べられないが、泰定二年九月に再度設置された折に馬祖常《ばそじょう》が代筆した〈詔勅〉が、彼の文集『石田文集《せきでんぶんしゅう》』巻六に掲載され（「遣奉使巡行詔」）、次のようにいう。

朕は祖先の偉大なる事業を受け継ぎ、その経営に心血を注ごうと努力しており、先人たちが定めた決まりや法にしたがって治世を開きたいと考えている。……いま、奉使宣撫をそれぞれの管轄地に派遣し、官吏の不正を調べ、民の疾苦を慰問し、冤罪事件や未決事件を洗い直させる。興《おこ》すべき利益、除くべき害悪があれば、ただちにそれを実施せよ。罪のある官吏については、四品以上のものの場合は停職にして〔量刑を〕申告し、五品以下の場合は〔その場で〕しかるべく処断を実施せよ。すぐれた治績を有する官吏や山野に隠れる有能の士が

あれば、その姓名を知らせよ。(11)

また、『元史』巻九十二「百官志　八」「奉使宣撫」の条は、至正五年に奉使宣撫が再度設置された折のことを説明して次のようにいう。

至正五年十月に奉使宣撫を各道に分けて派遣し、皇帝の御心を全国に知らしめ、民の疾苦を慰問し、冤罪事件や未決事件を洗い直させ、苛烈な賦役・差税を除き、官吏の能力を査定して昇進・免職等を決定させた。罪のある官吏については、四品以上のものの場合は停職にして〔量刑を奉使宣撫に〕申告させ、五品以下の場合は〔その場で〕しかるべく処断を実施させ、民間のさまざまな利害については、自由に判断を下し実施することを許した。(12)

以上は、奉使宣撫の職務内容を概括して述べたものであるが、『元史』の本紀には彼らの仕事ぶりも一部記述さ

(9)　原文は以下の通りである。「庚寅、詔遣奉使宣撫、循行諸道。以郝天挺・塔出往江南・江北、石珪往燕南・山東、耶律希逸・劉賡往河東・陝西、鉄里脱歓・戎益往両浙・江東、趙仁栄・岳叔謨往江南・湖広、木八辣・陳英往江西・福建、塔赤海牙・劉敏中往山北・遼東、并給二品銀印、仍降詔戒飭之」。

(10)　『元典章』には延祐年間に奉使宣撫が上申した文書が数種引用されるが、『元史』の仁宗本紀には関連記述はない。

(11)　原文は以下の通りである。「朕祇承洪業、夙夜惟寅、凡所以図治者、悉遵祖宗成憲。……今遣奉使宣撫、分行諸道、案問官吏不法、詢民疾苦、審理冤滞、凡可以興利除害、速宜挙行。有罪者、四品以上、停職申請、五品以下者、就便処決。其有政績尤異、暨晦跡於丘園、才堪輔治者、具姓名聞」。

(12)　原文は以下の通りである。「至正五年十月、遣官分道奉使宣撫、布宣徳意、詢民疾苦、疏滌冤滞、蠲除煩苛、体察官吏賢否、明加黜陟。有罪者、四品以上停職申請、五品以下就便処決、民間一切興利除害之事、悉聴挙行」。

れ、たとえば「成宗本紀　四」大徳七年五月辛亥の条は次のようにいう。

辛亥、奉使宣撫の耶律希逸と劉賡が「平陽の僧の察力威（チベットのラマ僧であろう）はたびたび法を犯している が、係りの役所は彼が有力者であることを憚って捕らえることができずにいた。われわれが来ると聞いて、ひそかに京師に逃げたという」と述べた。中書省の臣下は「捕らえて現地に送り、中書省、御史台、宣政院から役人を派遣して一緒に裁くべきだろう」と述べた。この通りとした。(13)

また、同・閏五月癸未の条には次のような記述もある。

癸未、各道の奉使宣撫は「去年被災して、まだ援助物資を受け取っていない者たちは、差役を免除した方がよい」と述べた。この通りとした。(14)

さらにまた、同・十二月の末尾は次のようにいう。

〔大徳七年に〕七道の奉使宣撫が免職とした汚吏はおよそ一万八千四百七十三人、〔没収された〕不正金は四万五千八百六十五錠、冤罪事案とされたのは五千一百七十六件であった。(15)

以上の記述を総合するなら、彼らの職務は諸国を巡行して各地の冤罪や官吏の不正を粛正する点にあったと思われ、その意味では、歴代の王朝が設置した提刑按察司や粛政廉訪司と特に選ぶところはなかったように思われる。

ただし、モンゴル政権下の〈漢地（旧金朝治下）〉や〈江南（旧南宋治下）〉においては、すでに至元二十八年に按察司が粛政廉訪司と名称を変え、成宗テムルが即位した後には〈漢地〉と〈江南〉の二十二道に各二員ずつの粛政廉訪司が設けられていたのである。にもかかわらず、大徳七年にいたってなぜ奉使宣撫を別に設置しなければならなかったのか、その点は必ずしも明らかではない。大徳の中葉以後は、テムルの母・ココジンが死去し、カイドゥとの戦いをはじめとする幾つかの軍事行動が展開され、天体の異常現象や地震・旱魃《かんばつ》等の自然災害が頻発し、朱清・張瑄の大疑獄事件や、その他、高官たちの度重なる汚職等が続いた時代であったから、人心を一新するために、粛政廉訪司（正三品）さえ粛正しうる奉使宣撫（二品の銀印）を設置したとするなら、それは、中国史の文脈においては、あり得る措置だったかもしれない。ちなみにいえば、『元史』「成宗本紀 四」「大徳七年三月甲辰」の条は（その十四日前の三月庚寅に奉使宣撫は設置された）、「贓罪《ぞうざい》を詔定して十二章となす（皇帝の詔によって役人の汚職の罪を十二に分け定めた）」といい、また、『元典章』「聖政」には、大徳七年に奉使宣撫が設置された折の詔勅と思われるものが、「勧農桑（農業を振興する）」「復租賦（租税を除く）」「救災荒（災害・飢饉より救済する）」「恵鰥寡《かんか》（家族をのないものに恵む）」「賑飢貧（被災者に食糧を恵む）」「恤《じゅつ》流民（流民に食糧を恵む）」「明政刑（刑罰を明らかにする）」「理冤滞《えんたい》（冤罪事件を洗い直す）」の各項に、都合八条残されている。このように、「地方衙門の綱紀粛正を図り」「民の疾苦を慰問する」点に奉使宣撫設置の目的があった形跡は、現存資料からも読み取ることが可能である。

また、この時、奉使宣撫として塔赤海牙とともに山北・遼東に派遣された劉敏中は、「奉使宣撫、回奏するの疏」と

（13）原文は以下の通りである。「辛亥、奉使宣撫耶律希逸、劉賡言、『平陽僧察力威犯法非一、有司憚其豪強、不敢詰問。聞臣等至、潜逃京師』。中書省臣言、『宜捕送其所、令省台宣政院遣官雑治』。従之」。

（14）原文は以下の通りである。「癸未、各道奉使宣撫言、『去歳被災人戸未経賑済者、宜免其差役』。従之」。

（15）原文は以下の通りである。「七道奉使宣撫所罷贓汚官吏、凡一万八千四百七十三人、贓四万五千八百六十五錠、審冤獄五千一百七十六事」。

いう文章を『中庵集』巻七に残しており、その序に次のようにいう。

謹んで思うに、今上皇帝は英明にして天命を受けられ、祖宗より玉座を継承され、みずから宰相と御史台の臣とをお選びになり、租税を免じ過ちをお許しになり、哀れな民草をお助けになって、そのご恩徳は中外に及んだ。近頃また、七道に奉使宣撫を派遣され、民の疾苦を慰問されて、その済民の御心は堯・舜といえども及ばぬほどである[16]。

以上の記述からすれば、大徳七年の奉使宣撫設置は、少なくとも中国官僚の目からすれば、「租を蠲《のぞ》き過ちを宥《ゆる》して、乏を賑わし孤を恤《あわれ》む」点にその目的はあった、と判断されただろう。

しかるに、二品の銀印を所持する奉使宣撫が具体的にはどのような権限をもち、いかなる職務を果たしたかについて、仁宗アユルバルワダ延祐年間の例ではあるが、『元典章』「刑部 十」「諸贓」「雑例」に、《有俸人員不須羈管（俸禄をもらう役人は拘束されない）》と題される、次のような興味深い案件がある。

《有俸人員不須羈管（俸禄をもらう役人は拘束されない）》

延祐三年七月、廉訪司牒：

承奉奉使宣撫剳付：拠袁州路民戸孫立山告、分宜県吏陳通等、因勾喚立山母親対証、孫莘四身死、取受鈔定事、仰就便依例追断。奉此。検照得近准総司牒、承奉江南行台剳付、准御史台咨、奏准整治事内一款、「各道廉訪司遇有諸人陳告官吏取受等事、今後、凡告官吏取受験事軽重、事重者、随即依例追問、事軽者、止当羈管、元告、過付緊関之人、候分司巡歴到期、追問。或事干人衆、宜従本司依例選委有司廉幹官、就問、分弁其事。

其官吏既係請俸見役人員、如或避罪在逃、自有定例。不須行移羈管。擬合遍行禁止」。前件、議得、今後元告過付緊関之人、験事軽重、臨時従宜区処。余准所擬開坐。請欽依施行。准此。除欽依施行外、今奉前因、憲司牒可照験、除請俸人員外、即将其余人数、依例羈管、聴候、施行。

〔訳〕

延祐三年（一三一六）七月、廉訪司が〔袁州路に宛てた〕牒文：

奉使宣撫からの箚付を奉じ、次のようにいう：

「袁州路の民戸・孫立山は、分宜県の吏の陳通等が孫立山の母親を捕らえ、孫莘四の死についての取り調べを行い、金を受け取った、と訴えてきている。それについて、決まり通り、しかるべく裁け」と。

袁州路総管府から最近受け取った牒文を調べてみると、次のようにいう：

江南行台からの箚付を奉じ、次のようにいう、

御史台からの咨文には、『カアンに奏上してお許しをいただいた綱紀粛正にかかわる一件として、次のものがある。

官吏が金を受け取ったとの一般人からの訴えを各道の廉訪司が受け取ったなら、今後、その授受の軽重を考えて、重い場合は、ただちにその官吏をしかるべく尋問する。軽い場合は、その官吏をただ拘束し、原告人をしかるべき人に預けて、粛政廉訪司が分司から巡検に回ってくる時期を待ち、官吏の尋問を行う。事件の関係者が多い場合は、路の総管府から清廉な係官を選んで尋問させ、事実の究明を行う。授受のあった役人が俸禄を食む正規の役人である場合、逃亡中である場合は別に定める通りであり、護送して拘禁すべきではない。以上の案を関係各所に廻すべきである。

前件については、〔御史台で〕話し合ったが、今後、原告人をしかるべき人に預け、事の軽重を量り、具体例に則し臨機

（16）原文は以下の通りである。「欽惟聖上以聡明聖智之姿、受天景命、嗣守大位以来、親択相臣、精選台官、蠲租宥過、賑乏恤孤、覆燾之恩、洋溢中外。比又遣使七道、分行天下、問民所疾苦。雖堯舜博施済衆之心、不是過也」。

応変に対処すべきであろう。その他はカアンに奏上した原案の通りとし、それを以下に箇条書きにする（この部分は省略されている）。以上のように実施せよ。これを受けられよ』という。

〔江南行台としては、御史台からのこの咨文を受けて〕以上のように実施するものとし、いま前件については、粛政廉訪司は牒文を総管府宛に出し、俸禄を食む正規の官吏は除いて、それ以外の人員は決まり通り拘束して巡検の時期を待つものとする。

この案件は非常に錯綜しているように見えながら、全体の構成は至って単純で、袁州路分宜県の県吏の処分にかかわって、袁州路の粛政廉訪司《しゅくせいれんほうし》分司が奉使宣撫と江南行台からの箚付を引用して、袁州路に通告の牒文《ちょうぶん》を発したものに他ならない。言及される役職とその位階は、粛政廉訪司が正三品、奉使宣撫が二品（正・従は不明だが、おそらく御史台と同様の正二品だろう）、袁州路総管府が上路だから正三品、袁州路分宜県・県吏・陳通は正八品以下（県尹で従六品）、御史台と江南行台が正二品。また、本案件の内容は、分宜県の県吏・陳通等が不正な金を受け取ったとの訴えがあり、事件の調査と県吏の処分をいかに実施するかという、実に簡単なものに過ぎない。この場合の県吏とは、たとえそれが県尹だったとしても従六品以下なのだから、監察制度が機能さえしていれば、奉使宣撫からの箚付を待つまでもなく、粛政廉訪司だけで処理し得た問題であった。というのは、元朝期の叙任の制度にあっては、従五品以上の散階官に対しては〈宣授〉といって、中書省が〈制文〉を書き、皇帝の御印を押した叙任状によって任命されるのが通例だったのに対し、正六品以下は〈勅授〉といって、叙任の際のみならず汚職の際の処分についても、大きな開きがあったからである。

たとえば、『元史』「成宗本紀 三」大徳六年（一三〇二）正月辛巳の条は、職官の不正にかかわる御史台の意見を次のように述べている。

辛巳、御史台の臣下が述べた、「……粛政廉訪司は毎歳五月の頃に管轄地に巡検に向かい、翌年の正月時分に帰還する。職官の不正・犯罪については、〈勅授〉と呼ばれる正六品以下のものたちについては〔所属の〕総管府に処分をまかせ、〈宣授〉と呼ばれる従五品以上のものたちについてはカアンのお耳に入れ、政績の芳しくないものについては交替とし、収賄の場合は、以前からの決まりにしたがって、通例よりも厳しく処罰する、とするのはいかがであろう」と。帝は「中書省と相談せよ」といわれた(17)。

また、職官の不正・犯罪について粛政廉訪司が即決できず、総管府や中書省に判断をゆだねなければならないことについては、上記と同じ大徳六年正月に、すでにその是正が検討されていたのである。『元典章』「台綱 二」《体察体覆事理（体察と体覆の事）》という案件は次のようにいう（同様の内容は『元史』巻二十「成宗本紀 三」「大徳六年正月乙卯」にも記述される）。

《体察体覆事理（体察と体覆の事）》

湖広行省準中書省咨：

大徳六年正月二十日奏過事内一件。「初立台時分、則教体察来。在後、立按察司時分、有水旱災傷、田禾不収呵、体覆来。後頭、漸漸不問大小勾当、教俺体覆有其間、多有窒礙」廉道説有。体覆的勾当、短少銭糧等事、一面詞因、怎生作数、廉道、教監察・廉訪司体覆虚実、行文書有。体覆的縁由是這般。不是新行来的勾当。行了多年也。伴当毎道、「俺的勾当裏有窒礙」、廉道説有。何平章也説、「在先是体察来。水旱災傷呵、合体覆。除

(17) 辛巳、御史台臣言、「……名分之重、無踰宰相。惟事業顕著者可以当之、不可軽授。廉訪司官、歳以五月分按所属、次年正月還司。職官犯贓、勅授者聴総司議、宣授者上聞、其本司声跡不佳者、代之。受賂者、依旧例、比諸人加重」。帝曰「其与中書同議」。

那的外、合体察」、麼道説有。依着伴当毎言語行呵怎生。奏聞、奉聖旨、「那般者」。欽此。

〔訳〕

湖広行省が受けた中書省の咨文：

大徳六年（一三〇二）正月二十日に奏上した案件の内の一件：

「初めて御史台を設立した時は、ただ監察を行わせるだけだった。後に、按察司を立てた時、水害や旱魃、災害等で収穫がない場合には、監察の結果を報告させた。その後、しだいに事の大小を問わなくなり、われわれに監察結果を報告させるうち、仕事が塞がってはかどらなくなった」と〔粛政廉訪司は〕述べている。だが、監察結果を報告させるのは、「銭糧の数が足りないとか、一方的な訴えだけでは当てにならない」ということで、監察官や粛政廉訪司に事実関係を文書で報告させている。監察結果を報告させるのはこのような事情によるもので、最近はじまったことではなく、長年のことなのだが、〔粛政廉訪司の〕仲間たちは「われらの仕事が塞がってはかどらない」と述べている。何平章（何栄祖）も「以前は監察をするだけだった。水害や旱魃、災害等の場合は監察結果を報告すべきだが、それ以外は監察のみにするべきだ」と述べている。粛政廉訪司の仲間たちが述べているとおりにしたらどうだろう、と奏上したら、「良きに計らえ」とのカアンのお言葉であった。聖旨である。

ここにいう〈体察〉と〈体覆〉《たいふく》とは、〈体〉が巡検使等みずからが現地を踏むことで、〈察〉が監察、〈覆〉が返信・復命の意だから、〈体察〉が「実地に監察して処理すること」、〈体覆〉が「実地に調査したことを〔中央に〕報告すること」を意味する。大徳六年の正月に問題となった以上二件の話題を念頭に、延祐三年七月に袁州路総管府に宛てられた廉訪司の牒文を再読した場合、次の点に気付かざるを得まい。すなわち、事は袁州路分宜県という従六品の衙門に属する一介の吏人にかかわる問題に過ぎないにもかかわらず、粛政廉訪司は即決できず、御史台を通じてカアンの許可を文書で仰ぎ、その結果を、江南行台を通じて袁州路に通告させており、そればかりかさらに、奉使宣撫が粛政廉訪司を監察するものとして、やはり文書による指導をこの一連の流れの中に加えて来ているのである。〈体覆〉を廃し、六品以下の官員の処分については手続きを簡略化する、とした大徳六年の上申はまったく生かされていないばかりか、さらに手続きを煩瑣にするために奉使宣撫なる役職まで設けられた格好であろう。

たかだか従八品程度だと思われる袁州路分宜県の吏人でさえ粛政廉訪司が簡単に処罰できなかった背景には、当該の土地が誰に与えられた分封地だったかといった、今日の資料状況からは十分には究明しがたい、モンゴル政権特有の諸問題が介在していたからであろうが、御史台や粛政廉訪司といった監察機構が設けられていても、彼らによる弾劾がほとんど機能しなかったことは、奉使宣撫が初めて設立された成宗テムル朝においても同様であって、たとえば『元史』「成宗本紀 四」大徳七年（一三〇三）秋七月の条は、奉使宣撫が設置されて以後の状況として、次のような記事を掲載する。

壬戌、御史台の臣下が述べた、「前の河間路達魯花赤《ダルガチ》の忽賽因、転運使の朮甲徳寿はともに汚職に連座して免職となった。ところが今、忽賽因は鷹と犬を献上して大寧路の達魯花赤に任命され、朮甲徳寿は、迭里迷失が自分を誣告したのだと奏上し、福寧の知州に任命されている。二人とも官員名簿から削除し、官吏の悪事を戒めるべきである」と。その通りだとした(18)。

また、同じく『元史』「成宗本紀 二」は、大徳元年十一月の事として次のような記事を掲載し、

(18) 原文は次の通りである。「壬戌、御史台臣言、『前河間路達魯花赤忽賽因、転運使朮甲徳寿、皆坐贓罷。今忽賽因以献鷹犬、除大寧路達魯花赤、朮甲徳寿以迭里迷失妄奏其被誣、除福寧知州、並宜改正不叙、以戢姦貪』。従之」。

大都路総管の沙的が汚職に連座し罷免されることになった。帝は、沙的が古くからの功臣の子であることを理由に、特に罪を減じ、大都路総管に在任させることにした。崔彧《さいいく》が述べた、「再任させてはなりません」と。帝は「卿等は中書省のものたちとともに沙的を指導せよ。もしまた汚職を行えば、その時こそ死刑としよう」と仰った。(19)

大徳七年冬十月の事として次のような記事を掲載する。

冬十月丁亥、…御史台の臣下が江浙行省・平章・阿里の不法行為を弾劾した。帝は「阿里は朕が信任するものである。御史台のものは彼をしばしば弾劾するが、それは大臣を正義へと教え導く道ではあるまい。今度同じ話を蒸し返すものがいれば、朕が許さない」と仰った。(20)

すでに示した『元史』「成宗本紀 四」大徳七年十二月の条は、奉使宣撫が設置されることによって、「この年、免職となった汚吏はおよそ一万八千四百七十三人、没収された不正金は四万五千八百六十五錠、冤罪と認定された事案は五千一百七十六件あった」、と記述している。これらの数字が仮に事実であり、また、一万八千四百七十三人の汚吏が本当に免職になったとしても、奉使宣撫に弾劾されたそれらの汚吏とは、モンゴル政権の中枢部分と何ら繋《つな》がりをもたない、どちらかといえば善良で無能とさえいえる人びとだったに違いない。つまり、粛政廉訪司や御史台、奉使宣撫は、政権の都合によって何時でも変わり得る〈格例〉を、そうした、バックボーンをもたない善良で無能な人びとに当てはめる以外になかったのである。

五　中書省の劄付が語ること

『元史』「成宗本紀　三」大徳三年春正月の条は、天変地異をめぐって交わされた中国官僚と成宗テムルの対話を記述して、次のようにいう。

丙戌、太陰星が太白星を犯した。己丑、中書省の臣下が言上した、「天変地異がしばしば起こっております。大臣が引責辞任すべきではないでしょうか」と。帝は、「それはお前たち中国人の考え方であり、それをひとつひとつすべて許可してはいられない。卿が誰か適当なものを選び、その係とせよ」と仰った。庚寅、詔を発して民の疾苦を慰問する使節を派遣し、腹裏においてはその年の包銀と俸鈔を免除し、江南においては夏税の十分の三を免除した。(21)

ここでテムルがいう「これ、漢人の説く所のみ。豈に一一聴従すべけんや。卿はただ可《よろ》しき者を択び、これに任

(19)　原文は次の通りである。「大都路総管實沙的坐贓当罷、帝以故臣子、特減其罪、俾仍旧職、崔彧言不可復任、帝曰『卿等与中書省臣戒之、若後復然、則置爾死地矣』」。
(20)　原文は次の通りである。「冬十月丁亥、…御史台臣劾言江浙行省平章阿里不法。帝曰『阿里朕所信任。台臣屢以為言、非所以勧大臣也。後有言者、朕当不恕』」。
(21)　原文は次の通りである。「丙戌、太陰犯太白。己丑、中書省臣言、『天変屢見、大臣宜依故事引咎避位』。帝曰『此漢人所説耳。豈可一一聴従耶。卿但択可者任之』。庚寅、詔遣使問民疾苦。除本年内郡包銀・俸鈔、免江南夏税十分之三」。

ぜよ」の一言は、モンゴル時代の中国史を考える上で、ある種の本質を指示しているように思われる。上記においてテムルは、カアンとしての自身のスタンスを一切変更しようとはしていない。その上でテムルは、中国官僚が満足するのなら、あくまで中国方面に対しての措置として、お前たちの観念にしたがった施策を試みるのは許してやろう、と述べているのである。ここでのポイントは、「お前たちが自身の伝統に縛られるのは勝手だが、私は縛られない」という点であって、つまりテムルは、中国官僚たちが自身の伝統にしたがった自己管理を行うことについて、モンゴル支配という大枠が保持される範囲であれば認めてもよい、ということを述べているのである。

御史台や粛政廉訪司、奉使宣撫といった元朝期の監察制度は、上記に示したテムルの言の通り、本質的には中国官僚による自己管理の機構に他ならない。モンゴル政権には御史台や粛政廉訪司とは別に、〔それが機能し続けたかどうかは別問題として〕札魯忽赤《ジャルグチ》や大宗正府《だいそうせいふ》といった検察機構があったのであり、中国の伝統に立脚した監察機構を新たに設ける必要はなかった。御史台を始めとするこれら監察制度が中国官僚による自己管理の機構に過ぎなかったことは、たとえば提刑按察司や粛政廉訪司に〈軍旅〉にかかわる権限が一切付与されていない点を見れば一目瞭然といえる。元朝期の粛政廉訪司が模範とした金朝時代の提刑按察司について、『金史』巻五十七「百官志 三」「按察司」の条は、次のようにいう。

> 按察司は……人民を鎮撫し、辺境の守りや軍隊のことを調査し、重罪事件を調べることを掌る。……長官は一員で、正三品である。(22)

これに対し元朝期の粛政廉訪司や奉使宣撫は、自身が武器を携帯することさえ許されない、「民の疾苦を慰問し」「官吏の汚職を調査する」ことを目的とした巡検使に過ぎなかった。モンゴル政権は、ユーラシア大陸の諸地域に軍隊を派遣・配備した、超広域の軍事国家であった。軍隊の派遣とその管理とは、この政権を支える最も重大な関心事であったはずである。にもかかわらず、二品の銀印を所持する奉使宣撫が七道に派遣された折、彼らはただ各地の災害と官吏の汚職とを調査し、それを〈文書〉にまとめて報告しただけなのである。大徳七年に山北・遼東に奉使宣撫として派遣された劉敏中が「奉使宣撫、回奏するの疏」という文章を残していることはすでに述べた通りだが、その中で彼は、山北・遼東の諸問題を「省台（元朝全体の政治機構のあり方）」、「相職（宰相の役割）」、「省務（中書省の役割）」、「六官（六部の職務）」、「賞罰（官吏の管理）」、「栄辱（位階のあり方）」、「禁衛（カアンの季節移動の是非）」、「奢僭《しゃせん》（奢侈に流れる風俗の禁止）」、「学校（人材育成）」の九項目に分け、きわめて詳細に議論しているのだが、兵士や兵站の話題はそこからすっかり抜け落ち、〈軍政〉〈軍制〉にかかわる問題は全く扱われていないのである。これはおそらく、中国官僚がかかわることのできた元朝期の監察事項の中に、〈軍旅〉にかかわる権限が含まれていなかったからに違いない。

以上のことを前提に、『元典章』の冒頭に置かれた中書省の劄付をもう一度振り返ってみよう。この劄付は次のように述べていた。

大徳七年に中書省が発した劄付のダイジェスト：

江西の奉使宣撫の上呈文にいう：「中統建元から今日に至るまでに定められた〈格例〉を編集して書籍にし、天下に頒行することをお願いする」。

また、御史台からは「国家が〈律令〉を定めるまでは、中書省をトップとするさまざまな中央官庁がそれぞれに分類・編集した中統建元から今日までの〈聖旨〉〈条劃〉、ならびに朝廷がすでに各所に廻した〈格〉〈例〉

(22)　原文は以下の通りである。「按察司、……掌鎮撫人民、譏察辺防軍旅、審録重刑事。……使、一員、正三品」。

を、簿籍に整理・選択してファイルし、また、監察御史と各道の提刑按察司に命じてその成否を実地に調査させれば、官吏も依拠すべき基準をもち〈政令〉も廃れない、ということになろう」という意見があって、すでに関係下級官庁にその旨を通達し、上記のように実施させている。

ここにいう〈格例〉や〈律令〉とはそもそも、チンギス・カンが定めたという〈扎撒〉とは全く性格を異にする、中国に伝統的な法令であって、それを必要とするのはみずからを自主管理しようとする中国官僚たちであった。彼らは、自身の職務内容を定めた〈律令〉の制定を求めたが、世祖クビライは中国方面の慣習に全く無頓着だったし、成宗テムル時代には「大徳律令」の制定が中途で頓挫してしまった。そこで大徳七年に奉使宣撫が設置された折、政権が折々に発した断片的な〈格例〉をもって監察を行わざるを得ない御史台や奉使宣撫の一部が、それら〈格例〉を集めて便宜的な法令集を編集することを中書省に上申する。その際に「中統建元以来の〈聖旨〉〈条劃〉」とうたったのは、モンゴル政権下における中国風衙門の設置はクビライによる中書省の設立に始まる、という意識が中国官僚たちにはあったからであろう。以上がおそらく、上記の劄付にいう「国家が〈律令〉を定めるまでの間、中書省をトップとするさまざまな中央官庁がそれぞれに分類・編集した中統建元から今日までの〈聖旨〉〈条劃〉、ならびに朝廷がすでに各所に廻した〈格〉〈例〉を、簿籍に整理・選択してファイルし」の意味するところであった。

『元典章』とは他でもない、中国官僚たちがみずからの力の及ぶ範囲で、〈漢地〉や〈江南〉にすむ〈漢人〉〈蛮子〉を自主管理するために地方の衙門に編集させた、〈間に合わせの法令集〉だったのである。そしてまた、中国官僚たちが自主管理を行う機関として当時設けられていたのが御史台や粛政廉訪司、奉使宣撫であったがために、『元典章』に収められるほとんどの案件も、これらの機関にかかわって発せられているのである。

（高橋文治）

第二章　カアンのことばが翻訳されるまで

──《盗賊が投降した際の使用人たちを良人とすること》──

本章は『元典章』「刑部 十九」「諸禁」「禁誘略」《盗賊が投降した際の使用人たちを良人とすること》を発端として、『元典章』文書の文体について考察する。『元典章』で用いられる「奇妙な文体」直訳体について主に取り上げ、カアンが同席する会議の場にはどのような人びとがいて、どのような言語が用いられたか、会議で話し合われたことは誰によってどのように翻訳されたか、またその翻訳文はどのように文書化されたか、といった問題を扱う。

《反賊拝見人口為民》

至元二十八年二月、枢密院准尚書省照会：

近拠御史台呈：

准行台咨、「江南草賊生発、劫掠平民子女財物、官司調兵収捕、賊有降者、将劫擄財物男女、於収捕官処、作拝見撒花。並宜禁断、仍将所擄平民、給親完聚」。具呈照詳事。

都省准呈、箚付御史台、依上施行去後、今拠御史台呈：

至元二十七年十一月二十五日奏過事内一件。行台官人毎説将来、「蛮子田地裏、賊毎生発呵、咱的軍毎収捕投拝入来。将它毎在先做賊行時討虜得百姓毎媳婦孩兒毎根底、咱毎収捕官人毎根底、做拝見物与有。俺商量得、賊毎投拝入来呵、好人根底委付着、根脚裏賊毎討擄将来得好百姓根底収拾、聚他毎親眷毎根底分付与、教做百姓。无親眷得、配做夫妻、教做百姓」。那般。好百姓根底做拝見要得、无体例有、麼道、尚書省官人毎一処商量呵、「恁的言語有体例。如今那般賊毎討擄来的百姓根底、好人根底委付着、教做百姓呵、怎生」、麼道奏呵、「則那般行者」、麼道、聖旨了也。欽此。

〔訳〕

《盗賊が投降した際の使用人たちを良人とすること》

至元二十八年（一二九一）二月に枢密院が受け取った尚書省の通知：

近頃受け取った御史台の呈文：

受け取った行御史台（江南行御史台）の咨文に、「江南では山賊が発生し、民の子女や財物を強奪している。官が軍を発して捕縛にむかわせると、賊のなかに投降する者がおり、強奪した財物や使用人を捕縛官への〈拝見・撒花〉としている（手土産の品として贈ってくる）。それらをすべて禁止し、賊が強奪した民を、親族のもとに帰すべきである」とある。具呈書を提出するのでお調べいただきたい、とのこと。

尚書省の責任者たちはこの呈文をうけ、御史台に箚付を与えてそのように実施するようにさせた後、いま御史台から次のような呈文を受け取った：

至元二十七年（一二九〇）十一月二十五日にカアンに奏上した案件の一項。行御史台（江南行御史台）の官人《ノヤン》たちが書類をよこして、「旧南宋領において盗賊たちが発生すると、われらの軍隊たちは投降してくるものを受け入れる。彼ら賊たちは以前、盗賊行為を働いたときに強奪した民たちや嫁子供たちを、われら捕縛官たちに対し、〈拝見〉の贈り物として差し出してくる。われわれが諮ったところ、賊たちが投降してくれば、〔連れてくる民たちや嫁子供たちを〕しかるべき人に預け、もともとの出身に賊たちが強奪してきた民たちを戻し、親族たちに引き渡して良人とさせる。親族のいないものは、結婚させて夫婦とし、良人とさせる」といってきた。普通の民たちを〈拝見〉の贈り物として要求するのは悪いことである、というわけで、尚書省の官人たちと一緒に諮り、「お前たち（江南行御史台）がいうことは正しい。今後はそのように賊たちが強奪してきた民をしかるべき人に預け、良人とさせてはどうでしょうか」とわれわれ御史台が奏上したところ、「そのように行え」とのお言葉であった。聖旨である。これを欽《つつし》め。

一　奇妙な文体〈直訳体〉

本章でこの案件を扱うのは、『元典章』「刑部　十九」「諸禁」の冒頭に置かれているため、そして案件のなかに直訳体という奇妙な文体が用いられているためである。

文体に留意しながら、本案件全体の内容と構成について、まず確認しておこう。標題に見える〈拝見〉は、元来、貴人のもとに挨拶に伺うことをいうことばだが、ここでは「反賊」（案件の本文では「草賊」と記されており、山賊を指す）たちが、それを取り締まる軍隊に投降する際、手土産を携えて伺うことをいう。賊たちがその手土産として持参してきたのが、以前強奪した民の「人口」（使用人、家の子・郎党）であったため、官人たちが問題視し、処置を講じようとしたのである。

本案件は、文書としては二つの部分によって構成されている。全体としては、尚書省が枢密院に送った文書なのだが、そのなかでまず、以前御史台から提出された呈文「近ごろ拠《う》けし御史台の呈」が引かれ、そののちに再び御史台から送られてきた呈文「今　拠《う》けし御史台の呈」が引用される。これら二つの呈文では、実はほとんど同じ内容の議論が展開されている。即ち、御史台は以前、江南行御史台からの咨文を受けて、山賊たちの〈拝見〉をすべて禁止し、民を親族のもとに帰すことを尚書省に提起したが、その案は施策として十分徹底されることはなかった。そのため、時をおいた至元二十七年（一二九〇）十一月二十五日、御史台がまた同じ問題を尚書省に提起し、今度はカアンのお言葉をいただいて、改めて案が裁可され、枢密院に通知されることとなったのである。

一読して明らかなように、御史台が発したこの二つの呈文には、それぞれ異なる文体が用いられている。初めの呈文は吏牘体《りとくたい》という文体で書かれ、次の呈文は直訳体（蒙文直訳体）と呼ばれる文体で書かれている。

吏牘体とは、官庁間で交わされる公文書にのみ用いられる独特の文体である。その起源は不明だが、おそらく文書行政が行われだした、かなり古い時期にまで遡れると想像される。南宋・洪邁『容斎随筆』巻十六に、吏牘体について述べた「吏文可笑」という条があり、遅くとも南宋のころには、一つの文体として整った形式を備えていたと考えられる。吏牘体の特徴は、一般的な文語文の語法を基礎としながら、適宜そのなかに口語語彙を交え、行政にかかわる専門用語や公文書特有の言葉づかい（これらを吏牘語という）を頻用することにある。[1]

一方、直訳体の場合はどうか。吏牘体が文語文を基礎としたものであるのに対し、直訳体は白話文である。しかし、直訳体の最大の特徴は、単に白話文という点にあるのではない。この文体は、カアンを初めとするモンゴル人たちが口頭で話すモンゴル語を、漢語の白話文を用いて翻訳したものなのである。またこの翻訳文が、〈直訳〉とよばれるのは、漢語を用いてはいるものの、モンゴル語の語彙・語法をある程度、そのまま残したかたちで翻訳がされており、漢語文法では到底理解できない部分を多く含んでいることによる。漢語でありながら、モンゴル語でもあるのであり、その意味において極めて奇妙な文体といえよう。

吏牘体と直訳体。『元典章』文書では、この二つの文体が至るところで混在しているのだが、吏牘体は元朝以前から存在する公文書の形式であるので、ここで特に注目すべきは、直訳体の方であろう。直訳体は、従来の歴史資料の文体とどのように異なっているのか。直訳体は、伝統的な歴史書の記述に比して、どのような世界を描くことに成功したのだろうか。『元史』巻十六「世祖本紀 十三」至元二十七年十一月甲子の条に、この《反賊献見人口為民》の案件に相当する以下のような記述がある。

御史台言、「江南盗起、討賊官利其剽掠、復以生口充贈遺、請給還其家」。帝嘉納之。

〔訳〕

御史台がいうには、「江南に盗賊が起こると、討賊官は盗賊が強奪したものを自分たちのふところに入れている。また生口を贈り物としている。生口をもとの家にお返しください」と。カアンはそれをお認めになった。

歴史資料として見たとき、わずか三十数文字にしか過ぎないこの『元史』の記述に比べて、『元典章』の文章、特にその直訳体の部分に含まれる情報量の多さ、内容の豊かさは際立っている。帰順してくる山賊たちとそれを迎える朝廷側の将軍たちの実態や習慣が、実に生き生きと描かれているのである。たとえば、標題にも用いられている〈拝見〉という語について見てみよう。既に述べたように、これは文字通りに読めば、貴人への謁見をいうことばにすぎないが、謁見と同時に官吏に貢ぎ物をすることをも意味している。『元典章』「聖政 一」《止貢献（貢ぎ物を献ずることの禁止）》に引かれる、「庚申年（中統元年・一二六〇）四月初六日詔書内一款節該」に次のようにある。

凡事撒花等物、無非取給於民。名為己財、実皆官物、取百散一、長盗滋奸。若不尽更、為害非細。始自朕躬、

（1）田中謙二「元典章文書の研究」（『田中謙二著作集』第二巻、汲古書院、二〇〇〇）、吉川幸次郎「元典章に見えた漢文吏牘の文体」（岩村忍・田中謙二『校定本元典章刑部』第一冊附録『元典章の文体』、京都大学人文科学研究所、一九六四）参照。

断絶斯弊。除外用進奉軍前克敵之物、并斡脱等拝見撒花等物、並行禁絶。内外官吏視此為例。

〔訳〕

〈撒花〉などに用いるあらゆる物は、すべて民から得たものである。表向きは自分の財産であるとしているが、それらはすべて官の物であり、百を得て一を散じ、盗賊や奸悪をはびこらせることとなる。もしこれをことごとく改めなければ、多大な害を及ぼすであろう。朕によってこの悪弊を断絶する。以上はもちろんのこと、軍に献上され敵から勝ち取った物、ならびにオルトク商人などが〈拝見・撒花〉した物の授受も、すべて禁止せよ。内外の官吏は、これを規範とせよ。

敵方から貢ぎ物として捧げられた物を軍が戦利品として勝ち取ること、またオルトク商人などが〈拝見・撒花〉することを、禁止するというのである。〈拝見・撒花〉が官吏への貢ぎ物という意味で使われていたことが、明らかであろう（「撒花」は「花をまき散らすように金銭や物を贈り与える」の意。「撒貨」「撒和」「撒活」などとも表記される）(2)。また明・葉子奇『草木子』巻四下「雑俎篇」には、以下のようにある。

元朝の末年、官吏は金銭を貪り汚職が横行していた。それは蒙古人・色目人が廉恥の何たるかを解さなかったからである。人に金を要求する場合、それぞれ次のような名目があった。所属するところに初めて参上するとき（官吏が所属先の上官に初めて挨拶にうかがうとき）は〈拝見銭〉、理由もなくただ要求するときは〈撒花銭〉、節句のときは〈追節銭〉、誕生日のときは〈生日銭〉……(3)。

官吏が金銭を要求する手口として、元朝末年には、〈拝見銭〉〈撒花銭〉などがあったという。『草木子』は、これらを元朝期特有の悪習として記しているが、役人の汚職に悩まされ続けた中国の王朝において、元朝以前にこういった悪習が全くなく、元朝において初めて現れたとは考えにくい。重要なのは、従来の歴史資料がこうした汚職の実態について細かに記録していないのに対し、『元典章』がそれを克明に記録していることであろう。正史である『元史』には「復以生口充贈遺」とあるのみだが、本案件の直訳体には「将它毎在先做賊行時討虜得百姓毎媳婦孩兒毎根底、咱毎収捕官人毎根底、做拝見物与有（彼ら賊たちが以前、盗賊行為を働いたときに強奪した民たちや嫁子供たちを、われら捕縛官たちに対し、投降の際の贈り物として差し出す）」と記されており、これによって『元史』のいう「贈遺」が、実際にはどのような内実を伴って行われていたのかが手に取るようにわかるのである。

まず、『元史』のいう「生口」は、初めから「生口」だったわけではなく、もとは良民（「百姓」「好百姓」）であり、山賊たちによって強奪された人びとであったことが、『元典章』により明らかとなる。そして、もともと良民だった彼らは〈拝見物〉として、つまりは財物としてやりとりされていた。『草木子』は官吏から官吏への貢ぎ物として〈拝見銭〉が横行していたと述べるが、〈銭〉だけではなく、人も〈物〉として取引の材料となっていたのである。

更に重要なのは、〈拝見〉という語に込められたニュアンスと、そこからうかがえる山賊と官（軍隊）の関係性である。山賊は官によって捕らえられ、裁きを受けるべき罪人である。その罪人の投降が、ここでは〈投拝（投降して帰順する）〉といった一般的な語彙ではなく、〈拝見（貴人に謁見する）〉という語で表現されている。こうした用語の選択から何がわかるだろうか。投降してきた山賊たちは、おそらくこう思っていたに違いない。自分たちは捕らわれにきたのではなく、近くまでいらしたお役人にご挨拶にうかがうのだ、手土産として「人口」さえ差し出せば、お役人とも対等に取り引きできるし、もろもろの便宜を図ってもらえる、と。官の方も当然、山賊側のそういった

（2）宋・彭大雅『黒韃事略』は、「其見物則欲、謂之撒花。……撒花者、漢語「覓」也」と述べ、「撒花」をモンゴル語とする。

（3）「元朝末年、官貪吏汚、始因蒙古色目人、罔然不知廉恥之為何物。其問人討銭、各有名目。所属始参曰『拝見銭』、無事白要曰『撒花銭』、逢節曰『追節銭』、生辰曰『生日銭』……」。

思惑を理解しており、本案件が「好百姓根底做拝見要得（普通の民たちを手土産として要求する）」と述べるように、むしろ手土産を積極的に要求し、彼らの〈拝見〉を進んで受け入れた。〈拝見〉を先に提案したのは、官の方だったとも考えられよう。また下僚から上官への貢ぎ物を〈拝見銭〉と称したという『草木子』の記述を敷衍するならば、討賊官に〈拝見〉し、その下僚になるという意識さえ山賊側にはあったかもしれない。

官と山賊は、捕縛する側と投降する側といった単純な関係ではなかった。〈拝見〉ということばづかいによって、手土産を引っ提げていく山賊と、それを受け入れる官の関係性が、両者の思惑も含めて如実に浮かび上がってくるのではないだろうか。このことばは、当時の悪習を伝える隠語のようなものである。表沙汰にしてはならない取引をひそかに行う、両者の曖昧で複雑な関係性をそのままに伝えており、彼らの感覚に密着した用語なのである。そうした用語を選択し、当時の実情を生々しく記すのが、直訳体という文体なのである。

次に直訳体の語法上の特徴について見てみよう。既に述べたように、直訳体にはモンゴル語の語法が反映されている。その最も象徴的な例が「根底」である。これはモンゴル語の直訳語であり、日本語の「……を」「……に」「……から」などに相当する格助詞のようなものである。再び「将它毎在先做賊行時討虜得百姓毎媳婦孩兒毎根底、咱毎収捕官人毎根底、做拝見物与有」という文について見てみよう。モンゴル語においては、日本語同様、格助詞は名詞のあとに置かれるのが常であるから、われわれ日本人はこの文を、「它毎在先做賊行時討虜得百姓毎媳婦孩兒毎（它毎《かれら》の先に做賊を行いし時に在りて討虜せし百姓毎《ひゃくせいたち》・媳婦孩兒毎《つまこどもたち》）」を「咱毎収捕官人毎（咱毎《われら》収捕官人毎《たち》）」に、と読むことができる。また、それに続く箇所「做拝見物与有」における「有」は、動詞の現在形の終止形を表す訳語であり、「拝見物」として与える、という意味を形成する。

語順についてさらにいえば、漢語が通常、〈主語・述語・目的語〉の順であるのに対し、モンゴル語は〈主語・目的語・述語〉の順となる。「将它毎在先做賊行時討虜得百姓毎媳婦孩兒毎根底」のなかには、「做賊行」という奇妙な措辞が見えるが、これは「賊行を做す《な》」と読むべきではなく、「做賊を行う（盗賊をすることを行う）」と読むべきである。このような例は、直訳体文のなかに散見され、たとえば、『元典章』「刑部 十九」「諸禁」「禁聚衆」《流民聚衆擾民（流民が人を集め民を騒がすこと）》の案件にも、「搔擾《そうじょう》百姓行有（民を動乱させることを行っている）」という表現が見られる。モンゴル語では目的語を前に出し、そのあとに動詞を置かねばならないため、漢語であれば「做賊」「搔擾百姓」だけで済むところを、更にそれを受ける動詞「行」[4]を後置する必要があったのである（ただし、全ての箇所で〈目的語＋述語〉という語順になっているわけでは決してなく、漢語の語順のままのところもかなり存在している）。

直訳体の語法については、田中謙二と亦憐真《イリンチン》の研究によってほぼ解明されており、ここで新たに付け加えるようなことは何もない[5]。本章で問題としたいのは、それが一つの語法として確立され、直訳体という文体を生むに至った経緯とそのことのもつ意義である。

直訳体が翻訳文としてもつ意義についていえば、こうしたかたちでの直訳は、東アジアの漢字文化圏における〈訓読体〉と似た一面をもつ。たとえば「根底」の挿入などは、日本の訓読文におけるヲコト点の挿入と同様の発想によるものであろう。直訳体文は一種の〈訓読体〉なのであり、漢字文化圏に属する中国周辺の国々が漢語文を訓読したように、モンゴル語を訓読したのが直訳体であるということもできるだろう。ただし、直訳体は日本や朝鮮・ベトナムが行った訓読とは、勿論、異なる面も有している。たとえば日本の訓読文が、原語（漢語）の語彙をそのまま用い、ヲコト点などの挿入によってそれを日本語の語法に読み替えていくものであるのに対し、直訳体は原語（モンゴル語）の語彙をすべて漢語（もしくは漢字による音訳語）に変換したうえで、モンゴル語の語法を一部留めようと

（4）「行」を「おこなう」の意として用いること自体は、宋元期の漢語文でも頻見されることである。

（5）田中謙二「元典章文書の研究」（『田中謙二著作集』第二巻、汲古書院、二〇〇〇）、亦憐真「元代直訳公文書の文体」（加藤雄三訳、『内陸アジア言語の研究』一六、二〇〇一）等参照。

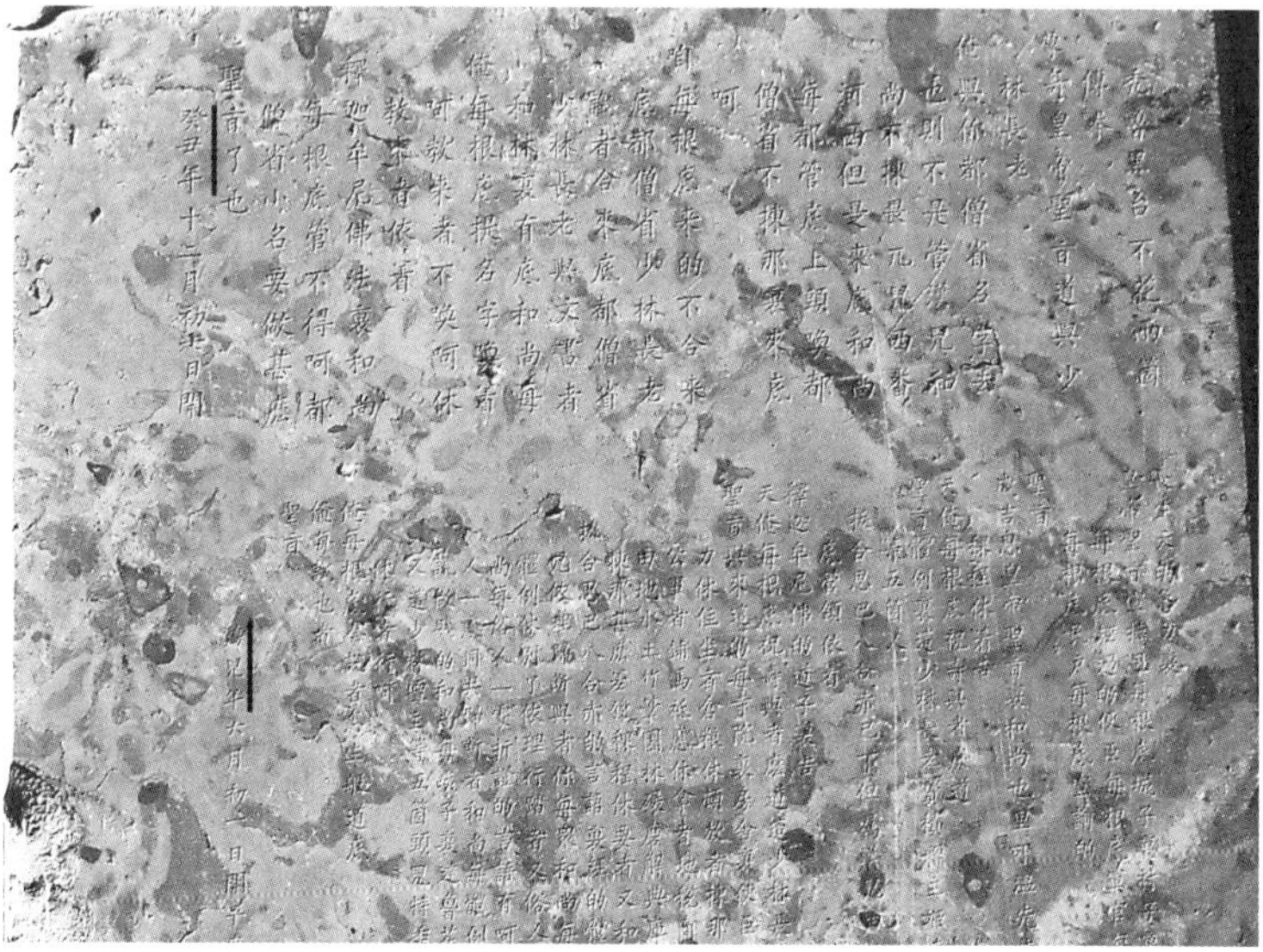

図４　蒙漢合壁少林寺聖旨碑（河南省登封県）の漢文面

少林寺に発令された聖旨４通を、蒙文と漢文により合刻したもの。延祐元年（1314）立碑。漢文面には、「癸丑年（1253年）」のモンケの聖旨（第１通）・「鶏兒年（1261）」のクビライの聖旨（第２通）・「龍兒年（1268）」のクビライの聖旨（第３通）・「鼠兒年（1312）」の仁宗アユルバルワダの聖旨（第４通）が直訳体で刻される。日付部分がモンケの聖旨のみ干支表記になっている点に注意されたい。〈鶏兒年〉など、白話十二支獣名のみによる紀年法は、おそらく、クビライ以後に意識的に選択されたものだろう。同碑については、中村淳・松川節「新発現の蒙漢合壁少林寺聖旨碑」（『内陸アジア言語の研究』８、1993）に詳しい。

したものである。つまり、〈訓読体〉が原語をベースとしつつ、それを組み替えていくかたちで処理を加えていくのと異なり、直訳体は原語をベースとしているとは必ずしもいえないところがある。「将它毎在先做賊行時討虜得百姓毎媳婦孩兒毎根底、咱毎収捕官人毎根底、做拝見物与有」の一文にしても、モンゴル語の直訳と考えられるのは、厳密にいえば、先に見た「做賊行時」「根底」「有」の箇所のみであり、その他の部分は実は漢語の口語文として読むことが可能な文章なのである（「毎」はモンゴル語における複数形の訳語だが、これは人称代名詞複数形を表す、宋代からある口語「門」や「懣」を訳語に当てはめて用いたもの）。訓読文が原語の漢語をそのまま借りるのと異なり、文章の骨格をなす多くの部分を原語でない漢語に置き換え、その上で「根底」などの「モンゴル語らしさ」を部分的に添えているのだ。

その意味において、直訳体は原語の反映が限定的な〈訓読体〉であり、かなりの程度、漢語（白話文）に傾斜した文体であった。モンゴル語の完全な直訳というわけでもなく、また漢語として読んでも不自然なこの文体は、二つの言語の特徴を同時に有しながら、そのどちらでもないという、極めて不安定で不徹底なものであり、流暢で自然な文体を形成したとはいいがたいのである。


では、こうした不自然で不安定な文体が、なぜ『元典章』のような行政文書の世界において用いられることとなったのだろうか。高橋文治によれば、蒙文直訳体と呼ばれる文体はクビライ政権成立以後に著しい「定型化」が見られ（たとえば、「根底」の機械的な使用や、文末における「有」「有来」「了也」「也者」の使用など）、そうした「定型化」は、クビライ政権が故意に「生硬な翻訳体」を選択し、それを「政権の標識」として用いていたことを意味するという(6)。

直訳体の成立と普及を考えるに当たって、高橋のいう「標識」という発想は極めて重要であろう。直訳体文は、そもそもモンゴル人が読むためのものではなく、漢人を対象としたものである。漢語をベースとしている以上、当然、それは漢人に読ませるための文体と考えなければならない（日本人が訓読によって漢語を受容しようとしたのとは根本的に異なり、モンゴル人が漢人にモンゴル語を受容させようとして、漢語に部分的にモンゴル語を混入させたもの）。つまり、モンゴル人による支配を「標識」として示すために、従来にない文体が模索され、その結果、漢語の白話体に依拠しつつもモンゴル語の印が刻まれた直訳体が選択されることとなったのである。

ただし、高橋が述べた知見は、あくまで直訳体で書かれた白話聖旨碑に関するものであり、『元典章』や『通制条格』などの行政文書とは、いったん分けて考える必要があるだろう。なぜなら、行政文書における直訳体文は、朝

（6）高橋文治『モンゴル時代道教文書の研究』（汲古書院、二〇一一）序論「直訳風白話発令文の性格」及び第一章第一節「太宗オゴデイ癸巳年皇帝聖旨をめぐって」参照。

廷から各官庁に送られ、官庁間を行き来した結果、公文書として保管されるに至ったものであり、碑文として刻まれた直訳体文とは自ずから異なる性質を持つと考えられるからである。高橋がいうように、直訳体が「標識」として機能したとするならば、朝廷を中心とする行政文書の世界において、誰がいつどのような手順でその「標識」を作成していたのだろうか。当時の実態を伝える「生々しさ」と、文体としての「生硬さ」を併せもつ直訳体の文章は、いかにして書き記されていったのだろうか。こうした問題を、行政の中枢たる朝会の場にさかのぼって考えてみよう。

二　朝会の模様

『元典章』「刑部　十九」「諸禁」「禁聚衆」《禁聚衆賽社集場（人びとを集めること、社を祭ること、市を開くことを禁ず）》には、カアンを取り巻く会議の様子が、次のように記されている。

延祐六年八月江浙行省准中書省咨：
延祐六年五月初二日、拝（征）（住）[7]怯薛第三日、鹿頂殿裏有時分、塔失帖木兒赤・明里董阿・咬住・孛可・馬木沙等有来、阿散丞相・阿礼海牙平章・燕只（于）（干）[8]参政・郄釈鑑郎中・李家奴都事等奏過事内一件：去年、「為聚衆唱詞的、祈神賽社的、又立着集場做買売的、教住罷了者」、奏了、各処行了文書有来。如今、又夜間聚着衆人、祈神賽社、食用茶飯、夜聚暁散的上頭、昨前似這般「聚着衆人、妄説乱言」麽道、一両起事発的上頭、差人問去了也、那人每問了来呵、另奏也者、似這般的、若不厳切整治呵、慣了去也。今後、夜間聚着衆人唱詞的、祈神賽社的、立集場的、似這般聚衆着、妄説大言語、做歹勾当的有呵、将為頭的重要罪過也者、其余唱詞賽社立集場的毎、比常例加等要罪過。州県管民官提調、若不用心、他毎所管的地面裏、似這般生発呵、官人毎根底要罪過呵、怎生、奏呵、奉聖旨、「那般者」、欽此。

〔訳〕

延祐六年（一三一九）八月、江浙行省が受け取った中書省の咨文：

延祐六年五月二日、拝住が率いる怯薛《ケシク》の宿直三日目、〔仁宗皇帝が〕鹿頂殿におられたとき、塔失帖木児赤・明里董阿・咬住・孛可・馬木沙らが侍っており、阿散丞相・阿礼海牙平章・燕只干参政・郄釈鑑郎中・李家奴都事らが奏上した案件の内の一項に次のようにあった：昨年、「群衆を集めて詞話を説唱するもの、神に祈り社を祭るもの、また市を開いて売買を行うものについては、やめさせてください」と奏上して、各所へ文書を送りました。いま、また夜に群衆を集め、神に祈り社を祭り、飲食し、夜に集まり朝に解散しているものがいるため〈以前にも「群衆を集めて、でたらめなことをいう」というようなことがたびたび起こっていたので、人を派遣して調べさせた。彼らが調べてくれれば、別に奏上があるでしょう〉、このようなものは、もし厳しく取り締まらなければ、〔人びとはその状況に〕慣れきって悪習となってしまいます。今後は、夜に群衆を集めて詞話を説唱するもの、神に祈り社を祭るもの、市を開くもの、このようなことで群衆を集めてみだりに大それたことをいい、悪事をなすものがいれば、首謀者については重く罪を問い、その他、詞話を説唱し、社を祭り、市を開くものたちは、常例より加等して罪を問う。州県の管民官の取締りが、もし心を尽くしておらず、彼らの管轄する地域で、このようなことが起こったならば、官人たちを罪に問えばいかがでしょう、と奏上したところ、聖旨を奉じて「そのようにせよ」とのことであった。これを欽《つつし》め。

（7）原文の「征」は「住」の誤りとすべきであろう。諸校定本がすでにそのように校する。
（8）原文の「于」は「干」の誤りとすべきであろう。諸校定本がすでにそのように校する。

直訳体で書かれたこの文書には、いついかなるときに、どこで朝会が行われたのか、その朝会の場に誰が参加していたのかが仔細に記録されている。ときは仁宗の延祐六年（一三一九）五月二日、拝住の怯薛《ケシク》の宿直三日目、場所は鹿頂殿（延祐五年二月に建てられた御殿）。怯薛とはモンゴル特有の官制であり、宮廷に宿直し、カアンの護衛や身の回りの世話をする者たちをいう。太祖以来、怯薛を統括する長として四人の怯薛長（四怯薛）が置かれ、各々の怯薛長が数多の怯薛を率いて輪番で宮廷に宿直していた。ここに名が見える拝住は太祖の功臣木華黎《ムカリ》の子孫で、当時第三怯薛長の任にあり、彼の班が宿直した三日目に朝会が催されたのであった。

朝会に参加した者について、この文書には、「塔失帖木児赤・明里董阿・咬住・孛可・馬木沙等有来、阿散丞相・阿礼海牙平章・燕只干参政・郄釈鑑郎中・李家奴都事等奏過事内一件」と記されている。ここに挙げられた人物のうち、塔失帖木児赤以下五人は、官名が記されず、名のみが記されていることからすれば、拝住率いる第三怯薛の一員であったと想像される。初めに名が挙がっている塔失帖木児赤は、おそらく、『元史』巻九十九「兵志二」「宿衛」に「仁宗延祐六年九月、知枢密院事塔失鉄木児言う……」とある人物であろう。彼は仁宗朝において知枢密院事の官を帯びていたが、怯薛の輪番が回ってきたときには、その職務からいったん離れて怯薛として朝会に参加していたのであり、それゆえにここでは官職名が記載されていないのである（怯薛はカアンの側近であり、御前会議が開かれたときは必ずそこに臨席せねばならない）。

怯薛に続いて名が列せられる阿散丞相以下は、いずれも中国官制における職名を帯びる人びとである。そのうち阿礼海牙はウイグル人で、『元史』巻百三十七「阿礼海牙伝」に「年若くして武宗・仁宗に仕えて「宿衛」を務めた……十余年間、高官に就いてカアンの近臣として帷幄に侍り、宮中に出入りし、無駄な発言はしなかった」[9]とあり、武宗・仁宗の怯薛だった人物。官職に就いていた怯薛の阿礼海牙は、塔失帖木児赤の場合と逆に、このとき怯薛の当番の日ではなかったため、官人として朝会に参列したのであろう。「阿散丞相・阿礼海牙平章……李家奴都事等奏過事内一件」とあるように、そうした官人たちが、各々の職務に関することを一件ずつカアンに奏上するかたちで、朝会が行われたのである。

朝会の場には、拝住が率いる怯薛の面々、職務をもった官人の面々が参加していたが、もう一つ忘れてはならないのは、朝会で議論されたことを記録する書記官の存在である。朝会の模様がこのように文書化されて現存しているのであるから、会議のメモを取る書記官が、当然この場にいたはずである。

朝会の場に書記官を置くというのは、元以前の中華王朝において既に慣習となっていたことである。たとえば、『資治通鑑』巻二百十一「唐紀 二十七」玄宗開元五年九月の条に以下のようにある。

> 貞観の制では、中書省・門下省の長官、及び三品官が皇帝に奏上するとき、必ず諫官と史官を随えさせ、過失があればそれを正し、ことの美悪を必ず記録した。諸々の官吏はみな正衙（朝堂）において奏上を行い、御史（御史台の官）が百官を弾劾するときは、豸冠（法を執行する者がかぶる冠）を身につけ、儀仗兵の前で弾劾文を読み上げた。そのため、大臣は君主を独り占めにすることができず、小臣は悪事をはたらくことができなかった。許敬宗・李義府が権勢を振るうようになると、政治には公正さが欠けるようになり、奏上を行う者たちは、儀仗兵が退場したのちに、左右の者を退けて皇帝の膝元で密奏し、監奏御史や待制の官（詔が下るのを待って詔勅を起草する官）は皇帝の遠くに侍って彼らが退出するのを待った。諫官や史官は、みな儀仗兵が退くのに随って正衙を出て行き、退出したのちのことは、あずかり知ることができなかった。……宋璟が宰相となってからは、貞観の政に立ち返り、戊申に発した制に「これ以後は、まことに機密とすべき事項を除いて、すべて儀仗兵の

（9）「阿礼海牙亦早事武宗・仁宗、為宿衛……十餘年間、歘歴華近、入侍帷幄、出践省闥、廷無間言」。

前で奏上させよ。史官は故事のとおりにせよ」という。(10)

唐の草創期である貞観の頃より、朝会の場には必ず史官が書記官として列席し、百官の奏上の「美悪」を記すこととなっており、玄宗朝においてはその「故事」に復することが命じられたという。唐に限らず、中国においては「会議の席上に書記を置く」という発想、ないしは「会議には記録が必要である」という発想が常に根底にあり、その点においては、元朝の場合も同様であったと思われる。

問題となるのは、元朝における朝会の場において、誰が書記官を担当していたのか、そしていかなる言語がそこで話されていたのかということである。《禁聚衆賽社集場》の案件において、カアンの面前にはモンゴル人の怯薛、非モンゴル人の怯薛（阿礼海牙など）、モンゴル人の官吏、漢人を含む非モンゴル人の官吏などがいた。こうした面々が集う場においては、モンゴル語が共通語として機能していたと考えるのが自然であろう。だとすれば、列席していた書記官も、当然モンゴル語を解する人でなくてはならない。会議ではモンゴル語が共通語として話され、通事がモンゴル語から非モンゴル語への通訳、または非モンゴル語からモンゴル語への通訳を担うことで、会議が円滑に進められたと想像される。こうした諸言語の翻訳が必要とされる点が、従来の中華王朝の朝会と決定的に異なるところであろう。

翻っていえば、蒙文直訳体という奇妙な文体は、朝会の場におけるモンゴル語を中心としたやりとりを、書記が翻訳という作業を経て文字化していくなかで生まれた文体であった。冒頭に引いた《反賊拝見人口為民》の案件では、御史台から尚書省への呈文が二つ引かれ、一つ目が吏牘体で書かれ、二つ目が直訳体で書かれていた。一つ目の呈文は、単に官庁間の書面上のやりとりを記録したものに過ぎないが、二つ目の呈文は、カアンと御史台・尚書省の官人たちの間で行われた御前会議の模様を含んでおり、モンゴル語を中心としたそのやり取りを、正確に記録しようとしたため、直訳体で記録されたのである。カアンを取り巻く会議の様子を比較的〈なま〉に近い形で書き写したものが、『元典章』における直訳体であったといえよう（一方、そうした〈なまに近い文章〉をもとに、それをダイジェストし〈実録風〉に書き改めたものが『元史』の記述である、といえるかもしれない）。

では、朝会の場において、どのような人が書記官を務めていたのだろうか。従来の中国官制における漢人の史官は共通語のモンゴル語を解さないのだから、書記官の役割を果たすことはできない。書記官を務めていたのは、モンゴル語を駆使する非漢人であり、直訳体文が自然な漢語文（白話文）とはならず、多分に生硬であるのも、そのことに起因している。

書記官を務めたのは、怯薛に所属していた必闍赤《ビチクチ》と呼ばれる人びとであったと考えられている（必闍赤は、必徹徹、必赤赤、畢徹赤などとも表記される）。必闍赤については、『元史』巻九十九「兵志 二」「宿衛」が、怯薛の一員としてその名を挙げ、「天子の為に文史を主《つかさど》る者を必闍赤と曰う」と述べている。また、『元史』巻七十四「祭祀 三」「宗廟上」には、「必闍赤は、言を訳し書記を典《つかさ》どる者なり」という。必闍赤はカアンの側に侍る書記官であり、文書の翻訳にも携わっていたのである。ただし必闍赤は怯薛であり、中国官制の外にある存在であったため、記録に残ることは極めて少なく、誰がいつその任にあったかはほとんどわからないといってよい。《禁聚衆賽社集場》の案件における朝会の場合でも、「塔失帖木兒赤・明里董阿・咬住・孛可・馬木沙等」と名が列せられる怯薛のうち、誰か一人が必闍赤であったかもしれないし、あるいは彼ら以外に別に必闍赤が臨席していたのかもしれず、それを判断す

（10）「貞観之制、中書・門下及三品官入奏事、必使諫官・史官随之、有失則匡正、美悪必記之。諸司皆於正牙奏事、御史弾百官、服豸冠、対仗読弾文。故大臣不得専君而小臣不得為讒慝。及許敬宗・李義府用事、政多私僻、奏事官多俟仗下、於御坐前屏左右密奏、監奏御史及待制官遠立以俟其退。諫官・史官皆随仗出、仗下後事、不復預聞。……及宋璟為相、欲復貞観之政、戊申、制『自今事非的須秘密者、皆令対仗奏聞、史官自依故事』」。

るすべはない。必闍赤はたとえば平章政事《へいしょうせいじ》や御史中丞《ぎょしちゅうじょう》といった中国官制の職名も同時に帯びており、漢文史料ではそちらの官名で記述されることが一般的であるから、結局、誰がカアンの必闍赤だったのかはわからないのである。しかし、カアンの側近として文書を一手に引き受け、モンゴル語と諸外国語の翻訳にも当たった彼らは、非常に高い能力を有し、カアンの信任も厚かったであろうこと、想像に難くない。

この必闍赤が朝会の模様を記録し、翻訳していたとして、次に問題となるのは、翻訳の具体的な手順である。必闍赤たちが最初に取ったメモは、モンゴル語だったのか、それとも直訳体の漢語だったのだろうか。また翻訳は朝会のその場で行われたのか、それとも朝会のあとで行われたのだろうか。カアンのことばが翻訳され、文書化されるに至るまでの手順について次に考えてみよう。

三　翻訳の手順

翻訳の手順を考えるにあたって、まず『元典章』「刑部 十九」「諸禁」「禁宰殺」《禁宰年少馬疋（若い馬を屠殺することを禁ず）》の案件を見てみよう。

至元十八年十月、行御史台准御史台咨：
　承奉中書省箚付：
　　拠枢密院呈蒙古文字訳該：
　　　七月初二日、孛羅奏、「如今、外頭『做親』麼道、推著（頭）〔辞〕、殺馬喫的人毎多有」麼道、奏呵、奉聖旨、「如年紀大、残疾、不中用的、殺喫呵、於本管百戸・牌子頭官人毎根底、立著証見呵、喫者。無病、年紀小的、休殺喫者」麼道、聖旨了也。欽此。

〔訳〕

至元十八年（一二八一）十月、行御史台が受けとった御史台の咨文：

つつしんで受けた中書省の劄付：

受けとった枢密院の呈文にある〈蒙古文字〉の〈訳該〉に次のようにいう：

七月二日、孛羅が「いま、大都の外では『縁組みをする』と称し、それにかこつけて、馬を殺して食べる者たちが多くいる」と上奏したところ、聖旨を奉じて、「もし年老いたり、病気であったりして、役に立たない馬を、殺して食べるならば、当地を管轄する百戸長・牌子頭（十戸長）といった軍官（ノヤン）たちに、証明書を立てたならば、食え。病気も無く、年若い馬は、殺して食うな」とのことであった。聖旨である。これを欽《つつし》め。

ここでは中書省が発した劄付のなかに枢密院の呈文が引かれ、その呈文のなかに〈蒙古文字〉の〈訳該〉なるものが引かれている。そしてその〈訳該〉において、孛羅が朝会で上奏したことばと、それに対するカアンの発言（聖旨）が、直訳体で記されている。

この〈蒙古文字〉の〈訳該〉とは、いかなるものを指すのだろうか。〈蒙古文字〉とはモンゴル語パスパ文字で書かれた文書を指し、〈訳該〉とは翻訳の節該（ダイジェスト）という意味である。その名が示しているように、また〈訳該〉として直訳体文が引かれていることからもわかるように、これはモンゴル語文を漢語文に翻訳したものを指している。少なくとも『元典章』において、「蒙古文字訳該」として引用されるものはすべて直訳体で書かれており、〈訳該〉とは直訳体文のことを指していること、疑いを容れない。

〈訳該〉の存在によって翻訳の手順が少し明らかとなるだろう。カアンが発令した聖旨は、まずパスパ文字モンゴル語文によって記録され、その後にそれを横に置きながら漢語文に翻訳する作業が行われていたのであり、その逆ではなかったのである。こうした翻訳の手順にかかわる重要な資料として、クビライが至元六年（一二六九）二月十三日に出した《行蒙古字（蒙古文字を行え）》という詔があり（『元典章』「詔令　一」）、そこには「今文治寖興、而字書方闕、其於一代制度、寔為未備。故特命国師八思馬創為蒙古新字、訳寫一切文字、期於順言達事而已。自今已往、凡有璽書頒降、並用蒙古新字、仍以其国字副之（いま文治がますます盛んとなったが、文字が欠けており、一代の制度としては不備が残っている。故に国師パクパに命じて蒙古新字（パスパ文字）を創らせ、あらゆる書物を翻訳し写させ、ことばの通りに事が円滑に運ぶようにした。これ以後は、璽書を頒布する場合は、すべて蒙古新字を用い、その国の文字をそこに副《そ》えよ）」とある。詔勅は必ずパスパ文字モンゴル語文で記述し、各地域の文字による翻訳文をそれに添えるよう、クビライは命じているのである。

つまりモンゴル語が主、現地語が従なのであって、翻訳の場合でも、モンゴル語から漢語へという順序でそれがなされたと考えるべきであろう。なお、《行蒙古字》がいうモンゴル語文に翻訳文を添えるという原則が、中国の各官庁に回される文書にも忠実に適用されていたか否か、直訳体文以外に必ずその原文のモンゴル語文が文書に付されていたかどうかは不明である。官庁間における文書のやりとりのなかで、直訳体文とその原文のモンゴル語文が本当に一体のものとして機能していたとすれば、それは「標識」として極めて重要な意味を有していたと考えられるが、それについては判断の材料に欠けるといわざるをえない。

翻訳の手順に関してここでもう一つ考えなければならないのは、パスパ文字モンゴル語文によって記述された聖旨が、いつどこで誰の手によって翻訳されたのかということである。パスパ文字を用いて議事録を作成したのは、カアンの身辺に侍っていた必闍赤であっただろうから、聖旨の翻訳に携わったのも当然、その必闍赤であったと考えるのが自然である。聖旨が出された場合、基本的にはカアン専属の必闍赤がその記録と翻訳にともにかかわっていたと推測されよう。しかし、前掲の《禁宰年少馬疋》を始めとして、『元典章』文書にたびたび登場する「〈蒙古文字〉の〈訳該〉」の存在に注目するならば、ことは必ずしもそう単純ではなかったように思われる。

《禁宰年少馬疋》の文書に即して考えてみよう。そこでは、「承奉中書省箚付：拠枢密院呈蒙古文字訳該（〔御史台が〕承奉せし中書省の箚付：〔中書省が〕拠《う》けし枢密院の呈文にある〈蒙古文字〉の〈訳該〉）」として、直訳体文が引かれていた。ここにいう〈訳該〉の主体は何であろうか、〈蒙古文字〉を翻訳しダイジェストしたのはどこだったのだろうか。それはおそらくは中書省だったのではないだろうか。たとえば、ある案件に「行御史台准御史台咨該（行御史台が准《う》けし御史台の咨該）」とあったとき、御史台の咨文を「該」化（ダイジェスト）したのは、咨文を受け取った側の行御史台だと普通は考えられよう。だとすれば、「蒙古文字訳該」とあった場合も、〈蒙古文字〉を受け取った側の官庁、ここでは中書省がその翻訳及びダイジェストにかかわったとみることができるのではないだろうか。

この《禁宰年少馬疋》に引かれる〈訳該〉には、朝会における孛羅の上奏と、それに対するカアンのことばが記されている。孛羅は、『元史』巻九「世祖本紀 六」至元十四年（一二七七）二月丁亥の条に、「大司農・御史大夫・宣徽使・兼領侍儀司事孛羅を以て枢密副使・兼宣徽使・領侍儀司事と為す」とあり、至元十八年当時、枢密副使の官を帯びていた。そのことを踏まえて、この文書が記録及び翻訳された過程を整理するならば、以下のようになるだろう。枢密副使の孛羅は《若い馬を屠殺することを禁じる》ことを上奏し[11]、聖旨を得た。その聖旨は、まずカアン身辺の必闍赤によってモンゴル語パスパ文字で記録され、上奏者である孛羅に手渡された。孛羅は受け取ったその文書をパスパ文字文書（「蒙古文字」）のまま、枢密院の呈文として中書省に送った。受け取った中書省はその文書

（11）枢密院がこの案件にかかわっているのは、馬を食べる問題を引き起こしているのが主に軍人たちであったため。

を更に御史台にも通達しなければならないため、自分たちの側で翻訳を行い、その翻訳文を〈訳該〉として御史台に回した――このような手順を経て、上記の案件《禁宰年少馬疋》が今に伝わるかたちになったのではないだろうか。

〈訳該〉の例として、更に『元典章』「礼部　三」「葬礼」《墓上不得蓋房舎（墓の上に家を建ててはならない）》を見てみよう(12)。

至元八年正月、尚書省准中書省咨該：
今有大司農司孛羅文字訳該：
欽奉聖旨節該、「如今死人墓上、不得教（伝）〔甎〕(13)瓦蓋房舎。在先有底、依旧者」、欽此。

〔訳〕
至元八年（一二七一）正月、尚書省が受けた中書省の咨文の節該：
今ある大司農司孛羅の〈文字〉の〈訳該〉に次のようにいう：
謹んで奉じた聖旨の節該に、「現今においては、死者の墓の上には、レンガで家を建ててはならない。以前からある家に関しては、そのままとせよ」とある。これを欽《つつし》め。

「大司農司孛羅の〈文字〉の〈訳該〉」として聖旨が引かれており、ここにいう〈訳該〉も「〈蒙古文字〉の〈訳該〉」と同じく、パスパ文字モンゴル語文を漢訳した文書を指すとみなしてよいだろう。

「大司農司孛羅の〈文字〉」とは、具体的にどのような謂いであろうか。これをそのまま読めば、大司農司の孛羅が作成した〈文字〉、と解釈することができるのではないだろうか。つまり、孛羅が朝会で上奏を行って奉じた聖旨

（「謹んで奉じた聖旨の節該」）を、自らパスパ文字で記述したのが、ここでいう〈文字〉であったと想像されよう。そしてその〈文字〉が、大司農司より中書省に送られ、中書省において〈訳該〉が作られたのちに、尚書省へと回されたのではないだろうか。大司農司孛羅は、先の《禁宰年少馬疋》における孛羅と同一人物であり（彼は至元七年十二月より、御史中丞の職を帯びたまま大司農卿に任じられた）[14]、クビライ側近の生え抜きの臣下であった彼は、モンゴル語パスパ文字で文書を作成する能力を充分に有していたと考えられる。[15]

この例のように、『元典章』文書においては、「蒙古文字訳該」ないしは「訳該」の前にカアンに奏上を行った人物の名が付されることがある。その場合、上奏者が直接カアンから得た聖旨を自らモンゴル語で文書化した可能性を想定する必要があるだろう。上奏者が聖旨の〈文字〉を作成したとすれば、その〈文字〉はカアン身辺の必闍赤の手を経由せず、上奏者から直接各官庁に回されることとなるわけであり、その翻訳も当然、必闍赤ではなく、各官庁間においてなされたと考えられる。

先にも述べたように、聖旨の翻訳は、原則としては、カアン直属の必闍赤が担っていたと推測されるが、それはあくまで原則であり、原則とは異なるかたちで翻訳がなされるケースがしばしばあったことを、上記の案件《禁宰年少馬疋》《墓上不得蓋房舍》は示唆しているだろう。朝会に侍っていた必闍赤ではなく、朝会の後に聖旨を受領した官庁が翻訳に関与することもあったのであり、『元典章』文書にしばしば登場する〈訳該〉とは、あるいはそういった状況下で翻訳された文書を指す特殊な術語だったのではないだろうか。即ち、モンゴル語文のまま外部から送

（12）この禁令については、『元史』巻百五「刑法志四」「禁令」に「諸墳墓以甎瓦為屋其上者、禁之」とある。

（13）原文の「傳」は「甎」の誤りであろう。諸校定本がすでにそのように校する。

（14）『元史』巻七「世祖本紀 七」至元七年十二月丙申朔の条に、「改司農司為大司農司、添設巡行勧農使、副各四員、以御史中丞孛羅兼大司農卿」とある。

（15）孛羅に関しては、高橋文治編『烏台筆補の研究』（汲古書院、二〇〇七）「解説篇二　御史台の設立をめぐって」等参照。

られてきた〈文字〉を、受領側の官庁が翻訳した場合にのみ特に「〈蒙古文字〉の〈訳該〉」と称し、原則通りカアンの必闍赤が翻訳したものをただ「聖旨の〈節該〉」などと呼ぶのと区別していたのではないだろうか。

〈蒙古文字〉の〈訳該〉が引かれる例として、更に次の『元典章』「工部　三」「役使」「祗候人」《差使回納牌面（派遣された使者は牌を返納すること）》を見てみよう。

至元十九年五月、行御史台准御史台咨：

准必闍赤分付到蒙古文字一紙訳該：

馬兒年四月十九日、哈兒赤北里宿的房子里有的時分、聖旨有来、「牌子・聖旨、要了去的人、到来的日頭呵、必闍赤根底不与呵、那人有罪過者。必闍赤毎見了他不要呵、必闍赤毎捧（子）〔了〕[16]喫者」這般。

〔訳〕

至元十九年（一二八二）五月、行御史台が受けた御史台の咨文：

受けとった、必闍赤が与えた〈蒙古文字〉一紙の〈訳該〉に次のようにある：

馬の年の四月十九日、哈兒赤の北里宿の屋舎にカアンがおられたとき、聖旨があった。「牌子・聖旨は、それを必要としてもって行く者が、戻ってきたその日のうちに、必闍赤にわたさなければ、罪に問え。必闍赤たちはその者が牌子・聖旨を必要としなくなったとわかれば、自分たちがそれを受け取れ」とのことであった。

役目を終えた使者は、必闍赤のもとに牌子と聖旨を返納せねばならないことを命じた案件である。『元典章』工部に収められるこの案件は、モノとしての聖旨の扱いを論じたものであり、カアン直属の必闍赤が聖旨を一括して管理し、その用途に応じて必要な〈文字〉を各官庁・各官吏へ発給していたことをうかがわせる。聖旨はこのように基本的には必闍赤のもとにストックされていたと考えるのが、文書の管理のあり方としては自然であろう。

しかし、翻訳という問題について考えるならば、至元十九年に出されたこの聖旨の場合も、翻訳者は必闍赤ではなかったと思われる。「准必闍赤分付到蒙古文字一紙訳該（〔御史台が〕准けし必闍赤の分付到せし〈蒙古文字〉一紙の〈訳該〉）」（「分付」はわたす・与えるの意。「到」は動作の完了を表す補語）とあり、必闍赤が御史台に一枚の文書を与えたことが記されているが、その文書はモンゴル語パスパ文字（〈蒙古文字〉）のそれであって、漢語への翻訳（〈訳該〉の作成）を行ったのは御史台の側なのである（もし必闍赤が与えた書類が、既にモンゴル語から漢語に翻訳されたものであったならば、この箇所は、「蒙古文字一紙訳該（〈蒙古文字〉一紙の〈訳該〉）」ではなく、「蒙古文字訳該一紙（〈蒙古文字訳該〉一紙）」などと記されるはずである）。

『元典章』文書においては、カアンの朝会の場に誰がいたのか、上奏者は誰であったのか、その文書を誰が記録し、どこからどこに送られたのかが、それぞれの案件ごとに全く異なった様相を呈しており、そうした個別の状況に応じてさまざまな人が翻訳に携わっていたと想像される。聖旨の翻訳、即ち蒙文直訳体文の作成は、カアンの必闍赤にのみ委ねられていたというわけではおそらくなく、文書のやりとりのなかで必要と判断されたその都度に行われ、ときには受領官庁の側が翻訳にあたることもあったと考えられよう。

なお、上記に見た聖旨の〈訳該〉のほかにも、カアン直属の必闍赤以外の翻訳者を想定すべきケースがある。それは王族の発令文である。たとえばパスパ文字モンゴル語文のみで記された諸王の命令書の碑文が複数現存しており、諸王が自身の投下領に発令するときには、しばしばパスパ文字モンゴル語文のみが使われていたことがわかる。そのような場合、受領側の衙門にいる通事が、モンゴル語文を漢語文に直訳し、各所に通達していたと考えるより

（16）原文の「子」は「了」の誤りであろう。諸校定本がすでにそのように校する。

図５　河東延祚寺小薛大王令旨碑の拓影（蔡美彪『八思巴字碑刻文物集釈』中国社会科学院出版社2011年）

蔡美彪氏の研究によれば、小薛（ソセ）大王とは太宗オゴデイの第三子クチュの第三子といい、本碑は、そのソセ大王が1303年、分封地の平陽路河中府にある延祚寺にたいし発令したものという。この碑文には漢語対訳がなく、おそらくモンゴル語文のみで発令されたと思われる。

ほかないだろう。

諸王の発令文は、『元典章』の文書のなかにも数多く収録されている。次節では、諸王の発令を翻訳した例を取り上げ、直訳体という文体の広がりについて見てみよう。

四　さまざまな訳者　さまざまなことば

『元典章』「吏部　三」「官制　三」「投下」《投下不得勾職官・又（投下においては官を連行してはならない・第二件）》に次のようにある。

大徳六年十（日）（月）[17]、行台准御史台咨：

承奉中書省箚付：

来呈：

河東山西道廉訪司申、五月初三日、有使臣怯来、賚敬奉阿只吉大王令旨：
嵉州唆羅海、咱毎管的也先忽都魯説来、「三月二十日、刷馬時節、喚我去来、到呵、『知州馬也。不曽問和雇和買、皮袰靴子等、你不与則麼』。為那上頭、我廻説、『我是達達人有』、那其間裏、頭髪〔撧〕〔揪〕着、打我沙沙来」。如今這令旨到時節、即忙過来這裏、折証者。敬此。
照得先欽奉聖旨条畫内一款節該、「非奉聖旨、諸王及公主・駙馬、不得一面勾喚管公事大小官吏。欽此」。卑司看詳、府州司県官員倶係牧民之職、設若有罪、宜従朝省区処。今聴従也先忽都魯一面詞因、将知州唆羅海勾喚去訖、不惟耽誤大小公事、慮与前項欽奉聖旨事意、似渉不同。具呈照詳。
送刑部、回呈、「准河東宣慰司関、亦為此事。本部議得、唆羅海即係牧民長官、所管差役一切詞訟、支持応辦、并奥魯軍情事務、不為不重。若投下有事将管民官恣意勾摂、妨占耽誤公事、深繫利害。如准廉訪司・宣慰司所言、欽依元奉聖旨事意、諸王・公主・附馬不得一面勾摂、行下本投下王府、即令知州唆羅海還職、已後無致違別体例相応」。都省除外、仰依上施行。

〔訳〕

大徳六年（一三〇二）十月、行台が受け取った御史台の咨文：
　奉じた中書省の箚付：
　御史台からの呈文：
　河東山西道廉訪司の上申書によれば、五月三日に使臣の怯来が阿只吉大王より奉じた令旨をもって来て、その令旨には次のようにいう：

（17）　原文の「日」は「月」の誤りだろう。諸校定本がすでにそのように校する。

崞州の役人唆羅海について、うちの也先忽都魯がいうには、「三月二十日に馬にブラシをかけていると、わたしを呼びに来たので、行ってみると、『知州の馬だ。和雇・和買されたものであったとしても、馬の革製品である皮衣や靴などを、お前は何故わたしに与えないのだ』という。そのため、『わたしはタタールだぞ』といい返したその時、私の髪の毛をつかんでシャッシャッと殴った」と。いま、この令旨を受け取ったなら、唆羅海はただちにこちらに出頭し、証拠を突き合わせよ。これを敬え。

以前奉じた聖旨の条画のうちのある節該に次のようにいう、「カアンによる聖旨がなければ、諸王や公主、駙馬は、公事を管轄するすべての官吏を一方的に連行してはならない。これを欽《つつし》め」と。わたくしが思うに、府・州・司・県の官員はみな牧民の職にあり、たとえ罪があったとしても、朝廷の処断に従うべきである。いま、也先忽都魯の一方的な訴えによって知州の唆羅海は連行されてしまい、彼の諸々の職務が滞っているのみならず、前項のカアンの聖旨にも違反している恐れがある。具呈するのでお調べいただきたい。

〔御史台からの以上の呈文を〕刑部に送ったところ、刑部からの返事には次のようにいう、「当方が受け取った河東宣慰司からの関文も、これと同様のことを申し出ている。そのため我々が議論したところ、唆羅海は牧民の長官であり、管轄の差役やさまざまな訴訟事、支出、租税の徴収、アウルクや軍務の管理等、その職務は甚だ重い。もし投下が自身の用で勝手に連行するようなことがあれば、公事を著しく滞らせ、利害に大きくかかわる。廉訪司や宣慰司のいう通り、すでに奉じた聖旨の御心にしたがって、諸王・公主・駙馬は一方的に連行してはならない旨を、投下や王府に文書で知らせ、知州の唆羅海は即刻職務に戻らせて、以後、決まりに背いてはならない、とするのが適当であろう」。中書省の責任者は、聖旨に従うのはもちろんのこと、以上のように処理することを申しつける。

ことは大徳六年（一三〇二）三月二十日、阿只吉大王の臣下の也先忽都魯と崞州の知州唆羅海の間で起こった馬をめぐるいさかいに端を発する。そのいさかいを也先忽都魯から聞いた大王は、唆羅海の仕打ちに腹を立て、使臣の怯来に令旨を持たせて、彼を連行し拘束する行為に及んだ。そのため、河東山西道廉訪司がことの次第を御史台に上申し、中書省で議論した結果、「カアンによる聖旨がなければ、諸王や公主、駙馬は、公事を管轄するすべての官吏を一方的に連行してはならない」という過去の聖旨に従って、連行されていた唆羅海の拘束を解くよう裁定したのであった。

この案件のうち、御史台の呈文（「来呈」）に引用される阿只吉《アジキ》大王の令旨のみが直訳体で記述されている。大王が発したこの令旨は、誰が書き記し、誰が翻訳したのだろうか。令旨を最初にパスパ文字モンゴル語文で書き記したのは、大王に隷属していた書記官であろうが、その令旨はおそらくはパスパ文字のまま崞州唆羅海の衙門に届けられ、崞州の通事によって翻訳がなされたのではないだろうか。翻訳者に関しては多くの可能性を想定する必要があり、阿只吉大王と崞州のやりとりのなかではあるいは令旨の翻訳文書は作成されず（「我廻説、『我是達達人有』、那其間裏、頭髪揪着、打我沙沙来」の箇所を見る限り、知州の唆羅海はおそらくモンゴル語を解した）、査察を行った河東山西道廉訪司や御史台の側で改めて上記のような直訳体文が作られたのかもしれないが、いずれにせよこの令旨は朝会とは明らかに別の場から発令されたものであって、カアン身辺の必闍赤ではない人が翻訳に携わっていたに違いない。

このように『元典章』における直訳体文は、モンゴルの行政文書として一定の広がりを見せた文体なのであって、さまざまな所属、身分、出自の人がその翻訳にかかわっていたと考えられる。この点が白話聖旨碑の直訳体文とは、大きく異なるところである。白話聖旨碑は、聖旨を直接伝えるものであるから、常にカアン側近の書記官が翻訳に当っていたはずである。高橋がいうように、白話聖旨碑には「根底」の機械的な使用などによって文体に統一性をもたせようとする意識が見られるが、そうした定型化・画一化は、カアン身辺のごく限られた書記官のみが翻訳に携わっていたからこそ可能だったといえよう。しかし、『元典章』の直訳体文においてはそうではない。『元典章』

には、朝会以外の場で発令されたもの、翻訳されたものが含まれており、その意味においては、多様な訳者による一様ではない翻訳文の寄せ集めなのである。阿只吉大王の令旨の場合、直訳体で書かれているとはいっても、そこに「根底」の使用は見られず、クビライ政権が意図したであろう統一された文体とは一定の距離がある。それはおそらく訳者が直訳体に不慣れであったためであり、各々の訳者の翻訳能力（定型への習熟度）にも、総体的に見れば相当な差があったのである。

その一方、直訳体の特徴である表現の「生々しさ」は、この阿只吉大王の令旨においても、充分に発揮されているといわねばならない。也先忽都魯の発言を見てみよう。彼は馬をブラッシングしていたとき、突然、知州の唆羅海に呼び出される。唆羅海は馬から取れた革製品をこちらによこせという。それに対し、彼はただひとこと、「我是達達人有」と応じた（この令旨のなかでモンゴル語が色濃く反映された直訳はこの部分のみ。「有」はモンゴル語の現在形）。彼がそれを口にした瞬間、唆羅海は怒り狂い、彼の頭をわしづかみにしてシャッシャッと殴ったのであった（「那其間裏、頭髪揪着打我沙沙来」）。

ここには、その場で起こったことの具体が、当事者の口吻・語気・感情も含めて実に生々しく描き出されている。也先忽都魯の発したことばが、おそらくは少しの省略も加えられずに翻訳され、その結果、事件の内実がある種の臨場感をも伴って伝わってくる書きぶりとなっている。たとえば唆羅海が也先忽都魯を殴った際の音、「沙沙」などは事件の概要を報告する上ではまったく不要であるし、公的な文書に用いるには相応しくないものであろうが、これがそのまま擬音語として記述されている。也先忽都魯が擬音語やしぐさを交えながら、自らの受けた仕打ちを阿只吉大王に熱弁するさまが目に浮かんでくるようではあるまいか。また「我是達達人有」ということばの前後には、民族間の差別意識のようなものも垣間見られる。也先忽都魯は自らがタタール人であることをたてにして、知州の唆羅海の要求をはねつけようとしたのだが、唆羅海はそれを聞いて日頃抱いていた怒りを爆発させ、かえってそのタタール人を殴打したのであった。唆羅海が何人であったかは不明だが、ここにはタタールとそれ以外の民族の間の複雑な心理のあやを、うかがうことができるのである。

カアンのことばを伝える文体として出発した直訳体は、クビライ政権によって「生硬」な文体として定型化されたのち、行政文書の世界において広く普及していき、さまざまな人が訳者としてかかわることとなった。それにしたがって、訳者によっては本来の定型が踏襲されないまま翻訳がなされることともなったが、逐語訳を良しとする機械的な翻訳文であるという認識だけは共有され続け、その表現の「生硬さ」（文飾を施さず、ことがらのありようをそのまま記すこと）はかえって強固に保持されることとなり、口語を自由に取り込むことも可能となった。結果、《反賊拝見人口為民》がそうであったように、各場面での当時の実態の「生々しさ」を伝える文章が、行政文書のなかに大量に残されるに至ったのである。

なお、直訳体がもつこととなったそうした特質について、個々の訳者がどれだけ意識的であったのかについては疑問である。この文体を自在に駆使することで、それまでの歴史記述とは異なる世界を拓こうとする意識、もしくは「モンゴル朝廷の標識」としての重みを肌で感じとり、支配・被支配のありようを克明かつ精彩に写し取ろうというような意識は、訳者の側にはほとんどなかったように思われる。訳者たちは、元曲や白話小説の作者が白話文に対して抱いた文学的な志向とも無縁のまま、巧まずしてこのような文体を綴っていたと想像される。たとえば以下に引く、『元典章』「兵部五」「補猟」「囲猟」《大大虫休将来（巨大な虎はもってきてはならない）》では、《投下不得勾職官・又》と同様、民族間の微妙な意識のずれが問題となっており、狩りで得た「大大虫（虎をいう俗語）」を誇らしげにカアンのもとに届けてくる南人と、それに困惑し辟易するカアンが対照的に記されている。この短い〈訳該〉に示されたコントラストに、われわれはある種の諧謔《かいぎゃく》性を感じ取るが、それは訳者の筆の力に起因するのではなく、文体それ自体に備わった力によるものと考えるべきだろう。直訳体は白話文（文飾と無縁な素《す》のことば）の延長線上にあるものであり、『元典章』文書におけるそれは、あくまで公文書（事件・事案を報告するレポート）なのであって、それ以上でもそれ以下でもないのである。そうした無機質な文体であればこそ、そこにはあらゆるものが際限なく盛り込まれ、ときに記述者自身も気づき得ないような何か、当時の生の感情や意識の具体がすくい取られていることに、われわれは気づかされるのである。

至元二十三年二月、行省准中書省咨：

十一月二十五日、准蒙古文字訳該：

脱亦納帖哥言語、奉聖旨、「今後蛮子田地裏大大虫、休将的来者。雖将来的呵、那裏的省官人毎、休交来者」麼道、聖旨了也。欽此。

〔訳〕

至元二十三年（一二八六）二月、行省が受け取った中書省の咨文：

十一月二十五日、受け取った〈蒙古文字〉の〈訳該〉に次のようにいう：

脱亦納帖哥がいうには、カアンから奉じた聖旨に、「今後、旧南宋領の巨大な虎は、持ってくるな。持ってきたとしても、当地の省の官人たちは、こちらにそれを引き渡すな」という。聖旨である。これを欽《つつし》め。

（谷口高志）

第三章　地方行政を仲介する文書たち

――《賭博に関する賞金のこと》――

文書とは、発信者・受信者の間で交わされることばとその処理手続きを可視化したものであり、同時にそれは、社会のさまざまな階層に住む人びとの意思疎通を仲介する道具でもあった。『元典章』には数多くの文書が現れるが、それらは本来どのような形をしており、そして人びとの間をどのように仲介していたのだろうか。本章では、内モンゴル自治区・カラホトから出土した元～北元期の古文書をもとに、文書と仲介の実像を覗いてみよう。

《賭博賞銭》

延祐六年七月初二日、江浙行省准　中書省咨：来咨：「徽州路拠休寧県申：『蒙江東建康道廉訪司分司巡歴到県、照刷過文巻一宗、朱明元告、因与汪文勝等賭博致争、被汪文勝踢傷。邂迨(逅)[1]身死、汪文勝等、罪経釈免。係是因事発露、別無捉拿之人。合無追賞』。参詳、元准都省咨文：『但凡賭博、諸人捉拿到官、依例科断。已有均徴賞鈔、攤場銭物尽付告人之例』、別無該載同賭之人、首告給賞明文。有司為無遵守、往往給没不一。若准理問

---

(1) 原文は「逅」を「迨」に誤る。

所所擬一体給付、及准首再犯、依例科罪、不在理賞之限。事干通例、宜従合干部分定擬相応。咨請照験。准此」。送抛刑部呈：「議得、諸人首告賭博、已有理賞定例。所抛同賭人内、有能悔過自陳、准首原罪、依例給賞。如或再犯、不在首原之限。其因事発露、既無告捉之人、賞鈔難擬徵理。具呈照詳。得此」。都省准擬。

〔訳〕

《賭博に関する賞金のこと》

延祐六年（一三一九）七月二日、江浙行省が受理した中書省の咨：

〔江浙行省から中書省に〕送られてきた咨に次のようにいう：

「徽州路《きしゅうろ》が受理した休寧県の申に：

『江東建康道〔粛政〕廉訪司の分司が地方を巡察して本県に到着し、〈照刷〉（文書の検査）をした文巻（事務処理の帳簿）のひとつに、朱明元の告発があり、汪文勝らと賭博したことでケンカになったために、汪文勝に蹴られてけがをしたという。後日朱明元は不意に死亡し、汪文勝らの罪は恩赦にあい免罪となった。このことは事のついでに発覚したが、別に捕縛された人はいない。〔すでに死亡しているが告発した朱明元に〕賞金を与えるべきであろうか』

とあった。〔そこで江浙行省が〕考えるに、はじめに〔江浙行省が〕受けとった中書省の咨には：

『賭博については、一般人は捕縛して役所まで連行して、決まりどおりに断罪する。〔罪人より〕一律に罰金を徴収し、賭場における銭物は全て告発者に与えるという決まりがすでにある』

とあったが、このほかに〔調書に〕記載されていて一緒に賭博をした人が告発したら賞金を与える、という明文は存在しない。関係官庁は遵守するものがないため、〔賭博をしながらも告発した人に対して〕往々にして賞金を与えたりあるいは〔賭博の罪人として罰金を〕没収したりして一様ではない。もし理問所（行中書省に属する訴訟の担当機関）の案に従って同じように賞金を与えるとなれば、自首を認めた者が再犯した場合には、決まりどおり断罪し、賞金を与える範疇に含めない。事案は通例にかかわり、関係部署の決めた案に従わせることが相応であろう。咨を送るのでご処置をお願いする。准此」。

〔中書省がこれを受けて〕刑部に送り、刑部からの呈に次のようにいう：

「議論したところ、一般人が賭博を告発することについては、すでに賞金を与えるきまりがあった。一緒に賭博した人の中で、過ちを悔いて自らの罪を自首できた者については、自首することを認めてその罪を許し、決まりに従い賞金を与える。もし再犯すれば、自首を認めて罪に問わない範疇に含めない。ほかの事で賭博のことが発覚しても、告発人や捕縛すべき人がいなければ、罰金・賞金について賞与・徴収するか判断しがたい。具に呈を送るのでお取り調べいただきたい。得此」。

都省（中書省）はこの案を許可する。

一　『元典章』と文書

本案件は、賭博について参加者自身が告発した場合に、彼に賞金を与えるべきか否かという休寧県からの問い合わせに対して、告発者には一様に賞金を与えるが再犯の者には与えないという中書省の決定を江浙行省に伝えたものである。なお、『元典章』新集「刑部」「刑禁」「禁賭博」に、《賭博賞銭》として福建宣慰司《ふっけんせんいし》に宛てられた同じ案件の文書が収録されている。

さて、ここで注目したいのは、この決定に至るまでに咨・申・呈などいくつもの文書によるやりとりを経て案件が処理されていく文書行政の流れであり、その文書が遅滞・失錯なく発出・処理されたかを検査する〈照刷〉という手続きである。官庁や人びとの間を行き来するこのような文書とは、社会のさまざまな階層に住む人びとが発することばとそれを処理する手続きを可視化したものであり、同時に文書の発信者と受信者とを仲介する道具でもある。とすれば、文書の動きやその処理手続きを追うことで、仲介のプロセスを克明に再現することが可能となろう。『元典章』には、本案件のように種々のことばを引用しかつ組み合わせて構成される文書が多数収録されている。しかしながら、『元典章』の文書は、記録者にとり必要なエッセンスだけを抽出し、その他は大幅に省略したものばかりである。そのために、文書本来の姿やどのような手続きを経て文書が作成・処理・保管されたのかという文書行政の様子、つまり仲介の実像をここから読み取ることは容易ではない。

そこで本章では、案件の内容である賭博やそれにまつわる元代地方社会の姿を分析の対象とするのではなく、『元典章』の文書が本来はいかなる形をしていたのか、また本案件の発端ともなった〈照刷《しょうさつ》〉とはどのような制度か、『元典章』のテキストには表出しにくい仲介の実態について見ていきたい。

ところで、元朝ではモンゴル人をはじめ有力家系出身者を重要ポストに就けるモンゴル伝統の側近政治に加え、中国伝統の行政組織・官僚機構も導入していた。そして、その中を移動する文書は、パスパ文字・ウイグル文字のモンゴル文やモンゴル語直訳体漢文、吏牘体漢文で書かれ、多言語・多文字の文書行政が敷かれていた。また、その文書の姿を後世に伝える史料も、典籍・石刻・出土文書と多岐にわたっている。しかし、このような元代文書行政の全容を語り尽くすには紙幅に限りがあり、なおかつ筆者の能力を遙かに超えている。そのため本章では、特にカラホトから出土した漢文公文書を取りあげて、『元典章』に現れる文書の一部について検討する。

元代の出土文書は、新疆ウイグル自治区（若羌県・且末県）や河北省（隆化県）などからも発見されているが、特に内モンゴル自治区阿拉善《アラシャン》盟額済納《エチナ》旗の黒水城《カラホト》（黒城）遺跡の出土品が、質量ともに最も充実している(2)。居延海に注ぎ込むエチナ河のほとりにあった黒水城は、中継交易によって栄えた西夏時代の都市であったが、元朝治下の至元二十三年（一二八六）にエチナ（亦集乃）路総管府が設置され、甘粛等処行中書省《かんしゅくとうしょこうちゅうしょしょう》（甘粛行省）の所轄となった。この黒水城からは、二十世紀に北宋～北元期の文書群が発見され、カラホト文書（黒水城文書・黒城文書）と総称される。とくに、元～北元期の文書はモンゴル文・漢文など約四八〇〇点にものぼり、その大半はエチナ路において受理・処決・集積されていた公文書群と考えられている。イギリス・ロシア・中国各国の探検隊によって世界中に分散したこの史料群は、長らく全体像が掴めなかったが、近十年でそのほぼ全ての写真が公開されて利用が容易になった。(3) この点も本章で敢えてカラホト文書を取りあげる所以である。

なお、出土文書を扱うに際して、本来ならば筆蹟や紙質、印影など、原文書にもとづく古文書学的な分析が不可欠なことはいうまでもないが、筆者は本稿執筆にあたって原文書をほとんど実見できていない。引用する文書史料はいずれも、既刊の写真をもとに字句や筆蹟、印文などを読み取っただけである。したがって本章で扱うカラホト文書は、量においても質においても、はなはだ不完全であることを予めお断りしておきたい。また、文書史料中の異体字・俗字は全て常用字に改めている。

（2）元代公文書の史料・研究状況については、舩田善之「元代漢語公文書（原文書）の現状と研究文献」森田憲司（編）『十三、十四世紀東アジア諸言語史料の総合的研究――元朝史料学の構築のために』（科研報告書）二〇〇七年、一七‐三四頁が包括的に解説している。

（3）以下の図録が刊行されている。『斯坦因第三次中亜考古所獲漢文文献（非仏教部分）』全三巻（上海辞書出版社、二〇〇五年）、『英国国家図書館蔵黒水城文献』全五巻（上海古籍出版社、二〇〇五～二〇一〇年）、『俄羅斯科学院東方文献研究所蔵黒水城文献』現在二十四巻まで刊行（上海古籍出版社、二〇〇八年～現在）、吉田順一・チメドドルジ（編）『ハラホト出土モンゴル文書の研究』雄山閣、二〇〇八年、『中国蔵黒水城漢文文献』全十巻（国家図書館出版社、二〇〇八年）、『中国蔵黒水城民族文字文献』（天津古籍出版社、二〇一三年）。なお、イギリス大英図書館蔵のものはInternational Dunhuang Ptojectのウェブサイト（http://idp.bl.uk）でカラー画像が閲覧可能である。また近年、中国において文書の録文を集録した史料集・研究書が陸続と出版されているが、数量が多くまた録文に誤りも散見されるためここでは紹介を割愛する。

二　『元典章』文書の体系

元代の公文書は、用途やそれを授受する官庁・官人の品階に応じてさまざまな種類の様式が定められていた。その書式や機能の規定は、『元典章』『事林広記』『新編事文類聚翰墨全書《しんぺんじぶんるいじゅうかんぼくぜんしょ》』『吏学指南』『吏文輯覧』などに部分的に記載されている。元代公文書の体系的な復元は、田中謙二の先駆的研究「元典章文書の研究」が最も著名であり、『元典章』文書の解説を通じて、公文書の名称と機能、そして文書の授受にかかわる言葉を『元典章』から帰納的に復元している[4]。

次頁の表からもわかるように、元代公文書は、王言・下達・平行・上申といった文書の基本的な機能に応じて、受信者が文書を受ける際の文言、また文書の末尾に書き添える文言が明確に規定されていた。さらに、官庁・官人が用いる文書については、同じ下達文書でも鈞旨《きんし》・劄付・符文・判送など発信者のランクに応じてさまざまな種類が用意されていた点も元代の特徴であろう。

『元典章』に収められる文書とは、各地で起こった事件についてまず関係官庁を経て中央への報告があり、中書省や御史台など中央官庁による審議・裁決を経て、また特に重要事については皇帝自身による裁可を受けて、その最終決定が地方に伝達されたものである。その受け取り手は、多くの場合は旧南宋領であった江西行省や江浙行省（現在の浙江省・福建省・江蘇省・江西省・広東省などを中心とする地域）の地方官庁であった。

一方で、カラホト文書は、行中書省より下位の路総管府が扱った文書群であり、とりわけ行政監察・勧農・官吏任命を掌る粛政廉訪司（至元二十八年（一二九一）に提刑按察司から改称）や下級官庁からエチナ路総管府に到来した通

	名称（機能）	文書を受ける言葉	文書末尾の言葉
上↕下	聖旨《せいし》（詔勅、皇帝のおことば）	欽奉	欽此
	懿旨《いし》（皇后・皇太子のことば） 令旨《れいし》（皇太子のことば）	敬奉	敬此
	鈞旨《きんし》（宰相など一品官の指令） 劄付《さつぷ》（上級官庁から下司・属司に送る下達文書） 符文《ふぶん》（六部や左右三部から下司に送る下達文書） 判送《はんそう》（中書省・尚書省などが下司に送る下達文書）	承奉・奉	奉此・承此
同↕同	咨《し》（同品の官庁・官人が相互に送る平行文書） 関《かん》（同上） 牒《ちょう》・牒呈《ちょうてい》（外路の三品官庁とやりとりする平行文書）	准	准此
上↕下	呈《てい》（下級の官庁・官人が上申する文書） 申《しん》（同上）	拠	得此

信文、またはエチナ路内部で処決した書類・帳簿が大半を占めている。そのため、中央官庁どうしで授受された通信文は無論のこと、中央官庁から地方に到来した聖旨や符、中書省と行中書省との間を行き来する咨の実例は見当たらない。そこで本章では、カラホト文書に見える文書書式のうち、本案件にも登場する呈と申、路総管府と粛政廉訪司との間に用いる牒と牒呈、そして下達文書として『元典章』に頻出する劄付に絞って解説したい。上掲表の書式のうちわずか五種類にとどまるが、これにより路レベルの情報伝達の主要な流れを把握することができよう。また、カラホト文書の実例を見ていくと、必ずしも編纂史料や田中が復元する規定どおりに公文書が運用されていない場合もある。以下では、公文書の書式や機能がどのような点で規定を遵守し、またどのような点で逸脱していたかと

（4）田中謙二「元典章文書の研究」『田中謙二著作集』二、汲古書院、二〇〇〇年、二七五－四五七頁（特に第二章「典章文書の基本用語」。初出：「元典章文書の構成」『東洋史研究』二三－四、一九六五年、四五二－四七七頁）。また、各種公文書の伝達経路や文書の分析方法については植松正「元典章文書分析法」『十三、十四世紀東アジア史料通信』二、二〇〇四年、一－一一頁を、カラホト文書実例の訳注や公文書の定型句の解析については、古松崇志「元代カラホト文書解読（一）（二）」『オアシス地域研究会報』一－一、二〇〇一年、三七－四七頁、五－一、二〇〇五年、五三－九七頁も参照されたい。

いった点についても可能な限り言及したい。

三　呈と申

最初に取り上げる呈と申は、いずれも下級の官庁・官人が上級官庁に提出する上申文書である。田中謙二によれば、『元典章』における呈と申には用法上の区別があり、呈は発信者が二品以上、申は三品以下が上申する文書である。また、三品以下の官庁でも、それを受け取る上司が統属関係にありかつ二品以上の場合には、呈を使用する。さらに、非統属の関係にある官庁間で六品以下の官庁・官人が三～五品の官庁に上申する場合には申を用いるという。

ただし、かかる機能的区分は、中央の官庁どうしや中央～地方間の通信を多く収録する『元典章』から導き出されたためであろう。カラホト文書を通覧すれば、呈は必ずしもこの原則どおりに運用されていなかったことがうかがえる。以下に、大英図書館が所蔵する呈の一例を紹介しよう。

史料1　Or.8212/734《元河渠司上亦集乃路総管府呈文》

1　河渠司
2　謹呈。承奉
3　総府指揮：「備奉
4　甘粛等処行中書省劄付：准

5 中書省咨：

6 奏奉

7 聖旨為拘収蒙古子女内：『除已与良人為妻妾的、難擬離異、将乞養過房典買放良、并年幼被売、

8 不知是何色目収聚、差人獲（護）送赴都。欽此』。仰欽依、拘収見数開坐呈府。承此」。

9 欽依、於概管渠道人戸内拘収得、別無乞養過房典買蒙古子女、中間並無隠蔵

10 虚愲（冒）、捏合不実。如後再行体問発露到官、但有隠蔵不行従実拘解、情願依例当

11 罪不詞。拠此合行保結、具呈

12 亦集乃路総管府。伏乞

13 照験施行。須至呈者。

〔後　欠〕

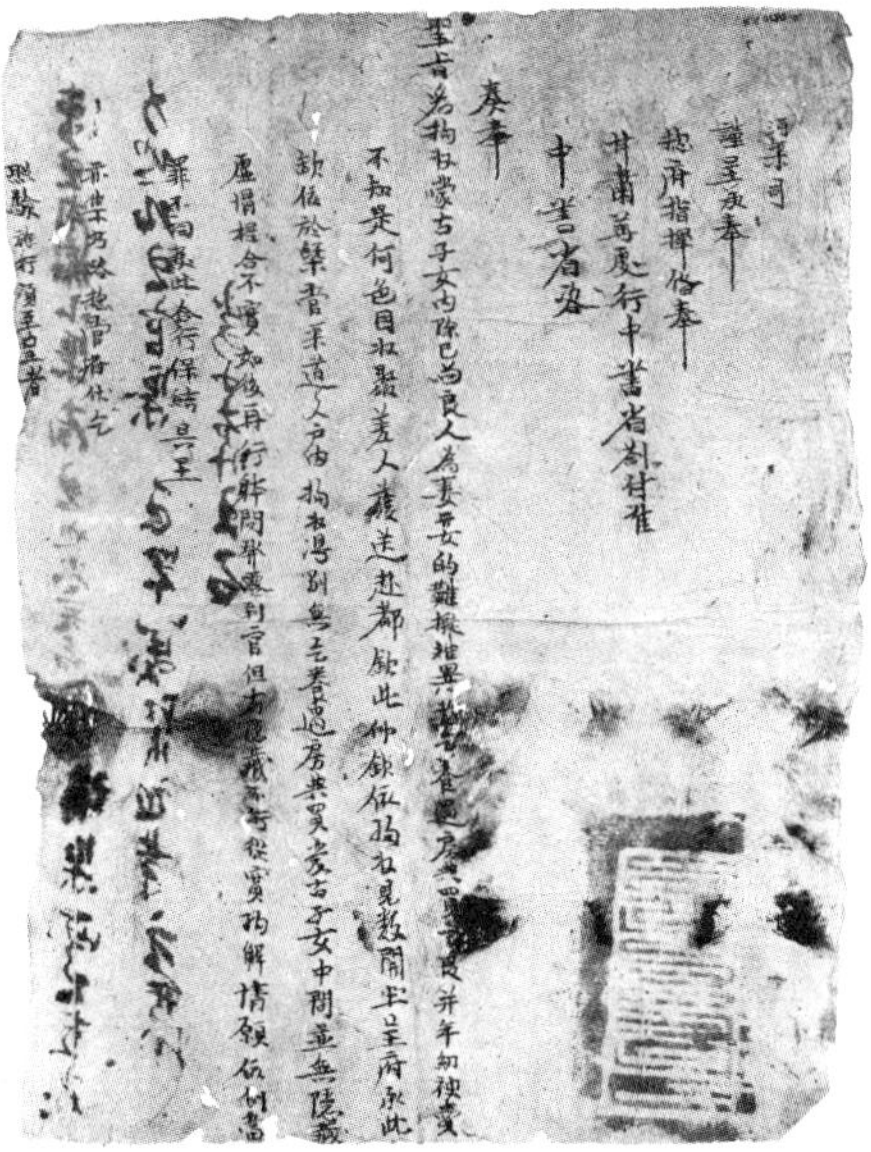

図6　Or.8212/734《元河渠司上亦集乃路総管府呈文》
（大英図書館蔵、H. Maspero, *Les documents chinois de la troisième expédition de Sir Aurel Stein en Asie centrale*, London, 1953より）

〔訳〕

河渠司《かきょし》が謹んで呈をお送りする。

受領した〔エチナ路〕総管府の指揮（下達文書の一種）に次のようにいう：

「受領した甘粛等処行中書省の箚付：

受領した中書省の咨：

中書省が上奏して奉じた聖旨「接収したモンゴル人の子女のこと」のなかには次のようにあった：

『すでに良人の妻・妾となっており離婚し難いものを除いては、養子になったり、質草にされたり、使用人から解放されて良人になったりしたもの、ならびに年が幼いときに買われてどの色目なのかわからないものたちを集めて、人を派遣して護送して大都に連れてこさせよ』。

〔エチナ路総管府から河渠司に〕申し付けるので謹んで〔聖旨に〕従い、接収した人数のリストを作成して〔河渠司から〕エチナ路総管府に呈を送るように。承此(5)」。

〔河渠司は〕謹んで従うに、管轄する城外区域の人戸を接収したところ、養子になったり質草にされたりしたモンゴル人の子女はおらず、その〔接収の過程の〕中で、モンゴル人の子女であることを隠したり匿ったりするもの、モンゴル人以外であると偽ったりするもの、事実でないことをでっちあげたりするものはおりませんでした。もし今後再び聞きただして〔隠匿や虚偽・捏造などが〕発覚して官庁に伝えられ、隠したり匿ったりしていて実情に即して接収・護送していないものがいれば、決まりに従って罪に当てて言い訳させないようにすることを強く願います。このことについては〔河渠司が〕保証すべきものであり、エチナ路総管府に具に呈をお送りいたします。詳しくお取り調べの上でご処置してくださいますようお願い申し上げます。呈を送るべきものである。

この史料1は、エチナ路管下の河渠司が路総管府に宛てた呈である。呈の書式は、『新編事文類聚翰墨全書』甲集巻五「諸式門」「公牘諸式」「行移往復体例」に「呈子首末式」として収録されており、これと比較すると史料1は「右、謹具呈」以下の定型句と日付・発信者名が欠落していることがわかる（なお、「呈子首末式」では冒頭が「具銜姓某」とあり、官庁でなく個人が出す書式となっている）。

呈子首末式

具銜姓某
謹呈
某処某司或某官。云云。為此、合行具
呈。伏乞
照験施行。須至呈者。
右、謹具
呈。
年月日具銜姓某呈
背面書字

史料1では、先に身元不明のモンゴル人子女を大都に護送するようにという聖旨の命令があり、それを受けたエチナ路総管府が該当者のリストを作成するよう管下の河渠司に指示を下したところ、河渠司は該当者なしと答えている。モンゴル人子女の売買・奴隷はクビライ期より社会問題となっていた。英宗シデバラは延祐七年（一三二〇）にウイグル人・漢人・南人によって転売され奴隷となったモンゴル人の子女を接収するよう最初の勅令を出し(6)、翌至治元年（一三二一）に再度勅令を発布すると、同二年（一三二二）には子女を隠匿する者への処罰を下命し、同三

（5）元代公文書にはこのような引用文を多重に用いた入れ籠構造文が頻出し、どこまでがひとつの引用文か判断が難しい。「承此」は箚付の末尾に置かれる言葉であるため、八行目までの一文は甘粛行省の箚付を引用したものとも考えられるが、文意からエチナ路総管府の発した指揮の引用文とした。

（6）この勅令は、『元典章』「刑部 十九」「諸禁」「禁典雇」《モンゴル人の子女の売買を禁止すること（禁典買蒙古子女）》、『元典章』新集「国典」「詔令」《至治改元詔》に見える。

年（一三二三）にこの一件は収束した。陳高華は、日付を欠く本文書を至治二～三年に年代比定している。[7]

さて、発信者の河渠司は地方の水利の管理・維持を担う下級官庁だが、エチナ路では総管府の下に置かれ、水利以外に徴税や田地管理、治安などを掌った。この河渠司を直接統括するエチナ路総管府は従三品にあたるため、田中の指摘に従えば（発信者が三品以下で、かつ受信者が二品以上ではないため）ここでは申が使用されるはずだが、河渠司は呈によって報告している。

実はカラホト文書では、河渠司のほかに税使司《ぜいしし》・銭粮房《せんりょうぼう》・司吏房《しりぼう》・吏礼房《りれいぼう》・広積倉《こうせきそう》といったエチナ路の各部局からの報告、司吏・儒学教授など路の官員の上申、寧夏に分置された甘粛行中書省分省の宣使（文書伝達を担当する吏員）が他の官員への粮食支給を要請してきた依頼文など、下級官庁・官員が上申する際に呈を用いている。このように、呈は品階に関係なく実にさまざまな官庁・官人を行き来する文書であったと見てよいだろう。

一方の申について、『元史』『元典章』『事林広記』など編纂史料ではこの書式は明確に規定されていない。しかし、おそらく『新編事文類聚翰墨全書』甲集巻五「諸式門」「公牘諸式」「行移往復体例」にある解子《かいし》と呼ばれる書式が、それに相当すると思われる。

解子首末式
皇帝聖旨裏、某処同前式、云云。為此、合
　行申覆、伏乞
　照験施行。須至申者。
右、具于前。伏乞
某　処　司　官

照験、謹具申
聞。謹録状上。
牒、件状如前。謹牒。
　年月日申。
　　具銜姓某。夫印信銜門。背面書字。
　若司県解子月日下即署
　司吏姓名・典吏姓某申。

『新編事文類聚翰墨全書』甲集巻五「諸式門」「公牘諸式」「行移往復体例」に収録される他の公文書の書式を見れば、

平関首末式……「合行移関、請照験施行、須至関者」
平牒首末式……「合行移牒、請照験施行、須至牒者」
今故牒首末式……「合行移牒、可照験施行、須至牒者」
牒呈首末式……「合牒呈、伏請照験施行、須至牒呈者」
呈子首末式……「為此、合行具呈、伏乞照験施行、須至呈者」

とあるように、その書式の名称が必ず文中に現れている。この解子の書式にも「須至申者」とあるため、解子は申とも呼ばれたことが推察される。また、時代は遡るが、唐代にも解式と呼ばれる上申文書が規定されていたが、実

（7）一連の勅書発布や年代比定については、高華（陳高華）「〝亦集乃路河渠司〟文書和元代蒙古族的階級分化」『文物』一九七五－九、一九七五年、八七－九〇頁に詳しい検討がある。

際には申式という文書が用いられていた。このことも、〈解〉と〈申〉という名称が互用されたことの証左となろう。

さて、その申の実例だが、カラホト文書になかにはほとんど見当たらない。次に紹介するのはその数少ない一例である。

史料2　M1・0192（F14：W6A）《糧食儲運文書》

1 □（皇）□（帝）聖旨裏、［　　］承奉
2 甘粛行中書省［　］為
3 ［　］該：准粛州分省咨該：来咨為変［　　］事、移咨本省、左丞袁殊剳付郎中也里帖木、提調
［　　］
4 ［　］□放支□□小麦壹伯貳拾石、磨□□□乾其子伍拾石去后回。拠粛州路申：至正三十年八月
［　　］
5 ［　］今年等処将人民頭畜粮食并未刈田禾搶劫残蕩在倉、止有倉［　　］肆升
［　　］
6 ［　］此事已経差照磨帖麦。并移咨粛州分省、指辦［　　］□予備完備差［　］
非軽、咨□［　　］
7 ［　］系□事繫非軽、除已差本省理□□□［　　］咨前去粛州分省
投達魯花［（赤）　］
8 ［　］□交轄□［　　］緊急変磨完備特辦快便脚力陸続差官与元差去官一同

［　　］
9 ［　　　　］奉此。府司、合行具申。伏乞
10 □（照）験施行。須至申者。

〔訳〕

皇帝のおことばによって、……〔が申し上げる〕。

受理した甘粛行中書省の「……のこと」という文書の概要：

受理した粛州分省の咨の概要：

〔甘粛行中書省からの〕「……のこと」という咨には次のようにいう：

粛州分省に咨を送ったところ〔その返答には〕「〔分省の〕左丞袁殊が郎中也里帖木・提調……に劄付を送って……

小麦一二〇石、製粉・乾燥させた穀物五〇石を支出させて〔二人が〕戻ってきた」とあった。

受理した粛州路の申：

至正三十年（一三七〇）八月に……今年の人民や家畜の糧食や未収穫の穀物で強奪され倉庫に残ったものは、倉庫に……

四升だけがあり……。

……このことについてはすでに人を派遣して残っている麦の点検を済ませた。さらに咨を粛州分省に送ったところ〔粛州分省は次のようにいっている〕「……〔人を〕任命・派遣して……用意を整えて万端にして人を派遣し……〔事態が〕軽くなければ……に咨を送っていただきたい」。……事態が軽くなければ、すでに甘粛行中書省の……を派遣したのはむろんのこと……粛州分省に行かせて、達魯花赤《ダルガチ》に……引き継ぎして……急ぎ製粉して全て整え、特に急送の運搬人を派遣して途切れることなく官員を派遣し以前に派遣した官員とともに……させよ。……奉此。

〔エチナ路〕総管府はまさに申を送るべきであり、伏してお取り調べのうえ施行をお願い申し上げる。申を送るべきものであ

図７　Ｍ１・0192（F14：Ｗ６Ａ）
《糧食儲運文書》
（内蒙古博物院蔵、『中国蔵黒水城漢文文献』２、271頁より）

る。

本文書は、至正三十年（一三七〇）という日付から北元期の文書とわかる。至正二十八年（一三六八）に大カアン、トゴン・テムルは大都を放棄してモンゴル本土に北走するが、甘粛地方は引き続き北元の支配下に置かれた。また、文中の粛州分省とは粛州に置かれた甘粛行中書省の分省のことであり、混乱の増す北元期の甘粛では各地の軍需をまかなうために甘州・粛州・エチナに分省が設置された。破損が著しく細部の文意を掴み難いが、この文書の大半は甘粛行中書省から届いた文書の引用文であり、さらにその中で粛州分省や粛州路から甘粛行中書省へ宛てられた文書を部分引用している。その内容は、トゴン・テムルの没年でもある至正三十年頃には粛州では食料不足に陥ったため、粛州分省から物資運送の要請があり、それが甘粛行中書省を経てエチナ路に伝達されたものと思われる。

文書末尾には「府司、合行具申。伏乞照験施行。須至申者」とあり、先に見た「解子首末式」と比べれば、この書式が申であると判断できる。また、この「府司」は路総管府の略称であり、発信者はエチナ路総管府であろう。一方の受信者は、本文書がエチナから発見されたことを考え合わせると、甘州を治府とする甘粛行中書省とは考えにくく、同じエチナ路に置かれた行中書省の分省であったに相違ない。

さて、先述の田中謙二による呈・申の法則に従えば、エチナ路総管府（従三品）から統属関係にある上級官庁の甘粛行中書省（従一品）には呈を用いるべきだが、ここでは申を発出したことになっている。この現象は北元期だけのものではなく、たとえば至元五年（一三三九）にエチナ路総管府が関係各所へ文書を発出した記録、M1・0778（F197：W33）《至元五年軍政文巻》(8)にも、エチナ路から甘粛行中書省へ申を送ったことが確認できる。

一、申甘粛行省。府司除已牒呈河西隴北道粛政廉訪司照詳外、合行具申。伏乞照詳施行。

〔訳〕

一、甘粛行中書省に申を送った。〔エチナ路〕総管府はすでに河西隴北道粛政廉訪司に取り調べについて牒呈を送ったほか、まさに〔甘粛行中書省にも〕詳しく申を送るべきである。伏してお取り調べのうえご処分をお願いする。

このような統属関係にある官庁間での申の通行は、次の『元典章』「台綱 一」「行台」《行御史台の取り調べなどの決まり（行台体察等例）》と『元典章』「台綱 一」「体察」《提刑按察司の取り調べなどの決まり（察司体察等例）》の

（8）写真は『中国蔵黒水城漢文文献』五、一〇〇五頁を参照。

条文からも確認しうる。

《行台体察等例》

一、提刑按察司比至任終以来、行御史台考按、得使一道官政粛清、民無冤滞為称職、以苛細生事、闇於大体、官吏貪暴、民多冤抑、所按不実為不称職。皆視其実跡、咨台呈省。

〔訳〕

《行御史台の取り調べなどの決まり》

一、提刑按察司の任期が終わるまでに、行御史台は勤務評価を行い、その地方の政治が清廉であったか、民に冤罪や遅滞なく職務にたえる才能であったか、刑事案件について厳正であったか、物事の本質に暗いか、官吏は貪欲・横暴であったか、民に冤罪を被った者は多いかを調べ、取り調べた結果が不正確であれば職務不適任とする。全てその実績を詳しく調べ、御史台に咨を、そこから中書省に呈を送れ。

《察司体察等例》

一、随路州県、若有徳行材能可以従政者、保申提刑按察司再行訪察得実、申台呈省。

〔訳〕

《提刑按察司の取り調べなどの決まり》

一、関係する路・州・県は、もし有徳の人材で政務を執り行える者がいれば、提刑按察司に推薦し〔提刑按察司は〕再度調べて事実を確認して、御史台に申を、そこから中書省に呈を送れ。

ここでは、同格の御史台・行御史台どうしは咨でやりとりするも、地方の提刑按察司《ていけいあんさつし》（粛政廉訪司）から直接の上級官庁である御史台には申を、御史台から統属関係にない中書省には呈を送るよう定められている。以上の呈と申の用法を見れば、発信者・受信者の品階や統属関係とはかかわりなく同じように用いられており、両者に機能的差異はないように見える。そこで書式面に着目すると、両者の大きな相違点は冒頭の「皇帝聖旨裏」の有無にあると思われる。申をはじめ元代公文書の多くには、内容や発出の正当性を保証する「皇帝聖旨裏（皇帝のおことばによって）」という文言が冒頭に付されるが、呈の実例や「呈子首末式」にはこれが全く見当たらない。さらに、参考になるのは『吏文輯覧』巻二「呈」に見える以下の説明だろう。

> 呈は申と同じである。ただし、各衙門の官印をもたぬもの、首領官やそれぞれ職役を課される官吏・里老・軍民などは、全て無印の呈を送る。俗に無印の呈を白頭呈文と呼ぶ。

通常、公文書には公権力の証として公印を押すきまりになっているが、この一文によれば呈は必ずしも押印の必要がなかった。このように「皇帝聖旨裏」の文言や公印を必要としないという特性は、呈が公文書として必要な手続きを経ずに発出できる柔軟な性格を備えていたことを示唆する。より詳しい機能については実例をさらに集めて分析する必要があるが、呈とは発信者・受信者の地位や統属・非統属の間柄にかかわりなく発出できる、略式の上申文書といえるのではなかろうか。

四　牒

牒は基本的には統属関係にない外路（中央の直轄地以外の地域）の官庁どうしがやりとりする文書である。『元典章』「吏部 八」「公規 二」「行移」《品階によって文書を送る決まり（品従行移等第）》や『新編事文類聚翰墨全書』甲集巻五「諸式門」「公牘諸式」「行移往復体例」には、下達に用いる今故牒・指揮、上申に用いる牒上・牒呈（牒呈上）、同格間に用いる平牒があり、下表のように、これらを発信者・受信者間のランク差に応じて使い分けることを事細かく規定している。

カラホト文書には、エチナ路総管府（従三品）と河西隴北道粛政廉訪司《かさいろうほくどうしゅくせいれんぽうし》（正三品）との間でやりとりした牒が残っている。先述の『元典章』の《品階によって文書を送る決まり》や『新編事文類聚翰墨全書』の「行移往復体例」には、三品官どうしの通信には対等な官庁間で通行する「平牒」を用いると規定されているが（正・従は同格に扱う）、粛政廉訪司が授受する牒については別規定があった。『元典章』「台綱 二」「体察」《按察司の審理などの規定（察司体察等例）》には、

受信者／発信者	三品	四品	五品	六品	七品	八品	九品
三品	平牒	今故牒	今故牒	指揮	指揮	指揮	指揮
四品	牒上	平牒	平牒	今故牒	今故牒	指揮	指揮
五品	牒呈上	平牒	平牒	今故牒	今故牒	今故牒	今故牒
六品	申	牒呈上	牒上	平牒	平牒	今故牒	今故牒
七品	申	申	牒呈上*	平牒	平牒	平牒	今故牒
八品	申	申	申	牒上	平牒	平牒	平牒
九品	申	申	申	牒呈上	牒上	平牒	平牒

＊七品の司県は申を用いる。

《察司体察等例》

一、提刑按察司行移、与宣撫司往復平牒。各路三品官司今故牒、回報牒呈上。四品以下並指揮、回報申。若諸衙門相関事務、除蒙古軍馬約会本管頭目、及干犯銭穀事理申台外、其余不須約会、仰提刑按察司、依理施行。

〔訳〕

《按察司の審理などの規定》

一、提刑按察司（正三品）の文書の授受については、宣撫司（正三品）とは往復ともに平牒、各路の三品の官庁には今故牒、〔路から按察司への〕返信は牒呈上、四品以下〔の官庁〕には全て指揮、その返信は申を用いよ。各官庁が互いに関係する事務については、モンゴルの軍馬のことで管轄の長官と協議したり、賦税の着服に関することを御史台に上申したりするのはもちろんのことだが、そのほかのことは協議する必要がなく、提刑按察司に申しつけて、道理に従って施行せよ。

とあり、粛政廉訪司（提刑按察司）と路との間では今故牒と牒呈上を交わす規定になっている。その一例として、粛政廉訪司の発した今故牒をとりあげよう。次に挙げるのは北元期のものだが、カラホト文書の中では珍しく首尾がきれいに完存している。

史料3　M1・1133（F9：W101）《宣光元年更換亦集乃路儒学教授》

1　皇帝聖旨裏、河西隴北道粛政廉訪亦集乃分司。付使哈剌哈孫朝夕常謂
2　　崇儒重道、因古昔之良規挙善荐良、尤当今之急務。照得、亦集乃路学費已
3　　摧毀、教養無法、与所委任非人、以至学校廃弛。今体察得権教授邢守善、并
4　　非教養之才、冒膺師儒之職、耽誤後進、玷汚儒風。擬将本人截日革去、若

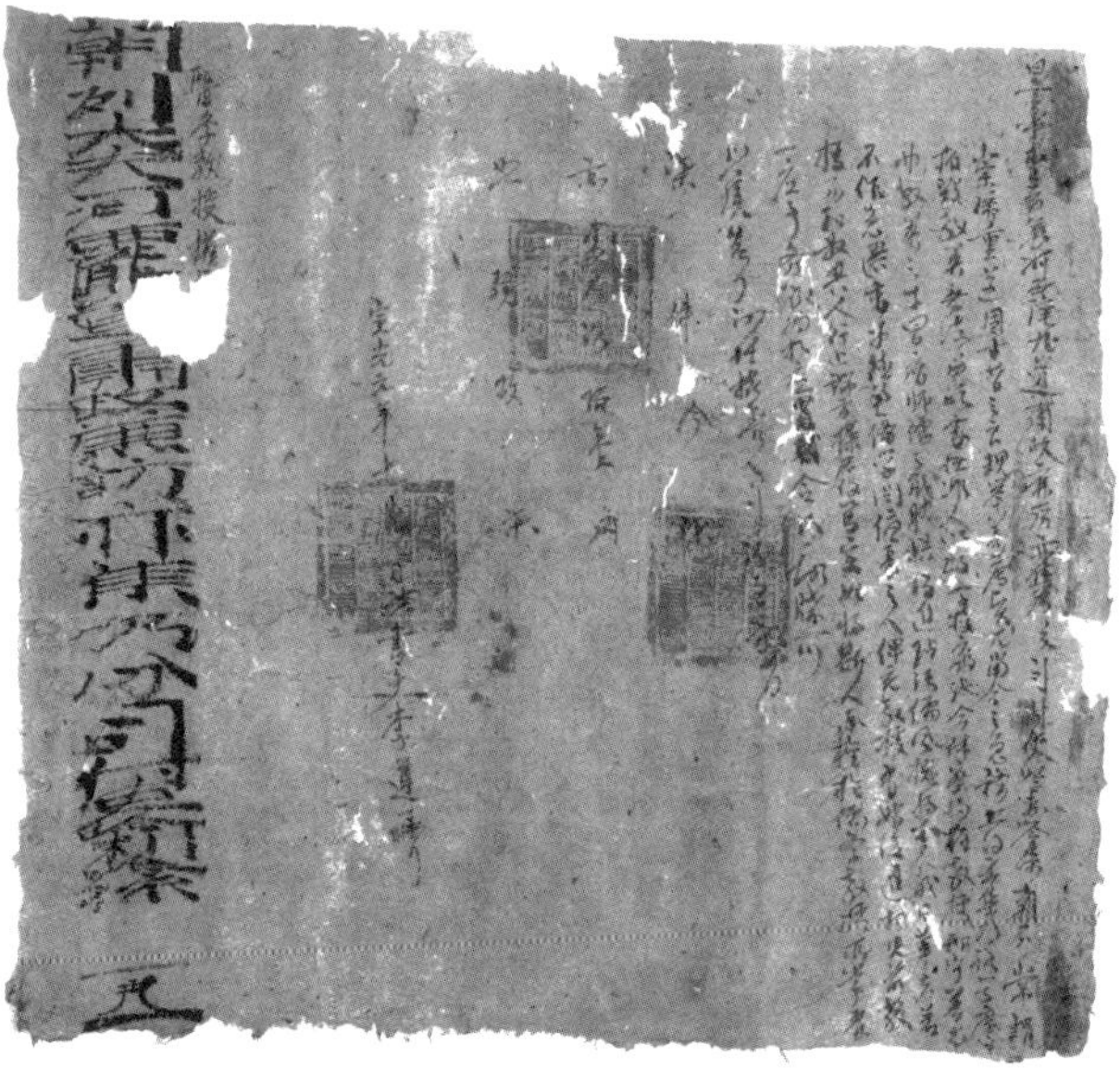

図８　Ｍ１・1133（Ｆ９：W101）《宣光元年更換亦集乃路儒学教授》
（内蒙古博物院蔵、『中国蔵黒水城漢文文献』７、1411頁より）

5 不作急選委才徳兼備学問擅長之人、俾充
教授、有妨後進。切見前教
6 授易和敬、其人行止端方操、履篤実如。
将斯人承権於儒学教授所掌管
7 一応事務誠為相応、累職。合行故牒、可
8 照験、告該路任総管施行。須至牒者。
9 牒　件。今　牒
10 亦集乃路総管府。
11 照　験。故　牒。
12 宣光元年十月　日牒。書吏李遵承
行。
13 医学教授権□□
14 朝列大夫河西隴北道粛政廉訪亦集乃分司付使
哈剌哈孫　（押印）

〔訳〕
皇帝のおことばによって、河西隴北道粛政廉訪エチナ分司〔が伝える〕。付使哈剌哈孫は儒学の教えを尊重し、昔からの良い決まりに従って優れた者を選出・推薦することは、もっとも目下の急務である、と朝

夕に常々述べている。調べたところでは、エチナ路における教育費はすでに破綻しており、教育も乱れ、不適格者に〔教授を〕委任したところ、学校が廃れるに至った。今調べたところ、権教授の邢守善は教養がないのに、みだりに教官の職を担当して、後進たちに悪影響を与え、儒教の学風を汚した。本人は即日罷免されたので、もし急いで学徳がありまた学識に長けた人を選んで教授に充てなければ、後進たちの妨げとなろう。思うに前任の教授である易和敬は、この人物の品行は謹厳実直、人柄も温厚篤実である。もしこの人物に儒学教授の管理する一切の事務を委任すれば実に相応であり、職を再任させるべきであろう。まさに故牒を送るべきであり、取り調べたうえで、当該の路に告知して総管に委ねるので、実施せよ。牒を送るべきものである。

牒するに、件のとおりである。今、エチナ路総管府に牒を送るので、取り調べられたし。故に牒す。

宣光元年（一三七一）十月　日牒。書吏　李遵が〔文書作成を〕担当した。

医学教授権□□

朝列大夫河西隴北道粛政廉訪エチナ分司、付使哈剌哈孫　（押印）

この文書は、元の滅亡後間もない北元・宣光元年（一三七一）に河西隴北道粛政廉訪エチナ分司からエチナ路総管府に宛てられた今故牒で、儒学教授の交替を求めている。元代では路・府・州に儒学教授を置いて儒学典礼を学ばせており、カラホトからも経典の写本・版本が多数出土している。

今故牒の書式は、『新編事文類聚翰墨全書』甲集巻五「諸式門」「公牘諸式」「行移往復体例」で次のように規定されている。

今故牒首末式

皇帝聖旨裏、某処同上式。云云。合行
　移牒、可
　照験施行。須至牒者。
牒件。今牒
某処某司或某職某官。
照験。故牒。
　年月　日牒
某官具銜姓　押

書式の名称や本文の締め括りにある「故牒」とは、下達形式の牒に用いる定型句であり、平行・上申ならば「謹牒」とする。このように、たとえ品階が同じであっても、廉訪司と路総管府との間には明確な上下関係があり、それは文書の表面上にも視覚的に表現されている。史料3では、河西隴北道粛政廉訪司の官印が文書の冒頭・中間・文末の三箇所に三角形を形作るように押印されているが、このような押印方式は上位者から下位者への下達文書に特徴的な押印方法であり、九～十世紀の敦煌文書や十二世紀のカラホト出土宋代公文書にも確認できる。

今度は史料3とは反対に、エチナ路から粛政廉訪司に宛てた牒を取り上げよう。この文書は後半が失われているが、永昌路に設置された河西隴北道粛政廉訪司の分司がエチナ路の罪人の数や罪状などについて問い合わせてきたので、それに対して路総管府が報告した牒呈である。辺境に置かれたエチナ路は他路とは異なり、州・県など末端行政組織が置かれなかったため、総管府が管内の一切の事件を処理していた。

史料4　MI・0528（F125：W71）[9]《審理罪囚文巻》

1　皇帝聖旨裏、亦集乃路総管府。今蒙
2　河西隴北道粛政廉訪司甘粛永昌等処分司按臨到路、照刷文巻審理罪囚、仰「将審理過見禁已未断
放罪
3　囚起数、元発事由、犯人招詞、略節情犯、前件議擬開坐、保結牒司、承此」。府司今将審理過
［　　］
4　［　］事由、犯人招詞、略節情犯、逐一対款議擬、已未断放起数開坐前去、保結牒呈。伏□（請）
5　照験施行。須至牒呈者。
6　一、総計［　　　　］

［後　欠］

〔訳〕

皇帝のおことばによって、エチナ路総管府〔が伝える〕。今、河西隴北道粛政廉訪司の甘粛永昌等処分司が巡察してエチナ路に至り、文巻の〈照刷〉と罪人たちの審理を行ったところ、文書を下達してきて「審理が済んで現在も収監中・放免済み・未放免の罪人の数、事件の発生理由、犯人の自白状、罪状の概略、これらのことについて議論して箇条書きにし、内容証明をして司（粛政廉訪司）に牒を送れ。承此」といってきている。府司（エチナ路総管府）は今審理し終わり……〔事件の発生〕理由、犯人の自白状、罪状の概略については、逐一項目を照らし合わせて議論し、放免済み・未放免の件数については箇条書きにし、内容証明をして牒呈を送る。伏してお取り調べのうえご処分をお願いしたい。牒を送るべき

（9）中国蔵カラホト文書に関するほぼ唯一の総合カタログ・史料集として、これまで長らく活用されてきた李逸友（編）『黒城出土文書（漢文文書巻）』（科学出版社、一九九一年）では、異なる文書番号（F125:W5）を付けているため注意を要する。

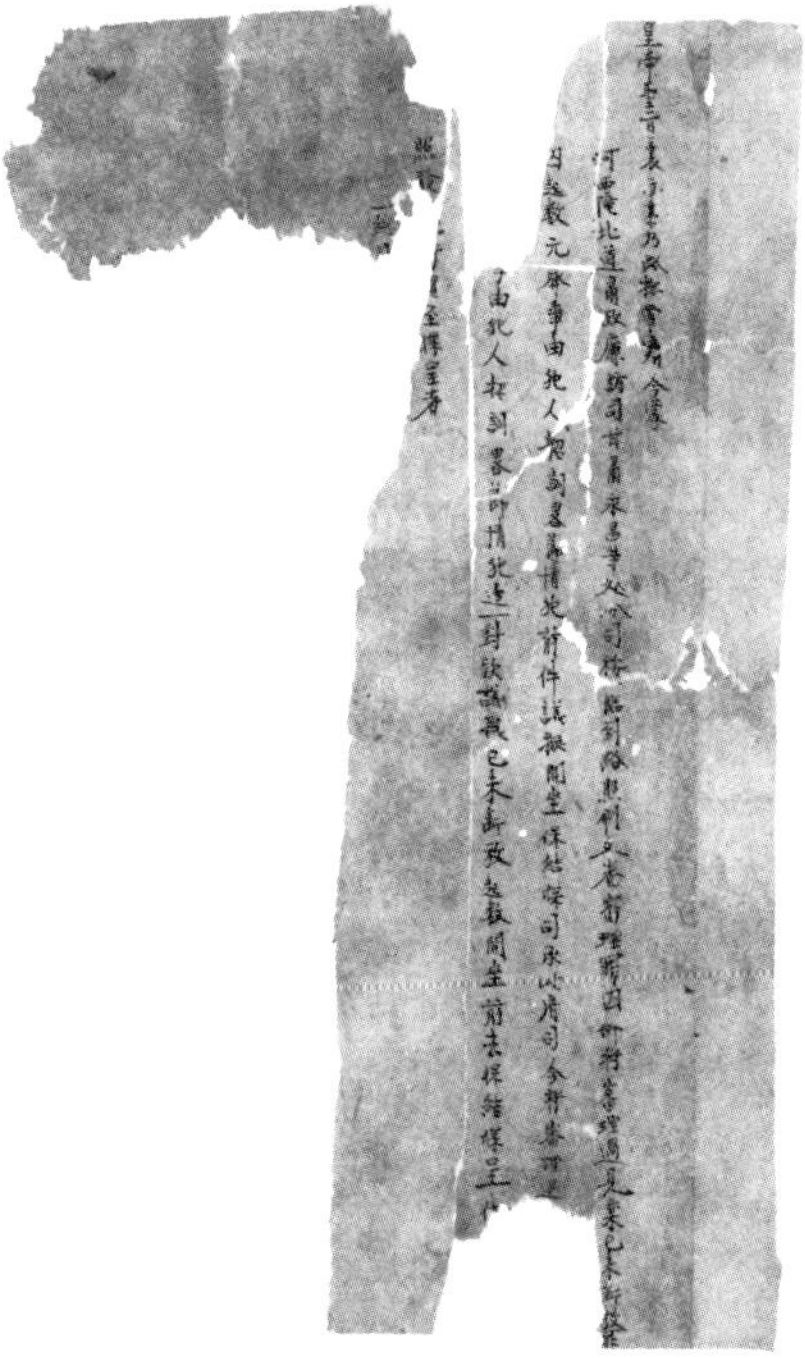

図９　Ｍ１・0528（F125：W71）《審理罪囚文巻》
（内蒙古博物院蔵、『中国蔵黒水城漢文文献』４、665頁より）

ものである。

一、総計……

〔後　欠〕

『新編事文類聚翰墨全書』甲集巻五「諸式門」「公牘諸式」「行移往復体例」所収の牒呈書式は以下のとおり。史料4は「須至牒呈者」までが残っており、「牒具如前事」以下が欠損している。

牒呈首末式

皇帝聖旨裏、某処同上式。云々。合行

牒呈。伏請

照験施行。須至牒呈者。

牒具如前事。須牒呈上

某処某司或某職某官。伏請

照　験。謹　牒。

年月日謹呈上。

某銜姓某押

さて、史料4はエチナで発見されていることから、この文書の宛先は照刷を行った永昌路の粛政廉訪司分司ではなく、史料3にも現れる、エチナ路に設置された分司と思われる。また、宛先が仮に永昌路分司であるならば、照刷のことばを長々と引用する必要もないはずであり、エチナ路分司に事情を説明するためであろう。本文書には発信者であるエチナ路総管府の官印が見当たらないが、カラホト文書に残る上申文書は末尾の日付の上に一箇所だけ押印するケースが多く、史料4も欠損している日付の上に路総管府の印があったと推測される。

ところで、元代の牒は唐宋代のそれを受け継ぐものと説明されがちだが、実は両者には書式や機能の面でいくつかの変化・相違点が認められる。そもそも、唐代の牒は、官庁内における下達、官人の上申、直接の統属関係にない官庁・官人の通信（下達・上申・平行の全てを含む）という機能があり、さらに唐後半期には幕職官・軍職官を辟召するための補任文書としても用いられた（これを牒補と呼ぶ）。このように多彩な機能をもつ牒であるが、宋代には非統属関係の通信、補任文書としてのみ用いられるようになり、元代ではさらに非統属関係の通信のみとなり、それも授受する官庁・官人の品階によって使用制限を伴うものであった。

また、宋代牒の書式は司馬光撰『司馬氏書儀』巻一「公文」「牒式」に次のように規定される。

某司牒。　某司。或某官。

　某事云云。

牒云云。若前列数事。則云牒件如前。云云。謹牒。

　年月　日。牒。

列位三司、首判之官一人押。枢密院、則都承旨押。

ここに見えるように、牒とは冒頭に発信者・受信者、次いで案件の主旨である事書を明記した後に、本文を記す。その本文は、「牒」と書き出して「謹牒（下達ならば故牒）」と結句するきまりであった。しかし、前出の史料3や『新編事文類聚翰墨全書』甲集巻五「諸式門」「公牘諸式」「行移往復体例」の「平牒首末式」「今故牒首末式」「牒呈首末式」と比較すれば、元代の牒における「牒～謹牒（故牒）」というフレーズは本文の終わりに置かれ、受取人へ取り調べを求める定型文と化しており、唐宋代と元代とでは書式の構成にも大きな変化が認められるのである。

五　箚付

箚付（箚子・札付・札子）とは、北宋期より現れる公文書の書式であり、宋代では中書門下や枢密院といった中央官庁が勅令を待たずに細事に関して命令を下す場合、あるいは上殿奏事（皇帝の面前で直接上奏すること）の場合に用

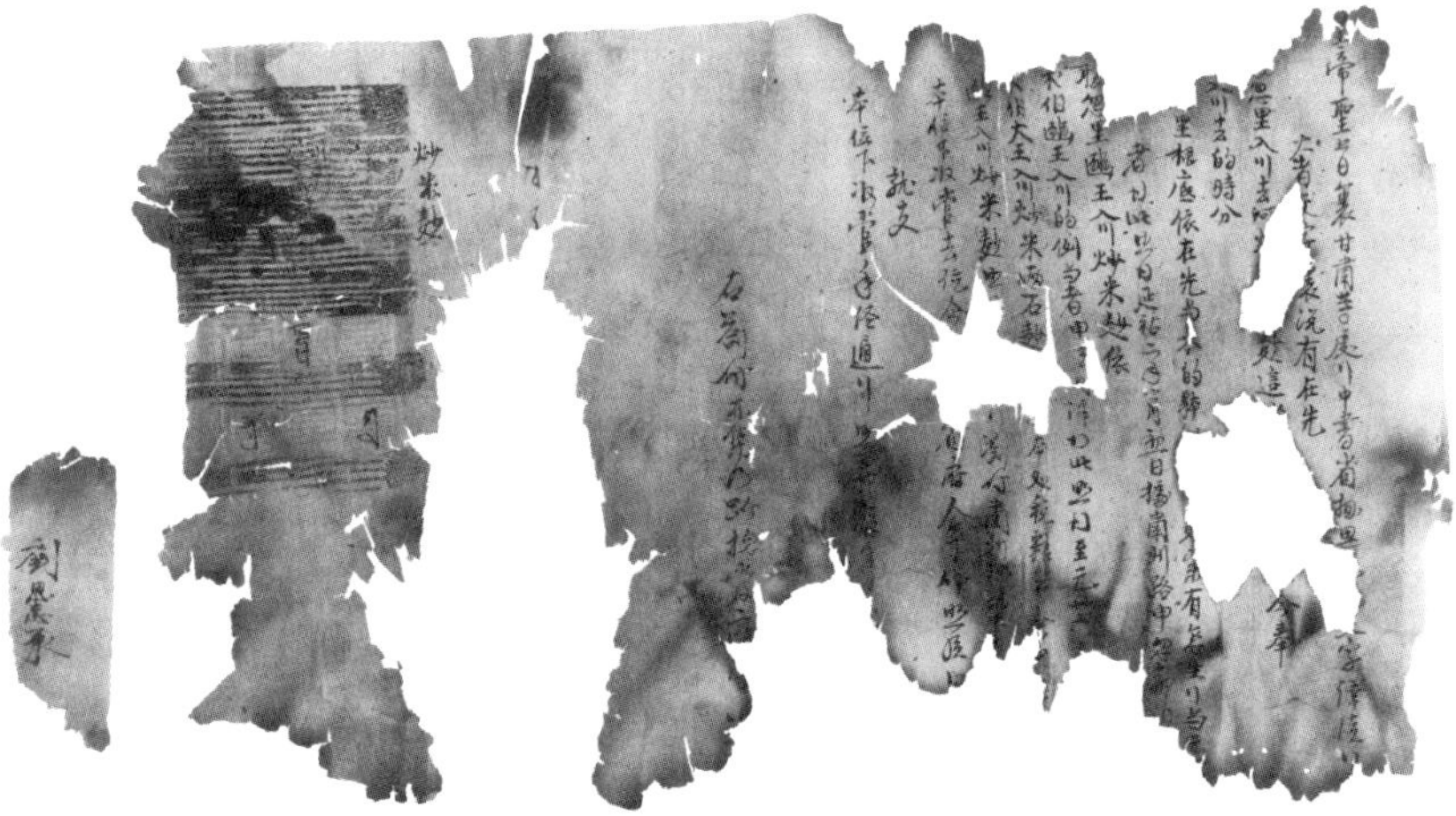

図10　M1・0267（F116：W561）《軍用銭糧文巻》
（内蒙古博物院蔵、『中国蔵黒水城漢文文献』２、369頁より）

いられた。ただし、同じくカラホトから出土した北宋末の箚付文書を見ると、地方においては緊急時に用いる下達文書としても使用されたようである。元代では、中央・地方に関係なく、上級官庁が下達する公文書を箚付と呼んだ。カラホト文書には、甘粛行中書省から送られてきた箚付の原物がいくつか存在するが、そのうち比較的よく原形をとどめている一例をあげよう。

史料5　MI・0267（F116：W561）《軍用銭糧文巻》

1　皇帝聖旨裏、甘粛等処行中書省。拠畏兀兒文字訳
　　該、行□［　　］
2　　　火者文字裏、説有。在先
3　暖忽里入川去呵、炒［　　］麩、這□［　　］。
　今奉
4　□、入川去的時分
5　暖忽里根底依在先与来的体例［　　］麩嗦有、
　　怎生行与亦火［　　］
6　　者、得此。照得延祐二年六月初一日拠粛州路
　　　申：忽都伯［　　］
7　暖忽里豳王入川炒米麩、依

朮伯豳王入川的例与者。申乞明降、得此。照得至元廿六年〔　　〕
朮伯大王入川炒米両石・麨〔　　〕、本処税粮并倉屯□〔　　〕
豳王入川炒米麨、照依〔　　〕行箚付粛州路亦只失〔　　〕
本位下収管去訖。今〔　　〕省府、合下仰照験、明〔　　〕
　　就支
本位下収管、年終通行、照算施行者。〔　　〕
　　右、箚付亦集乃路総管府、准此。
kha …（パスパ文字）
　炒米麨
yen ʻueu cʻi (?) nen leu ʼu̯e čʻu ši ži（パスパ文字、延祐七年六月初十日）

〔訳〕

皇帝のおことばによって、甘粛等処行中書省〔が申しつける〕。

ウイグル文文書の翻訳の概要には、「送付した……火者《ホージャ》の文書のとおりにせよ」とあった。さきごろ、暖忽里《ノム・クリ》が入川したところ、炒った〔穀物・〕麦粉が〔不足しており〕……である。今受理した……には、次のようにいう：入川した時に暖忽里に以前に与えられた決まりによって……したとあるが、どのように亦火……に支給すればよいだろうか……。得此。

そこで延祐二年（一三一五）六月一日に受領した粛州路の申を調べたところ次のようにいう：忽都伯……暖忽里豳王《ひんおう》の入川の炒った穀物・麦粉については、朮伯《チュベイ》豳王が入川した際の規定に従い支給した。申を送るのでご裁断いただきたい。得此。

また至元二十六年（一二八九）の……を調べたところ、「……朮伯大王の入川の炒った穀物両石、麦粉……は、ここの税糧〔司〕ならびに倉屯が〔支給した〕」とあった。

そこで〔暖忽里〕豳王入川の炒った穀物・麦粉については……に従って粛州路の亦只失に劄付を送り……、暖忽里豳王が受領し終えてはいかがか。今、……甘粛行中書省〔が考えるに〕、ただちに申しつけて書類の照合をし、〔支給する数量を？〕明らかにして、すぐに〔粮食を〕暖忽里豳王に支給し、年内まで送りとどけ、数量を検査せよ。

　右のことがらにつき、エチナ路総管府に劄付を送る。此を准《う》けよ。

（パスパ文字）

　煎り米・麦粉に関すること。

延祐七年（一三二〇）六月初十日

朮伯《チュベイ》豳王《ひんおう》とは、チンギス・カンの次男チャガタイの曽孫、チュベイのことであり、彼は武宗カイシャンにより一三〇七年に豳王に封ぜられている。また暖忽里とはチュベイの子ノム・クリ（喃忽里）で同じく豳王に列せられ、亦只失は彼の曽孫にあたる。(10) また、文中で繰り返される〈入川〉とは、エチナ路より漠北のカラコルムへと向かうゴビ灘へ進むことを指す。(11) 肝心な箇所が破損しているため、内容を完全に読み取るのは困難だが、ノム・クリが漠北へ進軍するに際して粮食が不足し、甘粛行中書省に穀物や麦粉の支出を要請してきたため、一二八九年と一三一五年の両年の事例を引用して、エチナ路に粮食の支給を命じたものであろう。

(10) チュベイとその一門については杉山正明『モンゴル帝国と大元ウルス』京都大学出版会、二〇〇四年を、また史料5および6に見える人名の比定については李治安「元中葉西北〝過川〟及〝過川軍〟新探」『歴史研究』二〇一三-一、二〇一三年、一九-四三頁を参照。
(11) 前掲注の李治安論文を参照。〈川〉は漢語で荒漠・ゴビ灘を指すとともに、山間の街道を意味するモンゴル語 čül ~ čöl の音訳に通じる。

劄付（札付）の名称は『元典章』に頻出するも、実はその書式は編纂史料に残っておらず、宋代の規定にもない。カラホト文書には十三点ほどの劄付の実例を確認できるが、それらをもとに次のように復元できる。

皇帝聖旨裏、[発出主体]。……〔本文〕……須議劄付者。
　右、劄付[宛先]、准此。

[標目]

[年月日]

至元六年に制定されたパスパ文字は、当初は皇帝・皇族の璽書や中央官庁の用いる公文書に限定使用されていたが、大徳年間（一二九七〜一三〇七年）までには路レベルの地方官庁にも文書の概要や標目、官印をパスパ文字モンゴル語で記すよう制度が整えられていった。カラホト文書でも、モンゴル王族からエチナ路に宛てられた文書のほかに、甘粛行中書省やエチナ路総管府で作成した誓約書末尾の署名、任命状末尾の定型句、勘合文書の割り書き、公文書の標目にパスパ文字が使用されている。(12) 史料5の標目も、漢字とパスパ文字モンゴル語が併記されている。劄付において最も特徴的なのは、末尾の年月日であろう。他の書式が日付を墨書するのに対し、劄付は文書末尾にパスパ文字漢語の日付印（墨印）を押し、その空白部分に墨筆でパスパ文字漢語の数字を加筆している。そして、この墨印の上から、発出官庁である甘粛行中書省の朱方印を押印している。

六　照刷

〈照刷〉とは監察権をもつ行御史台や粛政廉訪司などが、毎年春季と夏季の二回、各官庁の処理した文巻をチェックし、文書処理に遅滞や遺漏がなかったかを点検することを指す。元代文書行政を特徴づける文書検閲システムで、いわばことばが正しく仲介されたかどうかを検査し、もし違反があれば速やかに正しく仲介を行わせる手続きといえよう。このようなシステムは北宋より始まるが、元代の照刷制度の直接的な淵源は金の提刑按察司の職掌に遡る。(13) カラホト文書には、この〈照刷〉を経て架閣庫（官庁内の文書保管庫）に保存された文巻がある。この文巻をもとに、〈照刷〉の流れを見てみよう。なお、テキストは便宜上①～⑤に区切ってある。

史料6　M1・0295（F116：W552）《大徳四年軍用銭糧文巻》

①
1　皇帝聖旨裏、亦集乃達魯花赤総管府。六月［　　］
2　蛮子歹駙馬位下使臣帖失兀、
3　海山太子位下使臣阿魯灰本路経過、赴

(12) 元代公文書におけるパスパ字使用については、中島楽章「元代の文書行政におけるパスパ字使用規定について」『東方学報（京都）』八四、二〇〇九年、九一－一三八頁を参照。
(13) 照刷制度の淵源や規定については、孫継民・郭兆斌「従黒水城出土文書看元代的粛政廉訪司刷案制度」『寧夏社会科学』二〇一二－二、二〇一二年、八七－九三・一一七頁に詳しい。

図11　M1・0295（F116：W552）《大徳四年軍用銭糧文巻》
（内蒙古博物院蔵、『中国蔵黒水城漢文文献』2、397頁より）

①

朮伯大王位下為迤北軍情啈息勾当等事：在倉粮斛数少、旦夕□［　］
大王大軍経過迤北征進到於本路支請口粮、委是不敷支遣。又□［　］
処人民所種田禾将欲出穂、却被蛆虫食践、未見収□（成？）［　］
特已於五月廿四日・六月十八日、二次差人賫解赴
省、計稟攢運粮斛准備支持。去後今月廿二日、有使臣帖失兀・阿魯灰
［　］
朮伯大王位下復回説称：
朮伯大王軍馬経由本路入川征進、准備炒米麨粮等事。本路□［　］
係小麦一色、又兼数少、委是不敷、申稟早為於甘州等［　］
運米麦前来、供給支持、不致耽悞軍儲去訖。□［　］
朮伯大王位下使臣也帖立禿思不花等赴
晋王位下伝奉
脱忽帖木兒大王
脱忽答大王令旨：経由本路入川征進准備炒米麨［　］
敬此。

②

一、申　甘粛等処行中書省。　照得、先［　］
粮并支持掃里鈔定、已行差［　］
省、計稟去訖、未蒙
明降。今敬前因、合行作急□［　］

③

照詳早賜照例
明降、付下施行、似望不致□［　］
一、差　站馬戸　卜普极、合　□［　］
差本城起馬一匹前［　］
省計稟、回日繳納訖。

（紙縫）

④

右、各行。
大徳四年六月　　日府吏［　］
為軍粮掃里鈔事。　提控案牘馮［　］
知　事　李［　］
経　歴　□［　］
「廿九日」

（紙縫）

⑤

創行未絶一件為計置軍粮［　］
省。検日為首至［　］
別不見差（錯）□［　］
聖旨検違錯置□［　］
詔書詳□後箚［　］
王信

39　「河西隴北道粛政廉訪司　刷訖」　書吏

40　石泉

〔訳〕

①皇帝のおことばによって、エチナ路達魯花赤総管府〔が伝える〕。

六月に……蛮子歹駙馬の使臣の帖失兀、海山太子の使臣の阿魯灰《アルグイ》が本路〔エチナ路〕を通過し、朮伯《チュベイ》大王のもとに赴き伝えた文書「長城以北の軍事情勢や消息などのこと」には次のようにあった：

〔エチナ路の〕倉には糧食が乏しく、朝夕に……。大王の大軍が〔エチナ路を〕経て長城以北に進軍しようとする際に、本路に到着して糧食を要求したが、明らかに〔エチナ路の備蓄する糧食は〕支出するには不足していた。また……にて人びとが播種した穀物は穂が実ろうとしていたが、虫によって食べられてしまい、まだ収穫にいたっておらず……。すでに五月二十四日・六月十八日に、二度にわたって人に上申書をもたせて甘粛行中書省へ派遣して、糧食を集めて運搬することを協議・報告し、〔大王の軍馬への〕支援に備えようとした。

そののち今月二十二日に、使臣の帖失兀・阿魯灰が〔戻ってきて〕、朮伯大王の再度のおことばを次のように伝えた：

朮伯大王の軍馬は本路を経由して入川し進軍するので、炒った穀物・麦粉・糧食を用意するように。

本路は……小麦一種類〔しか取れず？〕、また数が少なく、明らかに不足しているので、速やかに甘州など……から穀物をこちらへと運送し、〔軍に〕供給・支援し、軍需物資の遅滞・不足がないように速やかにしていただきたい……。

朮伯大王の使臣である也帖立禿思不花等が晋王のもとに赴き、文書でいただいた脱答帖木兒《トク＝テムル》大王・脱忽答《トクタ》大王の令旨には：

本路を経由して進軍するので、炒った穀物や麦粉……を用意せよ。敬此。

とあった。

②　一、甘粛等処行中書省に申文書を送った。調べたところ、以前……の粮食や支援のための掃里鈔定《そうりしょうじょう》については、〔甘

粛〕行中書省に送って相談し終わったが、いまだにご決定を受けていない。今、このような理由のため、急ぎ……ご決定をいただき、きまりや〔以前の〕ご決定に照らし合わせて、ご命令を下して、……がないようにすることを望む。

③　一、站馬戸の卜普极……に下知した。本城の舗馬一頭を出させて……行中書省に行って相談させ、戻ってきた日に〔馬を〕返納し終わらせた。

④　右のことについて、それぞれ文書を発送した。
大徳四年（一三〇〇）六月　日、府吏〔　　　　　〕
軍粮・掃里鈔に関すること。　提控案牘馮〔　　　　　〕
知　事　李〔　　　　　〕
経　歴　〔　　　　　〕

「二十九日」

⑤最初に照刷した未決の一件「……軍糧のこと」については……行中書省に……。検目をはじめに……。そのほかに錯誤はないが……、聖旨には内容の錯誤を調べて……とあり、詔書には審査したのちに箚子を……。
王信
「河西隴北道粛政廉訪司　刷訖」　書吏
石泉

本文書が作成された時期は、著名なカイドゥの乱の時期にあたる。文書中の朮伯《チュベイ》大王とは前出の史料5にも登場したチャガタイの曽孫。当時彼は、河西地方から天山山脈東部までの地域をめぐってカイドゥの勢力と争っており、対カイドゥ戦の最前線にいた。カイドゥは翌一三〇一年に劣勢を巻き返すためにモンゴル高原に進軍して決戦を試みるが、それを断つべくチュベイはエチナ路を経由して西方（チャガタイ・ウルス）への進軍を計画していたようであり、その必要物資をエチナ路に求めていたことが本文書からうかがえる。

史料6を扱ったこれまでの研究には、①～④をエチナ路総管府から甘粛行中書省へ宛てた公文書という見解があるが、正しくは甘粛行中書省および站馬戸に文書を発出し事務を処理したことを、エチナ路の官員が路の上司に報告したものである。そうでなければ、この文書がエチナ路（カラホト）から発見された説明がつくまい。このような事務処理記録はカラホト文書に多数残っており、文書の決裁や発給にかかわる事務処理のあり方を仔細に復元することも可能だが、今のところまとまった研究はない。

①には、使臣である帖失兀・阿魯灰を通じて、エチナ路は食料が不足し困窮している状況をチュベイに伝えたが、再度チュベイから食料調達の指示が下ったため、甘粛行省に物資の運送を依頼すべきことが述べられている。またチュベイは、モンゴル高原に駐留する晋王カマラを通じて、同じように糧食の用意を指示した脱答帖木兒《トク＝テムル》大王（チュベイの弟）と脱忽答《トクタ》大王（チュベイの長男）の令旨をエチナ路に送りつけており、これら関係文書が引用されている。

②は、チュベイたちの要求に応じるために甘粛行省に物資の援助を求めたが、まだ決定を受けていないので、再度督促するために甘粛行省に送った申の要約。③は、站赤に関する諸種の徭役《ようえき》を課された站戸《たんこ》に指示して、舗馬《ほば》を供出・返納させた旨を報告している。④には、文書事務の責任者である提控案牘《ていこうあんとく》兼照磨承発架閣《しょうましょうはつかかく》・知事・経歴の三名が、文書を正しく発出したことを確認した署名とこの案件の標目がある。掃里鈔定は不明だが、食料買い付けの資金と思われる。

⑤が『元典章』において〈刷尾〉と呼ばれているもので、照刷を行った官庁（ここでは粛政廉訪司）が検閲する文巻に料紙を貼り継ぎ、そこに検閲の結果を記したものである。『元典章』「台綱 二」「照刷」《照刷の手順（照刷抹子）》

には、検査官が刷尾に記載すべき文言や手続きについて詳しい説明がある。

《照刷抹子》
刷住稽遅。如有前巻即便捧照、自元発事有写立剳子［取］招議罪。
（中略）
　刷住稽遅文巻、於刷尾上標写「稽遅」或「違錯」二字。
　於刷尾紙上標「照過」二字。
　於刷尾縫上使墨印「刷訖」字一半、上使司印、勿漏繋書。
　照刷尾上「已絶」「未絶」二字、須要標写、先照後刷。
　刷印并司印、須要円正分明。

〔訳〕
《照刷の手順》
文書の遅滞を点検せよ。もし以前の文巻があればすぐに対照せよ。以前より起こっている事であれば剳子を書いて、自白状を取って罪を議論せよ。
（中略）
- 〔処理が〕遅滞している文巻を点検しおわったら、刷尾（刷巻の末尾）に〈稽遅〉（遅滞）あるいは〈違錯〉（錯誤）の二字を書くこと。
- 〔点検が終わったら〕刷尾の紙には〈照過〉（調べ終わった）の二字を書くこと。
- 刷尾の紙縫の上に墨印で〈刷訖〉（照刷済み）の文字の一部があるものを押し、その上に官庁の印を押し、記入漏れや加筆がないようにせよ。
・刷尾に〈已絶〉や〈未絶〉の二字と書き、標目を写して、先に〔文巻の内容と〕突き合わせて、後で〔内容を〕検査せよ。
・刷印および司印は、正しくはっきりと押印するようにさせよ。

照刷を受けた文巻は、案件の処決が済んだもの〈已絶〉、未決のもの〈未絶〉に分類され、検査結果が刷尾に記入される。史料6では「未絶」とあり、甘粛行中書省や站馬戸へ文書を送ったものの、実際には粮食の用意ができなかったことがわかる。なお、史料6の三十三行目「創行」は、「連続する案件の一件目」を表し、二件目以降は「接行」と書く決まりになっている。また三十四行目には「検目」なる言葉が見える。この検目とは皇帝に上奏すべき事柄を箇条書きにした文章や官庁間で行移する文書の草案を指すので、未処理の本件については当日中に草案を作成しなおして甘粛行中書省と粛政廉訪司に文書を発送せよ、とあったのではなかろうか。続く三十五〜三十七行目は朱筆で、三十三・三十四行目の照刷のあとにさらなる検査を受けて記載されたものであろう。《照刷の手順》には、文巻と刷尾を貼り継いだ紙縫の上に「刷訖」の墨印を押すようにと規定しているが、史料6では刷尾の終わり三十八〜四十行目に、粛政廉訪司による照刷が済んだことを示す墨印「河西隴北道粛政廉訪司　刷訖」と粛政廉訪司の吏員二名の署名がある。また、墨印の上に朱方印が押されているが、これは河西隴北道粛政廉訪司の官印であろう。

「已絶」（事済み）で照刷を経た文巻は、分類番号が付されてから各官庁の文書保管庫である架閣庫に収蔵された。『元典章』「吏部　八」「公規　二」「案牘」《また至元新格について（又至元新格）》には、

《又至元新格》

諸已絶経刷文巻、毎季一択、各具事目首尾張数、皆以年月編次注籍。仍須当該検勾人員躬親照過、別無合行不尽事理、依例送庫、立号封題、如法架閣。

〔訳〕

《また至元新格について》

全ての事済みで〈照刷〉の終了した文巻は、四ヶ月毎に一度整理し、それぞれの案件の事書きと最初から最後までの料紙の枚数とを記録して、全て年月順に並べて帳簿に記録せよ。さらに当該の検査担当者が自らチェックし終わってから、他に処理すべき未処理の事項がなければ、決まりどおり架閣庫に送り、番号を付して封をして、法令どおりに架閣庫に入れよ。

とある。しかし、史料6の文巻は未決（未絶）であり、そのうえ甘粛行中書省と粛政廉訪司に出すべき文書は草案から作りなおしを命ぜられている。この場合の処理については、『元典章』「吏部 八」「公規 二」「案牘」《文書を授受・発送した文巻について（承受行遣巻宗）》に引く至元新格に詳しく定められており、案件の処決や照刷の済んでいない文巻は別に台帳を作って後日の点検・報告に備えたことがわかる。

《承受行遣巻宗》

諸吏員差除（云云、見前例）。近照刷建康路総府并諸衙門文巻、比照出漏報埋没不見等巻四千六百一十二宗。除別行外、看詳、宜従行省以下諸衙門将在前刷過絶巻依例編号架閣、見行未絶并已絶未経照刷文巻分朗置簿、開附印押、以備照勘呈報。

〔訳〕

《文書を授受・発送した巻宗について》

全ての吏員の任命（……については、前例を見よ）。最近、建康路総管府と諸衙門の文巻を照刷したところ、近頃の報告忘れ・行方不明・逸失などを調べだした文巻は四六一一件。〔これらの文巻については〕別に処理を行うのはもちろんのことだが、おもうに、行中書省以下の諸衙門は、以前に照刷し終わって事済みとなった文巻を決まりに従って番号を付して架閣庫に納め、また現在処理中の処決の済んでいない文巻、そして事済みだがまだ〈照刷〉が済んでいない文巻については、きちんと帳簿を作成して、それぞれに項目毎にチェックして押印・署名し、〔後の〕点検や報告に備えさせるべきである。

本章冒頭に掲げた案件《賭博に関する賞金のこと》や史料4・6といった実例と合わせて見れば、〈照刷〉というシステムは実に見事に機能しているように見える。視点を変えれば、建康路では総管府以下の諸官庁に半期だけで四六一一件もの違反が報告されているように、この検査システムを導入して厳しく管理しなければ、報告忘れ・行方不明・逸失など文書行政に著しい滞りが生じたのである。ただし、前掲《文書を授受・発送した文巻について》や同じく『元典章』「吏部 八」「公規 二」「案牘」に収録される《文巻の已絶は分類して架閣庫に納めよ（文巻已絶編類入架）》によれば、文書処理の遅滞・遺漏の背景として、文書を扱う吏員が任期交代する際に引き継ぎミスが多発していたことを伝えている。また、『元典章』や『通制条格』には、しばしば怠慢によって〈照刷〉そのものが履行されておらず、そのことを戒める聖旨や法令も散見される。このように、元朝にとって〈照刷〉とは厳守すべき理念ではあったが、実態としては必ずしも万全に機能しておらず、現実の行政を円滑に進める潤滑油たり得なかったのではなかろうか。

七　元代公文書の特性と今後の課題

『元典章』文書の形態面の特筆すべき点は、漢文吏牘体とモンゴル文直訳体との混在する独特な文体もさることながら、延々と繰り返されて入れ籠構造になった重層的な引用文も、もうひとつの特徴として挙げられるであろう。冒頭の案件《賭博に関する賞金のこと》は、中書省から江浙行省に送った文書（おそらく咨）だが、その本文は県レベルの末端行政単位や庶民の発することば、また関係官庁の意見・議案の引用で占められており、中央官庁の下した意思決定は末行の「都省准擬」の四文字だけとなっている。このように文中に大幅に節略された文書やことばを数多く引用するがゆえに、『元典章』の解読は困難を極めるが、それは『元典章』編纂者が関連法案や案牘を引用する際に大幅に手を加え、とくに文書の授受に係わる煩瑣な手続きを節略したためと説明されることもある。

しかし、上に紹介したカラホト文書を見れば、引用・節略は『元典章』編纂者の手によるものではなく、すでに原文書において行われていることが明らかであろう。とりわけ史料1では、皇帝の聖旨が中書省→甘粛行中書省→エチナ路→河渠司と各官庁間を逓送《ていそう》されて行政の末端に伝達されていく過程が明確に示されており、文書の伝達は逓送を原則としていたこと、またその経路を文書中に明記する仕組みになっていたことがうかがえる。中央アジア出土文書を通覧すると、このような伝達経路の明記や頻繁な文書の引用・節略は、唐代には見えず北宋期から顕著となる。唐代律令制の下で一応の完成を見た中国の文書行政のメカニズムが、北宋期以降に地方行政の実務を胥吏が担うようになったことに伴って改変された結果であろう。

ところで、『元典章』文書の読解には、このように官庁間を往来する文書の発信者・受信者を特定しその移動のプロセスをまず把握することが肝要とされ、移動する文書の分析が重視された。一方で、文書行政においては文巻や照刷の刷尾のような文書、つまり官庁内における事務処理のために作成されそのまま官庁内で保管される、官庁間を移動しない文書も存在する。これらも官庁内のさまざまな行政レベルのことばを仲介・記録するものではあるが、注目度は低い。また、外部から到来した文書を受理したのちにいかにして案件を処理し記録するか、それを関係官庁に伝えるときに到来文書のことばを節略・引用してどのようにして新たな文書を生み出すか、という官庁内の事務処理のプロセスについても未解明の点が少なくない。

竺沙雅章は、静嘉堂文庫所蔵の典籍紙背にある元代公文書を分析し、その形式により元代公文書を元行文書（発送された文書の本体）、巻宗事目（文書目録）、巻宗刷尾（文書検査簿）の三つに分類し、官文書の様式やその処理手続の一端を明らかにした(14)。実は『元典章』の中には、巻宗事目や巻宗刷尾など、官庁間を移動しない文書に関する規定が豊富に残っている。さらに、長らく土中にあって断片化したため一見しただけではわかりにくいが、カラホト文書のうちかなりの点数がこの移動しない文書といってもよい。本章では、『元典章』に現れる移動する文書の一部と〈照刷〉の実例紹介までしかできなかったが、今後カラホト出土の移動しない文書の分析が進めば、新たな文書を生み出す官庁内の事務処理のプロセスについて、また北宋～元朝期の文書行政の仕組みや変遷について、より明らかになるであろう。

（赤木崇敏）

［本研究の一部は、JSPS 科研費 JP25770256の助成を受けたものである］

（14）　竺沙雅章「漢籍紙背文書の研究」『京都大学文学部研究紀要』一四、一九七三年、一－五四頁。

第二部　政権と仲介者

第一章　モンケの聖旨をめぐって
──《屠殺、狩猟、及び刑罰を禁じる日》──

本章は《屠殺、狩猟、及び刑罰を禁じる日》というモンケの聖旨をとりあげ、その内容を含むチベット語史料と比較していく。特に本聖旨とモンケの取り巻きの仏教僧の関係、特定の日における〈刑罰の禁止〉〈屠殺の禁止〉、そして〈肉食〉の問題を取り上げ、仏教と、モンゴル・中国における〈肉食文化〉との間の溝について考察する。

《禁宰猟刑罰日》
蒙哥皇帝宣諭的
聖旨：「這丁巳年為頭、按月初一日・初八日・十五日・二十三日、這四個日頭、不揀是誰、但是有性命的、背地裏偸殺的人毎、不断按答奚那甚麽」。
聖旨俺的。蛇兒年七月十一日、典只兒田地裏写来。

〔訳〕
《屠殺、狩猟、及び刑罰を禁じる日》
モンケ皇帝が宣布した聖旨に次のようにある。

「この丁巳の年（一二五七）より、毎月一日・八日・十五日・二十三日の四日は、誰であろうと生命あるものを密かに殺す者がいれば、死刑に処すべきである」。我らが聖旨である。蛇の年、七月十一日、典只兒の地で記した。

一　モンケと仏教

ここで取り上げた《禁宰猟刑罰日》は、モンゴル帝国第四代カンであるモンケ＝カンの聖旨が引用される点で、極めて珍しい。一般に、第三代グユク＝カン、そしてモンケ＝カンの時代にかかわる漢文史料は非常に少なく、ある意味でクビライ政権、あるいはクビライ系統の歴代カアンによって、彼らの歴史は抹消された側面がある。たとえば『元典章』全体の中でモンケの名前が現れるのは、本案件以外には、『元典章』「戸部 七」「免徴」《旧銭粮休追》くらいのものであるが、そこではモンケの聖旨そのものは提示されていない。その他、モンケの名前を出さずにモンケ時代の聖旨を十二支による紀年表記で示すものはあるが、モンケ自身の名が示され、さらにモンケが出した聖旨そのものが明示されるのは、本案件が唯一のものである。まずこの点において、本案件は大変貴重かつユニークな文章であるといえるだろう。

さてこの案件は、毎月「初一日、初八日、十五日、二十三日」の四日間の〈殺生を禁じる〉内容をもつ。さらに、この命令にそむいた場合は「不断按答奚那甚麼（按答奚に断じなければなんとする）」という。「按答奚」は、死刑のことであり、宋・彭大雅《ほうたいが》『黒韃事略《こくたつじりゃく》』に「其れ賞罰は、……過有れば則ち之を殺し、之を按答奚と謂う」とある。なお「按答奚」のモンゴル語の原音については、松川節による議論がある。[1]

では、毎月四日間の不殺生を命じるこの聖旨が、どうしてモンケによって出されたのだろうか。まず、この点から考えてみたい。後で詳しく見ていくが、本案件の二つ後にある《禁忌月日売肉》という案件では、この毎月四日間の殺生禁止日を、「毎月四斎日」と表現している。本稿では、以下〈四斎日〉の語を用いることとしよう。なお斎日とは、仏教において、在家の信者が心身を清浄に保ち、八戒を守る日とされる。八戒の中には〈生物を殺さない〉ことが含まれており、殺生を禁じる本案件の文脈に合う。まず、このモンケの命令の内容は、仏教に由来するものと了解されるのである。

ただし、斎日をどの日に設定するかについては、時代・地域によって異同があった。たとえば〈六斎日〉といえば、〈八、十四、十五、二十三、二十九、三十〉の六日間、〈十斎日〉は、六斎日に〈一、十八、二十四、二十八〉を加えるものである。ここで問題にされている〈四斎日〉は、十斎日のうちの四日間を抜き出しているものであるが、『元史』巻百五「刑法志 四」「禁令」に「毎月朔・望・二弦は、すべて生命を有する者について、殺すことを禁止する」というように、この四日間は、朔・望・上弦・下弦の四日を意味していると理解されていたようである。

四斎日の起源についてはよくわからないが、『勅修百丈清規《ちょくしゅうひゃくじょうしんぎ》』巻上「祝釐章第一」「景命四斎日祝讃」に「景命の好日は、月旦、月望、初八、廿三の四斎日」と述べている所などからすると、モンゴル時代に四斎日は定着していたようだ。同様に、『元史』巻七十五「祭祀志 四」「神御殿」に「祭の日は、常祭は毎月初一日、初八日、十五日、二十三日。節祭は元日、清明、蕤賓、重陽、冬至、忌辰」とあるように、この〈四斎日〉は毎月の神御殿の祭祀の日に当たっていた。なお、神御殿はクビライなどの御容などが祭られており、大都のいくつかの寺院に設置さ

（1）Matsukawa, Takashi「In Regards to *alday-situ* on the Sino-Mongolian Inscription of 1240」『西域歴史語言研究集刊』一、二〇〇七年、二九〇－二九五頁。

れていた。[2] この点からも、〈四斎日〉はモンゴル政府が公認する、心身を清らかに保ち、仏事などを行う日とされていたことがわかるだろう。

次に、モンケの聖旨が発せられた時期に注目してみよう。この聖旨が発布された「蛇兒年」は、モンケの在位期間が一二五一年〔辛亥〕～一二五九年〔己未〕であることから、一二五七年〔丁巳〕と決定することができる。さてこの時期、モンケはどこにいたのであろうか。『元史』巻三「憲宗本紀」から、前年の一二五六年以降のモンケの居場所を列挙すると、以下のようになる。

六年（一二五六）　丙辰春：　欲兒陌哥都
　　　　　　　　　夏四月：答密兒
　　　　　　　　　五月：昔剌兀魯朶
　　　　　　　　　六月：觧亦兒阿塔
　　　　　　　冬：　阿塔哈帖乞兒蛮
七年（一二五七）　丁巳春：　忽闌也兒吉
　　　　　　　　　夏六月：太祖行宮、怯魯連、月兒滅怯土
　　　　　　　秋：　軍脳兒

一見してわかる通り、ここには中国の地名は見えず、モンケはおおよそモンゴル高原にいたのである。また本紀の記述から、この時期モンケは本格的な南宋遠征の準備を進めていたことがわかり、まさに本案件の聖旨が出された「蛇兒年」＝「丁巳年（一二五七）」の春には、「忽闌也兒吉」の地で南宋遠征の詔が発せられている。そして同年の七月十一日に冒頭案件の聖旨が出されるに至るのだが、この時期というのは、政治史的には帝国の一大遠征事業の準備の真最中なのである。どうしてこのような時に、仏教的な「斎日」を聖旨として示す必要があったのだろうか。この問題に関しては、モンケを取り巻く宗教的な背景を考える必要があるだろう。なお、本案件の末尾に記された、本聖旨の発令地である「典只兒」については、これが具体的にモンゴル語で何という地名を音写しているかはよくわからない。

二　モンケとカルマ＝パクシ

さて、モンケの時代といえば、仏教・道教を中心に、ネストリウス派キリスト教なども巻き込んだ、一大宗教論争が繰り広げられていたことが、中村淳の研究によりわかっている(3)。その嚆矢となるいわゆる〈道仏論争〉は、一二五五年八月、カラコルムの万安閣でモンケの御前において行われ、少林寺の僧福裕と、道教の一派である全真教の李志常との間で行われた。また、本案件が出される一年前の一二五六年五月には、モンケの滞在する昔剌兀魯朶《シラオルド》において、やはり仏教と道教の代表者による論争が予定されていたが、李志常が参加せず、この時の論争は成立していない。そして、冒頭案件が出された翌年の一二五八年には、モンケの次のカアンとなるクビライが主催者となり、大々的な論争が開平府で開催されている。本案件が仏教に由来する〈四斎日〉を取り上げ、さらに〈殺生の禁止〉をいう点で、モンケがこの聖旨を出した背景には、この時期に宗教論争のためにモンケの近くに侍っていた仏

（2）中村淳「元代大都の勅建寺院をめぐって」『東洋史研究』五八－一、一九九九年、六三－八三頁。
（3）中村淳「モンゴル時代の「道仏論争」の実像 ―クビライの中国支配への道―」『東洋学報』七五－三／四、一九九四年、三三－六三頁。

教僧の影響を考慮するべきであろう。

モンケの取り巻きの仏教僧といえば、道仏論争の主役の一人である少林寺の福裕や、国師に任じられたカシミール出身の那摩などがいるが、ここではチベット仏教のカルマ＝カギュ派の僧であるカルマ＝パクシを取り上げてみたい。チベット語で書かれた彼の伝記史料はいくつかあるが、成立年代が古く、記述に信頼が置けるものとして、『テプテル・マルポ（*Deb ther dmar po*）』（あるいは『フゥラン・テプテル（*Hu lan deb ther*）』）の「カルマ派の章」に収録されるカルマ＝パクシ伝がある。この典籍史料は一三四六～一三六三年に編纂され、その後のチベットにおける歴史記述に大きな影響を与えた。しかしテキストそのものは、長い間研究者が簡便に利用できる状況にはなく、一九六一年にシッキムから活字テキストが出版され、ようやく研究の俎上に上るようになったのである。日本では稲葉正就と佐藤長が日本語訳を一九六四年に出している(4)。しかし、シッキム本には「カルマ派の章」は含まれていなかった。その存在が明らかになるのは、一九八一年の中華人民共和国での活字テキストの出版(5)を待たなくてはならない。このテキストにより、われわれは初めてカルマ＝パクシの伝記を含む、「カルマ派の章」の姿を目にすることになったのである(6)。

『テプテル・マルポ』のカルマ＝パクシ伝を見ると、彼はまず一二五三年ごろ、モンケの弟であり、のちにカアンとなるクビライの招きをうけ、そのもとへと赴いている。しかし、しばらくしてクビライのもとを辞去し、チベットへ戻ろうとするが、次にモンケの招請を受ける。ここではまず、『テプテル・マルポ』カルマ＝パクシ伝の、カルマ＝パクシがモンケのもとに至った時の記述を見てみよう。

タツの年に、シラオルド［zi ra 'u hur rdo］の、すべての王族が集まっている所に〔カルマ＝パクシは〕いらっしゃった。そこで龍とラフラ［ra hu la］の神変と危難が現れたのを、忿怒十王の法で調伏された。〔カルマ＝

パクシが〕観音菩薩の見地の護持をもって授け、稀有な限りない神変を現したことにより、〔モンケ〕カンや百姓すべてが〔仏教を〕信仰することとなり、外道の見解から引き返して、仏教の教えに帰依した。

冬、〔カルマ＝パクシは〕六日の路程以内において、雪と風をないようにした。

モンケの治世期における「タツの年」は、一二五六年（丙辰）のみである。また先に見たように、『元史』「憲宗本紀」によれば、この年の五月にモンケは「昔剌兀魯朶」、つまりシラ＝オルドにいた。カルマ＝パクシが神変を現し、モンケや百姓を仏教に帰依させたのも、このシラ＝オルドであったものと考えられる。そして、まさにここで第二回目の道仏論争が行われる予定だったことからすると、カルマ＝パクシが仏教側の論者の一人として予定されていたことも考えられる(7)。

さて、一二五六年のシラ＝オルドの記述に続き、『テプテル・マルポ』には、カルマ＝パクシが冬にも神変をあらわしている記述がある点にも注意しておきたい。文章の流れから考えて、これは一二五六年の冬のことであろう。おそらく、彼はシラ＝オルドでモンケに謁見してから、ずっとその近辺に付き従っているのである。伝記史料であるので、モンケの仏教改宗譚などは誇張を含むものであろうが、『テプテル・マルポ』には続いて次のような記述が見える。

(4)　稲葉正就・佐藤長『フゥランテプテル　チベット年代記』法蔵館、一九六四年。
(5)　東嘎洛桑赤列（校注）『紅史』民族出版社、一九八一年。
(6)　若松寛「『紅史』著作年次考」『京都府立大学学術報告（人文）』四〇、一九八八年、二七‐三二頁。
(7)　前掲注3中村（一九九四）は、カルマ＝パクシとネストリウス派キリスト教徒との宗教論争がこの時にあったとする。また中村淳「2通のモンケ聖旨から　―カラコルムにおける宗教の様態―」『内陸アジア言語の研究』一三、二〇〇八年、五五‐九二頁も参照。

モンケカンに善い体験が生じ、〔カルマ＝パクシの〕名は星のようにあまねく広まり、モンケカンの頭飾りにたてまつられた。「聖旨〔lung〕。すべてに求める。国内においては、毎月吉祥の四日間、誰に対しても鞭打ちをするな。殺生せず、肉を食うものの法をたてよ。天をまつるすべての者に危害がないようにし、おのおの教法を守るようにせよ」。〔モンケは〕金の印と、銀〔錠〕千をはじめとする、数えきれないほどの財物を〔カルマ＝パクシに〕奉った。すべてのお仕えしている僧に分け与え、すべての監獄を空にすることを〔＝大赦を〕三度なさり、カラコルム〔Ga rag u rum〕に、贍部洲《せんぶしゅう》に比類のない大僧院をお建てになられた。

ここにはモンケの聖旨が引用されているが、冒頭に提示したモンケの聖旨と比べると、極めて似た内容が含まれていることに気付く。両者を比較すれば、カルマ＝パクシ伝で「毎月の吉祥の四日間」というのは、冒頭案件がいう「初一日、初八日、十五日、二十三日」のことと見るのが自然な解釈であろう。また、この四日間における〈殺生の禁止〉は、まさしく「但是有性命的、背地裏偸殺的人毎、不断按答奚那甚麼（誰であろうと生命あるものを密かに殺す者がいれば、死刑に処すべきである）」と述べられていたことと対応するだろう。つまり、『元典章』に収録された冒頭案件のモンケの聖旨は、チベット語でも理解されていたといえるのである。『元典章』所載の聖旨は、誰に向けた聖旨であるかは明示されていないが、カルマ＝パクシ伝がいうように、それは「すべて〔の人びと〕」に対して発せられた聖旨なのであり、だからこそ、それは漢字・漢語だけでなく、チベット語でも記録されていたと理解できる。また、カルマ＝パクシ伝が、この聖旨を「タツの年」「冬」の記事の後に記していることは、『元典章』が本聖旨を「蛇兒年七月十一日」に発せられたとすることと矛盾しない。同時にカルマ＝パクシが、一二五七年も引き続きモンケの傍にいたことを示唆するだろう。

ただこの部分には、一つ気になる記述がある。それは、カルマ＝パクシ伝が「カラコルム〔Ga rag u rum〕に、贍

図12　カラコルム遺跡（鈴木宏節撮影）

部洲に比類のない大僧院をお建てになられた」と述べる点である。この一文の主語はカルマ＝パクシとして読むのがもっとも自然ではあるが、チベット語の原文を見る限り、実はそれは曖昧である。一方、許有壬《きょゆうじん》「勅賜興元閣碑」（『至正集《しせいしゅう》』巻四十五、『圭塘小稿《けいとうしょうこう》』巻九）によると、丙辰（一二五六年）、モンケはカラコルムに〈大浮屠（仏塔）〉と、それを取り囲む大建築物を建てさせたことがわかる。これは「大閣寺」と称され、後に「興元閣」の名を順帝トゴンテムルから賜り、現在、これはオゴデイの万安宮を基礎として築かれたと考えられている。(8)

なお、「勅賜興元閣碑」はモンゴル語面も有し、松川節により詳細に検討がなされている。(9) モンゴル文面と漢文面を比較対照することにより、この「大閣寺」は一二五六年にはまだ完成しておらず、一二五七年のモンケによる対南宋戦出発後にもまだ建造が続けられていたように解釈することができる。

前述のごとく、モンケの対南宋戦の詔は一二五七年春に出され、冒頭案件の聖旨は七月に出ている。カルマ＝パクシ伝の「贍部洲に比類のない大僧院」建造の記事が、〈毎月四日間の殺生禁止〉をいう聖旨の後に記

（8）白石典之・D・ツェヴェーンドルジ「和林興元閣新考」『資料学研究』四、二〇〇七年、一―一四頁。

（9）松川節「勅賜興元閣碑（一三四七）」松田孝一・オチル編『モンゴル国現存モンゴル帝国・元朝碑文の研究』大阪国際大学、二〇一三年、一六一―一七四頁。

されるのは、あるいはその完成を述べるものと考えるならばどうだろう。すると、カルマ＝パクシ伝に見える「贍部洲に比類のない大僧院」は「大閣寺」のことであり、この部分の主語はモンケであると解釈することができる。また、この部分の直前にある、「すべての監獄を空にすること（大赦）を三度なさり」の部分も、一仏教僧であるカルマ＝パクシが行ったとするよりも、同様にモンケが行ったと考える方が現実的であろう。あるいは、カルマ＝パクシ伝は、これらをカルマ＝パクシの業績にしようとする意図があったのかもしれないが。

三　〈モンケの聖旨〉の本来のすがた

少し横道にそれたが、カルマ＝パクシ伝に引用されるモンケの聖旨について検討を続けよう。この聖旨は、毎月四日間の不殺生が述べられる点で、冒頭に示したモンケの聖旨との一致が確認できることはすでに見たとおりである。しかしカルマ＝パクシ伝はさらに、①「誰に対しても鞭打ちをするな」、②「〔不殺生命令に関連して〕肉を食うものの法をたてよ」、③「天をまつるすべての者に危害が無いようにし、おのおの教法を守るようにせよ」という、大きく分けて三つの命令も示されている点で、『元典章』所載のモンケの聖旨とは異なっているのである。これはどのように考えればよいのであろうか。紙幅の都合上、ここでは①と②に絞って考えてみたい。

①〈四斎日〉における刑罰の禁止

まず、冒頭で取り上げた『元典章』のモンケの聖旨には、《禁宰猟刑罰日》というタイトルがつけられている点に注目してみたい。「宰猟」は〈屠殺・狩猟〉であり、これが禁じられるのは不殺生の趣旨に合致する。では「刑罰」

はどうであろうか。〈死刑〉は人命を奪う点で〈殺生〉の範疇に入るだろう。しかし、それ以外はどうであろうか。あるいは杖刑であっても、生命を奪う可能性が想定できる。そうすると、モンケの聖旨で禁じられている殺生の範囲内に「刑罰」も含めて解釈し、《禁宰猟刑罰日》というタイトルがつけられた、とも考えられる。

一方、カルマ＝パクシ伝に見えるモンケの聖旨には、①「誰に対しても鞭打ちをするな」という禁令が含まれていた。もし、より多くの内容を含むカルマ＝パクシ伝に引用されるモンケの聖旨が、実は本来の形に近く、刑罰の禁止も元来は命ぜられていたとするならばどうだろう。そうすると、本来のモンケの聖旨には、問題の四日間における刑罰も禁止されていたのであるが、『元典章』に収録される際に、その部分は省略されてしまったと考えることができる。現に、『元典章』の聖旨のタイトルには刑罰の禁止も示されており、この推測を傍証するのではないだろうか。さらに、冒頭案件の《禁宰猟刑罰日》は、『元典章』「刑部　十九」「諸禁」の「禁刑」の冒頭に配置されていることも考慮するべきだろう。「禁刑」のカテゴリーにおかれているからには、《禁宰猟刑罰日》も、「禁刑」の内容を本来もっていたとすることは不可能ではない。

では、〈四斎日〉における「禁刑」は、実際に行われたのだろうか。これに関して、『元典章』「刑部　十六」「雑犯」「違例」《禁刑日問囚罪例》の案件を見てみよう。

《禁刑日問囚罪例（禁刑の日に囚人を尋問した罪）》

元貞二年九月、　江西行省准本省左丞咨：贛州路貼書劉慶益、与写発人史秀、於八月二十三日、将賊人鍾大肚・王（三）[10]閏仔吊縛跪問。喚責得（該行）〔該吏〕[11]李珍状招、「不合（不体）[12]八月二十三日禁刑日、令貼書劉慶

(10) 原文にある「三」は衍字であろう。
(11) 「該行」では意味が通じないので、後文にある「該吏」の誤りとした。

益問囚」。劉慶益状招、「不合依従司吏李珍前去、取責賊人王閏仔詞因、令牢子王富、将本賊縛吊跪問」。写発人史秀等人、牢子王富状招無異。除取訖経歴王世暉有失関防招伏、将本官司吏写発人等責罰外、抛該吏李珍状招伏違例罪犯、擬将本人断罪罷役、行下本路、照依廉訪司牒内事理、選保貼書二名、其余人数革去外、咨請禁治。准此。

〔訳〕

元貞二年（一二九六）九月に、江西行省が受け取った本省の左丞の咨文に次のようにある。

贛州路の貼書である劉慶益は写発人の史秀とともに、八月二十三日に、賊の鍾大肚と王閏仔を吊るして縛り上げ、跪かせて尋問した。召喚して取り調べたところのおおよその内容は次の通りである。

李珍の自白状によると、「不届きにも決まりを守らず、八月二十三日の禁刑の日に、貼書である劉慶益に囚人を尋問させた」という。劉慶益の自白状によると、「不届きにも司吏の李珍に従って、賊の王閏仔の自白状を責めあげて取るのに、牢子の王富に、この賊を縛って吊し上げ、跪かせて尋問させた」とある。

写発人の史秀や、牢子の王富の自白状も同様である。経歴の王世暉の管理不行き届きの自白状を取り終え、経歴の王世暉・司吏の李珍・写発人の史秀たちを処罰することは当然のこととして、この吏人である李珍の自白状によって明らかな規定違反の罪については、この者を処罰して罷免とし、本路に文書を送って、廉訪司の文書に従い、別に貼書を二名選んで推薦させ、そのほかの者については罷免することを提案するほか、咨文を送ってお願いすることには、この規定違反を厳しくお取締り頂きたいということである。准此。

これはクビライの次のカアンである、成宗テムル時代の案件であるが、八月二十三日に囚人を尋問した吏人や、管理責任のある官員が罪に問われたものである。罪の理由は、「八月二十三日」という「禁刑日」に、囚人を尋問した（ここでは拷問した点も問題なのであろう）ことに求められている。ここでは成宗テムル時代でも、「二十三日」という〈四斎日〉のうちの一日が、「禁刑日」として認識されていた点を確認しておきたい。

また、同じテムル時代の案件として、この《禁刑日問囚罪例》の次に配置されている《禁刑日断人罪例》という案件も見ておこう。

《禁刑日断人罪例（禁刑の日に人を処断した罪）》

大徳元年十月、江西湖東道廉訪司奉行台劄付：来申：建昌路南城県藍田巡検夾谷徳禎招伏、於五月初四日乙丑日、将弓手殷祥・周順、各決一十七下。罪犯量決三十七下、還職。憲台看詳、夾谷徳禎所招罪犯、量決二十七下、還職勾当。仰照験施行。

〔訳〕

大徳元年（一二九七）十月、江西湖東道廉訪司がたてまつった江南行御史台の劄付に次のようにある。来申に次のようにある。

建昌路南城県藍田巡検の夾谷徳禎の自白状には次のようにある。「五月初四日の乙丑の日に、弓手の殷祥・周順に対し、それぞれ杖刑十七回を執行した」。この罪は量刑するに、笞三十七回のうえ元の職に就かせるものである。

江南行御史台が考えるに、夾谷徳禎の犯した罪は、量刑するに、笞二十七回のうえ復職させる、というものである。申し伝えるので調べて施行せよ。

（12）「不体」は意味不明。衍字とせざるを得ないだろう。

この案件の表題によれば、「禁刑」の日に刑を執行したことが問題とされており、内容は、巡検の夾谷徳禎がこの罪を犯したため、最終的に笞刑二十七回の上復職、と決定されたものであった。この《禁刑日断人罪例》に基づいて記されていると考えられる『元史』巻百二「刑法志　一」「職制上」は、「職官であって、禁刑の日に公の事柄を処断する者は、罰俸一月、吏は笞二十七、その過失を記録する」という。「巡検」は、『元典章』「吏部　一」「官制　一」「職品」《内外文武職品》では、官員の列に入るものもいるが、ここでは吏であると考えるのが穏当であろう。

さて本案件における「禁刑」の日は、モンケの聖旨のいうような「初一日・初八日・十五日・二十三日」という〈四斎日〉ではなく、「五月初四日乙丑日」である点が注目される。さらにこの案件では、「乙丑」の語が一文字擡頭《たいとう》されており、明らかにこの日そのものに敬意が払われていることがわかる。では、どうして「乙丑」日が「禁刑」の日で、敬意を表明せねばならないのであろうか。

同様に〈四斎日〉ではないが、特別に扱われる日が登場する案件がある。それは、『元典章』「吏部　五」「職制　二」「仮故」《放仮日頭体例・又》である。

《放仮日頭体例・又（休暇の日の決まり　もう一件）》

至元十五年、枢密院准　中書省箚付：拠客省使也速忽都咨：呈奏過事内一件：在先、初十日、二十日、三十日、毎月三次、放旬仮有。如今、初一日、初八日、十五日、二十三日、再乙亥日、這日数、有性命底也不著宰殺有、人根底也不打断。這日数裏放仮呵、怎生、奏呵、奉聖旨、「那般者」。欽此。

〔訳〕

至元十五年（一二七八）、枢密院が受け取った中書省の箚付に次のようにある。

受け取った客省使の也速忽都の咨文には次のようにある。

上呈して上奏した事柄の一件に、「さきに〔決められている通り〕、初十日・二十日・三十日の毎月三日間は、休日となっています。いま、初一日・初八日・十五日・二十三日、そして乙亥の日、これらの日は、生命有るものを殺さないのでありますし、人に対しても刑罰を行わないのであります。これらの日も休日としてはいかがでしょう」と上奏したところ、聖旨を奉り、「そのようにせよ」とあった。欽此。

この案件は、クビライ時代の至元十五年（一二七八）に、枢密院が受け取った中書省からの劄付で、従来の「初十日、二十日、三十日」という休日に加え、〈四斎日〉も休日にすることが決定されたことが骨子となっている。ここでは、「初一日・初八日・十五日・二十三日」という〈四斎日〉に加えて、「乙亥」が「有性命底也不著宰殺（生命有るものを殺さない）」という、不殺生の日となっており、同時に、ここで問題にしている〈刑罰を行わない〉「禁刑」の日にもあたっていることが、「人根底也不打断（人に対しても刑罰を行わない）」という表現からわかる。

このクビライ時代の「乙亥」と、先の《禁刑日断人罪例》に見えるテムル時代の「乙丑」は、いったいどのような〈特別な日〉なのであろうか。ここで想起されるのは、カアンの誕生日である「天寿聖節」である。『元史』の本紀によれば、クビライは「乙亥歳八月乙卯生」、テムルは「至元二年九月庚子生」であり、至元二年はまさに「乙丑」にあたる。つまり、「乙亥」「乙丑」はそれぞれ、クビライ・テムルの生まれ年の干支であるため、〈四斎日〉と同様の、不殺生・「禁刑」の実施日とされたことが理解できるのである。(13)

以上から、冒頭案件のモンケの聖旨には記載されていないが、カルマ＝パクシ伝に記されていたように、〈四斎

（13）このようなカアンの生まれ年の干支の日は「本命日」と呼ばれ、特別に扱われた。これについては、張帆「元朝皇帝的〝本命日〟」『元史論叢』一二、二〇一〇年、二一一―四六頁参照。

日〉には「禁刑」が実施されていたことが了解される。つまり冒頭案件は、本来のモンケの聖旨よりも、「禁刑」の内容などが、幾分ダイジェストされた形であったと考えられるのである。また、ここまで見たように、モンケの聖旨の内容はクビライ時代においても継承され（《放仮日頭体例・又》）、さらにテムルの時代においても引き継がれたのである（《禁刑日問囚罪例》《禁刑日断人罪例》）。

②〈四斎日〉と〈屠殺〉〈肉食〉

では、カルマ＝パクシ伝に見えるモンケの聖旨で、冒頭案件には見えない内容のうち、②「（不殺生命令に関連して）肉を食うものの法をたてよ」という文言についてはどうであろうか。次にこの問題について考えてみたい。

冒頭案件の《禁宰猟刑罰日》は、原文ではタイトルの下に小字で「三款」と書かれている。しかしこの案件に付随するものは、直後の《又》から始まる一件だけであり、諸校訂本も「二款」に改めている。いずれにしても、《禁宰猟刑罰日》の直後の《又》とタイトルがつけられている案件は、関連案件として配置されていると考えて間違いないだろう。その内容は以下のとおりである。

《禁宰猟刑罰日・又（屠殺、狩猟、及び刑罰を禁じる日　もう一件）》

至元十七年十二月二十一日、中書省

聞奏、「今年正月五月裏、各禁断十個日頭宰殺来。新年裏、依著那体例、禁断宰殺呵、怎生」、奏呵、「那般

者」麼道、

聖旨了也。欽此。

〔訳〕

至元十七年（一二八〇）十二月二十一日、中書省が奏上した。

「今年の正月と五月は、それぞれ十日間屠殺を禁じました。来年もその決まりに従って、屠殺を禁じてはいかがでしょう」。このように奏上したところ、「そのようにせよ」とのことであった。聖旨である。欽此。

これは、クビライ＝カアンの至元十七年（一二八〇）に出された聖旨であり、正月と五月における十日間の家畜の屠殺を禁じているものである。〈四斎日〉に言及するものではないが、何よりも、これはカルマ＝パクシ伝に見える「肉を食うものの法」に関連することが予想される点で見逃せない。

なお、至元十三年（一二七六）正月に、南宋の都である臨安がモンゴル軍の前に開城しており、この至元十七年の聖旨の内容は、旧南宋領の人びとに対しても命じるものであった。家畜の屠殺は、遊牧民であるモンゴル人だけにかかわる話ではなく、むしろ圧倒的人口を擁する中国社会にも大きな影響を与えるものであっただろう。また、冒頭案件のモンケの聖旨、そしてこのクビライの屠殺禁止の聖旨が、両者とも直訳体で残されている点も興味深い。

さて、この案件が出された至元十七年にもう少しこだわってみたい。というのも、この年には史上有名な授時暦が完成し、翌至元十八年正月一日からの頒布が布告されているのである。関連する史料は多いが、ここでは『元典章』「詔令　一」「世祖聖徳神功文武皇帝」に見える聖旨を見ておこう（『国朝文類』巻九「詔赦」李謙「頒授時暦詔」、『元史』巻十一「世祖本紀　八」至元十七年（一二八〇）十一月甲子の条も参照）。

《頒授時暦（授時暦を頒布する）》

至元十七年六月、欽奉

聖旨、自古有国牧民之君、必以欽天授時、為立治之本。黄帝尭舜以至三代、莫不皆然。為日官者、皆世守其業、随時考験、以与天合。故暦法無数更之弊。及秦滅先聖之術、毎置閏於歳終、古法蓋殫廃矣。由両漢而下、立積年日法、以為推歩之準、因仍沿襲、以迄于今。夫天運流行不息、而欲以一定之法拘之、未有久而不差之理。差而必改、其勢有不得不然者。今命太史院、作霊台、制儀象、日測月験、以考其度数之真、積年日法、皆所不取。庶幾脗合天運、而永終無弊。乃者新暦告成、賜名曰授時暦、自至元十八年正月一日頒行。布告遐邇、咸使聞知。

〔訳〕

至元十七年（一二八〇）六月、つつしんで奉った聖旨には次のようにある。いにしえより国には人びとを養う君主がおり、かならず天の授ける時をつつしみ、これを政治の根本としてきた。黄帝・尭・舜の三代においては、みなこのようであったのである。天文の官員となるものは、みな代々その職務を大切にし、時々に考え調べて、天の動きと合わせてきたのである。それゆえ、暦には数多くの変更に伴う弊害があった。秦がそれ以前の理想的帝王たちの時代の暦法を滅ぼすと、いつも閏月を一年の終わりに配置することとなり、かつての暦法は全く廃れてしまったといえよう。前漢・後漢以来、「積年日法（多年で日の行く分を増減させる方法？）」が作られ、これが暦を作る基準となり、これより踏襲されて、今に至るのである。そもそも天体の運行は止まることがないのであり、ある一つの方法でこれを捉えようとしても、長期間にわたって誤差が出ないというようなことはない。誤差が出れば必ず変更を加え、結果として不正確なものを得ないこととなっている。いま太史院に命令して、天文台を作り、渾天儀を整えさせ、日々実測して月々調べ、天体の運行の真実を考えさせ、「積年日法」については、すべて取られないこととなった。願わくは、天の運行と合致し、永遠に問題が生じることのないことを。先に新しい暦の完成の報告をうけたので、ここに授時暦の名を賜い、至元十八年正月一日より発布することにする。近隣遠方すべてに布告するので、みな周知させるように。

そもそも人びとに〈四斎日〉や、正月・五月の十日間の屠殺禁止を徹底しようとすれば、どの日がそれらを実施する日なのかを周知させねばならない。つまり、こういった問題と暦は密接にかかわるのであり、また暦の制定・頒布は、皇帝の〈天の運行を民に知らしめる権力〉が目に見える形となる機会なのである。

授時暦成立以前にも、数多くの暦が中国で作られ続けてきた。しかし、授時暦はこの後、明末まで使用されることになるのであり、かなり耐用年数の長い、中国の暦の歴史の中では、非常に重要な位置を占めるものである。

そもそもモンゴル帝国自身は、金朝を征服して以降、新しい暦を作ることを目論んでいた。オゴデイの攻撃により、金が汴京《べんけい》を放棄した一二三三年には、渾天儀《こんてんぎ》の修築がなされたことが『元史』太宗本紀に見える。そして、一二三五年には、金で使用されていた大明暦の再チェックの建議がなされ、オゴデイはこれを認めている。つまり、モンゴル政権による、新しい暦の作成プロジェクトは、早い段階から開始されたとみることができるだろう。

山田慶児が紹介するように、『元史』巻百五十七「劉秉忠《りゅうへいちゅう》伝」に「いまの遼の暦は、日月交食にずいぶん差がある。聞くところによると司天台は新暦を改めて完成させたが、まだ施行されていないとのことである。新君の即位にあわせて、暦を頒布して改元するべきである」とあるように、モンケの即位（一二五一年）以前に、オゴデイ時代に開始された新暦作成は終了していたようである。[14] あるいは冒頭案件が出された背景として、モンケによる新暦使用開始が想定されていた事を考えるのは、穿ちすぎであろうか。そして、クビライの中統元年（一二六〇）、司天台の設置が『元史』巻九十「百官司　六」「司天監」にみえるが、もちろんこれはオゴデイ時代以来のものを引き継ぐものである。なお、先に引用した《頒授時暦》の詔は、冒頭に至元十七年六月の日付が見えるが、『元史』巻五十二「暦志　一」は、「十七年冬に、暦が完成し、詔して授時暦という名を賜った。十八年、天下に頒行した」といい、授

(14)　山田慶児『授時暦の道』みすず書房、一九八〇年。

時暦の完成を冬とする。また、『元史』巻十一「世祖本紀 八」至元十七年十一月甲子の条に「詔して授時暦を頒布した」の記事が見え、これは暦志のいう「冬」と一致する。
このように見てくると、先に挙げた《禁宰猟刑罰日・又》に見えるクビライの聖旨は、南宋接収・授時暦完成のタイミングで出されたものであり、それはクビライの〈天の運行を民に知らしめる権力〉を、目に見える形とする効果が期待されたもの、と考えられるのではないだろうか。
さて、特定の日における〈屠殺〉の禁止は今見たとおりであり、これは〈肉食〉の問題に通じるものである。だが、より〈肉食〉の問題に踏み込んでいく案件が、《禁宰猟刑罰日・又》の直後に配置される《禁忌月日売肉》である。次にこれを見てみよう。

《禁忌月日売肉（禁忌の月・日に肉を売ること）》
至元三十年九月、中書省欽奉
聖旨：「五月初一日至月終、除上都不禁外、大都并各路、禁断宰殺」。欽此。已経照会欽依外、今拠兵部呈：「参詳、毎月四斎日并不測禁忌月分、（蓋）〔該〕[15]月為作好事、将有性命之物禁断。却有一等図利之人、隔日先行宰殺、於禁忌日貨売、即与不禁忌無異。擬合遍行禁治、無得於禁忌日出売肉貨事」。都省准呈、仰依上禁治施行。

〔訳〕
至元三十年（一二九三）九月、中書省が欽奉した聖旨に次のようにある。「五月一日からその月の終わりまで、上都では禁止しないのはもちろんのことだが、大都と各路においては、屠殺を禁止する」。
既に通達して聖旨の通りにしているのはもちろんだが、いま受け取った兵部の呈文には以下のようにある。「参考意見を述べますに、毎月の四斎日と臨時の禁忌の月は、仏事を行う時分であり、生命あるものの屠殺を禁止しています。しかし、私利を貪る輩は、予めその日以前に屠殺を行い、禁忌の日にそれを売っており、これは禁忌を犯しているのと同じであります。思うに禁令を遍く通知して、禁忌の日には肉を売りに出すことを禁止すべきでありましょう」。

都省はこの呈文を認め、そのように禁令を施行するようおおせつける。

これはクビライ政権末の至元三十年の案件であり、殺生を禁じる毎月の四日間の事を〈四斎日〉と表現しているものである。また〈四斎日〉や、五月の一ヶ月間の殺生禁止が、「為作好事」を理由として実施されていることも明言されている。「好事」はここでは〈仏事〉と解釈して大過ないであろう。『元典章』「礼部　一」「礼制　一」「進表」《做好事与素茶飯》には、「今後但做好事処、只与素茶飯、休交喫肉者（これから好事をなす所においては、ただ蔬菜だけを用意し、肉を食わせるな）」という表現があり、この「好事」も、殺生・肉食を禁じる〈仏事〉と考えられるものである。

なお、この《禁忌月日売肉》は、五月の一ヶ月間における家畜の屠殺禁止をまず述べており、直前の至元十七年の《禁宰猟刑罰日・又》の聖旨で命じられていた、五月の十日間の殺生禁止よりも日数が増えている。また、この五月の不殺生命令が、「上都」では実施されないというのも興味深い。ここに至って、五月の殺生禁止規定については、対象地域が「大都并各路」と限定されていることは、これが中国向けの規定であることを思わせる。一方〈四斎日〉の不殺生命令については、対象地域が限定されているようには見えず、これはモンケの時代から引き続いて、モンゴル人の居住地域も含む禁令として理解するべきであろう。いずれにせよモンケの〈四斎日〉における不殺生

（15）原文の「蓋」は「該」の誤りであろう。諸校定本がすでにそう校する。

を命じる聖旨は、クビライ時代にも依然として〈前例〉として生きていることが確認できるのである。

　さて、この案件は、〈四斎日〉における不殺生命令に基づき、なおかつ該当日の〈肉の販売禁止〉を命じるものである。この点で、〈肉食〉の問題に踏み込んでいるものなのである。本案件では、不殺生命令を回避するため、禁忌の日には家畜の屠殺は行わないが、肉はその日もきっちり売る者たちの態度が問題にされている。肉が売買される場としては、モンゴル人たちの遊牧世界ではなく、もちろん中国世界の市場を想定するべきであろう。この点において、むしろ中国人の〈肉食文化〉に、仏教的な〈不殺生〉の考えがそぐわなかった様子がうかがえる。この案件が、冒頭案件や《禁宰猟刑罰日・又》のような直訳体で書かれていないことも、これが中国世界の問題であることを示しているのかもしれない。

　もう一件、中国世界における、〈四斎日〉における、〈屠殺〉の問題を取り上げた案件を見てみよう。これは、《禁忌月日売肉》の後に配置されている、「禁刑」の最後の案件である。

《禁刑日宰殺例（禁刑の日に屠殺を行う例）》
元貞元年、湖広行省移准
中書省咨：澧州路帰問到、慈州県民戸戴明、因定婚下財、禁刑日、宰猪一口罪犯、除已量断一十七下。看詳、已後為無定例、難為予決事。准此。送刑部照擬得、禁忌日不得屠宰、如有違犯之人、取問明白、依前例擬決二十七下相応。　都省准擬。除已咨請照験施行。
〔訳〕
　元貞元年（一二九五）、湖広行省が送って、受け取った中書省の咨文に次のようにある。
澧州路で証拠を挙げて取り調べたところ、慈州県の民戸の戴明は、結納品とするため、禁刑の日に、ブタ一頭を屠殺した罪があり、すでに杖二十七回と量刑した。思うに、これより後、規定がないため、判断しがたくなるのではないだろうか。准此。

刑部に文書を送り、案作りをさせたところ、禁忌の日には屠殺をしてはならず、もしこの禁令を犯した場合は、取り調べをしてその罪が明らかであれば、前例どおりに、杖二十七回とするのが適当であろう、という。都省は刑部の案を採用する。咨文を送るので調べて施行されたい。

これは、成宗テムル時代の中国世界で起こった、「禁刑」の日における「屠殺」の罪について扱う案件である。本案件の主眼は、量刑を「杖二十七」とすることを規定化する点にあるが、それよりも罪に問われた行為そのものが、非常に興味深い。ここでは、「定婚下財」とする「豬一口」の屠殺が罪となったのである。〈四斎日〉を含む「禁刑日」における屠殺の禁止は、肉食文化の中国世界に、すぐになじむものとは到底思われないし、本案件はその問題をよく表しているのではないだろうか。

こう見てくると、《禁忌月日売肉》では、特定の日における〈肉食禁止〉までは述べられていなかった点が、問題として浮かび上がってくるように思われる。あるいは、そこまでは踏み込めないのが、現実だったのではないだろうか。そのため、〈四斎日〉における〈肉食〉の問題は棚上げにされ、後の時代に改めて問題にされることになるのである。次に『元典章』新集「刑部」「刑禁」「雑禁」《四個斎戒日頭喫素》を見てみよう。

《四個斎戒日頭喫素（四日間の斎戒日は菜食する）》

延祐七年二月　日、江西行省准

中書省咨：宣徽院呈：延祐六年十二月十六日本院官

特奉
聖旨：「宣徽院裏喫常川肉茶飯的
諸王・公主・駙馬・妃后毎根底、毎月初一・初八・十五・二十三日這四個日頭、喫肉那、不喫、麼道、有
聖旨呵、常川喫肉的根底与有。奏呵、這四個日頭、
咱毎根底抬湯呵、也抬素茶飯有。把斎的日頭裏、宰殺性命呵、不是不当那。如今、但是常川肉的毎根底、毎月
四個斎戒日頭裏、休与肉者。交喫素者。行与省家文書、交省家各衙門裏転行照会、麼道、
聖旨了也」。欽此。具呈照詳。得此。都省咨請欽依施行。

〔訳〕

延祐七年（一三二〇）二月某日、江西行省が受け取った中書省の咨文には次のようにある。

宣徽院の呈文に次のようにある。

延祐六年十二月十六日、本院の官員が特に奉じた聖旨に次のようにある。

「『宣徽院で通常食事を提供されている諸王・公主・駙馬・妃后たちは、毎月の初一・初八・十五・二十三日のこれらの四日間は、肉を食べているのか、食べていないのか』、と、聖旨があったので、『いつも肉を食べている方々にはお出ししております』と上奏したところ、『これらの四日間は、われらに食事を出すときも、菜食の食事を出しているのである。斎日の日に、動物を殺生するのは良くないではないか。いま、およそいつも肉を食べている者たちにも、毎月の四日間の斎戒日には、肉を与えるな。菜食させろ。中書省に文書を送って、中書省に他の衙門に文書を送らせ調べさせよ』と聖旨があったぞ」。宣徽院が具呈するのでお取り計らい願いたい。得此。

中書省は咨文をもって上のごとく施行されるようにお願いする。

図13　チベット仏教カルマ＝カギュ派総本山ツルプ寺を描いたシッキムのルムテク寺の壁画
（髙橋誠撮影）

これを見ると、仁宗アユルバルワダの延祐六年十二月十六日時点においては、カアンは〈四斎日〉の〈肉食〉を慎んでいるのに、諸王をはじめとするモンゴル皇族たちは、宣徽院《せんきいん》から肉料理を提供されていることがわかる。つまり、〈四斎日〉における殺生禁止令は、冒頭案件が出された後、ずっと継承されているのは確かなのだが、〈肉食〉の問題については、実はカアンと「諸王・公主・駙馬・妃后」の間にも温度差があった。ましてや、庶民が〈四斎日〉に〈肉食〉を慎んでいたとは、到底思えない。

ここまで見てきたように、冒頭案件のモンケの聖旨には、「肉を食うものの法」についての言及はなかったが、おそらくカルマ＝パクシ伝の伝える通り、本来は〈四斎日〉における〈家畜の屠殺〉の禁止が言及され、そしてその延長線上にある〈肉の販売〉〈肉食の禁止〉も想定されていたのだろう。そして、それはやはり仏教思想の影響を大いに受けるものである。

しかし中国世界において、特定の日における〈肉の販売〉〈肉食〉の禁止の問題は、クビライ時代以降において顕在化する。また一方で、モンゴル皇族たちも〈四斎日〉における〈肉食の禁止〉は、ほとんど意識しておらず、仁宗アユルバルワダのみが遵守していた状況が、《四個斎戒日頭喫素》からは浮かび上がってくるのである。この後、この問題がどのように展開したかは不明であるが、モンゴル人にも中国人にも、仏教が求める〈四斎日〉における〈肉食の禁止〉は、かなりハードルの高い、ひいてはあまり現実的ではない禁令だったのではないだろうか。

ともあれ、カルマ＝パクシ伝でモンケの聖旨がいう、「肉を食うものの法をたてよ」という命令は、〈不殺生命令〉の延長線上にある〈屠殺の禁止〉は運用されたが、その細則については、後に〈肉の売買〉〈肉食〉の問題が現れており、意識はされていても、結局達成できなかったのではないかと思われる。しかしながら、先にも述べたとおり、カルマ＝パクシ伝に見えるモンケの聖旨は、冒頭案件よりも詳しく、後の状況を見ても、本来のモンケの聖旨により近い形を残している、という点は、十分いえるのではないだろうか。

［本研究の一部は、JSPS科研費 JP26284112の助成を受けたものである］

（山本明志）

第二章　カアンとムスリム
――《回回が喉を掻き切って羊を屠殺し、割礼をすることを禁じる》――

本章は《回回が喉を掻き切って羊を屠殺し、割礼をすることを禁じる》というクビライ時代に出された聖旨を取り上げる。まず非常に理解の難しい本案件について、先行研究を紹介しつつ、その内容を吟味する。その上で、モンゴル政権下における回回の〈本俗〉の在り方について考察し、カアンたちのイスラーム教に対する態度について検討する。

《禁回回抹殺羊做速納》

至元十六年十二月二十四日。

成吉思皇帝降生、日出至沒、尽収諸国。各依風俗、這許多諸色民内、唯有回回人毎、為言「俺不喫蒙古之食」上、「為天護助、俺収撫了您也。您是俺奴僕、却不喫俺底茶飯、怎生中」麽道、「便教喫。若抹殺羊呵、有罪過者」麽道、行条理来。這聖旨行至哈罕皇帝時節、自後從

貴由皇帝以来、為俺生的不及
祖宗、緩慢了上、不花剌地面裏、答剌必・（八）[1]八剌達魯・沙一呵的這的毎、起歹心上、自被誅戮、更多累害了人来。自後、必闍赤賽甫丁・陰陽人忽撒木丁・麦（木）〔朮〕[2]丁、也起歹心上、被
旭烈大王殺了。交衆回回毎、喫本朝之食、更訳出木速合文字、与将来去。那時節、合省呵是来。為不曽省上、有八兒瓦納、又歹尋思来、被
阿不合大王誅了。那時節、也不省得。如今、直北従八里灰田地裏、将海青来底回回毎、「別人宰殺来的、俺不喫」麼道、搔擾貧窮百姓毎来底上頭、従今已後、木速魯蛮回回毎・（木）〔朮〕[3]忽回回毎、不揀是何人殺来的肉、交喫者。休抹殺羊者。休做速納者。若一日合礼拝五遍的納麻思上頭、若待加倍礼拝五拝、做納（思）[4]麻思呵、他毎識者。別了這
聖旨。若抹羊胡速急呵、或将見属、及強将奴僕毎、却做速納呵、若奴僕首告呵、従本使処、取出為良、家縁財物、不揀有的甚麼、都与那人。若有他人首告呵、依這体例断与。欽此。

〔訳〕
《回回が喉を掻き切って羊を屠殺し、割礼をすることを禁じる》

至元十六年（一二七九）十二月二十四日。

チンギス＝カンがこの世に現れ、日が昇って沈む所まで、あらゆる国々を手に入れ、それぞれの風俗を残したが、ここで多くのさまざまな住民のうち、回回の者たちだけは、「われらはモンゴルの食べ物を口にはしない」というので、「テングリの助けによって、われらはお前たちを手に入れ保護しているのだぞ。お前たちはわれらの奴僕であるのに、われらの食事を口にしないとは、理に適うことであろうか」とし、「そういう訳であるから、われらの食事を食わせろ。もし喉を掻き切って羊を屠殺したら、罪に問え」と、箇条書きの命令を送ったのである。

この聖旨が送られてから、オゴデイ＝カアンの時代となった。それからグユク＝カンの時代となってからは、われらの権威は祖宗に及ばず、緩んでしまい、ブハラでは、答剌必・八剌達魯・沙一呵といった者たちが、悪い心を起こしたがために、誅殺された上、さらに多くの人びとにも害が及んでしまったのである。その後、必闍赤賽甫丁・陰陽人忽撒木丁・麦朮丁も悪い心をもってしまったので、フレグ大王に殺された。そして多くいる回回たちには、われらモンゴルの食事を口にさせるようにし、さらにアラビア文字に命令を翻訳して、与えてもって行かせたのである。その時に、悟ってしかるべきであった。〔しかし〕悟らなかったので、八兒瓦納がまた悪心を抱き、アバカ大王に誅殺された。〔だが〕この時にも、回回たちは悟れなかった。

いま、北方の八里灰の地から、海青を献上しに来た回回たちが、「非ムスリムが屠殺したものは、われらは食べない」といって、貧しく困窮している民らを困らせた。それゆえ今より後は、ムスリムの回回たち・ユダヤ教徒の回回たちには、誰が屠殺した肉であっても、食べさせるようにせよ。喉を掻き切って羊を殺すな。割礼をするな。もし一日五回するべき礼拝をし、もし金曜日にその倍の礼拝をしたいのならば、回回たちは知れ。この聖旨に背くな。もし喉を掻き切って羊を殺し、割礼をしたならば、あるいは家族と無理やり連れてこられた奴隷たちに割礼をしたならば、もし奴隷が告発すれば、その主人の所から解放して良人とし、家の財産については何であろうと、すべてその者に与える。もし他の者が告発したならば、この決まりに従って処置する。

（1）陳得芝の校訂にしたがって「八」を衍字とする。
（2）陳得芝の校訂にしたがって「木」を「朮」の誤りとする。
（3）陳得芝の校訂にしたがって「木」を「朮」の誤りとする。
（4）陳得芝の校訂にしたがって「思」を衍字とする。

一　本案件の理解をめぐって

この《禁回回抹殺羊倣速納》は直訳体で書かれているだけでなく、他に用例を見ないさまざまな音写語彙が含まれているため、正確に内容を理解することが最初の課題となる。並行する史料として、『元史』巻十「世祖本紀　七」至元十六年（一二七九）十二月丁酉の条があるので、まずはこれを見てみよう。

八里灰はハヤブサ（海青）を献上してきた。回回たちは途上において食事を提供されたが、羊については自分たちで屠殺したものでなければ口にしなかったため、百姓たちはこれに苦しめられた。クビライ＝カアンは、「回回たちはわれらの奴である。その飲食については、あえてわれらの朝廷のやりかたに従わないのか」といい、詔を出してこれを禁じた(5)。

冒頭案件をふまえて本条を見てみると、まず八里灰（Bargu）(6)からハヤブサ（海青）を献上しに来た回回たちが、他人が屠殺した羊を口にしないので、途上の百姓たちが困らされている事件が発端となっていることがわかる。そしてクビライは、回回たちは「われらの奴」であり、主人たるモンゴルの食習慣に従うべきであると述べる。本条は、冒頭案件のダイジェスト版であるので、冒頭案件でクビライがもち出しているチンギス＝カンの時代以来の経緯などについては、省略されている。もちろん冒頭案件の主題は、回回の方法での羊の屠殺をクビライが禁じている部分にあり、その点においては本条の記述は要点を押さえているものといえる。

冒頭案件の理解を困難にさせているのは、多用される漢字音写語である。これらについては、陳得芝がかなり詳細に検討を加えており、さらに本案件で取り扱われている過去の事件についても、他の史料と比較しつつ考証を行っている。(7)

まず陳は、この案件が『集史』にも見えることを指摘している。陳は『集史』の中国語訳に基づき、その概要を示しているが、ここではボイル（Boyle）の英訳の該当箇所を示してみたい。

> サンガが大臣の時代に、コリ〔Qori〕・バルク〔Barqu〕・キルギス〔Qïrqïz〕の国から〔クビライ＝〕カアンの宮廷にあるムスリムの一団がやって来て、彼らの進貢物として、白い足で紅い嘴の鷹とシロハヤブサをもってきた。カアンは彼らに好意を示し、自身の卓から食事を彼らに与えたが、彼らはそれを食べようとしなかった。カアンが「どうして口にしないのか」と問うと、彼らは次のように答えた。「この食べ物は、私たちにとって清浄ではありません」。カアンは不快に思い、次のように命じた。「今後はムスリムと啓典の民たちは、羊を屠殺してはならず、モンゴルのやり方で胸と脇を切り裂くようにせよ。そして誰であれ羊を屠殺したものは同じように屠殺され、そのものの妻・子ども・馬・財産は、告発者に与えることとする」。

（5）丁酉、八里灰貢海青。回回等所過供食、羊非自殺者不食、百姓苦之。帝曰、「彼吾奴也、飲食敢不随我朝乎」。詔禁之。なお本章で扱う史料に出てくる〈回回〉は、羊の屠殺方法に代表されるように、ムスリム文化を有する集団として特徴づけられる。それゆえ、森安孝夫「ウイグル文字新考―回回名称問題解決への一礎石―」『東方学会創立五十周年記念東方学論集』東方学会、一九九七年、一二三一頁で腑分けされる〈回回〉の定義のうち、本章では「⑤イスラム教徒一般」を指すものとして取り扱う。

（6）P. Pelliot, *Notes on Marco Polo*, I, Paris, 1963, pp. 76–79.

（7）陳得芝「元代回回人史事雑識（四則）」『中国回族研究』一、一九九一年（陳得芝『蒙元史研究叢稿』人民出版社、二〇〇五年、四四八–四六一頁に再録）。また、馬娟「元代伊斯蘭法与蒙古法之間的衝突与調適―以《元典章・禁回回抹殺羊做速納》為例」『元史論叢』九、二〇〇四年、一七五–一八七頁も陳得芝の研究に依りつつ、さらに議論を展開している。

イーサー＝タルサー＝ケレメチ・イブン＝マーリー・バイダクといった、当時有害で悪意のある、堕落した者たちは、この命令を利用し、誰であれ自分の家で羊を屠殺したものは処刑されるというヤルリク〔聖旨〕を手に入れた。これを口実として、彼らは多くの富を人びとからゆすり取り、ムスリムの奴隷をそそのかして、「もしお前が主人を告発するなら、おれたちはお前を自由にしてやるぞ」といった。すると彼らは自由になりたいがために、自身の主人たちを中傷し、罪を告発したのである。イーサー＝ケレメチとその憎むべき仲間たちは、四年の間、ムスリムたちが彼らの子どもたちに割礼をすることができないような状態に至らせた（後略）(8)。

サンガはクビライ時代に活躍した官僚である。この部分も冒頭案件や先に挙げた『元史』世祖本紀と同じく、クビライ時代において、ムスリムたちが自身のやり方での羊の屠殺にこだわったがために、カアンからモンゴル式の羊の屠殺方法以外は禁止されることになったことが読み取れる。ボイルは〈ムスリムによる羊の屠殺方法〉をslaughterと訳しているが、ここは冒頭案件で〈抹殺〉と表現されているものが対応するだろうし、具体的には〈羊の喉を掻き切って殺す屠殺方法〉をいう。

またクビライの命令が下った後、キリスト教徒のイーサー＝ケレメチたちが、これを口実に、多くのムスリムを罪に陥れたことも『集史』では述べられる。この部分は『集史』がムスリムであるラシードによって編纂されている点を、少しは差し引いて考えるべきであろうが、ムスリムたちが〈割礼〉ができない状況となったとされている点は重要である。ここは冒頭案件で〈倣速納〉が禁じられたことと並行すると考えられ、「〈速納〉をする」とは、具体的には〈割礼をする〉ことを意味すると考えられる。陳得芝は、「速納」はアラビア語・ペルシア語のsunnat（sunna）の音写であり、「習慣」「行為の規範」という意味であるので、〈倣速納〉つまり「〈速納〉をする」とは、イスラーム教の規範に則って事を行うことである、とするに止めている。しかし松田孝一は、冒頭案件と『集史』のこの部分を利用して、「速納（スンナ）をすること（＝割礼）」と表現している。[9] おそらくこれで間違いないであろう。「速納」を「スンナ（sunna）」の音写と見るのは自然であり、「スンナ」の本来の意味は〈慣行〉〈ならわし〉である。

さて、冒頭案件はチンギス＝カンの時代から説き起こされている。「回回たちはわれら（チンギス＝カンとその子孫）の奴僕であり、モンゴルの食事を食べないという道理はなく（「怎生中」の〈中〉は〈適当である〉の意）、それゆえ回回たちにはモンゴル式で屠殺した羊を食わせることとし、羊を〈抹殺〉すれば罪に問う」ということが、チンギスによってすでに定められているという。つまり、ムスリム式の羊の〈抹殺〉を禁じることは、チンギス以来の〈祖法〉であるとクビライはいうのである。なお〈抹殺〉の〈抹〉は、ここでは〈割く〉の意味で用いられている。『元語言詞典』も用例として挙げているが、[10]『元典章』「刑部　十六」「雑犯　二」「違枉」《枉勘死平民》には、「魯観奸は鎌で鍋を削っていたのだが、その夫がその兄にむかって殴りかかり、この妻は遮ろうとして、誤ってその兄に向っていく夫の喉を切り割き傷つけてしまった（抹傷）[11]」という例がある。

チンギスが定めた回回の食事に関する規定は、オゴデイ＝カアンの時代を経て、グユク＝カンの時代以来、次第に弛緩してしまっていったという。そしてそのために、中央アジアのブハラ（不花剌）で悪い心を抱いたがために（起歹心上）、数名の人物が誅殺され、さらに多くの人にも害が及ぶという事件が発生したと、冒頭案件でクビライは述べる。この事件の具体的な状況については、冒頭案件はこれ以上の事は述べていない。

陳得芝はこれを、『世界征服者の歴史』に見える、オゴデイ時代にブハラ近郊のタラブの人［Tarabi］であるマフ

（8）J. A. Boyle. *The Successors of Genghis Khan*. New York. 1971. pp. 293–294.
（9）松田孝一「モンゴル時代中国におけるイスラームの拡大」『講座イスラーム世界　三　世界に広がるイスラーム』栄光教育文化研究所、一九九五年、一六二頁。
（10）劉堅・江藍生（主編）『元語言詞典』上海教育出版社、一九九八年、一九九頁。
（11）魯観奸元用鎌刀刮鍋、伊夫向伊哥殴打、本婦遮護、誤将夫向伊哥咽喉抹傷。

ムード［Mahmud］が、ブハラに入城して人びとを扇動し、モンゴルに抵抗したという事件に比定している。そして、冒頭案件の「荅剌必・八八剌達魯・沙一呵的」については、「荅剌必」はタラブという土地の人を意味するTarabi、「八八剌達魯」については、一つの「八」は衍字とし、paridar＝巫師と解釈する。そして「沙一呵」はshaikh＝長老と見て、最後の「的」は下文に繋がると考えた。つまり、全体としては「タラブのパーリダール（巫術師）であり長老（であるマフムード）」と考えるのである。そして、この事件がオゴデイの十年（一二三七）に起こったことを指摘し、冒頭案件がグユクの時代のこととしているのは誤りであるとする[12]。なお、『世界征服者の歴史』の該当箇所は、マフムードと彼の不思議な力を中心に記述がなされており、特に〈羊の屠殺方法〉のようなイスラーム教に由来する文化・習俗についての問題が取り上げられているわけではない。それゆえ、陳も述べていることであるが、冒頭案件がこの問題に言及するのは、〈モンゴルに反抗するムスリム〉の例を示すことに主眼があったものと考えられる。

次に、フレグに殺された「必闍赤賽甫丁・陰陽人忽撒木丁・麦木丁」の事件についても見てみよう。陳得芝は並行する史料を『集史』フレグ＝カン紀に見出した。以下サックストン（Thackston）の英訳の該当箇所を示す。

〔一二六二年〕フレグ＝カンが敵の敗走を知らされた時、彼は馬にまたがり、十一月二十日に、シェマカの周辺でベルケと戦った。この局面でアヤカス［ayaqas］の集団が、大臣のサイフッディーン＝ビチクチ［Sayfuddin Bitigchi］、ジョージアの知事であるホージャ＝アジズ［Khwaja Aziz］、そしてタブリーズのホージャ＝マジュッディーン［Khwaja Majduddin］を捕え、彼らをシャバランに連行した。審理の後、三人すべてが処刑された。十一月二十二日の前夜、占星術師のフサムッディーン［Husamuddin］が審理され、彼の罪が証明され、（中略）彼はバグダードに引き渡され、彼も処刑された[13]。

陳は冒頭案件の「必闍赤賽甫丁」を「サイフッディーン＝ビチクチ［Sayfuddin Bitigchi］」に、「陰陽人忽撒木丁」を「占星術師のフサムッディーン［Husamuddin］」に、そして「麦（木）〔朮〕丁」を「ホージャ＝マジュッディーン［Khwaja Majduddin］」にそれぞれ比定している。確かに人名について、非常によく合致しているといえる。また、この部分も同様にムスリムの食文化については、全く言及のない部分である。やはり、〈モンゴルに反抗するムスリム〉の例として取り上げられていると見るべきであろう。

最後に、冒頭案件でアバカに殺されたとされる、八兒瓦納の例について見ておこう。これについても、陳得芝が見解を表明している。それによれば、この事件は『集史』に見え、八兒瓦納はフレグが任命したルーム地方の長官であるという。一二七六～七七年にマムルーク朝のバイバルスが、ルーム地方の人の手引きで侵入してくる事件が起こるが、その手引きをしたのが八兒瓦納であり、それゆえ処刑されたとするのである。ここもサックストンの英訳の該当部分を示しておこう。

> パルワナ［Parvana］は震えてオルドにやって来た。アミールたちは、彼には三つの罪があるといった。一つは、敵前逃亡をしたこと。二つ目は、ブンドゥクダル［Bunduqdar］〔＝バイバルス〕の到来をすぐに報告しなかったこと。そして三つ目は、すぐに宮廷にやって来なかったことである。彼は監視下に置かれることになった。使者たちがブンドゥクダルの所から帰って来た時、彼らは彼〔ブンドゥクダル〕がいったことを報告した。「私

（12）陳得芝は中文訳を利用しているが、Boyle の英訳は J. A. Boyle, *The history of the World-Conqueror / by 'Ala-ad-Din 'Ata-Malik Juvaini*, Manchester, 1958, pp. 109–115.

（13）W. M. Thackston (Translated and Annoted), *Rashiduddin Fazlullah Jami'u't-Tawarikh: Compendium of Chronicles: A History of the Mongols*, Part Two, Harvard University, 1999, p. 511.

はパルワナの招きでやって来た。もし私が来れば、彼はアナトリアの王国を私にくれると約束したからだ。私がそこに到着した後、彼は逃げたのだ」。これがアバカ＝カンに報告された時、彼はパルワナの処刑を命じた[14]。

陳得芝は、二番目と三番目の事件はフレグ＝ウルス領内での事件であり、後者は冒頭案件をクビライが出すわずか数年前であることから、フレグ＝ウルスの重大事件は逐一、大カアンに報告されていたとし、ここから元朝とフレグ＝ウルスの密接な関係を指摘している。そして、冒頭案件で取り上げられる〈以前の三つの事件〉は、どれも羊の殺し方とは直接的な関係はなく、クビライの主眼は、むしろ回回（ムスリム）の反逆事件を提示することで、回回たちにモンゴルへ絶対的に服従するように警告しているものと考えた。

さて、モンゴル式の羊の屠殺方法に従うべきとされた命令の対象者は、「木速魯蛮回回毎・（木）［朮］忽回回毎」とされている。「木速魯蛮」はMusulman、つまりイスラーム教徒である。また「木忽」は「朮忽」の誤りであり、Juhudつまりユダヤ教徒を指している。これらの点も、陳得芝によってすでに指摘されている。

次に「若一日合礼拜五遍的納麻思上頭、若待加倍礼拜五拜、做納（思）麻思呵、他毎識者」の部分を見てみよう。陳が指摘する通り、「納麻思」はペルシア語のnamazであり〈礼拝〉を意味する。つまり、「若し」から始まる二つの条件節の前者は毎日の五回の礼拝のことを述べていることがわかる。では後者はどういう意味だろうか。ここに見える「礼拝五」は金曜日を意味し、「待」は「要」の意味と考えるのが妥当だろう。つまり後者は、金曜日の特別な礼拝についていうものと考えられる。

以上、陳得芝の研究に依りつつ、冒頭案件の漢字音写語を中心に、内容の検討を進めてきた。語句や関連する〈過去の事件〉については、まだ不明瞭な点も残るが、現在までの理解と、さらに付け加えられる情報を提示した。次に、冒頭案件で問題となっている、ハヤブサを献上しに来た回回について、もう少し考えてみたい。彼らは「非ムスリムが屠殺したものは、われらは食べない」といって、「貧しく困窮している民らを困らせた」点が冒頭案件では問題とされており、並行する『元史』の本紀の記述でも同様の表現が見られた。では、この回回たちに食料を供給し、「非ムスリムが殺した羊は食べぬ」といわれて「困らされた百姓」とは、一体どのような人びとなのだろうか。

まず、この回回たちはカアンへの献上品を携帯していることから、モンゴル政権の公的交通制度であるジャムチ（駅伝）を利用し、各駅站《えきたん》（宿駅）で食事を提供されていることが想定できる。実は、駅站における回回への食事提供の問題は、オゴデイ時代にすでに見えている。『永楽大典』巻一九四一六所収『経世大典』「站赤　一」オゴデイ九年（一二三七）八月二十三日の条には次のようにある。

九年丁酉、八月二十三日、奉聖旨。若曰聞各路往来使臣、在城別無公事、不経站路走遞、称有牌劄、索取祗応。有公事使臣到城、走馬二匹、或三匹、却領不干礙十人、二十人、及牽私己馬匹、取祗応草料。応付猪・牛・馬・羖䍽等肉、不肯食用、須要羊肉。縦与羊肉、却又称瘦。回回使臣到城、多称不食死肉、須要活羊。（中略）如此騒擾、聖旨到日、今後如有朝廷差去使臣、齎把御宝文字之人、依分例日支米一升・麪一斤・肉一斤・酒一瓶。其余親随并随投下諸衙門差去人、催糧糸線顔色官吏人員、支米一升。如無牌劄、不得応付。（中略）無事不得入城。若有多索酒食・活羊・馬匹草料之人、仰達魯花赤管民官、差人一同前去断事官、折証治罪施行。仰宣徳州達魯花赤管民官収附、遍行諸路、一体施行。

〔訳〕

九年丁酉、八月二十三日、聖旨を奉じた。次のようにある。

(14) W. M. Thackston (Translated and Annoted), *Rashiduddin Fazlullah Jami'u't-Tawarikh Compendium of Chronicles: A History of the Mongols*, Part Three, Harvard University, 1999, p. 538.

聞くところによると、各路において行き来する使臣は、特に公務がないのに站路を外れて城市にやって来て、「身分証と出張証明書が有る」といい通して、駅站提供の食事などを享受している。公務がある使臣が城市にやってくると、駅站提供の駅馬は二匹か三匹である〔出張である〕のに、関係のない伴連れを十人も二十人も従えていたり、さらに自分自身の馬を連れてきて、駅站提供の食事や〔自身の馬に食わせる〕まぐさを要求するのである。またブタ・牛・馬・ヤギ等の肉を食事として提供しても食べようとせず、羊肉の提供を求めてくる。たとえ羊肉を出したとしても、「痩せているぞ」といいたてる。回回の使臣が城市にやってくると、「死んだ動物の肉は口にしないぞ」と多くの者がいい、生きた羊を要求するのである。〔中略〕

このような騒ぎについては、聖旨が伝達された日より〔以降は〕、〔まず〕今後もし朝廷が派遣した使臣で、御宝の捺してある文書をもってきたものであれば、駅站における食事提供の規定に従い、毎日米一升・麪一斤・肉一斤・酒一瓶を支給するようにせよ。それ以外のおつきの者たち、投下やさまざまな衙門が派遣した者、穀物や絹糸などを税として徴収しにいく官員や吏人などの者には、一日あたり米一升を与えよ。もし身分証や出張証明書をもっていなければ、提供してはならない。〔中略〕用事が無ければ城市に入るな。もし規定量以上の酒や食料、生きた羊、馬のまぐさを要求する者がおれば、ダルガチに訴えよ、官員を派遣して当該者とともに断事官のもとに向かわせ、証拠を吟味して罪に問え。宣徳州のダルガチに申し付けて、〔さらに〕広く関係各路におくり、すべて施行するようにせよ。

これを見れば、オゴデイの時代からすでに回回（＝ムスリム）官員が駅站において、誰が殺したかわからない羊肉を食べる事を拒否し、生きた羊の提供を求める問題が取り上げられていることがわかる。そしてこの問題が起こった時は、断事官が罪に問う事が定められている。なお、駅站における羊をはじめとする食事提供の問題については、本案件に先立って、『永楽大典』巻一九四一六所収『経世大典』「站赤　一」オゴデイ五年（一二三三）二月五日の条にすでに見えている。そこでは、太原の駅站において、長期間滞在する使者などが食料を大量に要求する問題が取り上げられ、一年間で羊が千四百頭余り必要であることが述べられている。これに対し、規定以上の食料を要求した場合は、「按答奚」（＝死刑）に処することが規定されている。

さて、駅站における生きた羊の提供については、『永楽大典』巻一九四一七所収『経世大典』「站赤　二」至元十五年（一二七八）七月の条に注目するべき案件がある。これは、冒頭案件が出される前年のものである。

七月、河南等路宣慰司言、今後除朝廷大官蒙古使臣、及不食死肉官員、依例応付羊肉活鶏、余者給猪肉。又泰安州言、屠戸供備羊肉、官価有虧、無可従出。省部議、依河南宣慰司所擬、一体応付、行移合属、依上施行。

〔訳〕

七月、河南等路宣慰司が次のように上申してきた。「今後朝廷の大官や蒙古の使臣、および死んだ家畜の肉を食さない官員には、規定通り羊肉・生きた鶏を駅站において提供することとし、それ以外の者にはブタ肉を支給することとしたい」。また泰安州が次のように上申してきた。「屠戸は羊肉を提供するように備えているが、おかみの支払いが無ければ、提供することができない」。

省部が協議し、河南宣慰司の提案する通りに食料を提供することとし、関係各所に文書をまわし、上のように施行することとした。

ここからは、朝廷の大官やモンゴル人の使臣には駅站において羊肉が支給され、〈死肉を食わない官員〉には「生きたニワトリ」が提供されていることがうかがえる。ここでいう〈死肉〉とは、〈誰が屠ったかわからない肉〉をいうものであろうし、後者については、明らかにムスリムの官員に対する措置と見ることができる。そしてここにおいてモンゴル政権は、〈死肉を食わない〉イスラーム教に由来する文化に対して、「生きたニワトリ」を提供することで対応しているのである。

さて、このような〈死肉を食わない官員〉に対する処置として、冒頭案件が出される前年の例がもう一つある。同じく『永楽大典』巻一九四一七所収『経世大典』「站赤 二」至元十五年（一二七八）十月の条がそれである。これも全文を引いておこう。

十月、中書兵部照得、諸衙門尋常差委之人、站赤亦同朝省大官・蒙古使臣、一例応付猪羊肉分例。或一名起鋪馬三匹、全支分例。復需酒饌・常行馬芻粟、又不於館舎安宿。以此相度、除朝省大官・蒙古使臣、及不食死肉官員、与随朝尚書等、依例応付外、其不相干官府所差之人、験差劄応付正人分例、食以猪肉、宿於館駅。如無許給常行馬芻粟文字、不得応付。行下合属、照験施行。

〔訳〕

十月、中書兵部が調べたところ、諸衙門から通常業務で出張する者は、站赤においても他の朝廷や都省の大官、蒙古の使臣の規定と同様に、ブタ・羊肉の規定通りの食事を提供することとなっている。もし一名の使者に対して鋪馬三匹を支給する場合でも、規定通りの食事をすべて支給する。また、酒とつまみ、駅馬以外の自身の馬のまぐさを要求したり、駅舎に宿泊しないものがいる。

これについて次のように取り計らうこととする。朝廷や都省の大官、蒙古の使臣、そして死んだ家畜の肉を口にしない官員は、朝廷の尚書等と同様に、規定通り駅站にて食事を提供することとし、関係しない官府が派遣した者は、出張証明書を各駅站で検査した上で正使の規定による食事を提供し、食事ではブタ肉を出し、駅舎に宿泊させるようにする。もし自身の馬のまぐさを駅站で支給してもらえる書類を携帯していなければ、まぐさは支給するな。関係各所に文書をまわし、参照して実施せよ。

ここでも、〈死肉を食わない官員〉に対する駅站での食事提供の例外規定が述べられ、一般の出張者はブタ肉を提供されるべきことが再確認されている。この例外規定とは、先に挙げた至元十五年七月の規定をいうのであろう。つまり、〈死肉を食わない官員〉に「生きたニワトリ」を提供する規定は、冒頭案件が出される前年の至元十五年七月に定められ、同年十月に、もう一度確認されているのである。この時点では、クビライ政権は〈イスラーム教に由来するムスリムの食文化〉について、一定の配慮を示していたのである。

ムスリムの使者は、非ムスリムが殺した肉を食べることを拒み、それに対して元朝政府は、至元十五年段階では生きたニワトリを提供することで解決を図っていた。一方で先の案件では、ムスリムに限定されない使者たちが、あえて羊肉を要求したり、生きた羊を要求する事例もあった。これらは宗教的な理由に発するものではなく、単に自身の食の嗜好によるものである。なお、駅站における羊肉の提供については、江南ではやや困難であったようで、この問題については次の第三章「ヒツジを消費する人たち」で論じられている。あわせて参照されたい。ともあれ、冒頭案件と合わせて考えるならば、これらはすべて〈駅站において騒ぎを起こす〉問題である。

さて、至元十六年の冒頭案件では、イスラーム教由来のムスリムの宗教文化に対して、クビライは極めて不寛容な態度を示すことになった。それは一体なぜだったのであろうか。次節では、元朝期におけるムスリム文化と政権の対応について考えてみたい。

二　回回と〈本俗〉

回回、つまりムスリムの宗教文化について、元朝政権はどのような態度をとったのであろうか。この問題をうかがい知ることができるいくつかの『元典章』の案件を、本節では取り上げてみたい。まず、『元典章』新集「刑部」「訴訟」「約会」《回回諸色戸結絶不得的有司帰断》である。タイトルは《回回などさまざまな人戸について問題の決着がつかないものは有司が処断する》というものである。では、内容を見てみよう。

《回回諸色戸結絶不得的有司帰断（回回などさまざまな人戸について問題の決着がつかないものは有司が処断する）》

延祐七年二月　日、江西廉訪司奉行台箚付：准　御史台咨：奉　中書省箚付、延祐六年九月二十二日奏過事内一件、

「世祖皇帝聖旨、『累朝皇帝聖旨、教諸色人戸、各依本俗行者』麽道、至今、諸色人戸、各依著本俗行有。自其間裏、合結絶的勾当有呵、結絶者。結絶不得的、有司裏陳告、教有司官人毎帰断呵、怎生、奏呵、奉聖旨、『那般者』」。欽此。都省仰欽依施行。

〔訳〕

延祐七年（一三二〇）二月某日、江西廉訪司が奉った行台の箚付に次のようにあった。

受領した御史台の咨に次のようにあった。

奉じた中書省の箚付に次のようにある。延祐六年九月二十二日に、上奏した事項の一つは次のようなものであった。「クビライ＝カアンの聖旨には、『歴代の皇帝の聖旨には、さまざまな種類の人戸には、それぞれ各自の習俗に従うようにさせよ』とある。今、さまざまな種類の人戸は、それぞれその習俗に依らせている。そのあいだに、まさに決着するべきことがあれば、決着させせよ。決着できないことは、有司に申し立て、有司の官人たちに処断させればいかがか、と上奏したところ、聖旨を奉った。『そのようにせよ』」。都省は申し伝えて上記のごとく施行するようにする。

タイトルではあえて回回に言及するものの、内容においては回回の話が特筆されるわけではなく、〈諸色人戸〉の語に一括されてしまっている。しかしながら、〈諸色人戸〉が、おのおの〈本俗〉に依れ、とされているのは、クビライ以前からの規定であり、クビライ時代以降も変わっていない、ということが読み取れる。〈本俗〉の〈本〉は〈その〉の意味であるから、〈それぞれの習俗に依れ〉というのである。このように考えると、たとえばムスリムはムスリムとしての習俗に依って生活することは、歴代カアンによって保障されていたともいえる。

しかし、事がそれぞれの種類の内で解決できない場合は、元朝政府が決裁することがここでは規定されている。この点が、本案件では重要であろう。ムスリムを含むさまざまな種類の習俗を、カアンや元朝政府が是認しているのは確かである。それぞれの習俗に根差す些事についても、各自で解決させることを許している。しかし全く放任しているわけではなく、事が深刻化すれば政府はそれに積極的に介入し、取り仕切る力を発揮するという方針が、ここでは表明されているのである。

次に『元典章』「戸部　四」「婚姻」「嫁娶」《同姓不得為婚》を見てみたい。

《同姓不得為婚（同姓のものは結婚してはならない）》

至元二十五年十月十六日、　尚書省
奏過事内一件、遼陽行省与将文書来。「義州一箇劉義小名的人的女孩兒根底、姓劉的人根底招到做養老女婿、住了十年、生了両箇孩兒。如今、同姓的人做夫妻的体例無」、麼道、説将来呵、礼部官人毎定奪得、「羊兒年
聖旨裏、『正月以前、為妻夫的毎根底、依旧者。正月以後為妻夫的毎根底、依著
聖旨体例裏、合聴離』道有。若妻夫不和廝打呵、同姓麼道推托出去有。那般同姓為妻夫的毎根底、不教聴離呵、怎生」、麼道奏呵、「這言語不曽忘了。在先做了妻夫的毎根底、休教聴離、従今後、同姓為妻夫的毎、教禁約者。不禁約呵、似回回家体例有」、麼道
聖旨了也。欽此。[15]

〔訳〕

至元二十五年（一二八八）十月十六日、尚書省が上奏した事項の一つは次のようなものである。

遼陽行省が文書を送ってきた。「義州の劉義という名の者の娘に、姓が劉という者を養老女婿となし、十年暮らしたところで、二人の子どもが生まれた。いま、同姓の者同士が夫婦となる決まりはない」といってきたのである。

それに対して礼部の官員たちが次のように協議した。「ヒツジの年の聖旨に、『正月以前に夫婦となったものは、旧例に従え。正月以後に夫婦となったものは、聖旨のきまりに従い、離婚することを許すのである』とあります。夫婦の仲が悪く互いに殴り合い、『姓が同じである』ということにかこつけて出ていくような者もいます。そのような姓が同じなのに夫婦となった者たちは、別れさせないようにするのはどうでしょうか」と上奏したところ、「この言葉を決して忘れてはならない。さきに夫婦となったものは、離婚させるな。今よりのち、同姓の者同士で夫婦となる者は、禁止させよ。禁止しなければ、回

回回（＝ムスリム）のようになってしまうのである」と聖旨が下されたぞ。

この案件は、遼陽行省管轄内の義州において、劉義という人物が同姓の劉某を〈養老女婿〉とし、さらに二人の子どもが生まれた問題を発端とするものである。〈養老女婿〉については、本書第三部第一章「戸籍と〈本俗〉」において詳しく検討されることになるが、妻の家で結婚して働き、一生を終えるものを指す。〈同姓不婚〉は原則であったとしても、〈養老〉が名目の入り婿の場合、不問に処されることも多くあったのであろう。本案件は離婚の可否も取り上げられるが、最終的にはこの聖旨が出された後の〈同姓不婚〉の原則の徹底が明示される。

ここで取り上げたいのは、「不禁約呵、似回回家体例有」、つまり「禁止しなければ、回回のようになってしまうのである」と、クビライが述べている点である。モンゴル政権は、回回（ムスリム）には〈姓〉がなく、それゆえ〈同姓不婚〉の原則もなく、これが漢族と回回の違いを決定づける要素の一つとして認識しているのである。そのような回回の〈本俗〉を正面から否定しているわけではないが、この表現からは、ムスリム文化に対するクビライのややネガティブなニュアンスが感じられるように思われる。より踏み込んで意訳するならば、〈同姓婚などをすると回回のようになってしまうが、それでいいのか？〉ということになるだろう。

同様に〈家〉にかかわる回回（ムスリム）の〈本俗〉について見てみよう。これは『元典章』「戸部　四」「婚姻」「夫亡」《未過門夫死回与財銭一半》という案件である。

《未過門夫死回与財銭一半（まだ嫁いでいないうちに夫が亡くなれば、結納の半分は返還する）》

（15）『通制条格』巻三「戸令」「婚姻礼制」にほぼ同文が掲載されている。

至元六年三月、　中書戸部拠（大都路）〔中都路〕(16)来申：麻合馬状告、「至元二年正月内、憑媒人法都馬等作媒、説合女阿賒与阿里男狗兒為婦。至去年七月内、有婿狗兒身死、有阿里道、『交故狗兒弟収要』」。勾責得、媒人法都馬状称、「至元二年正月、説合麻合馬女阿賒与阿里男狗兒為婦。有阿里下与訖麻合馬金脚玉板環兒一対・紅紵糸一個・絹二疋・蓋頭一個・羊二口・麵一担・酒三十瓶。在後、女婿身故。目今、阿賒年二十歳、小叔騾騾一十五歳」。得此。就問得、回回大師不魯溪等称、「回回体例、女孩兒不曾娶過死了的孩兒、若小叔接続、女孩兒底爺娘肯交収呵、収者。不肯交収呵、下与的財銭回与一半。這般体例」。又照得、娶妻財畢未成者、男女喪、不追財。欲便照依回回体例、不曾断過如此事理、誠恐違錯、乞明降事。省部得此、仰更為審問無差、依理回付一半財銭施行。

〔訳〕

至元六年（一二六九）三月、中書戸部が受け取った中都路（大都路）の文書に次のようにある。

麻合馬が次のように文書で訴え出た。「至元二年正月において、仲人の法都馬等が間に入り、娘の阿賒は阿里の息子の狗兒の妻となった。昨年の七月に、婿である狗兒が死んでしまうと、阿里は『死んだ狗兒の弟の妻にさせる』といっている」。取り調べたところ、仲人の法都馬の調書には次のようにある。「至元二年正月、仲を取りもったところ、麻合馬の娘の阿賒は阿里の息子の狗兒の妻となった。阿里は〔結納として〕麻合馬に金脚玉板環兒を一対・紅の紵糸を一個・絹二疋・花嫁頭巾一個・羊二口・麵一担・酒三十瓶を引き渡したのである。その後、狗兒は死んでしまった。いま、阿賒は二十歳で、狗兒の弟である騾騾は十五歳である」。取り調べたところ、回回大師の不魯溪等は次のように述べる。「回回のきまりでは、死んでしまった男子にむすめがまだ嫁入りしていない状況で、もし死んだ男子の弟がそのむすめを娶ろうとする時、むすめの父母が許可したならば娶って良い。許可しなければ、引き渡した結納の財産・金銭の半分を返還する。これがきまりだ」。また調べたところ、妻をめとっても結納の引き渡しが完了していない状態で、夫・妻が身まかれば、結納の完納はしないとのことである。この回回のきまりに依りたいと考えるのだが、これまでにこのような処断をしたことがないので、間違いがあることを非常に恐れる次第である。ご決裁を願いたい。

省部はこれをうけ、次のように申し付ける。再度取り調べを行い、食い違いが無ければ、〔回回の〕理によって〔麻合馬は阿里に結納の〕半分の財物・金銭を返還するように施行せよ。

本案件では、中都路のムスリム社会における婚姻の〈本俗〉が垣間見られる。特に注目したいのは、「回回大師」の不魯溪などが「回回体例」、つまり〈ムスリムのきまり〉についての見解を述べている点である。この「回回大師」はイスラーム聖職者、あるいは法官のような立場の人物なのであろう。そしてムスリム同士の婚姻に関する処断においてはこのような人物が召喚され、その意見が参照されているのである。中都路自身は「回回大師」など、ムスリムの見解に沿う処断の原案を作成するものの、前例がないために省部に伺いを立てているのであるが、結果として中都路の原案は支持されている。ここからは、元朝政府が「回回体例」と称されるムスリムの〈本俗〉について正確な理解を求め、その〈本俗〉に基づく処断を行おうとする態度が見出される。

一方、〈回回大師〉のようなイスラーム聖職者が裁判沙汰にかかわることは、仁宗アユルバルワダの時代には禁じ

---

(16) 至元六年に「大都路」はないので、「中都路」に改めた。たとえば、『元史』巻九十「百官志 六」「大都路総管府」は「中統五年（一二六四）に中都路と称するようになった、至元九年（一二七二）に改めて大都路と号した」といい、また『元史』巻七「世祖本紀 四」至元九年二月壬辰の条は「中都を改めて大都とした」という。「大都路」とは至元九年二月以後の名称である。ただし、『元史』巻四十「順帝本紀 三」至元六年十一月甲寅の条には監察御史の世図爾が、「答失蛮・回回・主吾などの者の叔父・伯父が婚姻をすることを禁じるべきです」と上申する記述があり、これをそのまま理解すれば、〈姪が伯父・叔父と結婚すること〉について述べることになる。《未過門夫死回与財銭一半》はレヴィレート婚について言及するものであり、この点で無関係であるとはいえまい。本案件がいう〈至元六年〉がかりに〈後至元六年〉だとすれば〈大都路〉の問題も解消する。〈至元〉が〈後至元〉を指す可能性も皆無ではないかもしれない。

られた。『元典章』「刑部 十五」「訴訟」「問事」《哈的有司問》がそれである。

《哈的有司問》（カーディー〔に代わり〕有司が裁判をする）》

皇慶元年三月　日、福建宣慰司奉江浙行省劄付：准中書省咨、至大四年十月初四日特奉聖旨、「哈的大師只管他毎掌教念経者。回回人応有的刑名・戸婚・銭糧・詞訟大小公事、哈的毎休問者。交有司官、依体例問者。外頭設立来的衙門、并委付来的人毎、革罷了者。麼道聖旨了也」。欽此。[17]

〔訳〕

皇慶元年（一三一二）三月某日、福建宣慰司が奉った江浙行省の劄付に次のようにあった。受け取った中書省の咨文には次のようにあった。至大四年十月初四日に特に奉った聖旨には以下のようにあった。「哈的大師はただ彼らの宗教を管轄し経を読め。回回人にかかわる刑名・戸婚・銭糧・詞訟といった大小のおおやけの事については、哈的たちはかかわるな。有司の官員に、きまりに従って処断させよ。地方に設立した衙門や、任命した者たちについては、取り止めよ。以上のように聖旨があったぞ」。[18]

これと並行する記事は『元史』巻二十四「仁宗本紀 一」皇慶元年（一三一二）十二月丁亥の条にあり、「回回の合的（カーディー＝イスラーム法官）に勅を出し、これまで通り福を祈らせ、およそ裁判沙汰はすべて有司の手に委ね、以前に発給した玉璽の捺してある文書を返還させた」という。[19] 先の《未過門夫死回与財銭一半》に出てくる〈回回大師〉の実態が、本案件の〈合的〉と同じものかどうかは不明であるが、仁宗アユルバルワダ時代には、イスラーム聖職者が訴訟に介入することは禁止されることとなったのである。[20] つまりイスラーム聖職者は、ただ宗教にのみ専念せよ、とアユルバルワダは命じたのであった。この点については、次節で再度考えてみたい。

最後に『元史』巻十六「世祖本紀　十三」至元二十七年（一二九〇）七月癸丑の条を見てみよう。ここには「江淮行省平章政事の沙不丁が、倉庫官が金銭や穀物を盗んだことについて、宋の法に従って額に入れ墨をしてその腕を切り落とすことを請求してきた。これに対してクビライ＝カアンは『これは回回の法である』といい、許さなかった」とある。[21]詳しい前後関係は不明であるが、〈回回の法〉であることが沙不丁の処断案を却下する理由の一つであったことが看取される。「腕を切り落とす」部分が、クビライの癇に障ったのかもしれないし、あるいは沙不丁がそれを〈宋の法〉だといい張ったところが問題だったのかもしれない。ただこれは〈回回のやりかた〉を、クビライが正面から否定している例として注目するべきである。

至元二十七年のこの史料からは、クビライが〈回回のやりかた〉を肯定していなかった一面がうかがえる。もしかすると至元十六年の冒頭案件が、クビライがそのような思いを抱くきっかけの一つであったのかもしれない。しかし、それはクビライの個人的な反感に止まるものであったのだろうか。あるいはモンゴル人の、イスラーム教に根ざすムスリム文化に対する不信感から発するものであったのではあるまいか。次節では、この点をもう少し掘り下げてみたい。

(17)『通制条格』巻二十九「僧道」「詞訟」に同内容の案件が収録されている。
(18)岡本敬二（編）『通制条格の研究訳注　第三冊』国書刊行会、一九七六年、二一五-二一六頁も参照。
(19)敕回回合的如旧祈福、凡詞訟悉帰有司、仍拘還先降璽書。
(20)『元史』巻百二「刑法志　一」「職制　上」にも並行史料があり、「諸哈的大師、止令掌教念経、回回人応有刑名・戸婚・銭糧・詞訟並従有司問之」とある。
(21)江淮省平章沙不丁、以倉庫官盗欺銭糧、請依宋法黥而断其腕、帝曰「此回回法也」。不允。

三　カアンはイスラーム教が嫌いだったのか

冒頭案件では、イスラーム教の宗教文化に沿った羊の屠殺方法をクビライはかなり厳しく認めない態度を示している。また、陳得芝も引用する『集史』の記述も同様であり、結果として四年間は割礼文化まで禁止されることになった。第一節でも紹介した通り、陳得芝は、クビライは過去の〈モンゴルに反抗するムスリム〉の三つの例をもち出し、ムスリムたちの勝手なふるまいを厳しく批判しているものと見ている。

では、モンゴルの歴代カアンはイスラーム教について、どのような態度を取っていたのであろうか。第二節でも取り上げたが、漢文史料の世界からは、イスラーム教に対してやや冷淡なカアンの姿が見えてくる。第二節で取り上げた、至元六年の《未過門夫死回与財銭一半》という案件においては、イスラーム聖職者の「回回大師」に、ムスリムの習俗について大都路が確認を取る場面が見られた。しかし、仁宗アユルバルワダが至大四年十月に出した《哈的有司問》に見える聖旨では、イスラーム法官の「哈的（カーディー）」に、裁判沙汰には関与せず、宗教にのみ専念せよと命じ、さらに「地方に設立した衙門や、任命した者たちについては、取り止めよ」と規定している。この後半部分については、至大四年四月にアユルバルワダがすでに出している聖旨の内容を繰り返しているものかもしれない。『元典章』「礼部　六」「釈道」に掲載される次の案件がそれに当たる。

《革僧道衙門免差発（僧・道の衙門を改め、差発を免除する）》

至大四年四月、欽奉

聖旨。「和尚・先生・也里可温・答失蛮、不教当差発。告天咱毎根底祝寿者」道来。「和尚・先生・也里可温・答失蛮・白雲宗・頭陀教毎根底、多立着衙門的上頭、好生搔擾他毎」麼道、説有。為那般上頭、除這裏管和尚的宣政院・功徳使司両個衙門外、管和尚・先生・也里可温・答失蛮・白雲宗・頭陀教等各処路府州県裏有的他毎的衙門、都教革罷了、拘収了印信者。帰断的勾当有呵、管民官依体例帰断者。今後依着聖旨体例、和尚・先生・也里可温・答失蛮、在前不曽交当的差発、休交当者。管民官休教他毎當里正主首者。休倚気力者。這般宣諭了呵、別（人）〔了〕(22)的人有罪過者。這和尚・先生・也里可温・答失蛮等、倚着這般宣諭了也、麼道、不依自己教門行、做無体例勾当呵、不羞不怕那甚麼。

〔訳〕

至大四年（一三一一）四月、つつしんで奉った聖旨に次のようにある。

「和尚・先生・也里可温・答失蛮は、差発にあてさせるな。天に告げわれらのために福を祈れ」とした。「和尚・先生・也里可温・答失蛮・白雲宗・頭陀教たちに、多くの衙門を建てたがために、頻繁に彼らに迷惑をかけた」という。そういうわけであるから、ここで和尚をつかさどっている宣政院・功徳使司の二つの衙門以外の、和尚・先生・也里可温・答失蛮・白雲宗・頭陀教等を管轄する各地の路府州県にある彼らの衙門は、すべて廃止してしまい、印章は回収せよ。決裁することがあれば、管民官が決まり通り決裁せよ。

今後は聖旨のきまりに従って、和尚・先生・也里可温・答失蛮は、さきにあてさせなかった差発は、あてさせるな。管民官は彼らを里正・主首にさせるな。権力を振り回すな。このように宣諭したのであるから、罪を犯すな。この和尚・先生・也里可温・答失蛮等は、このように宣諭したからといって、自身の宗教の教えによらないことをしたり、きまりに無いこと

(22)　原文の「人」は「了」の誤りであろう。諸校定本がすでにそう校する。

をしたとするならば、恥じないのか、畏れないのか。

この案件のダイジェスト版は『元史』巻二十四「仁宗本紀　一」至大四年四月丁卯の条に見える。[23] これは仁宗アユルバルワダが同年三月に即位してすぐに、次々と出していった命令の一つであるが、この時点でムスリム識者である「答失蛮」、つまりダーネシュマンド［dānišmand］を管轄する地方の衙門が廃止され、決裁するべき案件は在地の官員が取り仕切ることとなった。他の宗教についても同様であるが、仏教関連の宣政院《せんせいいん》と功徳使司《くどくしし》は例外とされているのは重要である。つまり、仁宗アユルバルワダは、仏教とその他の宗教に差をつけているのである。このような宗教関連衙門は、それぞれの宗教の利益誘導を図る窓口機関としても機能するものであり、その意味でイスラーム教は、その力を抑えられていると見ることができる。なお、イスラーム教に関しては『元史』の同じ日の別の条に、「回回のカーディーの関連衙門を廃止する」という記述もある。[24] さらに先に見た通り、同年十月に《哈的有司問》が出される事によって、イスラーム教はカーディーによる裁判権も奪われることになった。

別の観点からも、仁宗アユルバルワダは、イスラーム教に対して冷淡であったことがうかがわれる。モンゴル時代の歴代カアンなどは、特定の宗教団体・宗教者に対して免税特権を付与する、聖旨をはじめとする命令文書を発給している。その免税対象者としては、「仏僧たち、ネストリウス教士たち、道士たち、ムスリム識者たち」などがおり、命令文書では原則としてこの順に挙げられるのである。しかし、ムスリム識者（答失蛮）を挙げるかどうかは、歴代皇帝ごとに差があった。この点をはじめて指摘したのは、杉山正明であるが、[25] 中村淳・松川節はクビライ以降の聖旨について精査を進めた。[26] その結果、世祖クビライ・泰定帝イスンテムル、文宗トクテムルの聖旨には「ムスリム識者」が挙げられ、成宗テムル・武宗カイシャン・仁宗アユルバルワダの聖旨には挙げられないという傾向が見出されたのである。さらに、英宗シディバラの聖旨は確認されないが、同時期の帝師の法旨《ほうし》や皇太后の懿旨《いし》には挙げられていないとした。また、順帝トゴンテムルの時代については、杉山がすでに指摘するように、一貫した傾向はみられないと結論づけている。その後、松川節は英宗シディバラの聖旨の検討を行い、そこにムスリム識者が含まれていないことを指摘し、法旨・懿旨の例を用いてシディバラ時代はムスリム識者を挙げない傾向があるとした先の見解を裏付けた(27)。

『元典章』などから見出される、仁宗アユルバルワダのイスラーム教に対する否定的態度は、聖旨の形式からもいえるものと思われる。ただし、成宗・武宗・英宗、そしてある時期における順帝の聖旨において、「ムスリム識者」が特権享受者として現れない理由が、同様にイスラーム教に対するカアンの冷淡さに求められるかどうかはわからない。しかし、その可能性は大いにあり得る。少なくとも、安西王アナンダのイスラーム教信仰をめぐり、成宗テムルがイスラーム教に対して反感をもったことは松田孝一が論じており、命令文書における特権享受者一覧から「ムスリム識者」がテムル時代に消えた理由を、そこに求めている(28)。

さらに、『元典章』「礼部 六」「釈道」においては、「釈教」「道教」「白蓮教」「頭陀教」「也里温教」が項目として立てられているものの、イスラーム教については取り上げられていない。また、キリスト教については「崇福司《すうふくし》」という中央官衙が至元二十六年（一二八九）に設けられ、仁宗アユルバルワダの延祐二年（一三一五）には「崇福院《すうふくいん》」

(23) 罷僧・道・也里可温・答失蛮・頭陀・白雲宗諸司。
(24) 罷回回合的司属。
(25) 杉山正明「元代蒙漢合璧命令文の研究（二）」『内陸アジア言語の研究』六、一九九一年、四三頁。（再録：杉山正明『モンゴル帝国と大元ウルス』京都大学出版会、二〇〇四年、四一〇‐四一一頁）。
(26) 中村淳・松川節「新発現の蒙漢合璧少林寺聖旨碑」『内陸アジア言語の研究』八、一九九三年、二〇‐二一頁。
(27) 松川節「大元ウルス命令文の書式」『待兼山論叢（史学篇）』二九、一九九五年、四二頁。
(28) 前掲注（9）松田孝一論文、一六三‐一六六頁。

図14　陝西省西安市清真大寺礼拝大殿（山本明志撮影）

と改称されていることが、『元史』巻八十九「百官志 五」に見えるが、イスラーム教についてはそのような中央に設置された官衙の存在もなかったように思われる。このような点からも、元朝期においてイスラーム教は冷遇されていたと考える事も可能ではないだろうか。

元朝時代において、ムスリムが政治・商業の世界で活躍したことはいうまでもない。しかし、宗教としてのイスラーム教が元朝時代において優遇されていたようには到底思えないのである。冒頭案件でクビライが、極めて厳しくイスラーム教に由来するムスリム文化を否定しているのは、イスラーム教がモンゴルと相容れない部分をもつ宗教として、モンゴル人為政者に認識されていた証左のように思われる。特に冒頭案件で問題とされた〈ムスリム式の羊の屠殺方法〉の問題は切実であり、この話題は実はマルコ・ポーロの書にも見えている。ここでは、クビライのイスラーム教への嫌悪感が直接的に示されている。

カーンはこの事件（アフマド暗殺事件）があってから改めて、イスラーム教徒でありさえすればどんな罪でも許されるが、これに反してその信仰に従わない者ならこれを殺してもいっこうに差し支えがない、とするイスラーム教の忌まわしい宗派について想をめぐらした末、かの憎むべきアクマット（アフマド）及びその諸子が数多くの罪業を自ら犯しつつも格別それを罪悪だと考えなかった理由を悟り、大いにイスラーム教を賎《いやし》みかつ嫌悪するようになった。カーンはイスラーム教徒を召し集め、彼らの信仰の命ずる数々の行為を厳禁すると申し渡した。事実カーンは、イスラーム教徒が妻を娶るにはタルタール人の慣習法に従うべきこと、食用に供するために家畜を屠殺する場合も、彼ら流の屠殺法を用いることなく、腹部を剖いて殺すべし等を命令した。(29)

もちろん、キリスト教徒の手でこれが記述されていることは考慮に入れるべきであるが、クビライのイスラーム教に対する不信感は、冒頭案件なども含めて認めるべきであろう。

今ひとつ重要なのは、冒頭案件においてクビライは、〈ムスリム式の羊の屠殺方法〉の禁止は、チンギス＝カンが定めたものであると述べている点である。この発言は、かなり重い意味をもつ。〈チンギスの定めた祖法〉は、モンゴルのカアンにとっては絶対的なものであっただろう。しかし、現存する『モンゴル秘史』には、そのような記述は見えない。では、それが〈チンギスの定めた祖法〉とするのは、クビライの〈創作〉なのであろうか。そうであるならば、それ自体、深刻な問題をはらむ。むしろ、チンギスが〈ムスリム式の羊の屠殺方法〉を禁止していたことは、われわれが現在知っている『モンゴル秘史』のような史料に見えないだけであり、クビライをはじめとするモンゴル為政者たちは、きちんと認識していたのではないだろうか。モンゴルにとって、ムスリムたる回回は官員・商人として有用であったかもしれないが、イスラーム教という宗教自体は、受け入れられない部分が多くあっ

(29) 愛宕松男（訳注）『東方見聞録』一、平凡社、一九七〇年、二一六-二一七頁参照。アフマド暗殺事件は至元十九年（一二八二）に起こっているので、〈ムスリム式の屠殺方法の否定〉をクビライが行うことになった因果関係については、この記述は信頼できない。しかし、キリスト教徒のマルコ・ポーロがこの事実について認識している点は、もちろん重要である。なおこの部分が冒頭案件にかかわることは、陳得芝等もすでに指摘している。

た。それが端的にあらわされているのが冒頭案件であるといえるだろう。

（山本明志）

第三章　ヒツジを消費する人たち
――《羊・馬・牛を抜き取る決まり》――

「雑禁」にある《羊・馬・牛を抜き取る決まり》を発端にして、北の牧地からヒツジが南に移動され、〈江南〉において〈消費〉されるまで、〈北羊〉にいかなる税が課せられるかを推測する。

《抽分羊馬牛例》

大徳八年七月、御史台咨、承奉中書省箚付：

　大徳八年三月十六日奏過事内一件：

在先、「各路分裏、一百口羊内抽分一口羊者。不勾一百口羊、見群抽分一口者。探馬赤的羊・馬・牛隻、不到一百個呵、休抽分者」聖旨有呵、各処行了文書来。如今、台官人毎、并撫安百姓去的奉使、行省官、部官等、俺根底与文書、「見群抽一口呵、虧着百姓毎。今後、一群羊到三十口呵、抽分一口、不到三十口呵、不交抽分。這般立定則例呵、於官民便益」。俺衆人商量来。今後、依在先已了的聖旨体例、一百口内抽分一口、見群三十口、抽分一口、不到三十口呵、休抽分。這般立定則例、宣徽院官人毎根底説了、選差勾当裏行的好人毎、与各処管民官一員、一同抽分、将在先濫委付来的人毎根底、罷了、交廉訪司官、提調体察呵、官民便益也者、奏呵、奉聖旨「那般者」。欽此。

〔訳〕

《羊・馬・牛を抜き取る決まり》

大徳八年（一三〇四）七月に〔行御史台が〕受理した御史台からの咨文にいう。

中書省からの箚付にいう：「大徳八年三月十六日にカアンに奏上した中の一件：

以前、「各路においては、ヒツジ百匹につき一匹を抜き取れ。百匹に満たない場合は、現状の群れの中から一匹を抜き取れ。探馬赤の羊・馬・牛は、百匹に満たない場合は抜き取るな」との聖旨でしたので、各所に書類をまわしましたが、いま、御史台の役人たち、民を撫安してまわる奉使宣撫、行省や六部の役人たちは、われわれの所に「現状の群れから一匹を抜き取ったなら民の損になる。今後、ヒツジの群れが三十匹に満たない場合は抜き取りを行わない決まりとすれば、官にも民にも便利でしょう」と、文書を寄越してきています。われわれがみなで相談しましたが、今後、以前出された聖旨にしたがって百匹から一匹を抜き取り、今いる群れが三十匹であれば一匹を抜き取る、三十匹に満たない場合は抜き取りを行わない、という決まりにしておく、また一方では、宣徽院の官人たちに話を通して、抜き取りにふさわしい専門の者を派遣して、各所の管民官一員とともに抜き取りを行わせる、さらにまた、以前に出鱈目に任され派遣されたような連中は辞めさせてしまい、粛政廉訪司の役人たちに抜き取りをきちんと監督させるようにすれば、官にも民にもよいのではないか」と奏上したところ、「そうせよ」とのカアンのお言葉であった。

北朝の斉の頃にトルコ語から漢語に翻訳されたという「勅勒《ちょくろく》の歌」は、草原における北方遊牧民の暮らしを詠って次のようにいう。

勅勒の草原　陰山の麓
天は円形のゲルに似て　見渡す限りの草原を覆う
空は青く　野は広く　風が吹き　草が靡けば　ヒツジや牛が見え隠れする。

ヒツジは遊牧民たちの暮らしをイメージさせ、また、本書の第二部第二章「カアンとムスリム」においてその屠殺法が扱われていたように、彼らの生活はヒツジとともにあったから、元朝期の文献がこの家畜にしばしば言及して多くの紙面を割くのは、支配者たるモンゴルがヒツジに深く依存したためだと考えて、あながち誤りはないかもしれない。だが、伝統中国にとってもヒツジはきわめて重要な家畜だった。たとえば古代の王たちが社稷《しゃしょく》に捧げた犠牲は、経書の記載によれば「太牢」とよばれる牛・羊・豕《ぶた》の三種の家畜だったし、また、「羊頭狗肉《ようとうくにく》」の成語が古くからあるように、羊肉は中国においても最も美味にして高級な食品とされた。ヒツジは中国世界において、祭祀における犠牲として用いられただけでなく、饗宴や結婚式において人をもてなすメインの食材でもあった。したがって、モンゴル時代の漢地や江南において中国の人びとが従来どおりヒツジを食していたとするなら、この時代にもっともたくさん羊肉を消費したのはモンゴルではなく、その人口比からいって当然中国人だったことになるだろう。元朝期の文献がヒツジを多く扱うのは、その流通が社会全体にとって重大な問題だったからなのである。

本章は、モンゴル時代におけるヒツジの扱われ方を見ることによって、当時における流通と税制の一端を追跡する。

一　ヒツジの怨み

南宋のみやこ臨安の繁盛録『夢粱録《むりょうろく》』は、ヒツジの肉を用いた〈小喫類〉を、開封の繁盛録『東京夢華録《とうけいむかろく》』と同様に数多く紹介する。しかるに、『夢粱録』巻十六「肉鋪」の部分を読むと、そこで紹介されている肉屋はすべて豚肉を扱う店舗であって、「清明上河図《せいめいじょうがず》」に張択端《ちょうたくたん》が描くような、〈羊〉を看板に出して専門をうたう羊肉店は一切見当たらない。〈江南〉は、開封と異なって放牧には不向きな土地柄だったから、ヒツジの入手は古くから困難だったに違いない。『夢粱録』が羊肉を用いた〈小喫類〉を多く記述するのは、一つには、古き都の遺響を南宋の人びとが〈食〉の面でも求めたからであり、もう一つには、山間部で飼育される山羊の肉が臨安にももたらされたからであろう。いわゆる〈北羊〉は、〈江南〉においては元来が貴重品だったのである。

元朝期の江南において書かれたと思しき歌謡文学に《羊訴冤《ようそえん》》と題された面白い作品がある。この作品は、元朝の「至正辛卯（一三五一）の春」に版刻されたとされる散曲集『太平楽府《たいへいがふ》』の巻九に収められ、また、「曽瑞《そうずい》という、河北省大興から杭州に移り住み、生涯仕官せず風流三昧の生活を送った文人」によって書かれた、とされている。孫楷第《そんかいだい》の研究によれば、曽瑞の生年は中統初年といい、とすれば、この作品の成立はおよそ大徳年間前後ということになるだろうか。《羊訴冤》は、《ヒツジが怨みを訴える》という題名のとおり、江南に連れて来られて無残に殺される怨みがヒツジ自身によって語られる、一種の風刺歌である。風刺歌が一般にそうであるように、この作品も、スラングを多用しながら時代の暗部をシニカルに描く。したがって、作品全体はきわめて難解で、何をいうのか不明の箇所も多数あるのだが、幸いに田中謙二がすでに釈読を試みているので（『田中謙二著作集』一「元代散曲の研究」）、

図15　宋・張択端「清明上河図」部分

画面は北宋の都・開封の十字路を描くといわれる。角にある店はおそらく肉屋で、その前では語り物の芸人が客を集めている。その右上には暖簾が下がり、「孫羊店」と書かれる。「正店」の前で〈串羊肉〉を売っているのである。

ここではその業績によりつつ、必要な箇所のみを以下に引用してみよう。

……【要孩兒】従黒河辺赶我到東呉内。我也子望前程万里。想道是物離郷貴有些崢嶸、撞著箇主人翁少東没西。無料喂把腸胃都抛做糞、無水飲将脂膏尽化作尿、便似養虎豹牢監繋。従朝至暮、坐守行随。

【么】見一日八十番覷我膘脂。除我柯枝外別有甚的。許下浙江等処悪神祇。又請過在城新旧相知。待賃与老火者残歳裏呈高戯。要雇与小子弟新年中扮社直。窮養的無巴避。待准折舞裙歌扇、要打摸暖帽春衣。

【二】把我蹄指甲要舒心晃窓、頭上角要鋸做解錐。慂着頷下鬚緊要拴搗筆。待生撏我毛衣鋪氈襪、待活剥我監兒踏磹皮。眼見的難回避。多応早晩、不保朝夕。

【二】火裏赤磨了快刀、忙古歹焼下熱水。若客都来柢九千鴻門会。先許下神鬼颩了前膊、再請下相知揣了後腿。囲我在垓心内。便休想一刀両段、必然是万剮凌遅。

【尾】我這裏刺搭着両箇淹耳朶、滴溜着一条粗硬腿。我便似蝙蝠臀内精精地。要祭賽的窮神下的呵喫。

〔訳〕

……【要孩児】カラ・ムレンのほとりから後を追われ、やって来たのは〈東呉〉の地。揚々たる前途を期待し、「希少な土地に行けば値は上がる」の成語どおり大いに出世すると思いきや、出会った主人の翁が貧乏人で、くれるエサがないから腹は空っぽ、水もないから貯めた脂肪分まで尿になる。虎か豹を檻に入れて護送するかのように厳重に、朝から晩まで片時も離れず、じっと見張られ、連れてこられた。

【么】さてある日、八十回も脂の乗り加減を見に来るが、枝のように痩せた手足以外に何があろう。〈浙江等処の悪しき神祇〉に献げられる話がつき、また、〈在城の新旧の友人〉を招いての饗応に出される約束もまとまる。火者《ホージャ》さま（「貴顕」を意味するペルシア語）がくたばるまでの「高戯（?）」にも貸し与えられ、遊び人の兄さん方が正月に出す演芸のお手伝いも引き受けた。貧乏たれの主人はどうしようもない、〔私の毛を〕芸者のスカートや扇にする約束もするし、暖帽や綿入れにする話までまとめてしまった。

【一】蹄と爪とは芯から延ばして窓にする。頭の上の角はのこぎりで切って錐にする。あごの下のヒゲは縛って刷毛にする。生きているうちから毛をむしり取ってフェルトの絨毯にし、「監児（?）」も生きながらに剥いで革の敷物（?）にする。これはとても逃げられまい。遅かれ早かれ殺される。もはや朝夕の命。

【二】火裏赤《コルチ》が快刀を研ぎ上げた。忙古歹《マングータイ》がお湯を沸かしたぞ。もし私を食べるお客が全員来たなら、九千回の鴻門《こうもん》の会が成り立つだろう。まず、〈浙江等処の悪しき神祇〉に約束した前足がビュンと襲われ、それから、〈在城の新旧の友人〉に振る舞う後ろ足がボキッと折られる。私を真ん中に取り囲んで、一刀両断、体をバラバラにしてのリンチと思いきや。

【尾】私はダラリと両耳をたらし、硬くなった一本足をデレッと横たえ、まるでコウモリのように逆さまにぶら下げられて、お尻の方から綺麗さっぱり皮が剥がされる。貧乏くさい天の神様にお祈りをして、下ろされてから食われるらしい。

右の引用は、「従黒河辺赶我到東呉内」という部分からまず歌い出されるが、ここにいう「黒河」とはおそらく、雲州にある黒河水を指すのではなく、モンゴル語で黄河をいう場合のカラ・ムレン（カラは黒、ムレンは河の意）を漢語に翻訳したものだと思われる。単に華北とか黄河流域というのと異なって、カラ・ムレンといういい方が用いられることによって、モンゴル統治時代という時代設定がまずなされ、さらに、元来江南では飼育されない羊の群れが西北の最果て・河源の地から旧西夏領を通って、海沿いの「東呉の地（いわゆる「江南（長江の南）」まで、はるばる連れて来られたことが強調されるのである。黄河上流域で放牧されていたヒツジは、ヒツジの少ない江南までやってくれば、自身は当然「物離郷貴」、すなわち「希少な土地に行けば値は上がる」で、大いに出世すると期待するが、彼が出会った「主人翁」が貧乏（「少東沒西」）で、ヒツジは「無料喂把腸胃都抛倣糞、無水飲将脂膏尽化作尿（くれるエサがないから腹は空っぽ、水もないから貯めた脂肪分まで尿になる）」という状態になる。このあたり、具体的には何を表現するのかよくわからないが、経過する土地が飢饉続きで食糧がないか、ないしは、江南に牧草地がなく、ヒツジが痩せ衰えていく様をいうかもしれない。また、「便似養虎豹牢監繋、従朝至暮、坐守行随」の三句は、高値で取引されるヒツジを厳重に守ろうとする業者の姿が描かれるだろう。

江南に到着して以後、「主人翁」はヒツジの売り先を次々に決めていく。それが【么】以下である。そこでは「浙江等処」「神祇」「在城」「火者」「小子弟」等、『元典章』にも頻見される行政用語等が故意に使用され、当時における江南の社会状況や政治情勢が鋭く風刺されているはずだろう。「浙江等処悪神祇」や「高戯」が何を指し、「在城新旧相知」や「老火者」「小子弟」が具体的には誰なのか、今日のわれわれにはもはや知るすべもないが、ただ、ここで重要なのは、この部分が、ヒツジが生きている間にあちこちに又貸しされることではなく、ヒツジの各部位が屠殺された後にすべて無駄なく売りさばかれることを述べていると思われる点であろう。たとえば、〈浙江等処の神祇〉にヒツジの頭が献げられる契約がなされ、その頭部の皮は、祭祀が終了した後は〈小子弟《げいにん》〉が〈社会《おまつり》〉で用いる仮面に変わり、また角の部分は職人に渡されて工芸品に変わる、といった具合なのではあるまいか。とすればこの「主人翁」は、俗に〈羊牙《ようが》〉と呼ばれるブローカーなのである。

また、次に注意したいのは、本散曲の末尾に描かれるヒツジの屠殺法である。【二】の末句に「一刀両段、必然是万剮凌遅」という表現がある。これは、「一刀両断にし、一万回もえぐって陵辱する」というのだから、本書の第二部第二章「カアンとムスリム」において論じたイスラムの屠殺法、すなわち、ナイフでヒツジの喉を掻き斬り、その後に血を流してヒツジをバラバラにする方法（この方法は中国の伝統的な屠殺法でもあったのだろう）が扱われると思われる。しかるに、その「一刀両段、必然是万剮凌遅」の前に、ここでは「便休想（…と思うなかれ）」の三字が置かれる。このヒツジは、そうしたイスラムの方式ではない別の屠殺法によって殺害されるのである。火裏赤《コルチ》や忙古歹《マングータイ》は、モンゴルの掟どおり、チンギス・カンが定めたとされる、大地をヒツジの血で穢さない屠殺法を採用したのだろう。つまり、【尾】にいう「便似蝙蝠臀内精精地」とは、コウモリが逆さまにぶら下がっているときのように後ろ足を上に上げられ、臀部の方から下へ羊の皮が剥がされていく様をいう。剥がされていく皮がまるでコウモリの畳まれた翼のように見える、というのである。だとすればこの散曲は、ヒツジが惨殺されて消費されていく過程を、多角的に、複眼的な視野をもって風刺する作品、ということになるだろう。

本作品が最終的に何を風刺しているのか、その核心部分については今日からはもはや究明の方法はないが、ここに描かれるヒツジが黄河上流域から「主人翁」によって江南まで連れて来られ、「老火者（色目人を指すか?）」や「小子弟（中国人を指すか?）」に利用され、結局はモンゴルの兵士に手渡され、モンゴルの方法によって屠殺された点は動くまい。このヒツジは、江南において高値で取引され、政権に群がるさまざまな人によって消費されたといってよい。

二　江南のヒツジ

では次に、元朝期に北方からもたらされたヒツジが江南においてどのように扱われたのか、その実際を『元典章』の記述を追跡しながら見てみよう。次に示すのは、「戸部　二」「分例」「使臣」に収められる《使臣合喫肉食（使臣が食すべき肉類）》という案件である。

《使臣合喫肉食（使臣が食すべき肉類）》
大徳三年二月、江西行省：拠吉州路申、「有朝廷差来官、諸王位下使臣、索要羊肉・鶏・鵝・蒜・酪・老酒、冬月索要木炭、別無許支明文。乞明降事。得此」。照得、先准中書省咨該：奏過事内一件、「江南做官去来的一個漢兒人説有。江南行底使臣毎、与猪肉・魚兒・鴈・鵝・鴨喫、不肯、只要羊肉喫有。那田地裏、毎一口羊、用七八十両鈔買有。這般教站赤生受的一般、奏呵、若有猪肉呵、与猪肉喫者。無猪肉呵、交与飯喫者。魚兒敢広也者。与魚喫者。無呵、也休与喫者。羊肉・鵝・鴈・鴨等飛禽、休与喫者。欽此」。

〔訳〕
大徳三年（一二九九）二月、江西行省の書類：

吉州路からの上申書に、「朝廷から派遣されてくる役人や、諸王に所属する使臣たちが必要とする〈分例〉としての羊肉・鶏・鵝・蒜・酪・老酒、冬月に必要となる木炭について、支給を許可する明文化された決まりがない。文書によるお許しを請う」とあった。そこで、中書省からの咨文を調べてみると、カアンに奏上した中の一件に次のようにいう：

「江南に赴任した漢地の者が言うには、『江南に出向く使臣たちは、猪肉・魚・鴈・鵝・鴨を〈分例〉として与えても食べようとせず、ただ羊肉ばかりを食べたがるが、あちらではヒツジ一頭につき七八十両もの鈔を払って買っているのであり、このままでは站赤の担当者がたまらない』とのことである。その旨を奏上したら、『豚肉があるのなら豚肉を食べさせよ。豚肉がなければメシを食べさせよ。魚はきっとたくさんの種類があろう。魚を食べさせよ。何もないのであれば食べさせるな。羊肉や鵝・鴈・鴨等の鳥類は食べさせるな』とのことであった」。

ここにいう〈分例〉とは、駅伝の開設と整備にしたがってモンゴル政権が制度化した、駅伝の使用者に対する鋪馬や飲食物の支給の決まりをいう。元朝期の駅伝について、『アジア歴史事典』「ジャムチ」の条は、「站赤《ジャムチ》の使用は、許可書である鋪馬聖旨《ほばせいし》（これは皇帝から発給され、太子・諸王からは鋪馬令旨、皇太后からのは鋪馬懿旨、中書省および諸衙門からのは鋪馬劄子という）と差劄《ささつ》、それに前の駅の関文《かんぶん》（送り状）などを携行し、規定以外の物品や軍需品があると、兵部または通政院のベルケ（別里哥）文書（証明書）を必要とし、軍務急用とチベットのような遠方への往来には、円牌と円牌別里哥が必要であった。…上記の許可証明書をもつて站赤に宿泊すると、米一升、麺一升、羊肉一斤、酒一升などが給与されるほか、馬匹を規定内で自由に徴発使用できるなどの特権があったので、のちになると、功臣らに優遇の意味から站赤使用をみだりに許したため、站戸の負担は増して消耗し、站赤は荒廃しがちとなった」と説明するが、ここに「米一升、麺一升、羊肉一斤、酒一升などが給与される」と述べられるのが、いわゆる〈使臣〉に許可された、飲食物に係る一日分の〈分例〉であった。

また、『アジア歴史事典』「ジャムチ」の条は、「站《たん》には站戸《たんこ》の制が設けられ、その付近の民戸百をかぎり、北方は家畜、南方は田畝を検して富裕な戸を站戸となし、站に必要な物資や馬匹《ばひつ》を負担させ、その中から一人を選んで百戸の職に任じ、行政をつかさどらしめた」ともいうように、現物として支給される〈分例〉は原則として駅站近辺に住む站戸によって担われた、とするのが一般的な理解であろう。とすれば右の案件は、江南の站戸は元来、田畝から産するものを〈分例〉として供給すればよいところを、カアンや諸王・駙馬《ふば》が派遣する〈使臣〉はみなヒツジの肉を要求するため、一頭につき七八十両もの大枚をはたいてヒツジを購入し、それを〈使臣〉に供給しなければならない不合理を訴えるもの、と解することができるだろう。

ただし、この案件は、「朝廷が差しむけた官僚」と「諸王が差し向けた使臣」とを同等に扱い、また、『元典章』の「戸部 一二」「分例」の冒頭には中統四年（一二六三）に定めたとされる〈分例〉が置かれているにもかかわらず、「支給を許可する明文化された決まりがない」というなど、内容に多少の矛盾があるように思われる。また、本案件は大徳三年二月の日付を有するが、右とほぼ同内容の記述が、『永楽大典《えいらくたいてん》』巻一九四一七「站赤」至元十九年（一二八二）四月二十三日の条にもあって（第十五葉）、右が引用する「中書省からの咨文」は至元十九年四月二十三日のそれである可能性もあるだろう。とすれば本案件は、元来あった文書をかなり乱暴にダイジェストした結果だと想定され、そこに記述される日付や地名、ヒツジの値段等を単純に鵜呑みにするわけにはいかないように思われる。

もっとも、いわゆる〈江南〉においてはヒツジが希少で、〈分例〉として用意された予算内ではとても供給し得なかったことは、たとえば『元典章』「戸部 一二」「分例」「使臣」の《下番使臣山羊分例（航海に出る使臣たちの山羊の分例）》にも記述があって、そこにおいてもヒツジの値段は毎日変化すると記述するから、羊肉がいかに愛され、いかに高値で取引されたかは想像に余りある。

しかも、〈使臣〉たちが求めた羊肉とは生きたヒツジであり、おそらく精肉ではなかった。同じく『元典章』「戸部二「分例」「使臣」《站赤使臣分例（站赤を用いうる使臣への分例）》の第二件目は次のようにいう。

《站赤使臣分例（站赤を用いうる使臣への分例）》《又（二件目）》

至元二十一年二月十七日、通政院官等奏：我従女真田地裏来的時分、信州站戸毎、我行文字与着告有来、「□□(1)裏住的打捕鷹的忽都魯廻還家去的時分、白日経過時、見在的羊肉与呵、不肯喫。俺行嗔責道不是、要訖活羊喫了也。俺毎忽都魯根底攀着説有。若別個的、似這般行的、見有的肉与呵不喫、要活羊喫的多有。似這般呵、俺生受有。您使臣毎根底告有。怎生上位奏知的、您識者」麼道来、麼道奏呵、「呆站家与来也者。如今見在肉有呵、与見在肉者。若見在肉与呵不喫的人毎根底、水也休与者」麼道聖旨了也。欽此。

〔訳〕

至元二十一年（一二八四）二月十七日、通政院の役人たちが奏上した：

わたしが女真の土地を通って行った時、信州の站戸たちが私に書類を送ってきた。「□□に住む打捕鷹房《だほようぼう》の忽都魯が故郷に帰る時、昼間にここを通った。精肉としての羊肉を与えたところ、まったく食べようとせず、われわれの非をなじり、生きたヒツジを要求して食べた。われわれは忽都魯を例にして話をしているのであって〔彼を非難しているのではないのだが〕、別の者もこのように行動し、用意された精肉を与えても食べず、生きたヒツジを要求して食べるものが多い。これではわれわれがたまらない。だから、あなたがた通政院の使臣に訴えているのである。なんとかお上にお知らせするよう取りはからってくれ」というのだ。そのように奏上すると、クビライ・カアンは「その愚かな站戸は与えたのだな。今後、精肉があるのなら、精肉を与えよ。精肉を与えて食べないような奴には、水も与えるな」とのお言葉であった。

ここに登場する「打捕鷹房の忽都魯」はよほどの大物だったのであろう、本案件では忽都魯の本拠地を「□□裏住的打捕鷹的忽都魯」と故意に隠匿し、また「われわれは忽都魯を例にして話をしているのであって」と述べて、彼を直接糾弾することを極力避けているように思われるのだが、この上申が至元二十一年に信州の站戸によってなされている点からするなら、「打捕鷹房の忽都魯」とは、あるいはカサル家のシクドゥル大王に所属するシバウチだったかもしれない。信州はカサル家の所領だったし、至元二十一年当時、カサル家の当主はシクドゥル大王だったと考えられるからである。忽都魯は、いずれにしても、〈漢人〉や〈南人〉ではない〈色目〉か〈タタール〉だったろうから、武器を携帯しており、丸腰の站戸を相手に、諸王の権力をかさに、力ずくで生きたヒツジを要求したに違いない。しかも、忽都魯がその要求を行ったのは、肉類の〈分例〉を提供する義務を負わない、「白日経過（日中の通過）」の駅站においてだったのである。『元典章』「戸部 二」「分例」の条はその冒頭に、「宿頓の処：正使臣には、本部の擬する所に依りて、白米一升、麺一斤、肉一斤、酒一升、油塩雑支鈔一十文を支すべし」と述べるように、白米や麺、肉の提供を受けるのは、宿泊に利用する駅站においてだったのである。

ただし、本案件において真に驚くべきは、〈諸王の使臣〉の力ずくの要求に対し、信州の站戸が生きたヒツジを提供し、しかも「用意された精肉を与えても食べず、生きたヒツジを要求して食べるものが多い」と述べている点である。カアンたち政権側は、「何もないのであれば食べさせるな。羊肉や鵝・鴈・鴨等の鳥類は食べさせるな」とか「その愚かな站戸は与えたのだな。…精肉を与えて食べないような奴には、水も与えるな」と述べているのだから、通政院や兵部が站戸のためにヒツジを提供してくれたはずはないのである。とすれば、〈信州の站戸〉たちは複数頭のヒツジを自前で購入し、それを駅站に常備していたことになろう。〈信州の站戸〉たちが生きたヒツジを常備できたのは、北方からヒツジを放牧しながら連れて来て、江南で売りさばく商人たちがいたからである。

（1）原文では、「告有来」の後に一字分の空格があり、「裏住的」で改行する。「裏住的」では意味を成さず、また改行の理由もないので、地名を示す言葉が削除されたものと判断した。

三　ヒツジにかかる税金

では、ここで本題にもどって、北方で生まれたヒツジにどのような税金をかけられながら〈江南〉に連れて来られるか、順を追って考えてみよう。

本節が冒頭に掲げた案件はヒツジの〈抽分《ちゅうぶん》〉を扱っていたが、この〈抽分〉が、ヒツジの群れに最初にかけられる税金といっていいだろう。〈抽分〉の〈抽〉とは〈抜き取る〉意で、〈抽分〉で〈抜き取り分〉の意。すなわち、特定の物品の一定量の中から定額を抜き取って国庫に入れる税制をいい、今日の日本の制度の中でいえば、〈資産税〉が最もそれに近いだろうか。要するに、職人が造る工芸品や舶来品、家畜等を一種の資産と考え、市場に出る前に、その所有者や製造元から定期的に一定量を抜き取って税収とするのが〈抽分〉なのである。

大徳八年の日付をもつ冒頭案件は、従来はヒツジ百頭の内から一頭を〈抽分〉するのを基本とし、群れが百頭未満の場合は端数が何頭であろうと一頭〈抽分〉していたものを、以後は三十頭から一頭を〈抽分〉することとし、三十頭未満の端数は〈抽分〉の対象としないことを決定したものであった。モンゴル時代のヒツジの〈抽分〉は元来「一百分から一を取る」のを原則としたようだが、おそらく税収全般を上げるためであろう、「三十分から一を取る」商税の制度（『元史』巻九十四「食貨志」「商税」）に倣って、大徳八年（一三〇四）にその比率が変更されたものと推測される。また、ヒツジの〈抽分〉は毎年七月と八月の両月に行うのが定例だったようだが、誰がどのように〈抽分〉を実施したかは元朝期の税制を考える上で重要な問題なので、ここではその実施方法を少し丁寧に見てみよう。

次に引用するのは、『通制条格』巻十五「厩牧《きゅうぼく》」に収められる「抽分羊馬」第一件目の案件である。

大徳七年十月、中書省。戸部呈：「宣徽院経歴司呈：『照得、各処隘口抽分羊馬人員、年例七八月間、欽賚元受聖旨、各該鋪馬馳駅前去拘該地面抽分、限十月已裏赴都送納、各人飲食已有定例外、抛常川取要飲食分例、長行馬匹草料、州県搭蓋棚圏、別無許准文憑』。本部参照、抽分羊馬人員、毎歳擾動州県、苦虐人民。今後擬合令宣徽院定立法度、厳切拘鈐、至抽分時月、各給印押差箚、明白開写所委官吏姓名、並不得多余将引帯行人員、長行馬疋、定立回還限次、欽賚元領聖旨、経由通政院倒給鋪馬分例前去、須要同本処管民正官、眼同依例抽分羊馬牛隻、随即用印烙記、趁好水草牧放。如抽分了畢、各取管民官司印署保結公文、明白開写抽分到数目、村庄、物主花名、毛皮、歯歳、申覆本院。仍令有司量差人夫牽趕至前路官司、相沿交換、已委官押領、依限赴都交納。沿路儻有倒死、亦取所在官司明白公文、将皮貨等起解赴院。中間若有違法不公、欺隠作弊、宜従本道廉訪司厳加体察。其余一切搭蓋棚圏并常川馬匹草料、飲食等物、不須応付、庶革擾民欺誑之弊」。都省准呈。

〔訳〕

大徳七年（一三〇三）十月、中書省が発する文書：

戸部から呈文にいう：「宣徽院・経歴司の呈文によれば『各処の谷間で羊馬を抽分する官吏たちは、例年、七月八月に、以前に拝受した聖旨をもつて、しかるべき鋪馬の支給をうけて駅伝を使い、しかるべき場所で抽分を行って、十月を期限として抽分した羊馬を都に送り届ける。所持する聖旨が許可する飲食の決まりはあるものの、抽分時の係官の飲食や分例、長行馬が必要とする草料《まぐさ》、各州県における抽分のための臨時の施設については特に証明書類が用意されていない』という。そこで戸部が考えるに、羊馬を抽分する官吏は毎年、州県を騒がせ、人民を苦しめているので、今後は、宣徽院に法令を作らせ、厳しく監督すべきで、抽分の時期が来れば、それぞれの係官に印璽《いんじ》を押した出張命令の箚付を与え、そこに派遣する官吏全員の氏名を箇条書きにし、それ以外の余計な者・長行馬を帯行させないようにし、帰還する日時も決め、以前に戴いた聖旨を持参して通政院から鋪馬・分例の支給を受けて出発する。抽分を実施する場所に着いたら、その地の正式な管民官とともに規定通りに羊・馬・牛の抽分を監督し、一頭ごとに烙印を押し帳簿に記載し、良好な牧草地にすぐに放してやる。こうして抽分が終わったら、管民官の署名と所属する衙門の公印とがある保証書と、抽分した羊馬の頭数、村名、持ち主の名前、毛皮、年齢とが箇条書きされた文書とをもって宣徽院に報告させる。また、各関係官庁に命じて人夫を適当な人数派遣させ、抽分した羊馬を追って次の路の役所まで行き、そこで人夫を交替しながら責任をもって運ばせて、期限までに羊馬を都に納入させるのである。また、都までの道で羊馬が死ぬようなことがあれば、その地の役所に書類を作成させ、その革や製品を宣徽院に運ばせ、途中で不正や違法行為、インチキがあるような場合は、その道の廉訪司に厳しく調査をさせるようにするのである。その他、現地での施設の設置や鋪馬のまぐさ、係官の飲食物等は支給するに及ばない、とすれば、民を欺き騒がせる事態は改まるだろう」と。

都省はこの呈文の内容を許可した。

本案件は、一件全体がほぼすべて戸部から中書省に宛てた呈文によって成り立っている。この案件がなぜ戸部から発せられているかといえば、それは、この条格が〈分例〉の支給にかかわるものだったからだろうが、ただし、中国の伝統的な観念にしたがえば〈抽分〉は元来戸部関係のマターだったのであり、たとえば、『吏学指南《りがくしなん》』の「銭糧造作」の項も〈抽分〉の語を、〈課程〉〈権酤《かくこ》〉〈権塩《かくえん》〉〈税賦〉〈包銀〉等の戸部関連用語とともに列している。〈抽分〉は、〈課程〉等と同様、租税の一種だと認識されたのである。しかるに『元典章』は、「戸部」に〈抽分〉の項はなく、〈抽分〉の語を標題に含む本節冒頭案件も、実は刑部の項に列せられていた。このことはすなわち、〈抽分〉は中国の伝統的な観念からすれば戸部に隷属すべき問題だったにもかかわらず、モンゴル時代においては、タタールの習慣にしたがって、少なくとも〈ヒツジの抽分〉に関しては、別の部署の責任において実施されることを原則としたのである。モンゴル時代のヒツジの〈抽分〉は、本案件を見れば明らかなように、宣徽院《せんきいん》、すなわち、カアンのケシクの一つ、宝兒赤《バウルチ》baurchi の責任において実施されたのである（宣徽院については、次章「宣徽院の人たち」において詳述する）。

宝兒赤とは食膳係の意であったから、〈抽分〉によってもたらされるヒツジは、基本は、カアンを中心に、彼と行動を共にしている家族やケシクによって消費されたのである。またヒツジは、馬とは異なって軍事には特にかかわらなかったから、政権によって一括管理されることもなく、かなりのヒツジがいわゆる〈民間〉で飼育されたと思われる。上記案件においても「羊馬を抽分する官吏は毎年、州県を騒がせ、人民を苦しめている」と述べているが、ここにいう〈人民〉とは、ヒツジの〈抽分〉に関していえば、おそらくヒツジを所有して放牧する人たちを指すに他あるまい。

ヒツジの〈抽分〉の手順を上記の案件にしたがって整理するなら、次のようになるだろう。

宣徽院は毎年七月八月になると係官を〈隘口《あいこう》（谷あいの地）〉に派遣し、そこにヒツジを所有する〈人民〉とヒツジとを集め、三十頭に一頭、ないし百頭に一頭の割合で抜き取っていき、そのすべての作業を完了して、〈抜き取られたヒツジ〉を大都《だいと》、ないし上都《じょうと》へ連れて行く。ここにいう〈隘口〉とは、長城線附近に点在する、交通の要衝としての谷あいを指すと思われ、別の案件では〈北口〉とも述べ、また、『国朝文類』巻四十一「経世大典序録」「馬政」の条に、（もちろん〈馬の抽分〉が行われる場所ではあるが）具体的地名がいくつか列挙されている。とすれば、ここに記述される〈ヒツジの抽分〉は、いわゆる〈大元ウルス〉、〈上都と大都を中心とする首都圏〉におけるそれを扱っているのであり、それ以外の地域ではなかったと思われる。つまり、大徳七年十月の日付をもつ上記案件は、モンゴルが征服したすべての土地に住むヒツジを対象としているのではなく、カアンの所領に放牧されるヒツジを対象に、カアンのケシクが実施したそれのみを実は扱っているのである。宣徽院が行う〈抽分〉によって首都に集められるヒツジは、基本的にはカアン周辺によって消費されたと思われるから、そこから更に〈江南〉へ高値で転売されていくことは、少なくとも〈上都と大都を中心とする首都圏〉において宣徽院が〈抽分〉を実施したヒツジについては、あまりなかったに違いない。

しかるに、〈ヒツジの抽分〉をめぐるこうした状況はカアンの代替わりにしたがって少しずつ変化したように思われ、『通制条格』の「廐牧」「抽分羊馬」が収める第二件目の案件は次のようにいう。

至大四年閏七月、中書省奏：「在先北口等処抽分羊馬牛隻的人、依体例抽分了不全納的上頭、教俺『差好人抽分者』麼道、聖旨有来。如今『木八剌沙、許也速歹兒、張伯顔等三起、賫擎着聖旨、百姓毎根底抽分羊馬、很教百姓毎生受有』麼道、礼部官人毎、備着大同路文書、俺根底与了文書有。俺商量来、湯羊裏并客人毎根底其余勾当裏、毎年多支持羊口有。在先年分裏、一二年北口等処委着人仔細抽分時、比不曽計較的年分、很多抽分得来有。『外路裏羊很多有』麼道、知道的人説有。又『這裏差去的、抽分了大的、教小的抵換、要了肥的、教瘦的抵換、多抽分了少報数目的也有』麼道、聴得有。比附的上頭、這裏不差人、教各（去）〔処〕有的路府州県達魯花赤長官提調着、休教百姓生受。取見羊口数目、依已定的体例、教抽分羊口、附近有的只教納羊、遠的回易作鈔教納。各処行省所管地面、也依這例教行、提調的人毎、不教百姓生受。比在先多抽分的羊呵、験数目、等第、与賞的或与名分的。俺定例呵、怎生。依這般教各処牧民官提調呵、聖旨裏台裏行将文書去、作弊的人毎根底、教監察御史、廉訪司官体察出来、要罪過呵、怎生、商量来」奏呵、「那般者」麼道、聖旨了也。欽此。

〔訳〕

至大四年（一三一一）閏七月、中書省が奏上した案件：

以前、北口等の場所で羊・馬・牛の抽分を行ったものが、決まり通りに全納することをしなかったがために、カアンはわれわれに『ちゃんとした専門のものに抽分させよ』とおっしゃったが、いま、『木八剌沙、許也速歹兒、張伯顔等の三組を、聖旨を携帯させて民の元へ羊馬の抽分に行かせたところ、民が苦しんでいる』と、礼部の官人たちが大同路からの文書を添えて、われわれの所に書類をよこして来ている。われわれで相談したところ、毎日の煮炊きや来賓の接待、その他のことで毎年、たくさんヒツジを消費しているが、先年、一二年のあいだ、北口等の場所で丁寧に抽分を行ったところ、ひとつひとつチェックせずに抽分を行った歳と比較して非常に多くのヒツジを抽分することができた。『投下に与えられた別の所領にはたくさんのヒツジがいる』と、事情を知るものは言っている。また、『ここから（宣徽院から）抽分に派遣したものは、大きなヒツジを抜き取ったのに小さいヤツに換え、肥ったヒツジを取ったのに痩せたヤツに換え、たくさん抽分したのに数を減らして報告している』とも聞いている。あれこれ比較検討した結果、宣徽院からは人を派遣せず、各処にいる路・府・州・県の達魯花赤と長官に抽分を監督させ、民を苦しめないようにさせる。抽分する数についてはすでに決まりがあるから、それにしたがって抜き取らせ、その土地が都の近所であればヒツジを納めさせ、遠方の場合は鈔に替えて納めさせる。各行省が管轄している地域もこの決まりにしたがって抽分を行わせ、民を苦しめないよう注意させる。以前に比べてたくさんヒツジを抽分した者がいた場合には、数を調べてランク付けし、賞や身分を与える。以上のようにわれわれは決めたのだが、いかがであろう。各地の牧民官にこのように実施させ、御史台に聖旨を与えて、インチキを行うものたちを監察御史や廉訪司に調べさせるようにしたならば、どうだろうか」と奏上したところ、「そうせよ」とのお言葉であった。

この案件は至大四年閏《うるう》七月の日付をもつから、仁宗アユルバルワダが即位して間もない頃の状況を映すものと思われるが、だとすれば、右の中で中書省が述べる「在先年分裏一二年…云々」とは、武宗カイシャン時代の状況をいうことになるだろう。本案件は、全体の構成を見るならば、前半でカイシャン時代の施策を述べ、「比附的上頭」以下の後半においては、その反省に立った今後の施策を述べている。また、〈ヒツジの抽分〉は従来宣徽院によって実施されていたのだから、右の案件に「這裏差去的」「這裏不差人」と二度ほど登場する「這裏《ここ》」は、実質的には宣徽院を指すことになると思われる。

本案件で最も注目されるのは、中書省の発言の中に「外路」というタームが用いられていることだろう。ここにいう「外路」がどこを指すかはもちろん明らかではないが、礼部を通じて苦情を伝えてきた大同路がもし「外路」のひとつだとするなら、「ヒツジがたくさんいる外路」は〈腹裏の外側〉にあるのではなく、〈カアンの私有の外側〉にあることになるだろう。大同路は、いわゆる〈腹裏〉に含まれる土地だからである。ちなみに大同路は、当時、カイシャンやアユルバルワダの母・ダギが領有していたと想像され、その地の苦情が礼部を通じて中書省にもたらされたのは、大同路の寺院が所有する羊馬をカアン側が勝手に〈抽分〉してしまったから、と考えることができるだろう。「木八剌沙、許也速歹兒、張伯顔等の三組が聖旨を携帯して羊馬の抽分に出かけた先」とは、単なる〈民〉ではなく、大同路の寺院だったのであり、カアン周辺は「皇太后の所領でもあるから、問題は発生しまい」と踏んでいたところ、おそらく帝師あたりからだろうか、礼部を通じてその苦情が中書省にもたらされたと推測される。寺院が所有する資産を管轄したのは戸部ではなく礼部だったし、各宗教の代表者は、その礼部に対し発令権をもったのである。

そしてもし、「外路」が以上のような意味だとするなら、従来はカアンが自身の所領内でのみ実施していた〈抽分〉を、自身の私有には属さない地域においても実施する方向に動いていたことを、右の案件は意味する。その「外路」に対し、右の案件は、宣徽院の係官を派遣することはせず、各路・府・州・県の達魯花赤《ダルガチ》・管民官に〈抽分〉を監督させ、しかもその収益を物納ではなく、鈔《しょう》立てで納めさせるよう計画立案しているのである。アユルバルワダ政権は〈抽分〉を営利目的で実施しようとしていたといってよいだろう。

なお、右の案件では表現が不完全でわかりにくいが、中書省が行った立案とはおそらく、宣徽院は以後〈抽分〉に人を派遣することは一切せず、カアンの所領の〈抽分〉については委託業者にまかせて宣徽院に物納させる、また、それ以外の「外路」については各路府州県の牧民官に〈抽分〉を代行させ、鈔立てで宣徽院に納付させる、というものだったと推測される。というのは、『通制条格』の「厩牧」「抽分羊馬」が収める第三の案件はこの翌年の皇慶元年（一三一二）五月の日付をもつが、その三件目が次のようにいうからである。

皇慶元年五月、中書省奏：「在先年分、抽分頭疋羊口、宣徽院委人抽分来、去年『為他毎委付来的人毎、作弊的一般有』麽道、省官毎奏了。『試験一年、教監察御史、廉訪司体察者』麽道、聖旨有呵、俺委付人教抽分来。去年抽分到的、比宣徽院前年抽分到的数目、多抽分出一万余口羊、二百余疋馬、一百余隻牛。又城子裏抽分到的頭疋羊口、回易作鈔解納、将来的鈔定、也比他毎管的時分、数目多余出五千余定鈔来有。自前是宣徽院家管的勾当来、如今迤北蒙古百姓毎、各千戸并各処口子裏教他毎委人抽分者、城子裏不教他毎委人、依去年例教本処官司就便提調抽分、宣徽院裏納者、省部裏報数目呵、怎生。商量来」奏呵、「那般者」麽道、聖旨了也。欽此。

〔訳〕

皇慶元年（一三一二）五月に中書省が奏上した：

むかし、馬や牛、ヒツジを抽分する際、宣徽院が委託して実施していたが、去年、「宣徽院が委託した人たちはインチキをしているようである」ということで、中書省が奏上したところ、「一年間試してみて、監察御史と廉訪司に調査させよ」というカアンのお言葉があって、われわれが委託して抽分を実施した。去年おこなった抽分は、宣徽院が実施した一昨年に比べ、一万余頭ものヒツジ、二百余疋もの馬、一百余頭もの牛を余計に抽分することができた。またさらに、城内で行った馬や牛、ヒツジの抽分で得られた鈔立ての収益も、宣徽院が監督していた時に比較して五千余定も多かった。以前は宣徽院が管理する仕事ではあったが、これからは、長城線以北の蒙古の民、千戸たちについては、みな、各地の谷間において、宣徽院が委託した人たちに抽分をさせるものとし、城内においては宣徽院に委託させず、去年の決まりにしたがってその地の衙門にしかるべく抽分を監督させ、宣徽院に納めるようさせる、中書省と六部は上がりの数量を報告する、というのはどうであろう」と奏上したら、「そうせよ」とのお言葉であった。

右に「迤北蒙古百姓毎、各千戸并各処口子裏教他毎委人抽分者」というように、従来、宝児赤の行う〈抽分〉が対象としたのは、「モンゴリアで遊牧をする蒙古の民や千戸たち」だったのだ。だが、カアンに直接隷属する〈大元ウルス〉の遊牧民に対しても、アユルバルワダ以後、モンゴル政権は委託業者を用いて〈抽分〉を実施し、さらには、従来はカアンに直接隷属しない各投下のヒツジに対しても、カアン側から委託業者を差し向けて、〈抽分〉を実施するようになったのである。こうした施策が各投下領主との間に大きな軋轢を生んだであろうことは容易に想像できるが、それのみならず、家畜の値段の高騰を将来して、羊飼いの生活全般をおそらく破壊する結果を招いたのである。

近年、韓国で発見された『至正条格』の残本、巻二十四「廐牧」「抽分羊馬」の項は、延祐六年（一三一九）六月十九日の日付をもつ案件を列して次のようにいう。

延祐六年六月十九日、中書省奏、節該：「為抽分群羊并一百箇裏抽分的上頭、『達達百姓并千戸裏、依旧教宣徽院委官抽分有。各城池地面不教差人、教本処官司提調着抽分者。附近去処教納羊、遠処回易作鈔将来者』麼道、奏過、行了来、那羊口内、大的教小的、肥的教痩的抵換了、好生減的価銭少了、不従実納有。若不定額呵、不中也者。甘粛・陝西・遼陽等処、毎口羊価做中統鈔四十両、腹裏去処合做一定、要了与将来者。用着羊呵、教那鈔俺這裏和買也者」、奏呵、奉聖旨、「那般者」。欽此。……

〔訳〕

延祐六年（一三一九）六月十九日に中書省が奏上した、その概略にいう：

「ヒツジの抽分を行う際、一百頭から一頭を抽分する上で、『タタールの民や千戸たちの所へは従来通り、宣徽院が委託したものたちを行かせ、城内で行う場合にはそのものたちに行かせず、その地の衙門の役人に抽分を行わせよ。近い土地の場合は宣徽院にヒツジを物納させ、遠い土地の場合は鈔立てで納付させよ』と奏上したところ、そのように実施されたが、納められたヒツジは、大きいヒツジは小さいものに、肥ったヒツジは痩せたものに換えられて、実際の値段は非常に目減りして、報告通りの税収を上げていないのである。ヒツジの定額をこちらで決めなければならない。甘粛や陝西、遼陽等の地ではヒツジ一頭につき中統鈔で四十両とし、腹裏においては一錠とすべきで、その額をこちらが業者から取って、ヒツジはその業者にもっていかせるのだ。こちらでヒツジが必要な場合は、その額をこちらが出して和買するのである」と奏上したところ、「そのようにせよ」とのお言葉であった。……

「〈江南〉においてはヒツジが鈔七八十両で取引される」という『元典章』「戸部 一二」「分例」大徳三年の案件をすでに紹介した。そこでも述べたが、「ヒツジが一頭鈔七八十両」というこの値段はおそらく至元十九年のものであって、大徳三年の額ではあるまい。右の案件においては、〈抽分〉で集められるヒツジは個体差があって値段もまちまちになるから、委託業者から宣徽院が受け取る際はすべて鈔立て納付に切り替え、必要な分だけ同額で現物を和買すればよい、という。またその額は、甘粛や陝西、遼陽等の地で〈抽分〉されたものが一頭四十両、腹裏のものは一錠にも上るというから、もしこれが本当に実施されたとしたら、委託業者が市場に流すヒツジはさらに高値で取引され、市場経済を完全に破壊したことだろう。「江南においてヒツジが一頭鈔七八十両で取引された時代」というのは、延祐六年からすれば、〈夢のように遠い過去〉だったに違いない。

四　城市に流れてくるヒツジ

では、その「江南においてヒツジが一頭鈔七八十両で取引された時代」に話をもう一度戻してみよう。

モンゴリアや華北、遼陽、旧西夏領等で放牧されていたヒツジは七月八月の頃、それぞれの地のそれぞれの領主によって〈抽分〉が行われ、その後、さまざまな業者によって近辺や遠方の城市に連れて行かれ、さまざまに消費されていくことになると思われる。この一連の流れにいかなる業者がかかわっていかなるマージンを取ったのか、それを系統的に説明した記述はないが、想像するに、七月八月に〈抽分〉が行われる最初の段階から、ヒツジを飼う〈民間〉と宣徽院の間にいわゆる〈牙行《がこう》〉と呼ばれる中間業者が介在し、中間マージンを取ってヒツジの値段全体をつり上げていたことは、おそらく間違いない。〈抽分〉に際しては、〈抽分〉が完了したことを示す日付入りの契約書と物品リストとが官民合意の上で作成されなければならない。この契約書と物品リストを〈契本《けいほん》〉といい、『元典章』「戸部　八」「課程」「契本」の項は、必要事項を空欄に記入していくだけでよい様式がすでに官方によって用意されていたことを述べるが、実際の記入は官方ではなく〈牙行〉が行ったと思われ、しかも〈牙行〉はそのマージンを〈民〉からのみ徴収していたと思われる。こうした〈牙行〉の一部が仁宗朝以後、宣徽院の委託業者となって〈ヒツジの抽分〉全体を牛耳っていたのかもしれない。

ヒツジを飼育する〈民間〉は、この〈契本〉が作成された後にヒツジを他所に移動して転売することが可能になったと思われるが、本節の冒頭で紹介した曽瑞の散曲《羊訴冤》に登場する「主人翁」がもし〈牙行〉だったとするなら、華北のヒツジは投下領主によって〈抽分〉が行われる際に〈牙行〉によってもあわせて取引が行われ、彼ら〈羊牙〉の配下によって〈腹裏《ふくり》〉や〈江南〉の人口稠密地、ないし駅站に運ばれた可能性もあるだろう。散曲《羊訴冤》は、〈黒河〉周辺で放牧されていた羊が「主人翁」によって買い上げられ、彼の手によって〈東呉〉の地まで運ばれていくかのように記述していたからである。

また、〈黒河〉周辺からヒツジを生きたまま〈江南〉まで移動させる場合、途中のどこかで必ず黄河や長江を渡らなければならない。長江についての記述は見当たらないが、『元典章』「工部 二」「造作 二」「船隻」《黄河渡銭例》は、大徳九年（一三〇五）九月の例として、黄河を渡すヒツジの船賃を「羊・猪は、五頭ごとに鈔二分」と記述している。ヒツジの輸送を一般にどの程度の規模で行っていたかは不明だが、船を使って大河を渡すことを考えるなら、業者は案外小さな群れを選んだかもしれない。

こうして黄河と長江を渡ったヒツジはようやく〈江南〉に到着し、さまざまな買い手にさばかれていく。曽瑞の散曲《羊訴冤》の描写を信じるなら、ヒツジはおそらく城市の郊外にでもある所定の集積場に囲われて、買い手がつくのを待ったと思われるが、そこで活躍するのも〈抽分〉の場合と同様、官・民の間に立ってマージンを稼ぐ仲介業者〈牙行〉であった。〈江南〉におけるヒツジの売買に〈牙行〉がどのように絡んだかは具体的記述を欠くので、ここでは、いわゆる〈大都羊牙〉の例を示してみよう。次に引用するのは『通制条格』巻十八「関市」の項にある《牙保欺弊（牙行はインチキのないことを保証する）》という一件である。

至元十年八月、中書省。断事官呈：「大都等路、諸売買人口・頭疋・房屋一切物貨交易、其官私牙人、僥倖図利、不令買主・売主相見、先於物主処撲定価直、却於買主処高抬物価、多有尅落、深為未便。今後凡売買人口・頭疋・房屋一切物貨、須要牙保人等、与売主・買主明白書写籍貫・住坐去処、仍召知識売主人或正牙保人等保管、画完押字、許令成交、然後赴務投税。仍令所在税務、亦仰験契完備、収税明白、附暦出榜、遍行禁治相応」。

都省准呈。

〔訳〕

至元十年（一二七三）八月に中書省が発した文書：

断事官の呈文に次のようにいう：「大都等の路においては、人・家畜・家屋など、さまざまな物品を売買している。官・民に設けられた牙行は儲けをたくらみ、売り手と買い手とを直に会わさず、まず売り手の側に売値を暗に示させ、買い手に高く吹っ掛け、あいだで物品を多く抜き取って利鞘を稼ぎ、はなはだ不都合である。今後、人・家畜・家屋などを売買する場合、牙行に保証人の任も負わせ、牙行自身の本籍と現住所を書いた書類を、売り主と買い主の両者に手渡させる。また、売り主、ないし牙行をよく見知る者を同席させ、その立ち会いの下に契約書にサインし、しかる後に税務署に赴き納税させる。また、税務署においては、契約書と税金がきちんと揃っているかどうかを確認した上で、帳簿に登録せしめる。以上のように掲示を出して周知徹底を図るのが適当であろう」と。

中書省の責任者は上申内容を許可した。

すでに示したように、『元史』「食貨志　二」「商税」の項は「至元七年、遂に三十分より一を取るの制を定む」という。モンゴル政権は、クビライの至元七年（一二七〇）に、「物品の売買が行われれば、その度に、その三十分の一に当たる価格を中統鈔に換算して納税しなければならない」と定めたのである。したがって、ヒツジの売買が行われれば、三十頭につき一頭分の中統鈔を売り手側が税務署に納入すれば、官方にとってもそれで事は足りたはずである。しかるにその税務処理は、さまざまな書類・リストを作成して何重にも確認が必要な、官・民双方にとってきわめて煩瑣なものだったのであり、そこに、仲介業者が闇ではびこる原因の一つがあったと思われる。

右の案件にあっても、〈牙行〉の手口の一つとして「尅落《こくらく》」という手法が記述される。この「尅落」について、『吏学指南』「銭糧造作」の項は「尅落」の条を設け、「支は多く給は少なくして、その余を赢取するを謂うなり」と説明する。すなわち、右の案件の手口に沿って解説すれば、売り手が提示した額より多くの金を買い手に出させ、余剰分の現品を〈牙行〉が抜き取っておく。こうしておけば〈牙行〉は〈牙銭《がせん》〉を稼ぐのみならず、抜き取った現品を無税で転売して自身の収益に変えることもできたのである。〈牙行〉は、売買の現場に立ち会って物価を左右しただけではなく、闇の取引も牛耳って、税制そのものをも解体させかねない力を有したと思われる。

なお、右の案件は大都で暗躍する〈牙行〉を論じるものであったが、家畜を扱う〈牙行〉が〈江南〉の諸城市にもいたであろうことは、『通制条格』巻十八「関市」「牙行」の項が掲載する次の一件によって容易に想像することができる。

至元二十三年六月、中書省。照得先為蓋里赤擾民百姓、已行禁罷。況客旅売買、依例納税、若更設立諸色牙行、抽分牙銭、刮削市利、侵漁不便。除大都羊牙及随路売買人口・頭疋・荘宅牙行、依前存設、験価取要牙銭、毎十両不過二銭、其余各色牙人、並行革去。

〔訳〕

至元二十三年（一二八六）六月に中書省が発した文書：

「以前、税吏が民を騒がせたがために、その制度を廃止した。商隊が売買を行う場合、決まり通りに納税を行うが、各種の牙行をさらに設けて中間マージンを取り、商売の上がりを搾り取らせるのは、きわめて不都合である。大都の羊牙と、関係路に設けられた人・家畜・土地家屋の牙行については、そのまま存続させて、取引価格に応じたマージンを、十両ごとに二銭を超えない範囲で取らせるものとし、それ以外のもろもろの牙行はすべて廃止する」。

本節がこれまで引用してきた『元典章』の関連記事を見れば明らかなように、いわゆる〈北羊〉は〈江南〉においても売買されていたのだから、「随路売買人口・頭疋・荘宅牙行」という場合の「随路」に〈江南諸路〉は必ず含まれていたのである。なお、右の記事は、公定の〈牙銭〉がたった二分だったことを述べて興味深い。

さて、北方から〈江南〉に連れて来られたヒツジは〈江南諸城市〉の郊外において、〈牙行〉によって買い手の選別が行われ、さまざまな部位に到るまでその買い手が決まったとしよう。その後〈牙行〉が税務署に一件書類を届け、納税証明が得られれば、ヒツジは生きたまま他所へ連れて行かれ、ないしは解体されて、それぞれの工房に納品されることになろう。それでヒツジは税の対象から外されるかといえば、実はそうではない。たとえば、ヒツジを買ったのが城内に住む〈屠戸〉だったとしよう。彼はそのヒツジを城内の店舗へ連れて行くのだが、城門を入ったところに税務係官の事務室があり、そこで足止めされて、商税を新たに取られることになるのである。

『元典章』「戸部　八」「課程」《江南諸色課程（江南におけるさまざまな課程について）》《商税》の条は次のようにいう。

一、商税、各処若不関防、中間作弊百般、欺隠課程、今擬除府城門外吊引、入城赴務投税、附暦収課外、拠在先雑税、於税務門内置局、亦吊引税、今発下千字文号貼、仰令当該攅典人於上将税物貨先行従実抄写数目、亦依号附暦給発、標写某物該税鈔若干、令税物人賚把号貼、赴務投税、仰税官将吊到号貼、当面収受、合該税銭、附暦監収、准備日晩依号照勘、収計施行、毋得再令欄頭人等、虚抬高価、口喝税銭、刁蹬百姓、仍仰已委官常切用心提調、毎日具報（草）〔單〕[2]状、十日一次、呈押赤暦、毎月不過次月初五日呈省、亦与酒課一就解省。

〔訳〕

〈商税〉について：

府城の門外で品目リストを提出させ、城内に入って税務署で税を払いこませ、帳簿に登録するのはもちろんだが、以前から設置されている各商税については、税務が行われる門内に局を置き、品目リストを提出させる際に千字文《せんじもん》の順にしたがって番号を発給する。その上で、会計係のものに、荷物の数量を積荷の上に事実通りに書き込ませ、千字文の順序にしたがって帳簿に登録し、「これこれの物品、税はこれこれ」と標記した書類を発給して、当該の登録者に番号をもたせて税務署に行かせる。税務署の方では、番号付きの物品・書類を当該登録者と直接面会のうえ受け取り、税金を書類と照合のうえ受け取り、日時・番号・登録証・税額をすべて照合する。現場で税務を牛耳る担当の係員は、高値を吹っ掛け、税金と称して民に難癖を付けてはならない。また、担当の係官は、常に用心深く窓口を管理し、毎日リストを提出させ、十日に一度、上級官庁に帳簿を提出し、毎月、次月の五日を超えることなく中書省に報告書を提出する。また、酒の専売税もその時一緒に中書省に届けるものとする。

右の記述は、「荷物の数量を積荷の上に事実通りに書き込ませ」と述べるなど、物品のみを扱って家畜は含まれないように見えなくはない。だが、そうではない。同じく「戸部 八」「課程」「匿税」にある《匿税提調官司断（税の隠匿は地方衙門が断罪する）》という案件は、ヒツジではなくブタの例だが、税務処理を行わず家畜を担いで入城しようとした二人の〈屠戸〉を裁いて、次のようにいう。

大徳四年七月　日、江西行省：

拠瑞州路申、「在城商税務〔申〕[3]、拿獲屠戸王六・劉三扛抬活猪、不従瑞陽門吊引投税事。将各人依例議断外、今後、如遇諸人陳告匿税物貨、取問明白、合無令本務就便行遣。乞明降事」。移准中書省咨、「送戸部、照擬得、

（2）原文にいう「草」は「単」の誤りであろう。

（3）原文には「申」が脱落している。

自来所設院務専一辦課、捉獲諸人匿税、合令各務取問明白、解赴提調官司、依例追断相応。咨請照験。依上施行」。

〔訳〕

大徳四年（一三〇〇）七月某日に江西行省が発する文書：

瑞州路の上申書に次のようにいう、「城内の商税税務署がいうに、屠戸の王六と劉三が生きたブタを棒で担ぎ、税務署のある瑞陽門で税務処理を行わず城内に入ったのを捕縛した件につき、二人を決まり通りに断罪した。今後、税を隠匿したむねの通報があった場合、事情聴取を行って書類を作成すれば、税務署の方も一件落着とすべきであろう。採決をお願いしたい」。以上を中書省に送って受け取った咨文に次のようにいう、「戸部が考えるに、税務関係のさまざまな部署を設けて、専売業務や商税の徴収を専属で行わせているのだから、税の隠匿を発見した場合、その部署に調書を作らせ、犯人を地方衙門に送検して決まり通りに断罪するのが適当だと思われる。中書省はお調べの上、施行されたい」。

この案件は、脱税があった場合、その犯罪を中心的に調査するのはどこの部署であるべきか、ということを論じる。お白砂を有する地方の衙門は牧民官の務めだと考えており、一方の税務署は、脱税なのだから当然戸部の仕事だと考えている。この議論の発端は瑞州路の上申書にあるようだから、おそらく瑞州路の衙門に脱税の通報があって、瑞州路が調査・量刑を行い、罰金等の処理を実施したのである。それに対し税務側は、地方衙門の取り調べは一種の越権行為に当たると強い不満を漏らしたものと思われる。いずれにしても、〈江南〉においてさほど希少ではないブタでそうなのだから、これがもしヒツジであったらたいへんな騒ぎであったろう。

右の案件でも明らかなように、元来〈商税〉とは売買が行われる度に発生するものなのであり、それはモンゴル時代でも、またどのような物品でも同様であった。したがって、ヒツジが解体されてその皮のみが城内にもたらされた場合でも、皮の取引価格に応分の税金を税務署に納入しなければならなかった。そして、ヒツジが売買されていくそれぞれの局面でその取引にかかわっているのは、〈運搬請負業者〉であれ〈牙行〉であれ〈税務関係係員〉であれ、みな〈漢兒《かんじ》〉や〈蛮子《まんじ》〉といった〈中国人〉だったように筆者には思われる。

モンゴリアや旧西夏領、遼陽といった地域にはヒツジを放牧する遊牧民たちが多数いただろう。また、カアンや諸王・駙馬の命をうけて站赤を使用する〈使臣〉も多くは〈中国人〉ではなくタタールや色目だっただろう。ヒツジを〈分例〉として〈違法〉に消費したのはおそらく、それらタタールや色目の〈使臣〉たちだったのだ。ヒツジの消費にかかわるこの構図を俯瞰するなら、〈蒙古百姓〉によって飼育されているヒツジが政権によって吸い上げられ、タタールや色目の〈使臣〉たちによって消費されているように見えなくはない。だが、ヒツジが売買されていくそれぞれの局面でその取引にかかわり、物価や物流を支配していたのは、〈牙行〉や〈運び屋〉や〈下級役人〉といった〈中国人〉だったのである。

本章の発端に戻って「モンゴル時代に一番たくさんヒツジを食べたのは誰か」を最後に論じるとするなら、一番たくさん口にしたのは〈モンゴル〉や〈色目〉だったかもしれないが、〈ヒツジを食い物にした〉のはやはり〈中国人〉だったのではあるまいか。

（高橋文治）

第四章　宣徽院の人びと

――《ニセの薬を販売することを禁じる》――

「禁毒薬」にある《ニセの薬を販売することを禁じる》を発端にして、『元史』「百官志」が記述する〈太医院〉や〈尚食局〉〈教坊司〉等ならびに〈宣徽院〉がカアンのケシクにいう〈バウルチ〉の漢訳の一種に過ぎなかったこと、また、〈宣徽院〉が仲介する〈聖旨〉の真意がどこにあるかを考察する。

《禁貨売仮薬》

至元九年八月、中書兵刑部承奉中書省劄付該、准中書省咨、七月二十一日、阿合馬平章奏、「如今、街上多有売仮薬、及用米麪諸色包裹、詐粧薬物、出売的也有。恐誤傷人性命」。奉聖旨、「您也好生出榜、明白省諭者。如省諭已後、有違犯人呵、依着扎撒教死者」。欽此。

〔訳〕

《ニセの薬を販売することを禁じる》

至元九年（一二七二）八月に中書兵刑部が拝受した中書省の劄付に次のようにいう：

「中書省の咨文を受け、七月二十一日に平章政事の阿合馬《アフマド》が、『いま大通りでは、ニセ薬や、薬と称して米粉《ビーフン》等さまざまなものに包んだ物を売るものたちがいて、人命にかかわる心配がある』と奏上したところ、『お前たちもちゃんと榜示し、明文化して御触れを出せ。御触書を出した後に違反するものがいれば、ヤサに照らして死刑にせよ』というカアンのお言葉であった。聖旨であるぞ」。

一　ニセ薬とニセ医者

この案件は特に読みにくい箇所もなく、また字数も多くはない。モンゴル政権が医学・医薬に対してとった態度を知る好個の例であるかのように見えるが、実はさにあらず。『元典章』を読む難しさを痛感させてくれる、実に厄介な一項といえるだろう。この案件の異様さは、たかだか中都や大都の通りで売られるニセ薬を取り締まるのに、阿合馬《アフマド》のような高官や〈聖旨〉が登場し、極めつきは〈ヤサ（原文は「扎撒」）〉にまで言及される点にある。〈ヤサ〉とは、チンギス・カンが定め、彼と彼の子孫が征服したすべての民に遵守せしめたという唯一無二の法令をいい、『元史』「太宗紀」に「大扎撒とは華言にいう大法令なり」というように、チンギス・カンを意識して常に「大」の字とともに語られる、峻厳にして偉大なる「チンギス・カンの遺訓」であり、「モンゴルの誇り」であった。「扎撒に依着して」という漢語はしたがって、実質的には常に極刑を意味して用いられたし、その極刑は、また、モンゴルの王族によって執行されることを意味したと思われる。旧金朝領に住む〈漢兒《かんじ》〉が地元の役人によって処罰される程度のものではなかったのである（「あとがき」三五四頁参照）。たかだかニセ薬を販売したくらいで、本案件がいう「薬と称して米粉等さまざまなものに包んだニセ薬を大通りで販売しているものたち」は、阿合馬のような財務官によってなぜカアンにまで上聞され、〈ヤサ〉に照らして極刑にまで処せられなければならなかったのだろう。

たとえば、本案件の前に置かれる《禁仮医遊行貨薬（ニセ医者が薬を行商することを禁じる）》（「刑部 十九」「諸禁」「禁

図16　宋・張択端「清明上河図」部分
画面正面に「趙太丞家」と書かれるのは医院で、処方を待つ女性が三人描かれる。

毒薬」〉という案件は、《ニセの薬を販売することを禁じる》と同様に〈中書省の劄付〉や〈聖旨〉に論及しながら次のようにいう。

至元六年正月十七日……奉中書省劄付：欽奉聖旨、「禁約習医道諸色人等、不通経書、不知薬性、欺誑俚俗、仮医為名、規図財利、乱行鍼薬、誤人性命之人」。欽此。……抝不通経書、不知薬性、妄行鍼薬、誤人性命之人、合行禁約。如違治罪、施行。

〔訳〕
至元六年（一二六九）正月十七日……中書省の劄付を拝受したところ、次のようにいう、「カアンのお言葉に次のように言う、『医学を学ぶさまざまな人たちが、医学書に通じず、薬の性質を知らず、人びとをだまして医学に名を借り、金儲けを図って針や薬をでたらめに施し、人命を奪うようなことは、すべて禁止せよ』と。……医学書に通じず、薬の性質を知らず、針や薬をでたらめに施し人命を奪うようなことは、すべて禁止すべきである。違反するものは処罰する。

この案件でまず注目されなければならないのは、引用される〈聖旨〉の文体であろう。この〈聖旨〉は「不通経書、不知薬性、欺誑俚俗、仮医為名、規図財利、乱行鍼薬、誤人性命之人」というように、吏牘体の、ごく一般的な漢語文によって記述され、いわゆる〈直訳体〉は用いられていない。そのことはすなわち、ここに引用された〈聖旨〉がカアンの発話を直接翻訳したものでないことを意味するだろう。つまりこの〈聖旨〉は、おそらく中国官僚が、〈漢地〉に住み漢語を理解する者たちのために、カアンの意図を汲んで代筆したものだったのだ。しかもこの案件においては、冒頭案件と同様に〈聖旨〉という用語が用いられながら、カアンは「〈ヤサ〉に照らせ」とはいわず、ただ「禁約せよ」という。量刑の基準に言及しないのである。右の《ニセ医者が薬を行商することを禁じる》が至元六年に出された〈ニセ医者〉についての案件、一方の冒頭案件は至元九年に出された〈ニセ薬〉にかかわる案件であった。両者はともに医薬を問題にし、至元年間の前半期という同様の時期に中書省から発令されながら、その論調になぜこのような違いが見られるのであろう。

二　造蓄厭魅

『元典章』「刑部　三」「不道」の項には、冒頭案件と同様の「至元九年七月二十一日」という日付、ならびに「阿合馬平章」という人名に言及する案件がある。《厭鎮《えんちん》》と題されるその案件を次に見てみよう。なお、ここにいう〈不道〉とは、〈謀反〉〈謀大逆〉〈謀叛〉〈謀悪逆〉〈大不敬〉〈不孝〉〈不睦〉〈不義〉〈内乱〉とともに〈十悪《じゅうあく》〉（最も不道徳な十の大罪）〉の第五番目に数えられる大罪であり、また、いかなる犯罪が〈不道〉とされたかについては、『唐《とう》律疏義《りつそぎ》』「十悪」「不道」の条が、「殺害しても死罪とならない家族を三人殺した者、〈採生事鬼《さいせいじき》〉した者、〈造畜蠱毒《ぞうちくこどく》〉した者、〈厭魅《えんび》〉した者」と説明する。〈厭鎮〉とは〈厭魅〉や〈厭勝〉と同義で、〈呪詛《じゅそ》〉〈巫呪《ふじゅつ》〉の類をいう（「厭」は「魘」の省文）。

《厭鎮（呪いをかける）》

至元九年、中書省箚付該、七月二十一日、布布魯麻里奏、「在先、一個厭鎮底人、阿合馬平章覷面皮、不曽殺了、放了来」。阿合馬平章回奏、「那底。見厭鎮我来底人、我怎肯覷面皮。聖旨裏道『使教殺了者』麼道、不曽有来。相哥等奉聖旨、減刑時節、召保放了来。如今見拿（者）〔着〕[1]五大兒厭鎮底人有」。奉聖旨、「阿合馬道底是有。如今見拿着底、做厭鎮底人毎、您好生問当了。是実呵、依着扎撒行了者。今後若再有這般做厭鎮底人毎、不殺那甚麼。好生出榜省諭者」。欽此。都省准部擬、断過王鵬挙、因与馬闍闍通奸、有劉顕引領前去馮珪処厭魅馬闍闍夫耿天祐、欲令身死。王鵬挙一百七下、劉顕四十七下、馮珪係（脱）〔説〕[2]賺銭物厭魅、決五十七下。

〔訳〕

至元九年（一二七二）、中書省の箚付に次のようにいう：

七月二十一日に布布魯麻里が「以前、呪詛したものがいて、阿合馬平章が情実によって死罪とせず、釈放した」と奏上したところ、阿合馬平章がカアンに返答して「そんなことがあるものか。私を呪詛した者に私が情実を用いるはずがあるまい。

（1）原文にいう「者」は「着」の誤りであろう。
（2）原文にいう「脱」は「説」の誤りであろう。

『殺してしまえ』とのカアンのお言葉がなかったからだ。相哥《サンガ》たちが〈聖旨〉をいただき、減刑し、保釈したのだ。今も、〈十悪〉五番目の〈不道〉に相当する大罪を犯したものを捕らえているではないか」と述べた。「阿合馬の言うとおりだ。いま捕らえている〈厭鎮〉を行ったものを、お前たちはちゃんと尋問し、呪詛が事実であるなら〈ヤサ〉に照らして死刑にせよ。今後もし、さらに呪詛を行う者がいれば、殺さずにいてどうする。ちゃんと掲示を出しておけ」とのカアンのお言葉である。中書省の責任者たちは兵刑部の原案を承認し、「王鵬挙が馬闍闍と姦通したがため、劉顕というものが馮珪という呪術師の所へ王鵬挙を連れて行き、馬闍闍の夫・耿天祐を呪い殺そうとした事案」につき、王鵬挙は一百七回の杖罪、劉顕は四十七回、馮珪は呪詛とだまして金品を受け取った罪につき五十七回の杖罪に決する。

この案件にいう「阿合馬平章」が冒頭案件にいう「阿合馬平章」と同一人物であること、論を待つまい。阿合馬とは、『元史』「姦臣《かんしん》伝」に伝を有し、クビライの財務大臣として絶大な力を有したサルタウルであった。彼はシル河畔バナーカトの出身といい、クビライの正妃チャブイ・カトンの父、コンギラト氏の族長イルチ・ノヤンの属民だったが、チャブイ・カトンを介してクビライの身辺に上がり、中統二年（一二六一）に上都同知、中統三年に中書左右部兼諸路転運使となって以後、至元三年（一二六六）正月には制国用司使に任じられ、至元七年正月には平章尚書省事となって、至元十九年（一二八二）三月に大都において殺害されるまでの間、あらゆる手段を講じて金銭を集めてまわった、貪欲にして辣腕《らつわん》の財務行政官だった。阿合馬は、モンゴル帝国を維持するために莫大な資金を必要としたクビライにとって、おそらく最も有用で信頼に足る側近だったに違いないが、右の案件はその阿合馬が、呪詛されながら犯人を情実によって故意に釈放したとして、布布魯麻里なる人物（不詳。クビライのケシクの一人であろう）から御前において讒訴《ざんそ》されたことをいうものである。

また、阿合馬の発話中に言及される「相哥《サンガ》」とは、これも『元史』「姦臣伝」に伝のある人物で（『元史』では「桑哥」と表記される)、チベットの膽巴国師《タンバこくし》の弟子としてクビライの君側に入ったウイグル人であった。相哥は、阿合馬が殺され盧世栄《ろせいえい》も処刑されて空席となった財務大臣の席に至元二十四年(一二八七)二月から就き、その四年後の至元二十八年にやはり処刑されてしまったが、その前歴が膽巴国師のケシクでありしかも諸国の言語に通じていたため、元来は総制院使(総制院は至元二十五年より宣政院となる)としてチベットや仏教の統括を行っていた。右の案件において阿合馬は、その相哥が〈聖旨〉をいただき、減刑し、保釈したのだ、と述べているのだから、阿合馬を呪詛した犯人とは、あるいはチベットのラマ僧だったのかもしれない。ラマ僧であれば、護摩《ごま》を焚《た》いて呪詛することもできれば、カアンの〈聖旨〉を得て勝手にチベットへ逃れることもできたはずであろう。事件の真相は右の案件からはもはや推し量ることはできないが、いずれにしても、クビライが本案件において「今後もし、さらに呪詛を行う者がいれば、殺さずにいてどうする」と述べているのは、いわゆる〈魘魅〉が〈十悪〉のひとつ〈不道〉に相当する大罪だったからである。

『元史』巻百四「刑法志」「大悪」は〈魘魅〉に言及して次のようにいう。

一　人を支解(殺して手足をバラバラに)したもの、煮て食べたものは〈不道〉の罪とする。その犯人が獄中で死んだとしても、被害者への見舞金は徴収する。

一　大臣を呪詛した者は死刑とする。

一　妻が夫を呪詛した場合、子が父を呪詛した場合は、大赦に遇ったとしても子は流罪、妻は奴婢《ぬひ》として夫家より他家に売られるものとする。

一　〈蠱毒〉を造って人に用いたものは死刑とする。

一　人を生け捕りにしてバラバラにし、犠牲として鬼神を祭ったものは、拷問にかけたうえ死刑とする。家財

は没収する。(3)

前掲の『唐律疏義』を参照すれば明らかなように、ここに列せられる五項目とは、要するに、〈不道〉にいかなる犯罪が含まれるかを多少詳しく解説したものに他ならない。阿合馬が呪詛された事件は右の五項目でいえば第二項目の〈大臣を呪詛した者〉に当たり、また、呪詛事件にからんで言及された「王鵬挙が馬闍闍と姦通したがため、劉顕というものが馮珪という呪術師の所へ王鵬挙を連れて行き、馬闍闍の夫・耿天祐を呪い殺そうとした事案」は第三項目の〈妻が夫を呪詛した場合〉に当たること、明らかであるが、『元典章』の記述と『元史』「刑法志」の記述とが右のようにその順番まで一致するのは、むしろ、至元九年七月に御前で話し合われた右の《厭鎮》を基にして『元史』「刑法志」の条項が作成された可能性を示唆するものと思われる。いずれにしても、至元九年七月二十一日の段階で、少なくとも阿合馬は呪詛が〈十悪〉〈不道〉に属する大罪であることを知っていたのであって、だからこそ彼は、「如今見拿着五大兒厭鎮底人有（今も、五番目の〈厭鎮〉に相当するものを捕らえているではないか）」と発言していたのである。ここにいう「五大兒」とはおそらく〈五番目〉の意であり、〈不道〉が〈十悪〉の第五番目であることをいうものと思われる。

そしてもし、この《厭鎮》と本章の冒頭案件《ニセの薬を販売することを禁じる》とがともに至元九年七月二十一日の御前において議論されたものだとするならば、「人命にかかわるニセ薬」を扱った本章冒頭案件も、《厭鎮》と同様、〈不道〉にかかわる文脈の中で議論された可能性をもつだろう。『唐律疏義』は〈不道〉を「一家の死罪に非ざる三人を殺す、及び人を支解し、蠱毒を造畜して厭魅するを謂う」と説明し、また『元史』「刑法志」も前掲の第四項目に「〈蠱毒〉を造って人に用いたものは死刑とする」と述べて、〈厭魅〉を〈蠱毒〉とを常に並列で論じているからである。〈ニセ薬〉とは〈蠱毒〉から派生して論及された一連の話題だったのではあるまいか。

ここにいう〈蠱毒〉とは毒薬を用いて人の知らないうちに害悪を及ぼすことをいい、『隋書』巻三十一「地理下」には次のような有名な記述がある。

新安、永嘉、建安、遂安、鄱陽《はよう》、九江、臨川、廬陵《ろりょう》、南康、宜春《ぎしゅん》といった地域では……しばしば〈蠱毒〉を飼い慣らし、その習俗は宜春が最も盛んである。その方法とは次のようなものである。五月五日に百種の生き物を集める。大きいものでは蛇、小さいものでは蝨《しらみ》である。それらの生き物をふたをした容器に入れ、互いに啖《くら》わしめ、残った一種を保存しておく。蛇ならばこれを〈蛇蠱《じゃこ》〉といい、蝨ならば〈蝨蠱《しこ》〉という。この〈蛇蠱〉〈蝨蠱〉を操って人を殺すのである。〈蛇蠱〉〈蝨蠱〉が腹中に入り、五臓をむしばみ死んでしまうのだ。死ねばそのものの財産が〈蠱毒〉を操ったものの手に入るが、三年たっても殺すことができなければ、〈蠱毒〉を操ったもの自らがその害に遭う。その技術は代々、子々孫々に伝えられ、また女子が嫁入りするにしたがって広がるのである。

〈蠱毒〉はこのように、多くは有毒の生物から採取されたようだが、中には植物等を調合して作成する場合もあったと思われ、だから『唐律疏義』等の法制史料は〈蠱毒〉を論じて必ず「造畜（製造し、蓄える）」という。また、右の引用の末尾にいう「その技術」とは、毒物を作成して貯蔵する技術のみを単にいうのではなく、〈蠱毒〉を操る技術をも指すだろう。〈蛇蠱〉や〈蝨蠱〉は、毒を保持するだけでは人を殺すことはできない。必ず被害者を中毒させなければならないのである。たとえば〈蛇蠱〉であれば、蛇を自在に操って被害者を咬《か》むよう仕向けなければなら

(3)　原文は以下の通りである。「諸支解人、煮以為食者、以不道論、雖瘐死、仍徴焼埋銀給苦主。諸魘魅大臣者、処死。諸妻魘魅其夫、子魘魅其父、会大赦者、子流遠、妻従其夫嫁売。諸造蠱毒中人者、処死。諸採生人支解以祭鬼者、凌遅処死、仍没其家産。」

ないし、植物を調合した〈蠱毒〉であれば、その毒を被害者が服用するよう仕向けなければならないだろう。〈蠱毒〉を用いるには、毒を抽出する能力のみならず、それを被害者の体内に入れる呪術力が必要だから、『唐律疏義』等の法制史料は「蠱毒を造畜して厭魅する」と、必ず「厭魅（執り憑く）」の語を加えて論じるのである。〈蠱毒〉の定義が掲載される『隋書《ずいしょ》』には、猫（原文では「猫鬼」と記述される）を用いた〈巫蠱《ふこ》（蠱毒を操る巫覡）〉を描く「独孤陀伝《どくこだでん》」（巻七十九）のような記述もある。

独孤陀の使う婢《はしため》に、彼の母親の実家からやって来た徐阿尼《じょあに》というものがいて、いつも〈猫鬼《びょうき》〉に仕えていた。子《ね》の日の夜に〈猫鬼〉を祀《まつ》るが、それは子が鼠だからだという。〈猫鬼〉が人を殺せば、殺された者の財物は〈猫鬼〉を操る者のものになるのである。

ここにいう〈猫鬼〉とはおそらく〈死して霊力をもった猫〉をいい、徐阿尼はその〈猫鬼〉をいわば〈蠱毒〉として用いていたものと思われる。というのは、この徐阿尼という巫女に呪詛されたのは独孤陀の異母姉・文献独孤皇《ぶんけんどくここう》后《ごう》であったが、『隋書』巻三十六「后妃列伝」「文献独孤皇后」の当該部分は、この事件を、「后の異母弟の陀、猫鬼巫蠱を以て后《きさき》を呪詛す」と記述するからである。「猫鬼巫蠱」とは〈猫鬼と蠱毒を操る巫覡《ふげき》〉という意味に違いあるまい。前掲の「独孤陀伝」は徐阿尼が〈猫鬼〉を操る姿を次のように描くが、何らかの〈かたしろ〉を用いて〈蠱毒〉を被害者に送り届ける場合、そこで用いられる呪術や運搬の方法も含め、毒殺の過程全般を指して〈蠱毒〉と理解されたのである。

徐阿尼は夜中、香机に一盆の香粥を置き、匙でこれをたたいて〈猫鬼〉を呼び、「猫女や、おいで。宮中は住むべき場所ではない」と唱える。しばらくすると阿尼の顔は青ざめ、まるで誰かに引っぱられでもしているような様子で「〈猫鬼〉が来た」というのである。

徐阿尼に呼び出された〈猫鬼〉はまず彼女に憑依《ひょうい》し、その後に、〈猫鬼〉と徐阿尼とは一体となってその霊魂を飛翔せしめたのであろう。

以上は『隋書』に記述される〈巫蠱〉の例であったが、〈蠱毒を造畜して厭魅〉する場合、元朝期には具体的にどんな方法が執られたか、そのことを示す資料を以下に紹介しておこう。

次に示すのは『南村輟耕録《なんそんてつこうろく》』巻十三所収「中書鬼案」という事案である。至正三年（一三四三）九月、察罕脳兒《チャガンノール》において占い業を営む王万里という易者は、同所に住む王弼という人物を〈巫蠱〉を用いて呪詛した嫌疑により王弼によって告訴される、という事件が起こった。『南村輟耕録』「中書鬼案」は、王弼の訴え状から審議の過程や判決に至るまで、事件の一部始終を記述するものだが、全体はかなりの長文なので、ここではその犯人、王万里の自白状のみを示しておこう。

私は、歳は五十一才、江西省吉安路の者である。襄陽《じょうよう》の周先生の元で〈陰陽〉と〈課命〉を学び、至順二年（一三三一）三月に興元府《こうげんふ》に至り、劉先生に出会った。劉先生は、「私は術法を使って人の心を惑わし、〈生魂〉を操って他人に禍を為し、広く金品を我が物とすることができる。私が操っている〈生魂〉を一つお前に売ってあげよう」という。五色の綾絹と頭髪とを結び合わせて一かたまりにしたものを取り出すと、次のように述べた、「これは幼名を延奴という者だ。〈課算〉によって聡明な童男童女を選び出し、符命《おふだ》や法水、呪文を用いて惑乱させ、その鼻、唇、舌、耳、眼を生きたまま切り取り、呪文によって生気を抜き取る。腹を割いて、心肝を小さな塊で抉り出し、それを乾燥させ、羅で裏ごしし、乾燥させて粉末とし、包む。五色の綾絹でもって〈生魂〉と頭髪を結び付け、紙で人形を作り、符水と呪文を使って人の所へ行かせ、禍を為すのだ。この〈生魂〉をお前と一緒に行かせよう」と。

その夜、劉先生は香を焚き呪文を唱え符を焼いた。言葉は聞こえたが目には見えず、「お師匠様、あなたは私を誰の所で何をさせようというのですか」と話していた。劉先生は李延奴に命じて「お前はこの先生と一緒に行くのだ」と言い終わると、呪文を唱えて〈生魂〉を閉じ込めた。わたくし王万里は鈔七十五両を払って、五色の綾絹と頭髪とを結び合わせて一かたまりになったものを手に入れた。劉先生は「これを売買と改名せよ」という。それから、〈生魂〉を作り、操り、封じ込める符命、法水、呪文を伝授してくれた。さらに「牛狗《ぎゅうく》（牛と犬）の肉による破法があるから、気をつけよ」とも述べた。

私はそれから、房州の山を通っているときに、旧知の仲だった広州の酈《ゆう》先生と出会った。彼がいうには「私も〈鬼魂〉を使うことができる。〈生魂〉をもっているから、ひとつ君に売ろう」といった。わたくし王万里は鈔一錠を払い、李売買とともに操ることにした。

それから、〈課算〉の仕事のために大同路豊州黒河村にやってきた。至正二年（一三四二）の八月、周大の家で〈課算〉を行った。そのむすめ周月惜の〈八字（生年月日時を干支で示した八字）〉を診断したところ聡明だったので、殺して〈生魂〉を採ろうと思った。九月十七日の夜、周大宅の裏庭の塀の蔭に潜んでいたところ、誰かがやって来た。見れば月惜だったので、その後ろから私は密かに呪文をかけ、側に寄り引っ張って、東へ逃げた。月惜をじっと立たせておいて身ぐるみを剥ぎ、用意していた魚刀で額の皮を開き、前頭部から眼窩までを引きはがした。頭髪を一束切り取り、紙で作った人形と五色の綾絹と毛糸でもって一かたまりにし、人の形にした。それから鼻、唇、舌、耳、眼、手の指、足の指を切り落とし、腹部を開いたところ、やっと気絶したので、今度は心臓と内臓、肺を少量、塊で抉り出し、曝《さら》して粉末にして小さな瓢箪の中に入れておいた。

至正三年の九月、察罕脳兒の平易店に宿泊した。占いの店を出し、王弼と争いになって遺恨をもった。周月惜たち三人の〈生魂〉を王弼の家へ行かせ、禍を起こさせた。馬肉を買って食べたところ、店の者が馬肉と偽って牛肉を売ったため〈生魂〉を回収する事ができず、発覚することとなったのである。


呪詛の〈かたしろ〉は、我が国においても藁人形などがよく知られる。だが、中国における〈かたしろ〉は、それを相手に見立てて釘を打ち込むためのものではなく、右の〈生魂〉の場合も〈猫鬼〉の場合もそうであるように、〈かたしろ〉が元来もっている霊力を利用して、殺人を代行させるためのものだった。〈生魂〉や〈猫鬼〉は呪詛される被害者の〈かたしろ〉なのではなく、呪詛を行う者の〈代理《かたしろ》〉だった。この意味において〈蠱毒〉は、〈厭魅〉を行う際の〈かたしろ〉の一種だったのであり、だからこそ〈蠱毒〉と〈厭魅〉とは、〈不道〉に属する一連の用語として、あたかも同義語であるかのように、しばしば連用されたのである。

三　ニセ薬を禁じる真意

さて、〈蠱毒〉〈厭魅〉にかかわる、当時の以上のような認識を前提にして、本章の冒頭案件《ニセの薬を販売することを禁じる》と「刑部　三」「不道」《厭鎮》の意味をもう一度考え直してみよう。

《厭鎮》において阿合馬は「〈十悪〉五番目の〈不道〉に相当する大罪だ」と述べ、また、この案件は元来「刑部三」「不道」に置かれ、それが〈不道〉にいかなる犯罪が属するかを説明するための案件であること、明らかである。しかるにクビライは、「呪詛が事実であるなら〈ヤサ〉に照らして死刑にせよ」と述べ、〈十悪〉といった中国的な量刑カテゴリーに言及しない。このことはおそらく、呪詛や〈蠱毒〉といった概念がモンゴルにも古くからあって、「チンギス・カンの遺訓」の中にそれにかかわる条項がすでにあったことを意味するだろう。モンゴルの人びとも巫術を信じたし、また現に、クビライがカアンに即位する以前に、ファーティマという巫女がグユク・カアンの弟コデンを呪詛したとして審問にかけられ極刑に処せられるという事件が起こっていたし、その事件の直後には、ファーティマを告発したシーラという男もグユクの子ホージャ・オルグを〈厭魅〉したかどで、やはり審問にかけられて処刑されていたのである（ともに『集史』参照）。〈巫蠱〉や〈厭魅〉は、『唐律』のような中国の律令を参照せずとも、モンゴルの法令においてすでに極刑に当たる大罪だった。ただし〈ヤサ〉は、それが「チンギス・カンの遺訓」として明文化されたものを指すとするなら、呪詛の対象はチンギス・カンやその子孫に限られていたはずであり、王家に属さない阿合馬や漢地の人びとがそこに含まれていたとは考えにくい。つまり、クビライがいう「お前たちはちゃんと尋問し、呪詛が事実であるなら〈ヤサ〉に照らして死刑にせよ。今後もし、さらに呪詛を行う者がいれば殺さずにいてどうする」とは、あくまでも、今後、〈巫蠱〉を行うものがいれば、その対象が誰であっても死罪にしてよい、という意味であって、阿合馬を呪詛した犯人が元来〈ヤサ〉に照らして死罪であった、と述べているのではないだろう。だからこそこの犯人は、チベット方面を担当していた相哥の仲介によって何らかの聖旨を受け、減刑されて保釈されていたのである。

　とすれば、本章の冒頭案件《ニセの薬を販売することを禁じる》が話し合われた過程も、およそ次のように考えることができるのではあるまいか。至元九年七月二十一日の御前会議において、〈蠱毒を造畜して厭魅し、要人を暗殺しようとする件〉について議論するうち、話は毒薬に及び、阿合馬が、六部全体をも統括する平章政事の立場から、民間における毒物の管理が甘いことを述べる。阿合馬の元来の意図は、おそらく、それら民間の〈インチキな毒薬〉が〈蠱毒〉として用いられ、王族の暗殺事件さえ派生させかねないことを指摘する点にあった。それをうけてクビライは、〈蠱毒〉の場合と同様に、それら〈インチキな毒薬〉も厳密に管理を行え、と命じる。つまり、「〈ヤサ〉に照らして死刑にせよ」というクビライの発言は、呪詛や暗殺を念頭に、薬物の被害が〈身内〉に及ぶことを考えての指示であり、漢地に住む零細な民が被害者になることを心配してのことではなかった。しかるに、それら一連の議論が書記官によってダイジェストされ、文書全体が六部の管轄にしたがって幾つかに分割され、さらには法令のカテゴリーに応じて切り貼りされてしまうと、議論の全体像がわかりにくい、実に理念的な〈条例〉ができ上がってしまう格好になる。かくして、「路上で〈ニセ薬〉を販売するものは〈ヤサ〉にしたがって死罪にせよ」という、〈ニセ薬〉の製造を禁じることが「チンギス・カンの遺訓」ででもあるかのような、きわめて科学主義的で近代的な法文が生まれたのではあるまいか。

四　太医院使の実態

《ニセの薬を販売することを禁じる》という冒頭案件を筆者が右のように推測するのには実はもう一つ理由があって、それは、『元典章』「刑部　十九」「禁毒薬」の項に列せられる案件の多くが太医院に関連して発せられたものだったことに由る。たとえば冒頭案件の次に置かれる、大徳二年（一二九八）二月に発せられた《毒薬を売買することを禁じる》という案件は、次のようにいう。

《禁治買売毒薬（毒薬を売買することを禁じる）》

行省准中書省咨。大徳二年二月初四日、奏過事内一件：
前者、脱兒迷的上頭、売毒薬的、禁約整治、商量者、麼道、聖旨有来。俺与太医院官、部官衆人、一処商量得、今後、如砒霜・巴豆・烏頭・附子・大戟・芫花・黎蔞・甘遂、這般毒薬、治痛的薬裏、多用着。全禁断呵、不宜也者。如今、売薬的毎根底、厳切整治、外頭収採這般毒薬将来呵、薬鋪裏売与者。医人毎買有毒的薬、治病呵、着証見買者。売的人、文暦上標記着、売与者。不係医人毎、閑雑人毎根底、休売与者。這般省諭了、明白知道、売与毒薬、害了人件命呵、買的、売的、両個都処死者。閑雑人毎根底売与阿、不曽害人性命、有人告発呵、買的売的人毎根底、各杖六十七、追至元鈔一百両、与元告人充賞者。又街市造酒麯裏、這般毒薬休用者。不通医術的人毎合仮薬、街市貨売的、也禁治者。首告的人毎言語、若虚呵、也依体例要罪過呵、怎生、奏呵、奉聖旨、那般者。欽此。

〔訳〕

行省が受け取った中書省からの咨文：

大徳二年（一二九八）二月四日にカアンに奏上した事案の内の一件に次のようにいう。

以前、脱兒迷の事件のせいで、カアンは「毒薬を売るものについて、よく管理し厳しく禁令を実施するよう、相談せよ」と言われた。われわれは、太医院の役人、六部の役人たちと一緒に相談した。砒霜《ひそ》・巴豆《はとう》・烏頭《うとう》・附子《ぶす》・大戟《だいげき》・芫花《かんか》・黎《れい》蔞《ろう》・甘遂《かんすい》といった毒薬は痛みをおさえる薬の中に多く用いられており、それらをすべて禁止してしまうのは不適当である。今後は、薬を売るものたちを厳しく管理し、禁地以外の地で採取された毒薬がもたらされた場合、店舗を構える薬屋で売らせ、医者が有毒の薬を購入して治療を行う場合には証明書を用いて購入させる、売る側は、帳簿にそれを記入して売り、医者ではない部外者にたいし売ってはならない、と、このように命令を出し、文書によって熟知させておくのである。そのうえで毒物を売り、人命を奪うことがあれば、買ったもの、売ったもの、ともに死罪とする。医者ではない部外者に薬

図17　クビライ時代からアユルバルワダ時代にかけて、ながらく宣徽院の代表を勤めた鉄哥（テゲ）の墓誌

テゲはカシミールの人。墓誌の標題を見れば明らかなように、彼は宣徽院使、大司農司使、太医院使を兼ね、この三者が実質的には同一の職能だったことを証す。

を売ったものがいた場合には、人命にかかわっていない場合でも、告発してきたものがいれば、買ったもの、売ったもの、それぞれ杖打ち六十七回に処したうえ、至元鈔一百両を罰金として取って告発者への褒美とする。

さらにまた、これらの毒物を酒造用の麹《こうじ》に混ぜて使用してはならない、という禁令を出し、医学を学んでいないものが薬を調合して販売してはならない、という禁令を出す。訴えて来たものが嘘を述べた場合は規定通りに処罰する、とする。このようにするのは、どうであろう」と奏上したところ、「そのようにせよ」とのカアンのお言葉であった。

聖旨であるぞ。

本案件を読む場合に最も注意しなければならないのは、毒薬の入手先を論じて「外頭収採這般毒薬将来呵」、すなわち「外で採取した毒薬をもってくる」と述べている点であろう。ここにいう〈外頭《そと》〉が具体的にはどこなのか、本案件中に一切論及はないが、〈外頭〉があれば必ず〈内頭《うち》〉もあったはずであり、また、〈外頭〉からもたらされる毒薬は具体的には「砒霜・巴豆・烏頭・附子・大戟・莞花・黎蘆・

甘遂など」、すなわち山野に産する虫草・土石類だったと思われるから、ここに想定される〈内頭〉とは、皇帝の公私の生活空間を分けていう場合の〈内〉、つまり〈内裏〉の〈内〉であって、カアンに直接所属する土地、すなわち禁地や所領等の〈内向きの生活空間〉をいうに違いない。とすれば〈外頭〉とは、それ以外の土地をいうことになる。

　モンゴル朝廷において薬物の管理を行ったのは、右の案件にも論及される、〈太医院と呼ばれる機関に属する人たち〉であった。ただしこの時代の〈太医院〉とは、医療全般を行政上から管理するパブリックな機関なのでは必ずしもなく、カアンの〈内〉なる生活を守護するケシクの一種、〈宝兒赤《バウルチ》 baurchi〉が帯びる役職名の一つ、ないし〈宝兒赤〉の漢訳の一つに過ぎなかった。ここにいうケシクとは、『元史』等が〈宿衛〉と意訳するカアンの側近、衛士たちをいい、中国の伝統にしたがって表現すれば〈内廷府の高官〉〈宮内の監督者〉に当たる人びと、また宝兒赤とは、『元朝秘史』巻三「チンギス・カンの即位」の条に漢字音訳して「保兀兒臣《バウルチン》」といい、その傍訳に「厨子《ちゅうし》」と訳す人びと、『元史』「兵志 二」「宿衛」の条が「親《みず》から烹飪《ほうじん》して以て飲食を奉上するを博尓赤《バウルチ》と曰う」と述べる人びとを指した。〈太医院〉がこの宝兒赤の漢訳の一種に他ならなかったことは、たとえば『元史』「世祖本紀 三」至元五年（一二六八）五月の条に次のようにいうことで明らかである。

　五月辛亥朔、太医院、拱衛司《きょうえいし》、教坊司、尚食・尚果・尚醞《しょううん》の三局を以って宣徽院に隷《れい》せしむ。

〈宝兒赤〉はモンゴル政権の初期、〈尚食局〉〈尚膳局〉〈尚薬局〉などと意訳されたようだが、おそらくはクビライ政権の至元五年（一二六八）、右の記事の際に、漢訳の部署名を〈宣徽院〉に改めたと思われる。右の記述は、「太医院や尚食・尚果・尚醞等三局が至元五年五月に宣徽院に并入されたこと」をいうものではない。そうではなく、従来からあった職名（太医院・尚食・尚果・尚醞等）を統合する新たな部署名に〈宣徽院〉が選択され、その下に、従来からあったすべての職名が管轄名として幷入されたことを意味するのである。

以上のことを前提に《毒薬を売買するを禁じる》と題された前掲案件を再検討した場合、この案件がなぜ「外頭収採這般毒薬〈外〉からもたらされた毒薬」のみを問題にするかは明らかだろう。「〈内〉で採取された毒薬」は、採取から運搬、加工に至るまで、宝兒赤によって厳重に管理されており、事故が起こる可能性はきわめて低かったからに違いない。そもそもこの案件は、その発端に「脱兒迷」なる事件があって、「毒薬を売るものについて、よく管理し厳しく禁令を実施するよう、相談せよ」との成宗テムルの命があった。「脱兒迷の事件」がいかなる事件か、むろん一切は不明であるが、その事件を発端にしてテムルが「毒物の管理」を命じているのだから、カアンに害の及び得る何らかの毒殺事件を指すに違いなく、しかもその「脱兒迷」は、おそらくは〈外頭〉に属する人物だったのである。つまり、《毒薬を売買することを禁じる》というこの案件は、毒物の一般的な管理が問題だったのではなく、素性の明らかでない薬物をカアンの生活圏内から排除することが目的で元来話し合われたはずなのである。そして、同様のことは《ニセの薬を販売することを禁じる》や《厭鎮》においてもいえるのであって、そこでの真の主題は実は〈カアンを呪詛や暗殺から守ること〉にあった。だからこそクビライは、呪詛や毒殺を図るものを〈ヤサ〉に当てるよう命じていたのではあるまいか。

五　宣徽院の職掌

『元典章』「刑部　十九」「諸禁」が収める「雑禁」の項には、宣徽院に言及する案件が一件ある。「雑禁」の第五件目《禁治粧扮四天王等（役者が四天王等に扮することを禁じる）》（至元十八年）と、第十三件目《羊・馬・牛を抽分する決まり》（大徳八年）とがそれである。《羊・馬・牛を抽分する決まり》は本書第二部第三章の冒頭案件として取り上げたので、ここでは《役者が四天王等に扮することを禁じる》を引用して、宣徽院の職掌とその実態とを確認しておこう。

至元十八年十一月、御史台承奉中書省劄付、拠宣徽院呈、提点教坊司申、閏八月廿五日、有八哥奉御禿烈奉御、伝奉聖旨、道与小李、今後、不揀甚麽人、十六天魔休唱者。雑劇裏休做者。休吹弾者。四天王休粧扮者。髑髏頭休穿戴者。如有違犯、要罪過者。欽此。

〔訳〕

至元十八年（一二八一）十一月、御史台が受け取った中書省の劄付：

宣徽院からの呈文：

提点教坊司からの上申に次のようにいう、

閏八月二十五日に、八哥奉御と禿烈奉御とから、クビライ・カアンのお言葉を口頭にて頂戴いたしました、「小李に申し与える、今後は誰であれ、十六天魔を唱ってはならぬ、雑劇で演じてはならぬ、管弦で演奏してはならぬ。四天王に扮してはならぬ。髑髏頭を頭に乗せてはならぬ。もし違反すれば罰するぞ。聖旨である」とのことでした。

本案件に宣徽院がからむのは、提点教坊司《ていてんきょうぼうし》からの上申を宣徽院が受けているからであるが、ここにいう提点教坊司とは、〈提点〉が管理する意で、〈提点教坊司〉で教坊の責任者くらいの意。〈教坊〉とは宮廷内の歌舞練場をいい、漢の武帝が李延年を長として宮中に音楽関係の部署を置いて以来、〈楽府《がふ》〉と呼ばれていたもの。唐代に入って

〈内教坊〉と名を変え、玄宗朝以来〈教坊〉と呼ばれるに至ったものである。この教坊は、前掲『元史』「世祖本紀三」至元五年五月の条に「太医院、拱衛司、教坊司、尚食・尚果・尚醞の三局を以って宣徽院に隷《れい》せしむ」とあったように、元朝期においては主に宣徽院に所属したが、それはおそらく、カアンが主催するさまざまな饗宴において種々の芸能が披露されなければならず、また、それら饗宴の全体的な進行は宝児赤によって管理されていたからである。

いわゆる『東方見聞録《とうほうけんぶんろく》』「カーンの主催する種々の大饗宴」には、次のような記述がある（本書における『東方見聞録』の訳文は、すべて、平凡社・東洋文庫がおさめる愛宕松男のそれに拠った）。

また宴会場には、宮廷のしきたりを知らないでやって来た外国人にしかるべき席を指定する役目の高官が数名配置されている。……この外に、もっぱらカーンの飲食に給仕する数名の高官がいるが、彼らはりっぱな絹布・金襴で口と鼻を覆い、カーンの飲食物にその息吹き・口臭が移らないようにしている。食事が終わると食卓が取り払われ、続いて広間には一群の奇術師・曲芸人そのほかが入場し、カーン及び並みいる客人の前に現われる。彼らは驚嘆に値する種々の業を実によく心得ている。カーンはこれを見て至極満悦し、陪席者もこれに和してすこぶる愉快に笑い興ずる。

ここにいう「しかるべき席を指定する役目の高官」や「給仕する数名の高官」が宝児赤を指すこと、言をまたない。このうちの「しかるべき席を指定する役目の高官」と記述される宝児赤が、漢語では〈拱衛司〉、「給仕する数名の高官」が〈尚食・尚果・尚醞三局〉と呼ばれて、宣徽院内の管轄名として扱われたのである。また、「一群の奇術師・曲芸人」は当然芸人たちであり、ケシクの一員ではなかったはずだが、大饗宴の際にはケシクの管理を受けなければならず、教坊司という名目を与えられて、宣徽院に所属する一部署のように扱われたのである。このように、元朝期の教坊とは、実質的には、カアンが主催する大饗宴の際に名前だけ置かれる外注の芸能プロダクションであり、大都のどこかに教練場を構えた公的な組織ではなかったと思われる。

さて、右の案件は、まず冒頭に「八哥奉御と禿烈奉御が伝奉したる聖旨」といい、次に、その〈聖旨〉の内容として、最初に「小李に申し与える」の一句を置く。とすれば、「聖旨を伝奉した八哥奉御と禿烈奉御」はクビライの宝兒赤だったはずであり（中国風の位階をもたないゆえに〈奉御〉という曖昧な表現が採られているのだろう）、提点教坊司は李姓の〈漢人〉（ちなみに、元曲の作者の中には李時中や花李郎など、李姓の俳優が何人も記述され、この提点教坊司もそのうちの誰かである可能性が高い）、また、「伝奉」といい「申し与える」という以上、二人の宝兒赤は小李に対し、口頭でクビライの言を伝えたことになる。ここにいう「伝奉」とは、文書を介さずに命令を伝える場合に用いられるテクニカル・タームであり、八哥奉御と禿烈奉御は小李を呼び出し、直接モンゴル語でクビライの言を伝えたのである。とすれば、小李はモンゴル語が理解できたのであり、また、クビライの季節移動にしたがって、おそらくその身辺にいたのである。

また、このようにして小李に伝えられた〈聖旨〉の内容とは、十六天魔や四天王、髑髏頭《どくろとう》など、教坊の演目にかかわることだった。

まず十六天魔から解説してみよう。〈天魔〉とは一般に、仏陀を堕落させようとした魔王・波旬《はじゅん》やそのむすめたちを指し、〈十六天魔〉は人を歓楽に誘い込む十六人の魔女たちをいう。この十六天魔について、『元史』巻四十三「順帝本紀六」至正十四年（一三五四）十二月の条は次のようにいう。

時に帝は政事を怠たり、游宴に荒《すさ》みて、宮女の三聖奴、妙楽奴、文殊奴等一十六人を以て按舞せしめ、名づけて十六天魔と為す。首には垂髪数辮《べん》、象牙の仏冠を戴き、身には纓絡・大紅・綃金の長短の裙《スカート》、金雑の襖《うちかけ》、雲肩、合袖の天衣、綬帯の鞋韈《くつつ》を被り、各おの加巴剌般の器《がっき》を執り、内に一人は鈴杵を執りて奏楽す。

同様の記述は『元史』巻二百五「姦臣伝」「哈麻伝《カルマ》」にもあって、次のようにいう。

〈哈麻は〉亦た西蕃僧《チベット》の伽璘真を帝に薦む。……帝も又たこれに習う。その法、亦た〈双修法〉と名づく。〈演揲兒〉と曰い〈秘密〉と曰うは皆な房中術なり。帝、乃ち詔して西天の僧を以て司徒と為し、西番僧を大元国師と為す。其の徒、皆な良家の女を取る。あるいは四人、あるいは三人とこれを奉じ、これを〈供養〉と謂う。是《ここ》において帝、日々その法に従事し、広く女婦を取りて惟だ淫戯を是《こ》れ楽しむ。又た女を選采して十六天魔の舞を為さしむ。

このように、十六天魔とは元来、チベット密教に発した、多分に官能的な舞だったと思われ、順帝トゴン・テムルはそれを御前で舞わせて淫楽に耽っていたのだが、ただし、モンゴルのカアンたちが催す大饗宴においてはおそらくクビライ時代からこの十六天魔の舞がアトラクションとして用いられていたはずであって、そこでの舞は、トゴン・テムルのためだけに舞われたものと同様に淫靡だったとは、必ずしもいえないかもしれない。

元朝期を代表する吟遊詩人・薩都拉《サドゥラ》は「上京雑詠五首」の第三首において（『雁門集』巻六所収）、上都で開催された大饗宴を遠望し、次のように詠っている。

涼殿参差翡翠光　　涼殿に参差《しんし》たるは翡翠《ひすい》の光

朱衣花帽宴親王　　朱衣　花帽　親王を宴す
繡簾斉巻薫風起　　繡簾は斉《ひと》しく巻かれ　薫風は起つ
十六天魔舞袖長　　十六天魔　舞う袖は長し

この作品がどのカアンが主催した大饗宴を描くかは明らかではないが（トゴン・テムルが主催したそれである可能性は高い）、朱衣花帽の歴々たちが見守るなか、繡簾を挙げて薫風に吹かれ、袖をなびかせて舞う十六天魔は、「哈麻伝」が記述するほどには〈淫靡〉ではあるまい。

また、「四天王」については説明の必要がないだろうから、次に「髑髏頭」に及ぶなら、上都の風物を描いたと思われる張昱《ちょういく》の「輦下曲《れんかきょく》」の中に（『可閑老人集』巻二所収）、次のような一首がある。

北方九眼大黒殺　　北方　九眼の大黒殺《だいこくさつ》
幻影梵名紇剌麻　　幻影の梵名　紇剌麻《ブラフマー》
頭戴髑髏踏魔女　　頭に髑髏を戴き　魔女を踏み
用人以祭惑中華　　人を用い　以て祭りて　中華を惑わす

ここにいう「大黒殺」とはチベット密教がマハーカーラと呼ぶ神の漢訳であり、いわゆる「大黒天」、別名「大自在天」のことである。大黒天は元来ヒンドゥー教のシヴァ神に起源があり、そのシヴァ神がブラフマーやヴィシュヌと習合したものというから、第二句目にいう「紇剌麻」はおそらく「ブラフマー」の音訳である。「大黒殺の梵名は紇剌麻だ」と述べるのだろう。また、この時代の大黒天は普通〈三面六臂《ろっぴ》〉で、三つの額にはそれぞれ三つ目の目があったから「九眼」と述べ、ヒンドゥー教の守護神シヴァをその妻ガーネーシャもろともに踏みつけにして仏教を勝利に導いたから、第三句目に「踏魔女」と詠うのではあるまいか。さらにまた、第二句目にいう「幻影」は〈大魔術〉の意味だったたから、全体はおよそ次のような内容になる。「〈大魔術〉のなかに登場する武神は北方の守護神・大黒天、彼の梵名はブラフマー。三つ顔に九つの目をもち、頭に髑髏を戴き、シヴァの妻ガーネーシャを踏みつけにする。そうやって人を犠牲にささげ、中華を幻惑するのである」。この詩も要するに、カアンが主催する大饗宴の出し物を描いているのである。

《役者が四天王等に扮することを禁じる》という案件にいう「髑髏頭」がもし右の詩に詠われる「頭戴髑髏」と同様に大黒天を指すとするならば、クビライが小李に伝えた聖旨にいう〈十六天魔〉〈四天王〉〈髑髏頭〉は、いずれも、チベット仏教に取材した、優美な歌舞と幻術まがいの立ち回りを組み合わせた一連の〈出し物〉と考えることも不可能ではあるまい。むしろ、大魔術や歌舞は、一定の情節をもってこそより大きな興奮をもたらすと想像されるが、いずれにしても、こうしたアトラクションは大がかりな趣向を必要とする点でカアンが主催する大饗宴にふさわしく、また現に、薩都拉や張昱の詩歌が詠う〈十六天魔〉〈髑髏頭〉は、上都における大饗宴の一コマとしてそれらを描写する。したがって筆者は、クビライが主催した大饗宴においても、『元典章』が言及する〈十六天王〉〈髑髏頭〉のようなアトラクションが用意されたと想像するのだが、にもかかわらず前掲案件は、「〈十六天魔〉〈四天王〉〈髑髏頭〉を演じるな」と、クビライの〈聖旨〉を伝えているのである。これは一体どうしたわけだろう。

この点について筆者は次のように考える。

本案件のポイントは、至元十八年の閏八月二十五日という日付にあるのではあるまいか。というのは、『元史』巻四「世祖本紀　二」の冒頭に「乙亥の歳（一二一五）の八月乙卯を以て生まれる」というように、八月二十八日は世祖クビライの誕生日だったからである。

『東方見聞録』「カーン生誕節の大祝宴」は次のようにいう。

元来タルタール人は誕生日を祝うのが一般である。カーンは八月（原文は九月に誤る）二十八日の生まれだから、その日は、後述する新年祝賀宴ほどには及ばないが、これに次ぐ盛大な饗宴がこの国の諸方で開かれ、慶祝の意を表すのである。

至元十八年の八月二十八日、クビライは夏営地の上都において生誕節を祝う盛大な祝賀宴を催したのである。その際には〈十六天魔〉〈四天王〉〈髑髏頭〉等が上演されたに違いないが、その一ヶ月後の閏八月二十八日、生誕節がもう一度めぐってくることになった。クビライはそこで閏八月二十五日、二度目の生誕節は取りやめ、アトラクションも不要である旨を宝兒赤を通じて伝えたのではあるまいか。

このことを『元史』の「世祖本紀」で確認するなら、至元十八年八月の条に次のようにいう。

庚寅（二十八日）…高麗国王王賰、其の密直司使・韓康を遣して、来たりて生誕節を賀せしむ。

クビライは、上記『東方見聞録』の記述通り、盛大な生誕節を上都において開いていたと思われる。とすればこの時、提点教坊司の小李も上都にいたはずであろう。しかるに、同書至元十八年閏八月の条は、「丙午（十四日）、車駕、上都より至る。…庚申（二十八日）、安南国、方物を貢す。江西行省の兵官を薦挙するは、命じてこれを罷む」といい、二度目の生誕節について何も言及しない。クビライは閏八月十四日には大都周辺に到着しているから、生誕節の直後に夏営地を出発したのだろう。提点教坊司の小李もおそらくクビライに付きしたがって南下したはずであり、閏八月二十五日にはまだクビライの身辺にあったのではあるまいか。だからこそ八哥奉御と禿烈奉御の二人も、クビライの命を直接口頭で小李に伝えることができたのである。

さて、以上のように考えるなら《役者が四天王等に扮することを禁じる》と題される本案件は、〈十六天魔・四天王・髑髏頭等の上演を禁じたもの〉というより、〈生誕節の祝賀宴は閏月に開催しない旨を通告したもの〉ということになる。本案件に宣徽院が登場し、また、上都における十六天魔・髑髏頭等の上演の模様を詠う詩歌が残されているのは、このように考えてこそはじめて納得のいくものなるだろう。ただし本案件は、その冒頭に「御史台が承奉した中書省の劄付：宣徽院の呈文によれば」といい、〈十六天魔・四天王・髑髏頭等の上演〉が行政上の問題として取り上げられた可能性をも示唆する。とすれば当時の中書省や御史台は、四天王や髑髏頭のような大魔術が大饗宴以外の場で上演されることを、民間の毒物が放置されるのと同様に、〈危険かつ不都合なこと〉と考えていたのかもしれない。提点教坊司の小李に口頭でもたらされた〈クビライの聖旨〉は、かくして微妙にニュアンスを変えて翻訳されて、宣徽院の手から文書のかたちで中書省へと渡されたのかもしれない。

（高橋文治）

第三部　地域と交易

第一章　戸籍と〈本俗〉
――《弟・妹を兄は他家に養子に出してはならない》――

本章は《弟・妹を兄は他家に養子に出してはならない》を発端として、〈過房〉〈乞養〉〈収継〉〈本俗〉等の原義を考えながら、元朝期の戸籍の継承問題、ならびにある種の民族問題を概観する。そのことを通じ、『元典章』がなぜ養子や贅婿、結婚の制度に多くの紙面を割かなければならなかったか、その背後にある社会状況を考察する。

《兄不得将弟妹過房》

大徳三年月御史台奉中書省箚付：来呈：「奉省箚：李川川等告、兄李六要訖阿里火者鈔五定、将川川過房与本人為義男、阿里火者却転付奴魯丁。都省議得、既奴魯丁過房李川川等、作兒恩養、経今数年、其所告欲行貨売、別無顕跡、依旧為男、不得作駆貨売、承此。本台議得、民間風俗澆薄、昆弟不睦、比比有之。且兄弟同気比肩、共有財分之人、与父母尊卑不侔。又兼、止有許准父母将親生男女乞養過房体例、別無兄得過房弟妹明文。若令兄将弟妹過房与人以為通例、其間、有争分家財、或因妯娌不睦、便将弟妹過房与人、棄絶大義。如准各人帰宗相応。具呈照詳」。送礼部回呈：「照得、李川川明告、至元二十九年七月内、有兄李六、欠少阿里火者中統鈔四定、無銭帰還、貼要鈔一定、将伊過房与阿里火者為義男、止就元立文字、却転過与奴魯丁為義男。雖奴魯丁自称係阿里火者親弟、終是違法転行過房。又李住哥告、兄李六令伊作借銭画字、却与奴魯丁通同作弊、指以過房為名、引来大都貨売。又兼、別無許兄過房親弟体例。以此参詳、如准御史台呈、并本部已擬、令李川川李住哥帰宗相応。具呈、照詳」。都省准擬。仰照験施行。

〔訳〕

《弟・妹を兄は他家に養子に出してはならない》

大徳三年（一二九九）某月、御史台が奉じた中書省からの箚付：

御史台からの呈文に次のようにいう：

中書省からいただいた箚付に次のようにあった、「李川川等の訴えによれば、兄・李六が阿里火者から鈔五定を受け取り、李川川を阿里火者に縁組させて義男とし、阿里火者がさらに李川川を奴魯丁に与えたという。中書省の責任者たちで話し合ったところ、奴魯丁は李川川を子供として養育し、すでに数年になる、訴えにいう『商品として売ろうとした』という点に確たる証拠もない、このまま息子とし、奴婢として転売させないことにする」と。そこで御史台で議論したところ、民間の気風は浅薄で、兄と弟の争いは巷に溢れている、それに、兄弟とはもともと互いに協力し合って家財を共有しあう者たちであって、兄と弟の尊卑は親と子のそれと異なる、しかも、父母が自身の子を他家に養子に出してよい決まりはあるが、兄が弟や妹をそうしてよいという文書はどこにもない。弟や妹を兄が養子に出すことを許せば、財産争いや嫁同士の不仲で弟妹を養子に出してしまうケースが発生して、人倫は廃れてしまう、養子縁組された者たちを元の姓に戻すのが順当だろう、ということであった。呈文を出すゆえ、お調べいただきたい。

そこで、中書省が礼部に問い合わせた返事には次のようにいう：

「李川川の訴え状では、至元二十九年（一二九二）七月に兄・李六は阿里火者から中統鈔四定を借り、返す金がなく、さらに鈔一定を足してもらって李川川を与え、阿里火者の義男とした。阿里火者はこの時の契約書に基づき、さらに縁組を重ねて李川川を奴魯丁の義男とした。奴魯丁は阿里火者の実の弟だと称しているが、養子縁組を重ねることは結局違法行為であり、そのうえ、李住哥の訴えでは、借金の借用書に兄・李六は李住哥にサインさせ、奴魯丁とグルになって養子縁組にこと寄せ、大都に連れて行って売ろうとしたといい、また、弟や妹の養子縁組を兄がしてよい決まりもないのである。以上のことから当方の意見を述べるなら、御史台と本礼部の作成した案を許可し、李川川・李住哥を元の姓に戻すのが順当だと思われる。具呈するゆえお調べ頂きたい」。

中書省の責任者たちはこの案を許可する。このように実行せよ。

一　〈斡脱〉と人身売買

本案件はその表題を《弟・妹を兄は他家に養子に出してはならない》といい、兄弟や姉妹のあいだにおける「骨肉の争い」が一見主題であるかのように見えるが、御史台や中書省等に所属する中国官僚たちが真に問題としているのは、おそらく、〈斡脱《オルトク》〉と呼ばれるイスラム商人たちがカアンや投下のために税金の徴収を代行し、その際に、中国の人びと、特に旧南宋領に住む良民たちを連行しては、大都のバザールや江南の港から組織的に売買していた現実なのである。本案件に登場する李川川、李住哥、兄・李六等がどこの如何なる住人かは詳らかにしないが、彼ら三人が〈漢兒〉か〈蛮子〉であり、一方の阿里火者、奴魯丁の兄弟がイラン方面から来た〈色目人〉（おそらく〈斡脱〉）だったことは、その名前から見て明らかだろう。

この背後にある歴史状況を少し補足しておこう。

南宋が接収された後、〈江南の民戸〉はクビライによって各諸王、駙馬、モンゴルの功臣たちに分割され、そこから上がる〈五戸糸《ごこし》〉は、その土地の所有者である諸王、駙馬、功臣たちにいわゆる〈歳賜《さいし》〉として与えられることになった。当初、クビライは、〈江南の民戸〉を各投下に分割はしたものの、そこから上がる税収については、諸王や駙馬が自身で集金するのではなく、江南全体の税額をクビライ側で一括して徴収した後、各投下に与えられた戸籍数にしたがって比率計算をし、応分の金額を鈔立てでカアン側が支払う、という方式を採ったと思われ、『元典章』「戸部　十」「投下税」《投下税糧許折鈔（投下の税糧は鈔に換算することを許す）》は次のようにいう。

至元二十年八月、行省准中書省咨：

六月初七日奏過事内一件：奏、「去年江南的戸計、哥哥・兄弟・公主・駙馬毎根底、各各分撥与来的城子裏、除（税）[1]糧課程外、其余差発不着有。既各投下分撥与了民戸多少、阿合探馬兒不与呵、不宜的一般。俺斟酌了奏呵、怎生、那般者、聖旨有来。如今、俺商量来、如今不着差発其間、却科取阿合探馬兒、不宜。毎一万戸、一年、這裏咱毎与一百定鈔替頭裏、却江南於係官合納的糧内、斟酌要鈔呵、怎生、奏呵、奉聖旨、『那般者。既与了民戸呵、却不与阿合探馬兒呵、済甚事。雖那般呵、他毎根底分明説将去者。這裏必闍赤毎根前説与、也交理会者。為江南民戸未定上、不揀甚麼差発未曽科取。如今係官銭内、一万戸阿合探馬兒且与一百定鈔者。已後定体了呵、那時分俵要者。各投下説将去』。欽此」。

〔訳〕

至元二十年（一二八三）八月、行省が受けた中書省の咨文：

六月七日に奏上した案件の一つ：次のように奏上した、「去年、江南の戸籍のうち、われらの兄、弟、公主、駙馬たちに対して分割して与えた城子においては、税糧・課程は別にして、それ以外の差発はこれを〔われらの兄、弟、公主、駙馬たちに〕与えていない。それぞれの投下に民戸を与えたのに、五戸糸を与えないのはおかしい、私が計算して〔それぞれの投下に与えるべき額を〕奏上しましょう、と申し上げたら、『そのようにせよ』とのお言葉でしたので、いま、われわれの方で相談し、『差発を取っていないのに五戸糸分を割り当てるのはおかしいから、一万戸につき、一年分として、カアン側から立て替え分一百定を、鈔立てで、江南から上がる税糧から用意するのはどうでしょう』と申し上げたところ、『そうせよ。民戸を与えながら、五戸糸分を与えないのでは話にならぬ。諸王、公主、駙馬たちに対し、文書を出しておけ。こちらの書記官にきちんと申しつけ、よく理解させておくのだ、江南の民戸の数が確定していない以上、いかなる差発も、まだ割り当てではいない、カアン側で集める官銭から、一万戸につき一百定を鈔立てで与える、戸籍が確定したら、その時は戸数分をとるがいい、と各投下に言い渡すのだ、と』というお言葉であった」。

この案件でクビライに奏上している人物は、「われらの兄、弟、公主、駙馬たちに対して分割して与えた城子においては」と述べている。とすればこの人物は、おそらくクビライの息子の誰かであったが（真金ではないだろうか）、その人物の発案によってクビライは、江南から上がる税糧・課程を比率計算し、各投下に与えられた民戸の〈五戸糸＝差発〉として、鈔立てで支払うことにしたのである。そしてこの時、江南から税糧・課程を集めてくる集金係に採用したのが、クビライに所属した斡脱だったと思われる。

『元典章』「戸部　十三」「銭債」「斡脱銭」《行運斡脱銭事（斡脱銭を運用する件）》は、前件と同じ至元二十年に発せられたクビライの聖旨を引いて次のようにいう。

至元二十年二月十八日、〔呈〕[2]中書省咨：撒里蛮、愛薛両箇省裏伝奉聖旨、「斡脱毎底勾当、為您的言語是上、麼

（1）　諸校訂本がすでに指摘するように、原文は「税」が脱落する。
（2）　諸校訂本がすでに指摘するように、原文は「呈」が脱落する。

道、交罷了行来。如今尋思呵、這斡脱毎的言語似是的一般有。在先成吉思皇帝時分至今、行有来。如今、若他毎底聖旨拘収了呵、却与着。未曽拘収底、休要者。若有防送、交百姓生受行底、明白説者」。欽此。

〔訳〕

至元二十年（一二八三）二月十八日、中書省から咨文：

撒里蛮、愛薛の二人が口頭で受けた聖旨《おことば》：「斡脱たちの仕事は、お前たちの言葉にしたがってやめさせることにしたが、いま考えるに、斡脱たちの言い分も正しい。チンギス・カンの時代から今に至るまで、運用してきたことだ。彼らに与えた聖旨をもし没収したのなら、彼らに返せ。まだ没収していないのなら、取るな。もし護衛の兵が必要なら、〔その護衛の兵が〕民を苦しめることがないよう、申しつけておけ」。

しかるに、《投下の税糧は鈔に換算することを許す》においても「戸籍が確定したら、その時は戸数分をとるがいいと、各投下に言い渡すのだ」とクビライが述べていたように、「江南全体から上がる税糧・課程を比率計算し、各投下に与える〈五戸糸＝差発〉に当てる」というという方式は一種の経過措置だったのであり、成宗テムル時代に至ってはほぼ確実に〔場合によってはクビライ時代の末年から〕、そうした体制は変化して、各諸王・駙馬《ふば》は江南の食邑《しょくゆう》に、自身に所属する斡脱を〈五戸糸＝差発〉の集金係として派遣したように思われる。

次に示すのは、『元典章』「戸部 十三」「銭債」「斡脱銭」に掲載される、《斡脱銭為民者倚閣〔民のための斡脱銭は棚上げする〕》という大徳二年（一二九八）八月の案件である。

大徳二年八月二十日、江西行省：

近有蒙古文字訳阿吉只大王令旨：「蛮子田地裏属俺的斡脱銭、本銭利銭不納有。這瞻速丁、馬合謀為頭使臣、女孩兒、小厮、用着的物、俺根底出来的時分、駞駄斟酌着、鋪馬他每根底与着、交出来的。您省官毎識者、麼道、您根底委付将去也」、敬此。照得、先欽奉聖旨節該、「諸王駙馬并投下奏告随路官員人等欠少銭債、照得先帝聖旨、如有為民借了、雖写作梯己文契、仰照勘端的為差発支使、有備細文憑、亦在倚閣之数。仰諸王投下取索銭債人員、須管於宣撫司与欠債人当面照得委是己身銭債、另無異詞、依一本一利帰還、毋得径直於州県将欠債官民人等一面強行拖拽人口頭疋、准折財産、搔擾不安。如違、定行治罪」。又先欽奉聖旨節該、「江南平定之後、悉為吾民、今十有八年、尚聞営利之徒、以人為貨。今後、南北往来販人客旅、並行禁止」、欽此。已経劄付合属去処、欽奉聖旨事意、毋得縦令収買良民違錯。欠少斡脱銭債人等、依例施行。外拠転送孩兒媳婦一節、即係以人為貨事理。移准都省咨該、請欽依聖旨事意施行。

〔訳〕

大徳二年（一二九八）八月二十日、江西行省〔からの咨文〕：

ちかごろ、蒙古文字による阿只吉《アジキ》大王の令旨があり、その訳文に次のようにいう、「旧南宋領で私に属する土地の斡脱銭が、元金・利子ともに〔私に〕納められていない。瞻速丁、馬合謀を頭とする使臣、むすめ、むすこが用いるものを、私の所から出発する時に、荷物の量を斟酌して鋪馬を与え、出発させた。〔後は〕お前たち行省の官人たちが〔鋪馬や分例を〕取り仕切れ、と、お前たちに対し書類を送るのである」。

思うに、すでに戴いた皇帝（成宗テムル）のお言葉の概略に次のようにいう、『関係の路の役人たちの借金について、諸王・駙馬ならびに投下が訴えてきている。先帝クビライのお言葉には、役人たちがもし民たちの肩代わりとして借金したのなら、自分の名前が書かれた借用書があっても、本当に差発のために使われたのだと裏を取った後に証明書を添付して、取りあえず棚上げにしておけ、とあった。諸王、投下のために取り立てに行くものに命じ、宣撫司の役所において必ず負債者と面談し、本人の借財であることを確認した上で、その者に異論が無ければ元金一につき利息一を返還させる。州県に直接赴き、負

図18　「石家庄毘盧寺明代壁画」部分
（『毘盧寺壁画』河北美術出版社　1998年）
前列中央と後列右側の人物はモンゴル人、残りの三人はオルトク商人。

債者の役人・民から一方的に家族や部民、奴婢、家畜等を奪い取り、財産に換算して、地域を不安に陥れるようなことをしてはならない。違反すれば、必ず処罰する』。

また、先帝クビライのお言葉には、『江南が平定されて後、すべての人民が我が民となって十八年、営利の徒がいまだに人を品物として扱っていると聞く。今後、南北を往来する客商たちは、人を品物として売りさばくな』ともあって、カアンのお言葉を箚付にして〈中書省から〉各関係下級官庁に送り、良民を勝手に買い取ったりしないようにさせた。斡脱銭を借りたものについては、決まり通りに処理せよ。その他、子供や嫁を車や船で輸送する件については「人を品物として売りさばくこと」に当たる。

以上、中書省の責任者から「カアンのお言葉の意図にしたがって施行せよ」とのお許しを得ている。

本案件で注目されるのは、諸王・駙馬に与えられた〈江南の民の差発〉がテムル以降どのように徴収されていたかを明瞭に語っている点である。阿只吉《アジキ》大王と呼ばれるチャガタイ家の諸王は「旧南宋領で私に属する土地の斡脱銭を徴収するために、私の所から斡脱を出発させた」と述べ、それに対し行省側は、「民の差発を肩代わりして借金をした場合には」と述べている。このことはすなわち、諸王が自身の食邑に派遣した斡脱とは元来、諸王に分割された〈民戸〉の〈差発〉を徴収しに行くものたちだったことを意味しているのである。
地方の衙門《がもん》に勤める下級役人たちはそれぞれ管轄地域をもち、その管轄地域から税金を徴収して廻る義務を負っていた。徴収して廻ることをこの時代〈辦集《べんしゅう》〉といい、役人たちが自身の管轄地に赴いて〈辦集〉することを〈部《ぶ》糧《りょう》〉といったが、カアンや諸王・駙馬から派遣されてくる斡脱たちは、おそらく、各地域の戸籍台帳のようなものをもっていて、現地に赴くと、その地の民戸と直接接触するのではなく、戸籍台帳にある税額を現地スタッフ（すなわち〈部糧〉を行う役人）から調達し、それをカアンや諸王・駙馬のもとに〈転運〉したと思われる。したがって、斡脱たちから金を借りるのは民戸ではなく、〈部糧〉を請け負う役人たちだったのであり、それは、民戸が逃亡して空になった〈邑《ゆう》〉からでも、彼ら現地スタッフは原簿にある税額を用意しなければならなかったからだ、と推測される。かくして、上記案件が記述する「斡脱たちが州県に直接赴き、負債者の役人・民から一方的に家族や部民、奴婢、家畜等を奪い取り、財産に換算して売買する事態」は発生したのである。
《民のための斡脱銭は棚上げする》と同様の事態を扱う『元典章』所収の案件をもう一つ見てみよう。次は、「刑部　十九」「諸禁」「雑禁」に収める、《禁治鑼鼓（銅鑼・太鼓を禁止する）》という至大三年（一三一〇）の案件である。

至大三年九月、行台准御史台咨、奉尚書省箚付：来呈、山東廉訪司申、知事馮徴事呈、「因赴任、路経会通河道、遇有行使斡脱、并投下送納差発銭、船載老小、及販商客旅、或駕空船人数、挿定旗号、詐写諸王名字、擅置纓槍、懸掛弓箭兵刃、鳴鑼撃鼓、指為防護所載物貨。今沿河已有設立巡防捕盗官兵、哨船往来巡防。况山東地面連年水旱、今歳加以蝗虫食損田禾、人民飢荒之際。誠恐因而別生事端。具呈、照詳」。都省仰依上施行。

〔訳〕

至大三年（一三一〇）九月、行台が受けた御史台の咨文：尚書省からの箚付をいただいた。それによれば：

御史台からの呈文に次のようにいう、「山東廉訪司の上申によれば、知事・馮徴事の呈文に『赴任のため会通河を通ったところ、斡脱を運用するもの、投下のために差発銭を納めに行くものたちが舟に年寄り子供の家族を乗せ、また、客商たちが空船に多くの人たちを乗せ、諸王の名を書いた旗指物を立て、纓《えい》のついた立派な槍を勝手に並べ、弓矢や刀剣を掛け、銅鑼を鳴らし太鼓を打って、積み荷を守ろうとしているのである。現在、運河沿いには巡防捕盗の官兵が設置され、見張りの船も往来している。まして山東一帯は、連年、水害や旱魃が続き、その上、今年は、イナゴが畑を荒らし、人びとが苦しんでいる。困った事態を別に派生させないか心配である。具呈するので、お調べあれ』とある」。

尚書省の責任者は「そのように施行せよ」とのことであった。

一読して明らかな通り、この案件においても、斡脱たちが民を大量に船に載せ、大運河を連行していく様が描かれる。御史台や粛政廉訪司の官僚からすれば、それが人身売買であることは明らかなのだが、彼ら斡脱たちは諸王・駙馬の旗印を立て、徴税の途次にあることを標榜しているため、誰も手出しはできない。「なんとかしたいが、どうすることもできない」、中国官僚のそうした焦燥感をにじませた、おもしろい案件であろう。

また、もう一つ。次は「刑部　十九」「諸禁」「禁誘略」にある《過房人口（家族・家の子・郎党を養子に出す）》である。

延祐三年三月、行台箚付。准御史台咨：来咨、監察御史廉訪司言「中原江南州郡、近年以来、良家子女、仮以乞養過房為名、恃有通例、公然展転販売、致使往往陥為駆奴、誠可哀憫。如蒙照依旧例、除乞養過房継嗣子女、聴従人便、其転行過房作駆使喚、厳行禁止、咨請照詳。准此」。於延祐二年十一月二十五日、本台官奏過事内一件：為転行過房兒女、至元二十二年間、為江淮百姓闕食、典売了親孩兒毎呵、世祖皇帝「可憐見」、交官司収贖完聚来。至元三十年間、江南百姓被歹人毎強略的、過房為由、夾帯貨売的上頭、聖旨、好生禁治有来。昨前省家奏、乞養過房男女、聴従民便、転行乞養過房。及作駆使喚的、都交革撥了。告許的有呵、休受理者。奏過行了、聖旨来。為這般行了的上頭、歹人毎、将好百姓毎的兒女、推称過房為由、車裏船裏多載着、往高麗等地面裏貨売去有。刑部、大都路裏拿着幾起、見問有。遼陽奉使、山東宣慰司、与省家文書、都道不便、麼道、礼部家也文書説、他毎言的是、麼道。俺商量来、若委無継嗣、乞養過房的、聴従民便。転行過房作駈使喚販売的、合依着在前世祖皇帝聖旨体例、禁止、奏呵、「与省家文書者」、麼道、聖旨了也。欽此。具呈中書省、照詳、欽依施行去訖。又照得延祐二年十一月二十七日詔書内一款、諸人乞養過房到男女、如値貧乏、赴所在官司、具由陳告、勘当是実、出給公拠、方許転行。乞養過房、図利興販、転於遠方者、有司厳行禁止、仍仰監察御史、粛政廉訪司、常加糾察、欽此。除欽遵外、咨請欽依施行。

〔訳〕

延祐三年（一三一六）三月に江南行御史台が発する劄付：

御史台から受けた咨文に次のようにいう：

江南行御史台が監察御史、廉訪司の意見を伝えてきた咨文に「中原や江南の州郡においては、近年、〈乞養《きよう》〉〈過房〉の慣例にこと寄せ、良家の子女を公然と転売してしばしば奴婢にまで身を落とさせている。まことに不憫である。〈乞養〉〈過房〉によって家を継承させる場合は民の便宜を認めるとして、それ以外の、〈過房〉を重ねて子供を奴婢として働かせるものについては、以前からの決まりにしたがって厳重に禁止するのがよいのではないか。お調べいただきたい」とあった。

延祐二年十一月二十五日にわが御史台の官人がカアンに奏上した案件の一つ〈〈過房〉を何度も重ねること〉に次のようにいう、

「至元二十二年（一二八五）に江淮の人びとが飢饉に遭って実の子を売って金に換えたとき、世祖皇帝は憐れみをかけられ、役所に子供を買い取らせて親に返してやった。

至元三十年（一二九三）には江南の人びとが悪人に強奪され、〈過房〉を名目に連れ去られ売買されたので、『ちゃんと取り締まれ』とのお言葉をいただいた。

また先年も、中書省が『〈乞養〉〈過房〉によって家を継承させる場合は民の便宜を認めるとして、〈乞養〉〈過房〉を次々に重ねるもの、および奴婢として働かせるものについてはすべて廃止してしまい、許可を求めるものがいても認めないことにいたしましょう』と奏上し、その旨の聖旨をまわした。このように行ったがために、悪人たちは〈乞養〉〈過房〉を口実にして、人びとの子供を車や船にたくさん乗せ、高麗などの土地に売りに往き、刑部が大都路において何件も捕らえ尋問しており、遼陽の奉使宣撫や山東の宣慰司が中書省に『不都合だ』との書類をよこしていると中書礼部の文書も述べている。彼らの述べていることは正しく、われら御史台も相談したが、もし本当に跡継ぎがおらず〈乞養〉〈過房〉をするなら民の便宜にしたがうが、〈過房〉を重ねて奴婢とし、召使い、売り飛ばすものについては世祖皇帝のお言葉にしたがって禁止すべきである、と奏上したら、『そのように中書省に文書で知らせよ』とのお言葉である。中書省に具呈し、カアンのお言葉どおりに実施した」。

また、延祐二年（一三一五）十一月二十七日に発せられた詔書の一項には「〈乞養〉〈過房〉に出た息子・むすめが困窮した場合、地域の役所に赴いて状況をつぶさに申告し、それが事実であれば証明書を与え、重ねて〈乞養〉〈過房〉を行うことを許可し、営利目的で遠方に転売するものを厳重に禁止する。なお、監察御史と粛政廉訪司に命じ、常に巡検を行わせるものとする」とある。

この詔書にしたがうのはもちろんのことであり、御史台は江南行御史台に咨文を発し、以上のように実施することをお願いする。

この案件においても、江南の民が大量に船や車に載せられ、山東を通過して遼陽や大都方面に売られていく状況が描かれる。こうした人身売買の背後には、斡脱を中心にする密売組織の関与を想定せざるを得まいが、それにしても、江南の民を救済するようクビライが何度か「恤民《じゅつみん》の詔勅」を下し、御史台や粛政廉訪司が再三にわたって注意喚起を行っているにもかかわらず、斡脱や密売グループたちは、一体どのようにして法の網をかいくぐり、江南の民を組織的に入手していたのだろう。

二　〈過房〉と〈乞養〉

上記《家族・家の子・郎党を養子に出す》が問題にするのは、〈過房〉と呼ばれる養子縁組の制度であり、また、本章の冒頭案件《弟・妹を兄は他家に養子に出してはならない》が問題にするのも、兄が弟や妹を他家に養子に出してしまうことの是非、ならびに、そうした養子縁組が人身売買の口実になっている現実である。

ここにいう養子縁組とは、家の継承・存続のために他家の者を家に入れ、法律上の親子関係を結ぶこと、をいう。元朝期の華北・江南においても今日の日本社会と同様、養子には二つのパターンがあって、一つは、法的には親子関係にないものがある種の契約によって親子関係を結ぶ場合と、もう一つは、そうした関係に入る方法として婚姻という手段を介在させる場合とである。上記《弟・妹を兄は他家に養子に出してはならない》や《家族・家の子・郎党を養子に出す》が問題にするのは〈法的にそうした関係にないものが契約によって新たな親子関係に入る場合〉であり、『元典章』はこの種の養子縁組を〈過房〉とか〈乞養〉というタームを用いていう。〈過房〉〈乞養〉がある種の法制用語だったことは明らかだが、では、それら〈過房〉や〈乞養〉は元来いかなる意味であり、どのような区別があったのだろう。

『吏学指南《りがくしなん》』「戸婚」の条は〈本房〉という見出しを掲げ、次のように説明する。

一家の内、伯叔、兄弟など数房が同居している場合、自身の父母・妻・子孫・及び子孫の婦《よめ》を〈本房〉とする以外は、伯叔や兄弟の類はみな〈本房〉としない。

『吏学指南』は〈過房〉の〈房〉を右のようにいう。ちなみに、『吏学指南』「親姻」は〈宗族〉を「同姓を宗という、同枝を族という」というほか、同書「戸婚」は〈同居〉を「財を同じくし居を共にする場合」、〈本家〉を「一家のうち、本房と別房の区別なく、同居しているものをいい、異姓のものは本家としない」とも説明する。以上のことを総合するなら、男系の同系同姓血族を〈宗族〉とし、そのうち、同一地域に群居するものたちを〈家〉、親子関係によって家族を形成するものを〈房〉といったと思われる。〈過房〉の〈房〉とは元来、家族が同居している家屋を指したのである。とすれば〈過房〉とは、〈宗族〉や〈家〉、すなわち同一血族集団のなかで子孫を移動させることによって、それ自体の継承・存続を図るものだったに違いない。〈過房〉とは、同系同姓血族間で子供を融通しあうことを指したのである。

これに対し〈乞養〉とは、異姓の子を義男とし、戸主の税賦・軍役等を負担させることを指したと思われ、たとえば欧陽脩《おうようしゅう》『文忠公集』巻百二十「濮議《ぼくぎ》」は次のようにいう。

同族間の〈過房〉の子や、また、異姓間の〈乞養〉の義子を育てることは民間においてはしばしば見られることだが、養子縁組を人に知られることをはばかって、実の父母が誰であるかを隠して当然のこととしている。

ここに「過房の子や異姓乞養の義男」というように、〈過房〉と〈乞養〉とは元来明瞭な区別があって、〈乞養〉とはおそらく、異姓の子を義男として借り受け、年季を設けて家の税賦や軍役を負担させることを指した。〈過房〉が戸籍の継承を目的としたのに対し、〈乞養〉は実質的には一種の年季奉公であり、義男の多くは年季が明ければ実家に帰ったものと思われる。そのことについては次項の〈贅婿《ぜいしょ》〉においてより詳しく述べることとして、ここで問題なのは、欧陽脩の「濮議」においては明瞭に区別されていた〈過房〉と〈乞養〉とが、『元典章』においては必ずしも明瞭に使い分けられていないと思われる点である。たとえば、冒頭に掲げた《弟・妹を兄は他家に養子に出してはならない》においてはどうであろう。李川川の訴え状には「兄・李六は、李川川を阿里火者に〈過房〉した」といい、都省はこの李川川を「阿里火者から弟・奴魯丁にすでに〈過房〉されている」と述べ、また礼部は、この事件を一般論に還元して「実の父母のみが自身の子を〈乞養〉〈過房〉する権利をもつ」という。この案件の記述者たちは〈過房〉と〈乞養〉とをどのように定義し、李川川の事件をどのように捉えていたのだろう。彼らは、阿里火者と奴魯丁の間のみならず、李六と阿里火者の間にも〈同姓〉の関係を認めていたのだろうか。それとも、〈過房〉や〈乞養〉という法制度を厳密に適用することをすでに放棄していたのだろうか。

『元典章』において〈過房〉と〈乞養〉の語義が曖昧なのは、なにも冒頭案件に限ったことではない。すでに引用した「刑部　十九」「禁誘略」所収《過房人口（家の子・郎党を養子に出す）》もその好例といえるが、表題にいう《過房人口》の〈人口〉というタームから、ここではまず解説してみよう。

『吏学指南』「良賤孳畜《りょうせんじちく》」の条は〈人口〉を「同居している親属を〈人〉といい、使用する駈口《くこう》を〈口〉という」と説明する。〈人〉と〈口〉は元来ともに量詞で、〈人〉は家督を同じくする家族（母、妻、子孫の嫁等の異姓を含む）を勘定する場合のそれ、また〈口〉は奴婢や駈口、家畜を勘定する場合のそれであった。〈人口〉の二文字で〈房〉に所属するすべての人を指し、家長を中心にいえば、自身の家を保全してくれるかわりに食わせていかなければならない財産の一部を意味した。右の案件の表題にいう《過房人口》を《家族・家の子・郎党を養子に出す》と訳したのは〈人口〉の実質を伝えようとしたものだが、本案件が問題にするのは、〈良賤〉という場合の〈良人〉、すなわち、〈駈戸《くこ》〉〈楽人《がくじん》戸〉等〈賤〉ではなく、一戸を成し、農・工・商として納税義務や軍役を課せられた〈軍戸〉〈民戸〉〈人匠戸〉等〈良人〉の子女が、〈乞養〉〈過房〉を口実として人身売買され、〈駈口《くこう》〉等の〈賤〉になっている現実である。この現実を論じて本案件は〈乞養〉〈過房〉の語を八回、〈過房〉を四回用いて、〈乞養〉を単独では一度も用いていない。このことからするなら、元朝期の法律文書においても〈過房〉と〈乞養〉は制度上の区別を依然としてもったが、ただし、それらの用語が対応しなければならない現実は、両者を厳密に分けて運用し得るほどに素朴で単純なものではなかったことを推測させる。

《過房人口》という右の案件は、〈過房〉であれ〈乞養〉であれ、養子制度そのものが人身売買の隠れ蓑になっていたこと、ならびに、売買を仲介する中間業者は誘拐団や運び屋まで擁した組織をもち、江南から山東、河北、遼陽、朝鮮半島を股にかけたきわめて大きなネットワークを有していたことを述べる。また、《過房人口》という案件を前提に冒頭案件《弟・妹を兄は他家に養子に出してはならない》を読んだ場合、人身売買のネットワークは阿里火者や奴魯丁といった〈色目人〉をも巻き込んだものであり、江南の子女が中都のバザールに集められ、イスラム商人の手によって遠くペルシア方面にまで売られていた現実を想像させるだろう。民族や文化を跨ぐ、人口のそうした大規模な流動を前にした時、儒教的な〈宗族〉や〈郷村〉に根差した〈過房〉〈乞養〉の制度が従来通りの運用に耐え得るはずのないことは、誰の目にも明らかなのである。

三　〈贅婿〉について

中国の古典的な社会原理にあっては、『史学指南』が「同姓同枝」といい、また「異姓のものは本家としない」と述べたように、〈姓〉を〈家〉の形成原理とした。〈姓〉は血脈の標識であり、〈同姓〉であることは同一の血脈に属することであった。〈家〉は父から子へ受け継がれる〈男系の血脈〉を中核にして形成され、また社会的には、〈男系の血脈〉を保全する一種の装置が〈家〉であるに他ならなかった。そうした古典的な観念の中にあっては、〈家〉が所有する家屋や家財・家業の保全は、血脈以上に優先されるべき問題ではなかったし、また、男子は自身の姓を変えることを最大の恥辱とした。それゆえ前掲の欧陽脩「濮議」も、「養子縁組を人に知られることをはばかって、実の父母が誰であるかを隠して当然のこととしている」と述べていたのである。儒教倫理に根差したこうした宗廟観念の中にあっては、養子にかかわる法制度はもとより健全に整備されるはずはなかったが、モンゴル時代になって、中国的な宗廟観念と無縁の人たちが新体制の主導者としてそこに入ってくることによって、戸籍をめぐる法制度はさらに大きな歪みを生じることになる。その一つの典型を結婚の制度、なかでも〈贅婿《ぜいしょ》〉と〈収継《しゅうけい》〉に見ることができる。

まず、〈贅婿〉から見てみよう。『史学指南』「親姻」の条は「贅壻（入り婿）」を説明して次のようにいう。

入り婿とは、人の身体にイボができるように、余計なものをいう。『秦紀』は「家が貧しければ、子は壮年に達して他家の壻になる」と述べている。今日では四種類あって、一つ目を〈養老〉といい、妻の家で結婚して働き、一生を終えるもの。二つ目を〈年限〉といい、年限付きの約束をして、年季が明ければ妻と共に自身の実家に戻るもの。三つ目を〈出舎〉といい、妻の実家と分家して暮らすもの。四つ目を〈帰宗〉といい、年限が来たり、妻が死んだり、離縁した場合に自身の実家に戻るもの、である。

中国の法制用語では入り婿を〈贅婿〉、入り婿になることを〈入贅〉といったが、その場合の〈贅〉を『吏学指南』は〈肬贅《ゆうぜい》〉、すなわち〈イボ〉と説明する。〈贅〉とは〈贅肉〉の〈贅〉であり、無い方が良いものの意であった。どこにも居場所のない余計者だから、『秦紀』はこれを「家が貧しければ、子は壮年に達して他家の壻になる」と述べる。その入り婿を『吏学指南』は〈養老〉〈年限〉〈出舎〉〈帰宗〉の四つに分類するが、ここで注意を要するのは、その四種のいずれにおいても『吏学指南』が血脈・家系の継承に言及しない点である。

たとえば「養老女贅」について『吏学指南』は「妻の家で結婚して働き、一生を終えるもの」と述べ、この種の入り婿が妻の実家で一生を終え、家督を継承してゆくような錯覚をあたえる。しかしながら『吏学指南』がいう「妻の家で結婚して働き」とは、「元の妻と離別し別の妻と再婚したとしても、元の妻の実家において労働し、仕事を続けるもの」の意であって、「入り婿が妻の実家に後継として入る」の意ではなかった。〈養老女贅〉の〈養老〉とは「妻の実家の父母が一生を終えるまで」の意であって、〈女贅〉自身の〈養老〉ではなかった。またそれは、〈乞養〉という場合の〈養〉も同様であり、異姓から他家に入る養子も基本的には〈贅婿〉と同様、戸籍は継承せず、ただ労働をささげるだけだったのである。

『元典章』「戸部 三」は至元八年（一二七一）三月に出された《戸口条劃》を掲げ、〈養老女贅〉について次のようにいう。

妻亡、出舎另居、自行娶到妻室、却称津貼丈人戸下差発、或納本投下差発之人、仰収係当差。外拠丈人出備財銭、別行求与妻室、及分訖事産津貼者、依旧同戸当差。
元議養老女婿、有丈人要訖財分、或因事已将元妻休棄、即目另居、別行娶到妻室、無問籍内有無、収係当差。
良人於他人駈戸住作養老女婿、即目養老丈人・丈母另居、其元使或弟男依旧作駆使用、除軍站・急遞鋪兵・
駕船戸、掲照各籍内有姓名者、為良作貼戸収係外、其余民匠諸色人等、無問籍内有無、即仰収係当差。

〔訳〕

妻が死に、妻の実家を出て別居し、別に妻を娶っている養老女婿の場合は、元の義父の戸籍に課せられた差発、ないし、その義父が諸投下に属するのであれば、その投下が課す差発をまかなうものとして戸籍に登録し、その差役を負担する。義父が金を出して別の戸籍の妻を娶ったもの、及び、正式に他家の家財を与えられ、その戸籍の貼戸になったものの場合も、養老女婿として入った家の差役を負担し続けるものとする。

元来の約束が養老女婿で婿入りし、義父が金を与えたり、何か別の事情で元の妻と離縁して、目下義父・義母と別居していて別に妻を娶ったものの場合は、義父の戸籍に籍があるなしにかかわらず、義父の差役を負担する義務があるものとする。

元来納税義務をもつ普通の身分のものが駈口の家の養老女婿となり、その駈口の義父・義母と目下別居している場合については、駈口の主人、ないし、主人の権利の継承者はその養老女婿を駈口として労役させるものとし、軍站を担う戸籍や急遞・鋪兵を担う戸籍、駕船戸等、駈口の籍の種類に応じて普通の身分に戻し義父の貼戸すべきものを除いて、その他、種田や人匠等のさまざまな種類に属する駈口は、義父の戸籍に女婿の籍のあるなしにかかわらず、義父の差役を負担する義務があるものとする。

この一項は、婿入りした先のむすめが死亡したり、ないしは離縁したりして義父と別居した場合、ならびに、婿入りした先が〈駈口〉だった場合について述べ、〈養老女婿〉についての一般規定というより、むしろ例外規定を述べる。ただし、〈養老〉の語義については、右の規定に「即目《いま》、養老の丈人・丈母と另居す」というように、義父義母の老後を指したこと、明らかであり、また、右の例外規定が一貫して述べるのも、「妻と死別しようと、義父義母と別居して別に家庭をもとうと、入り婿先の差役を負担し続けなければならないこと」、である。『吏学指南』が〈養老女婿〉についていう「妻の家で結婚して働き」は「元の妻と離別して別に所帯をもとうと、元の妻の実家において生活し労働する」の意であり、〈養老女婿〉とは、すなわち「入り婿先の義父義母が死去するまでその戸籍の納税義務を負い続けるもの」の謂であった。とすれば、他の女婿も同様に、〈年限〉は年限付きで、〈出舎〉は義父義母と別居したままで、〈帰宗〉は年季が明けた後は自身の実家に帰る契約で、それぞれ入り婿先の納税義務を負う〈女婿たち〉をいうに他あるまい。『元典章』「戸部 四」「嫁娶」の条が記述するさまざまな女婿の実例を見ても、入り婿たちはひとりとして自身の姓を変えていないのであり、彼らの〈入贅〉が〈家〉を継承するためではなく、単なる労働力の供給のためだったことは明らかなのである。

では、〈イボ〉のように余計なものであるはずの〈女婿〉に、実のむすめが死んだ場合には別の妻を用意し、家財の一部まで与えてなお提供してもらう必要のあった労働力とは、一体いかなるものだったのだろう。『元典章』「戸部 三」「軍戸」にある《年限女婿不入軍籍（年限女婿は軍籍に入れない）》は次のようにいう。

《年限女婿不入軍籍（年限女婿は軍籍に入れない）》

至元七年三月、中書右三部。近拠来申涿州范陽県李怙驢状告：「壬子年於姑夫馬郁戸下附籍。丁巳年姑姑李氏主婚、於本州軍戸馬十家内、与伊女青兒為婿。一十年為満。如是丈人戸下但有軍役、並不干怙驢之事。此時、令韓先生写訖合同婚書、各自収執。却有丈人馬十、令伊姪男鄭家奴前来怙驢処、取要貼軍銭物。乞定奪事」。得此。責得馬十妻阿劉状供相同、拖照己未年軍籍内阿劉名下、将婿李怗驢籍定。府司若便依元立婚書帰断、誠恐未応。得此。本部参詳：李怗驢已是出舎、雖是己未年革籍内馬十戸下籍過、擬合出籍、与壬子年同戸姑夫馬鬱一同当差。呈奉都堂鈞旨、送本部、准擬施行。

〔訳〕

《年限女婿は軍籍に入れない》

至元七年（一二七〇）三月に中書右三部が受けた上申書：涿州范陽県の李怗驢の訴え状に次のようにいう、「壬子年（一二五二）に叔母（父の姉妹）の夫・馬郁の附籍となり、丁巳年（一二五七）にその叔母の仲介で涿州の軍戸・馬十の家に婿入りし、むすめ青兒の婿となった。十年を満期としたので、いま、義父の家にどのような軍役があっても私にはかかわりがない。その時に、韓先生に婚姻契約書を書かせ、互いに取り交わしている。しかるに、義父・馬十は、彼の異姓の甥（馬十の姉妹の男子）鄭家奴を李怗驢の所によこし、貼軍戸としての費用を取ろうとしている。お裁きをお願いする」。

馬十の妻・劉氏を責めたところ同様の供述をしたが、己未年（一二五九）の軍籍によれば戸主劉氏の籍の中に婿李怗驢の名が加えられている。大興府は、元立の婚姻契約書にのみしたがって裁きをつけるのでは不十分ではあるまいか。

中書右三部が考えるに、李怗驢はすでに馬十の家を出ている。丁巳年（一二五七）の軍籍では馬十の家の養子になっているが、その籍を出て、壬子年籍と同様に叔母の夫・馬郁とともに差役に当たるもの、とすべきである。

中書省の責任者のお言葉では、中書右三部にそのように実施させよ、とのことである。

表題にいう〈軍籍〉とは、旧金朝治下の農民たちを登録した〈漢軍戸〉としてのそれを指すと思われるが、ここにいう〈漢軍戸〉とは、農民の四五戸を一単位としてそれを正軍戸と貼軍戸《ちょうぐんこ》に分割し、正軍戸からは兵士一名を出させ、貼軍戸からはその兵士の従軍に必要な費用を供出させる制度をいう。右の案件の場合、李怗驢は壬子年（一一二五二）に叔母の夫・馬郁の附籍となったというから、おそらく馬郁に〈乞養〉されたのであろうが、丁巳年（一二五七）、そこからさらに軍戸・馬十の家に十年を満期として〈年限女婿〉に入り、年季も明け、また馬郁の家へ帰ったのである。しかるに、馬郁の家に戻った後も李怗驢は、馬十の妻・劉氏の附籍となっていたらしく（このことから判断するに、李怗驢が婿入りする前後に馬十はすでに他界していたのである）、その軍籍を盾に馬十の家は、李怗驢に正軍戸の軍役につくことを求め、それができない場合は貼軍戸の費用を供出するよう、馬十の姉妹の子・鄭家奴を通じて李怗驢に求めてきたのである。李怗驢は幸いにして〈養老女婿〉ではなかったから、彼の〈出舎〉は認められ、馬十の家の軍役は免れたようだが、それにしても、一方では伝統的な〈宗廟観念〉が人びとの生活を支配し、〈乞養〉や〈女婿〉は疎外されたままであるのに、もう一方では過重な税賦と軍役の負担があって、華北は深刻な人手不足に陥っていたのだ。民間は異姓による新しい労働力を切実に求めていたのである。

至元八年に出された前掲の「戸口条劃」は、カアンに属する人びとの種類と人数を確定し、そこから得られる労働力と税収を明らかにすることに目的はあった。労働力と税収は〈戸口〉の数によってきまり、その〈戸口〉は〈丁男〉の確保によって保持される。至元八年の「戸口条劃」は、華北からあがる労働力と税収を保持するために、〈女婿〉という労働力を、伝統的な宗廟観念の枠内で投入しようとしたものである。

四　〈収継〉について

次に〈収継〉の例を見てみよう。

ここにいう〈収継〉とは、人類学や民俗学においてレヴィレート、ないしレヴィラトと称される結婚形態（ないし、財産の継承形態〉をいい、父や兄の妻を、その子や弟が継承して妻とすることをいう。このレヴィレートできわめて興味深いのは、中国の歴史においては、すでに漢代からその形態は記述されながら、その形態に〈収継〉という特別なタームが当てはめられたのは、実に『元典章』に始まる、という事実である。レヴィレートは、〈収継〉という新たなタームが必要となるほどに、十三世紀にいたって、伝統中国も巻き込んだ法的問題に発展していたのである。

漢語文献がレヴィレートを記述した有名な例としては、たとえば『漢書』巻九十六下「西域伝」にいう「烏孫公主《うそんこうしゅ》」の物語がある。――漢の元封年間、江都王建のむすめ細君を公主にしたてて烏孫に遣わし、昆莫《こんばく》に娶《めあわ》せた。公主はその国に到着するとみずから宮室をととのえて住み、季節ごとに一二度昆莫と会い、酒宴を設けて飲食し、幣帛を王の側近や貴人に贈った。昆莫は年老い、言葉は通じない。……〔いわゆる「烏孫公主歌」が引用される〕……昆莫は年老いたので、その孫の岑陬《しんすう》に公主を娶そうとした。公主は聞き入れず、漢に上書して訴えると、天子が応《こた》えるに「その国の風俗に従え」とのことであった。岑陬はそこで公主を妻とした。――

この物語を『楚辞後語《そじこうご》』で紹介した朱熹《しゅき》は、事件全体を次のように総括する。

公主の詞は悲哀を極め、固より録すべし。しかれども、その本末を并びに著すは、亦た以て、中国、夷狄《いてき》と結婚してみずから羞辱を取るの戒めと為すなり。

烏孫に嫁ぎ、その俗にしたがって孫に改嫁しなければならなかった公主の運命を「中国の恥辱」としたのである。この朱熹の論に明らかなように、中国の伝統社会はレヴィレートを〈獣の行い〉として建前上は忌避してきた。ただしこの忌避は、中国の〈宗廟観念〉〈礼教観念〉が導いた多分に理念的な忌避であり、タブーといえるほどに強固な民俗的基盤をもつものではなかった。その例証を他ならぬ『元典章』に見ることができる。

モンゴルが華北に入ってのち、いわゆる「漢兒（旧金朝治下の人たち）」に対し、レヴィレートを文書によってはじめて発令したのは、『元典章』「戸部 四」「収継」が掲載する至元八年（一二七一）十二月の次の聖旨においてだったと思われる。

《収小娘阿嫂例（若い母、兄嫁を引き取る）》

至元八年十二月、中書省。今月初八日、答失蛮・相哥二箇文字訳該：「小娘根底、阿嫂根底、休収者、行了文字来、奏呵、聖旨、疾忙交行文書者、小娘根底、阿嫂根底、収者、麼道聖旨了也。欽此」。

〔訳〕

至元八年（一二七一）十二月某日、中書省が発した文書：

今月の八日に荅失蛮と相哥（相真の誤りかもしれない）の二人が発した文書の訳文に次のようにいう、「『若い母、兄嫁を引き取ってはならない、とする文書が出ております』と奏上したところ、『いそいで聖旨をまわせ、若い母、兄嫁を引き取るのだ』とのお言葉であった。聖旨であるぞ」。

ここにいう「小娘」は〈若い母〉、ないし〈父の妾〉の意で、「阿嫂」は〈兄嫁〉。また、「小娘」と「阿嫂」に付された「根底」はともに奪格だと思われ、「小娘根底、阿嫂根底、収者」で〈若い母を、兄嫁を、引き取れ〉の意。要するに、レヴィレートを実施するよう命じているのである。

この聖旨が〈漢兒〉にむけて発せられたことは、右の聖旨をそのまま引用する同書「戸部 四」「収継」《小叔収阿嫂例（弟が兄嫁を引き取る）》を見れば明らかである。

《小叔収阿嫂例（弟が兄嫁を引き取る）》

至元九年十月、中書兵刑部：来申：鄭窩窩状招、兄鄭奴奴、至元五年身死、抛下嫂王銀銀、并姪社社同居。窩窩未曽娶妻、嫂王銀銀亦為年小守寡。相従於至元八年十月初八日通奸。在後得孕、一同在逃罪犯。王銀銀所責相同。及責得定問王銀銀親事人秦二状招、元与訖王清把定物折鈔二十八両、却不合私下受訖鄭信打合物折鈔四十両罪犯、并媒人王玉等各各詞因。除将鄭窩窩枷禁、及於秦二名下追到不応物折鈔四十両、聴候。所有王清母阿張受訖秦二把定折鈔二十八両、合無追没。乞照験事。省部照得、至元八年十二月欽奉聖旨節該、小娘根底、阿嫂根底、収者、麼道、欽此。仰欽依聖旨事意、即将鄭窩窩疏放、将王銀銀分付鄭窩窩収続為妻。仍将追到秦二元受鄭信銭物給主、抛王阿張接訖秦二銭物折鈔二十八両、追付秦二収管施行。

〔訳〕

至元九年（一二七二）十月、中書兵刑部からの上申にいう：

鄭窩窩の自白状によれば、「兄の鄭奴奴は至元五年に死に、残された妻・王銀銀とその子・社社と同居していた。わたくし窩窩は未婚であり、王銀銀もまた若くして寡婦になったので、至元八年十月八日に示し合わせて姦通し、王銀銀がのちに妊娠したので一緒に逃げた」という。王銀銀の自白も同様であった。王銀銀の再婚相手・秦二の自白状を取ったところ、王清（王銀銀の兄弟であろう）に結納金鈔二十八両を与え、不届きにも鄭信（鄭窩窩の叔父か?）から示談金鈔四十両を取ったといい、媒酌人の王玉たちからも供述書を得ている。鄭窩窩に枷を付けて拘留し、秦二が不当に得た鈔四十両を没収するのはもちろんとして、王清の母・張氏（王銀銀の母でもある）が秦二から受けた結納金鈔二十八両も没収すべきだと思われる。お調べいただきたい。

中書省が考えるに、至元八年十二月に欽奉した聖旨に「若い母、兄嫁を引き取るのだ」とあった。カアンのこの御心に従って鄭窩窩を釈放し、王銀銀を鄭窩窩に渡して妻とさせる。秦二が受け取った金は没収とし、王の妻・張氏が受け取った鈔二十八両は秦二に返還するものとする。

ここにいう鄭窩窩と王銀銀は、鄭窩窩が軍戸・鄭奴奴の弟で、王銀銀は鄭奴奴の妻であった。鄭奴奴は至元五年に死に、残された二人は姦通し、王銀銀が妊娠したため、ともに逃亡して至元九年に捕縛されたものであった。鄭奴奴たちがどこの住人だったかは詳らかにしないが、鄭奴奴をはじめ、その妻・王銀銀、兄・王清、母・張氏、鄭奴奴の縁者・鄭信、媒酌人・王玉、王銀銀の再婚相手・秦二等、関係各人の姓名を見るに、彼らが〈漢兒〉だったことに疑問の余地はないと思われる。それらの男女に至元八年の聖旨を適用しているのだから、クビライの命令は〈漢兒〉に宛ててのものだったのである。華北の民間の家族にあっては、クビライが聖旨を発令する以前から、レヴィレートに当たるこうした事象・事件はしばしば発生していたと推測される。

次に示すのは、これも華北で発生した、『元典章』「戸部　四」「不収継」が記述する、似たような事例である。

《漢兒人不得接続〈漢兒は受け継いではならない〉》

至元七年八月、尚書省：戸部呈：南京路備息州申、民戸丁松告、「中統元年、与母主婚、将妹定奴聘与本州時小六長男歹兒為妻。至元二年、女婿身故、有妹定奴守服四年、不令帰宗、令男両兒或姪姚驢収納為妻。其定奴不肯順従」。及先拠河間路申、「軍戸趙義妻阿劉女青兒等守闋故夫崔犍兒喪服、有伯伯崔大、令弟驢駒収納、不令帰宗」。送法司検詳得旧例、漢兒渤海不在接続有服兄弟之限。移准中書省咨、「議得、旧例『同類自相犯者、各従本俗法』、其漢兒人不合指例、比及通行定奪以来、無令接続。若本婦人服闋、自願守志、或欲帰宗改嫁者聴。咨請照験」。省府、除已劄付戸部遍行各路出榜暁諭外、仰依上施行。

〔訳〕

至元七年（一二七一）八月、尚書省が発する文書：戸部よりの呈文に次のようにいう：
南京路が息州の上申書を添付していうには、
民戸・丁松の訴え状に「中統元年に母とともに諮り、妹の定奴を息州の時小六の長男・歹兒と娶せ妻とした。至元二年（一二六五）に婿は死に、妹の定奴は四年間の喪に服したが、実家に帰ることを許されず、時小六の息子・両兒ないし時小六の姉妹の子・姚驢に妻として引き取らせようとしている。定奴は従うつもりはない」という。また以前、河間路の上申に「軍戸趙義の妻・劉氏のむすめ青兒は夫・崔犍兒の喪が明けたが、夫の叔父・崔大が崔犍兒の弟・驢駒に青兒を妻として引き取らせようとし、実家に帰ることを許さない」とあって、法司（検法官をいうだろう）に書類を送って旧例を調べたところ、「漢兒や渤海など旧金朝治下のものたちは『死んだ兄弟の遺産を継承する』という規定の枠内にはない」ということであった。また、当時、中書省より受けた承認の咨文にも「旧例では『同じ種類のもの同士が問題を起こした場合、その種類の習慣に従う』ということであり、旧金朝治下の人には収継婚は当てはめるべきではない、『同様に扱え』という判断が降るまで収継させるな」と述べていた。この嫁の場合は、喪が明けて実家に帰り、そのまま寡婦として生きるか他所に再嫁することを希望しているのであり、それを許すべきだろう。お調べいただきたい。

表題にいう〈接続〉とは〈継承する〉〈受け継ぐ〉の意であり、ここでは田畑や軍役、妻妾等、戸籍に附属するすべてを継承することをいう。民戸の丁松が訴え出た最初の事例は、妹・定奴が中統元年（一二六〇）に時歹兒の後妻に入ったところ、歹兒は至元二年（一二六五）に死に、その二人の息子か（前妻の子で、まだ幼いのであろう）、ないしは歹兒の姪の姚驢が歹兒の戸籍を未亡人ごと継承しようとしている、というもの。

また二件目は、軍戸のむすめ趙青兒が崔犍兒に嫁いだところ、崔犍兒は死に、その叔父・崔大が崔犍兒の戸籍を、これも未亡人ごと弟・崔驢駒に継承させようとしている、というもの。二件とも、〈漢兒〉にレヴィレートを命じたクビライの聖旨以前に発生しており、共通して、戸籍に付随する税賦・軍役や遺産を誰がどのように継承するかという、民間の零細な家族にとってはきわめて重大な問題が背後にあったと思われる。

右の二件目の問題に対し検法官が参考に付した〈旧例〉は、「漢児や渤海など旧金朝治下のものたちは『死んだ兄弟の遺産を継承する』という規定の枠内にはない」というものであった。すなわち、旧金朝治下のものたちの場合は、遺産は直系の子孫が相続すべきものであって、兄弟が相続すべきではない、というのである。この検法官の参考意見を前提に、中書省は、いわゆる〈本俗法〉を援用して、一件目についても〈収継〉を認めるべきではない、という結論を導いたのである。ここにいう〈旧例〉がどの時代まで遡り得るかは詳らかにしないが、〈漢人〉と〈渤海〉を並列して華北の住人を総称する言い方は女真人を別枠とする金朝時代のものだから、少なくとも金の『泰和律』まで遡り得ることは間違いあるまい。いずれにしても、クビライが中統政府を打ち建てた一二六〇年以前からこの〈旧例〉があったことは明らかだろう。華北においてはこのように、戸籍の継承にともなう妻の扱いは、すでにクビライ登場以前から、複数の判断があり得る微妙な問題となっていたのである。

五　〈本俗〉について

では、右の案件で中書省が援用した〈本俗法〉とは、具体的にはどのようなものだったのだろう。

『元典章』「戸部　四」「婚姻」「婚礼」《嫁娶聘財体例（結婚における結納等のきまり）》は、〈本俗〉に言及して次のようにいう。

諸色人同類自相婚姻者、各従本俗法。递相婚姻者、以男為主。蒙古人不在此例。

〔訳〕

さまざまな種類の人たちが同類同士で結婚する場合は、その種類固有の習慣に従う。種類を越えて互いに結婚する場合は、男性が属する種類の習慣に従う。モンゴル人の場合はこの限りではない。

この記述を基に、中書省が引用した旧例「同じ種類のもの同士が問題を起こした場合、その種類の習慣に従う」をもう一度考えるなら、〈類〉とは婚礼などの生活習慣、習俗を共有する人たちをいい、民俗や言語、居住地域等を指していうものではないと推測され、また、ここで重要なのは、〈類〉を異にする人たちが何らかの関係を取り結ぶ場合に、どちらの〈俗〉に従うべきかは一定の原則があったと思われる点である。右の「婚礼」の規定によれば、結婚の場合は男性が所属する〈類〉の〈俗〉に従い、モンゴルが関係した場合にはモンゴルの〈俗〉がすべてに優先されたという。では、たとえば、〈乞養〉〈過房〉〈贅婿〉等の養子縁組が〈類〉を異にして行われた場合はどうだったのだろう。

これについては、『元典章』「刑部　十九」「諸禁」「禁典雇」にある《典雇男女（むすこ・むすめを借金の形にする）》という案件が実に的確な回答を提示してくれる。

《典雇男女（むすこ・むすめを借金の形にする）》

至元三十一年五月、行御史台准御史台咨、近拠監察御史呈、近蒙差遣江西、追問公事、除外、切見、北方諸色目人等、或因仕宦、或作商賈、或軍人応役、久居江淮、迤南地面、与新附人民既相習熟、将南人男女、以転房乞養為名、亦有照依本俗典雇之例、聊与価銭、誘致収養、才到迤北、定是貨売作駆、是使無辜良民、永陥駆役、無所赴愬、深不副聖主好生之意。以此論之、積小成大、不一二年、良人半為他人之駈矣。若論江淮之民、典雇男女習以成俗、止就南方自相典雇、終作良人、権令彼中貧民従本俗法、可也。至於転房之俗、或同宗派、或同姓氏、不幸無子、使之継絶、安有諸色目人、生不同郷、殊俗異姓、亦得倣頼。此等北人、雖有文憑、倶宜禁絶。憲台准呈。

〔訳〕

至元三十一年（一二九四）五月、行御史台が受けた御史台の咨文：

ちかごろ受け取った監察御史の呈文によれば、「最近、江西に派遣されてある事件を調査した。その任務を遂行したのはもちろんであるが、ひそかに思うに、北方のさまざまな人たちが役人として、商人として、また軍人として江淮や長江以南に地に住んでいる。それらの人びとは新たに投降してきた旧南宋領の人びとと親しみ、養子縁組を口実にしたり、また、それぞれの種族の交易や貸し借りの習慣にしたがって、いささかの金品を与えて南人の子供たちを引き取り、北へ連れて行っては駈口として売り飛ばしているものと思われ、罪もない良人を逃れる術もない奴隷の苦役に陥れ、お上の愛民の御心にそむくものである。考えてみるに、こうしたことは「塵も積もれば山となる」で、一二年もすれば江南の良人の半分は駈口になってしまう。江淮の民の間においては、子供を借金の形にして売ってしまうことはすでに習慣化していて、南人の間だけで子供を質入れし、年季が明ければ良人に戻って、貧困に陥った民たちが本俗法の範囲内で売り買いされるのであれば問題はない。養子縁組の風習というのは、同族、同姓の間で不幸にして子供がいないものがあれば遣り取りするものである。さまざまな種族の人たちは生まれた場所も習俗も姓も異なる、そのような中でどうして同じように子供を遣り取りできよう。こうした北人たちは、たとえ証明書があったとしても養子縁組を禁止してしまうのが宜しかろう」という。御史台はこの呈文を認可した。

この上申書を書いた監察御史が誰であったかは詳らかにしないが、当時、江南において〈過房〉〈乞養〉〈典雇〉を隠れ蓑としていかなる事態が発生し、それを当時の中国官僚がいかに解決しようとしていたか、この文書の中に集約的に見ることができる。この監察御史の言によれば、仕官や商賈、軍役等で旧南宋治下に行く北方の〈諸色目人〉というから、その中にいわゆる〈漢兒〉も含まれたであろう、その〈諸色目人〉が〈本俗〉にしたがって〈南人〉の〈男女〉を養子に迎え、北方に連れ帰って奴婢・駈口として転売している、という。また彼は、「貧困に陥った民たちが本俗法の範囲内で売り買いされるのであれば問題はない」とも述べ、「さまざまな種族の人たちは生まれた場所も習俗も姓も異なる、そのような中でどうして同じように子供を遣り取りできよう」とも述べる。「本俗法にしたがって江南のみで」という以上、「〈南人〉と〈漢人〉は〈類〉を異にする」とこの監察御史は考えていたのであり、また、「本俗の典雇の例にしたがって迤北の地に連れて行く」というのだから、「あらゆる〈類〉の中でプライオリティーの最も低いのが〈南人〉である」と考えていたことになる。〈南人〉は〈本俗法〉のプライオリティーが最も低いがゆえに、〈類〉を異にする交流があった際に、常に〈異類〉の習俗に従わなければならない。〈過房〉や〈乞養〉とは元来、儒教的な宗廟観念を基として、〈異姓〉と〈同姓〉を基準につくられた制度であるのに、姓も郷村観念もない〈色目人〉との間に何故そうした〈過房〉〈乞養〉が成立しよう、というのである。この議論から見るに、この監察御史は、「〈過房〉〈乞養〉といった〈類〉固有の制度については〈類〉の中だけで運用するのが望ましい」と考えていたのである。

さてここで、本節の冒頭に掲げた《弟・妹を兄は他家に養子に出してはならない》にもう一度戻ってみよう。

この案件の背後には、すでに述べたように、旧南宋治下の子女たちが組織的に売買されて北方のバザールに集められ、イスラム商人たちの手によってそこから中央アジアやイラン方面、あるいは遼陽や高麗に転売されていく、という現実がおそらくあった。ただしこの転売は、名目的には〈色目人〉たちの〈本俗〉にしたがい、合法的かつ組織的に行われていたはずであり、中国官僚たちが〈過房〉〈乞養〉の原則を叫ぼうと、ほとんど無意味に近いことだったに違いない。では、中国官僚たちはこれをどのように解決しようとしたのか。

注目すべきは、この案件は《弟・妹を兄は他家に養子に出してはならない》を表題とすることである。ここには、〈類〉を異にする人たちの間に生じるプライオリティーの問題は含まれていない。中国官僚たちは考えたに違いない、〈漢人〉と阿里火者兄弟の間に発生した養子縁組を問題にすれば、阿里火者の〈本俗〉にしたがって事件を処理せざるを得ず、李六の弟・李川川は奴魯丁に渡って、そのまま行方知れずになるに違いない。だが、この案件を李六と李川川の間の問題として処理することができれば、「同類みずから相い犯すは、各々本俗の法に従う」、つまり〈漢人〉の〈本俗〉のみにしたがって李川川を取り戻すことができる。すでに示した《漢兒は受け継いではならない》という案件に「漢兒や渤海など旧金朝治下のものたちは『死んだ兄弟の遺産を継承する』という規定の枠内にはない」とあった。中国の伝統的な家族原理は〈父子〉にあるのであって〈兄弟〉にはない。とすれば、兄が決めた〈過房〉〈乞養〉はそもそもが違法であって、阿里火者との間に成立した最初の〈過房〉は〈無効〉とすることも可能だろう。

《弟・妹を兄は他家に養子に出してはならない》という冒頭案件には、モンゴル時代を生きた中国官僚たちが共通して感じたであろう、ある種の無力感がある。が、同時に、そうした過酷な現実をなんとか切り開こうとする、ある種の叡智のようなものも行間に見え隠れするように思われる。

（高橋文治）

第二章　身売りと火事と駆け落ちと

――《借金の形に身売りする場合は、一年限りの契約書を作ること》――

本節は、《借金の形に身売りする場合は、一年限りの契約書を作ること》が記録する〈典雇〉の実態を、南宋期の通俗小説「碾玉観音」が描く世界を通して検討する。〈待詔〉〈養娘〉等の語が持つ原義、当時の良人と奴婢の身分意識や社会における位置づけ、〈遺漏〉や駆け落ちといった問題を概観しつつ、『元典章』が江南の人びとに対して向けていた眼差しの一端を明らかにする。

《典雇立周歳文字》

至元二十二年九月初五日、荊湖行省来咨：「備広東道宣慰司同知呂恕呈：『典雇男女、係亡宋旧弊、傷風敗俗、即非良法。若将江南応係典雇男女、如年限已満、即便放還、如年限未満、元雇価銭、不須回付。仍禁約今後毋得将親生男女典雇。如貧窘之家、急用銭物、無処折挫、依腹裏例、止許立定周歳毎歳月文字。覓貨工依〔吏〕〔使〕喚、年限満日、即便放還』。移准　中書省咨：『各処行省、講議通例、擬定。希咨回示。准此』。参詳、若依所擬、実為相応。准此」。省府仰依上施行。

〔訳〕

《借金の形に身売りする場合は、一年限りの契約書を作ること》

至元二十二年（一二八五）九月五日、〔中書省に〕送られてきた荊湖行省の咨文：
「添付されていた広東道宣慰司の同知呂恕の呈文に次のようにある：
『むすこむすめを借金の形に身売りさせること、これは南宋時代からの悪弊であり、風俗を乱し良俗を損ない、よい習慣ではない。江南の、借金の形になっているあらゆる子どもについては、契約の年限が満ちている人であれば、直ちに家に帰らせ、年限が満ちていない場合でも、借りたお金を返す必要はない〔家に帰らせる〕。今後は親が実の子どもを借金の形に身売りさせることを禁じる。貧困の家において急に金を必要とし、それに換算できるものがない場合は、腹裏の例に従い、ただ一年以内の月日に応じた契約書を作ることを許す。手仕事をする者を雇い入れ、その通りに働かせ、年限が満ちれば、直ちに家に帰らせるようにせよ』
また、中書省に送って返ってきた咨文は次のように言う：
『各処の行省は、今までの通例を検討して案をつくり、咨文にて回答するようお願いする』
〔われわれ行省が話し合った〕参考意見を附した。〔広東道宣慰司同知呂恕が〕この案に従うならば、適切である」
中書省が奏上して裁可を得たところ、以上のように実施せよとのことであった。

一　「典雇男女」という問題

本案件は、旧南宋領で行われていた「典雇《てんこ》男女《だんじょ》」という悪弊について扱う。〈典雇〉とは、〈借金の抵当に労働を提供すること〉であり、〈男女〉とはむすこむすめの意味であるから、「典雇男女」は全体で、子どもを抵当にして親が金を借りることをいう。日本語でいうところの身売りや年季奉公に相当するだろう。案件中に用いられた語彙を拾いつつ、内容をもう少し詳しく見ておこう。

本案件の中心となる呈文を送ってきた呂恕《りょじょ》という人物については、出身経歴共に全くわからないが、後文で「腹裏の例」云々ということからすれば、華北出身の官僚だった可能性が高い。彼はまず、親による子どもの〈典雇〉について、「悪弊である」と断じ、「応係典雇男女（借金の形になっているあらゆる子ども）」は、すべて一旦親元に返すよう求める。「応係」とは、「応有」とほぼ同義だろう。そして、今後は子どもを借金の形にすることを禁止すると述べたうえで、例外規定として「貧困の家」が「無処折挫（換算できるものがない）」場合に限り、「止許立定周歳毎歳月文字（ただ一年以内の月日に応じた契約書を作ることを許す）」ことを提言する。「折挫」は「折措」「折剉」とも書き、何かを金に換算することをいう。「周歳毎歳月」は、意味することが非常にわかりにくい。「周歳」とは普通「一年」の意味であり、「毎歳月」も「毎年月」の意味であるから、そのままで考えるとうまくつながらない。ここでは、「歳月」を「月日」という程度の意味にとり、全体としては「一年以内で、月日に応じて」と解しておく。また、次の「覓貨工依使喚」は、「貨工」が手仕事する者の意であるから、手仕事をする者を雇い、その通りに使え、ということである。要するに、「子どもを借金の形にはするな、やむなくする場合は、期間は一年を限度とし、その間雇用主は契約通りに手仕事をさせろ」というのが、本案件の主旨といってよい。

しかし、そもそも「借金の形として労働力を提供する」、すなわち「雇身」という行為について考えてみると、たとえば「二十四孝」の董永《とうえい》は、父親の葬式を出すお金を得るため、長者に自分の身を売ったことで、二十四孝の一人に数えられることになった。董永の身売りは、普通「売身」という言葉が使われるが、実際には一定の労働を提供した後に自由の身となるので、結局「雇身」と同義である。中国において「雇身」それ自体が悪だとされていたわけでは決してない。

また、『元史』巻百二「刑法志」「戸婚」には、次のような条文が見える。

むすめ（原文は女子）を借金の形にしたり、他人の子ども（原文は子女）を借金の形にすることは、ともにこれを禁じる。もしすでに借金の形にしており、婚姻の礼を行って妻妾とすることを願う場合は、それを許可する。

この条文では、「女子」といい「子女」というが、後者は「人の」つまり他人の子どもを典雇することの禁止であるから、自分の子どもの典雇で禁じられているのは「女子」のみで、「男子」の典雇は法的に許されていたことになる。

さらに、冒頭案件は至元二十二年に出されたものだが、同じく『元典章』「刑部 十九」「諸禁」「禁誘略」が収める至元二十九年に出された《弟・妹を兄は他家に養子に出してはならない》には、「父母が自身の子を他家に養子に出してよいという決まりはある」との記述が見える。本書の別のところですでに論じられたように、「過房乞養」と呼ばれる〈養子縁組〉は、実質的には人身売買の口実となっていた。上記案件の場合も、「養子」が「雇身」であったことは疑いない。親であれば子どもを借金の形にできる、といっていることになる。

以上を矛盾のないように考えると、次のようになるだろう。近代以前の中国社会において、〈典雇〉そのものは問題視される行為ではなかった。しかし、『元史』の記述で特に「女子」が取り上げられ、『元典章』「刑部 十九」「諸禁」「禁典雇」の条に「女」に関連する案件が多いことが示唆するように[1]、女性が雇身される場合の弊風が問題だった。冒頭案件でも「男女」というが、実際には「女」の方だけが問題視されていると考えてよい。

また、冒頭案件が「一年ごとに契約書を作れ」「年季が満ちたら直ちに帰らせろ」と強く求めていることも注意すべきであろう。「雇身」は年季奉公であるから、年季が満ちれば借金は返済完了となり、その後はもとの家に帰るはずである。ところが、元・王惲《おううん》の『烏台筆補《うだいひつぼ》』に見える、「自身を抵当に借金をした平民は期限が満了すれば労働を金に換算することについての意見書」には、次のようにいう。

中都にいる零細な民は、事情によりしばしば富裕の家に身売りし、下働きとなっている。たとえば、長春宮にいる三十余人の者たちは、期限が来ても返す金がなく、それから数年経っても賎しい仕事に就いたまま、親子・夫婦でそこから抜け出せないでいる者がいる。

「期限が来ても返す金がない」というのは、年季奉公としては元来あり得ない。働いて返しているはずにもかかわらず、年季が明けたときにまだ借金が残っていてそれを返せないということは、返すよりも早く何らかの理由で借金が増えていき、結局いつまでも返し終わらないという、現在のサラ金にも似た仕組みが存在していたことを窺わせる。また、「乞養」や「過房」が実質的には人身売買であったように、「雇身」でも最初の金額が高額すぎてとても返しきれるものではない場合は、人身売買と同義となりうる。年季奉公といいつつも、一度雇身したが最後、年季が満ちても帰ってこない、もしくは帰ってこられない、というのが、おそらく多くの場合の実態だったのである。

このように、雇身したあるいはされた人びとは、そのまま一生主家の財産、労働力として使役されることになると思われるが、ここで気をつけねばならないのは、当時の社会にはもともと、先祖代々子々孫々人に使役される立場の人びとが存在したということである。古来〈奴婢〉と称され、戸籍をもたず売り買いも自由にできる彼らを、元代には〈駈口《くこう》〉と呼んだ。元・陶宗儀《とうそうぎ》の『南村輟耕録《なんそんてっこうろく》』巻十七「奴婢」の条には、次のようにいう。

今のモンゴル人及び色目人に所有される人びとは、男を「奴」、女を「婢」といい、「駈口」と総称する。建国当初に諸国を平定したとき、捕らえた男女を娶せて夫婦にし、生まれた子孫は永遠に奴婢ということにした。

（1）『元典章』巻五十七「禁典雇」の条が収める案件の標題は、収録順に以下の通りである。「典妻官為収贖」「禁主戸典売佃戸老小」「典雇立周歳文字」「禁典雇有夫婦人」「典雇男女」「典雇妻妾」「典雇有夫婦人贓鈔」「禁典雇蒙古子女」。

また、官府の証明書付きの取引で売買された人が転売されて、転売の際の納税証明と契約書付きの奴婢もいる。だから、良人を買って駈口とすることは禁じられている、ということなのである。また、「陪送」というのは、むすめの嫁入りに奴婢として連れていかれた者たちである。奴隷は奴隷同士での結婚のみが認められ、良人の家のものと婚姻を結ぶことは通例として許されず、良人の家の側が駈口のむすめを娶ることを望む場合については許可される。……『説文《せつもん》』には、「奴婢というのは皆もとは罪人である」とある。今の奴婢は、その先祖は罪人ではなく、しかも世々代々その身分から抜け出せない、なんと痛ましいことであろうか。また、奴婢が生んだ子供は、「家生孩兒」ともいう。(2)

陶宗儀によれば、奴婢となる人びとには次の三種類がある。一つ目は俘虜、二つ目は罪人、そして三つ目がそれら俘虜や罪人の子孫、すなわち「家生孩兒」である。一つ目について補足していえば、元朝期においては投下の戸籍〈投下戸〉があった。元に占領された土地は、そこに住む農民ごと「分撥《ぶんぱつ》」され、諸王や后妃などに所有物として分け与えられた。彼ら〈駈口〉は「世々代々その身分から抜け出せない」。しかも、陶宗儀が「良人の家のものと婚姻を結ぶことは通例として許されない」というように、〈駈口〉と良人とは、本来行き来不可能な身分の区別であった。

しかるに、雇身の結果主家の所有物となるのは、上の区別でいえば良人であり、奴婢ではない。年季が明ければまた良人に戻ることができる。しかし、何らかの事情でそのまま元の家に戻らなければ、それはとりもなおさず、主家の奴婢になるということを意味する。王惲の意見書にある「親子・夫婦でそこから抜け出せないでいる者」とは、この雇身の結果として奴婢となった者といえるだろう。

では、良人（特にむすめ）が雇身されて、そのまま主家の奴婢となるという情況が、なぜそれほど問題視されるのだろうか。冒頭案件で呂恕はこれを「亡宋旧弊」と称するが、それはいったいどのような習慣・観念であったのだろうか。本章では、以下、南宋時代に生み出され、元朝期に出版された話本小説を見ることによって、その「弊」の実態について検討してみたい。

二　「碾玉観音」の身分関係——郡王に属する人たち

『京本通俗小説《けいほんつうぞくしょうせつ》』と呼ばれる話本集に「碾玉観音《てんぎょくかんのん》」という、まさに江南地域における「女子の典雇」の具体例ともいうべき小説が収録されている。(3) 小説のあらすじを簡単に示しておく。

紹興年間（南宋高宗の年号、一一三一～一一六二）、咸安郡王《かんあんぐんおう》は春の遊覧から帰る途中、臨安《りんあん》（今の杭州市）の銭塘《せんとう》門内・車橋の辺りを通りかかり、轎《かご》の中から一人の女を見初める。その女は表具屋の〈璩待詔《きょたいしょう》（璩は姓、待詔は職名）〉のむすめであった。郡王は〈虞候《ぐこう》〉を使者に立ててその女を買い取り、〈養娘《ようじょう》の秀秀〉として年季奉公に

(2) 原文は以下の通りである。「今蒙古色目人之臧獲、男曰奴、女曰婢、総曰駆口。蓋国初平定諸国日、以俘到男女匹配為夫婦、而所生子孫永為奴婢。又有曰紅契買到者、則其元主転売於人、立券投税者是也。故買良為駆者有禁。又有陪送者、則摽撥随女出嫁者是也。奴婢男女止可互相婚嫁、例不許聘娶良家、若良家願娶其女者聴。……説文、奴婢皆古罪人、夫今之奴婢、其父祖初無罪悪、而世世不可逃、亦可痛已。又奴婢所生子、亦曰家生孩兒」。

(3) 「碾玉観音」には、『京本通俗小説・雨窓欹枕集・清平山堂話本・大宋宣和遺事』（平凡社、中国古典文学全集、一九五八）の吉川幸次郎訳と、『宋・元・明通俗小説選』（平凡社、中国古典文学大系、一九七〇）の松枝茂夫訳がある。ただし、後者は明・馮夢龍編『警世通言』を底本としており、題を「崔待詔生死冤家」とする。

図19 『警世通言』「崔待詔生死冤家」の挿絵

潭州で店を開いた崔待詔を郭排軍が訪ねた場面。店の軒には「碾玉生活（玉細工）」の看板が掛かり、左下の題記には「誰が家の稚子か榔版（ふなばた）を鳴らし、鴛鴦を驚起せしめて両処に飛ばしむ」と書かれる。

上がらせた。

ある日、臨安で火事が発生し、火は咸安郡王の屋敷にも及んだ。逃げ遅れた秀秀は、郡王お抱えの玉細工師〈待詔の崔寧《さいねい》〉に助けられ、火事の混乱に乗じてそのまま駆け落ちしてしまう。二人は臨安から遠く離れた潭州《たんしゅう》（今の長沙市）に落ち着き、崔寧はそこで玉細工の店を開く。

それから一年ほどして、たまたま潭州を訪れた咸安郡王お屋敷付きの供回り〈排軍《はいぐん》の郭立《かくりつ》〉は、偶然見かけた崔寧の跡をつけ、二人が暮らす店を発見する。臨安に連れ戻された二人だったが、崔寧は臨安府の役所で取り調べを受け、秀秀は郡王の屋敷に連行され、やがて崔寧は建康府（今の南京市）へと流罪になる。建康府へ護送されるその日、秀秀が崔寧を追いかけてきて、二人は建康府で生活を始める。

そんなある日、以前郡王の命により崔寧が彫り上げ、郡王が皇帝に献上した玉製の南海観音の鈴が落ち、崔寧はその修理のために臨安に呼び戻される。観音を直した崔寧は、そのまま皇帝の許しを得て、再び臨安で暮らし始める。崔寧の店の前を通りかかった郭立は、店番をしていた秀秀をみて仰天し、幽霊が出たと郡王に報告する。秀秀は潭州から連れ戻されたとき、郡王に打たれて死に、そのまま裏庭に埋められていたのである。

疑う郡王に、郭立は秀秀を連れて来ることを約束するが、彼女を載せた轎が屋敷に着くと、彼女の姿は消えてない。郡王は怒り、崔寧を呼び出して事情を尋ね、郭立は五十叩きの刑に処し、崔寧は無罪放免とする。

自宅に帰った崔寧は、待ち構えていた秀秀に憑り殺される。

紹興年間の臨安を舞台に、郡王邸を巡る人びとを中心として展開されるこの小説には、そこに描かれた物語世界を理解するために重要な、幾つかのキーワードがある。それは、〈開府〉〈虞候〉〈待詔〉〈養娘〉等、登場人物たちの「身分」を表す言葉である。郡王邸は、いったいどのような人びとで構成されていたのだろうか。

まず、舞台となる郡王邸であるが、本文中では「郡王府（もしくは「府」のみ）」と称される。この「府」とは〈開府〉のことで、府署を置き、そこに公私にわたる僚属を配置することを許された高位高官（王や将軍、宰相等）をいう。ここにいう公・私とは、それぞれ日本の天皇制度における内閣（公的行為の責任機関）と宮内庁（生活一般の雑務を執り行う）をイメージすればよいだろう。

この「郡王府」の主人は、「関西延州延安府人」「三鎮節度使」「咸安郡王」と紹介されることから、南宋初期に活躍した将軍、韓世忠《かんせいちゅう》（一〇八八～一一五一）と比定されている。韓世忠は紹興十三年（一一四三）に咸安郡王に封ぜられるが、それより遥か以前から節度使として活躍しており、〈開府〉であった。先にも述べたように、〈開府〉には私的僚属、すなわち個人的な日常生活や食邑等の財産管理を行う、いわば「家の子郎党」と女たちがいた。「碾玉観音」に登場する郡王邸の人びとは、ほとんど全てがこの私的僚属に当たる。

その代表格が、物語の最初で交渉役として登場する〈虞候〉と、秀秀たちを捕える際に臨安府に差し向けられた〈幹辦《かんべん》〉と呼ばれる人びとである。〈虞候〉という呼称は古くから官名に存在し、宋代には両司三衙と呼ばれる禁軍を統括する役所が「都《と》虞候」という役職を設けていたことが知られている。また、〈幹辦〉は「幹辦公事」「勾当《こうとう》公事」とも称され、元来は制置使や安撫使等、朝廷における役人の属官を意味する。〈幹辦〉はまた〈都管《とかん》〉とも呼ばれるが、〈都管〉も朝廷で使われる官名の一つであった。ただし、もちろんこの小説において、これらは役職名などではない。たとえば吉川幸次郎が彼らを「用人」「事務官」等と訳し、南戯『宦門子弟錯立身《かんもんしていさくりっしん》』に登場する〈都管〉の開口一番の自己紹介が「ガキの頃からお屋敷につとめ、屋敷中の人がおいらに会えば大喜び、皆に重宝がられておりまする、いつも大旦那様のお供を仰せつかり、屋敷の内幕なら何でも承知」であることからもわかるように、ようするにお屋敷内部で主人の傍に控えて雑役全般を担う者たちの総称である。

では、彼らはどのようにして郡王の私的僚属となったのか。その来歴を考えるうえで参考になるのは、元曲『竹《ちく》塢聴琴《うちょうきん》』の主人公・鄭彩鸞が、〈都管〉に向かっていう次のせりふである。

> じいや（原文は都管）、こちらにおいでなさい。お前は私がどうして二枚の証文を書いているのかとお思いかもしれないが、一枚は、お前が年を取ったので、奴婢から普通の身分に戻してあげるための証明書。

お嬢さまから「普通の身分になるための証文」をもらうのだから、それはとりもなおさず、この〈都管〉と呼ばれる者が、お金で買われて奴婢となったことを意味するだろう。その傍証として、宋・呉自牧《ごじぼく》の『夢粱録《むりょうろく》』巻十九「雇覓人力」の条を見よう。東洋文庫『夢粱録』（平凡社）梅原郁の訳にしたがう。

> すべて下働きや使用人を雇うときには……その人たちには次のような種類がある。――次に、王府のお屋敷の中の御用がかりには、都知、太尉、直殿、御薬、御帯など。このうち監寺などの役所では、大夫、書表司、庁子、虞候、押番、門子、直頭、轎番（籠付き）の小厮兒、厨子（料理人）、火頭（飯炊き）、香灯係の道人、園丁

などを雇い入れる。――いずれも口入れ屋組合の親方が連れてくる。もし逃げ出したり、品物を拐帯すれば、地元の保証人が出かけて探してくる。王府をはじめ官員や富豪の人たちが、寵妾、歌童、舞女、厨娘（炊事女）や針線供過（お針子）などさまざまな婢妮（はしため）を雇い求める場合は、やはり公私の仲介媪や口入れ人がいて、命じさえすれば、直ちに按配して連れてくる。

要するに、〈虞候〉〈幹辦〉〈都管〉などの呼称を問わず、彼らはみな金で買われて主家の奴婢となった人びとなのである。

次に、郡王の私的僚属として忘れてはならないのが、駆け落ちした秀秀たちを発見する〈排軍の郭立〉である。〈排軍〉とは、軍隊における下っ端兵卒を広く指す語である。彼は「十幾つかの役所に勤めてきた」とされるので、その経歴のどこかで〈排軍〉となったことがあるのだろう。現在は郡王邸で供回りをしているが、役所勤めをしていたときの官名がそのまま屋敷内での呼び名として使われているものと思われる。ただし彼は、郡王が臨安に来てから郡王邸に入ったわけではない。本文中で「小さな頃から郡王に仕え」、郡王と同じ「関西人」であると説明されることからすれば、彼（あるいは彼の家族）は郡王の上京に伴われてきたものと推測される。前節に引いた『南村輟耕録』の最後に、「奴婢が生んだ子供は、『家生孩兒』ともいう」とあったが、郭立はおそらく「家生孩兒」であった(4)。

このようにみてくると、郡王邸の私的僚属はほとんどみな奴婢ということになるのだが、この物語において一つだけ、良人として郡王邸に属する身分が存在する。それが〈待詔〉である。崔寧は郡王府の「碾玉〈待詔〉」の一人

（4）前引『錯立身』の〈都管〉も、この「家生孩兒」である可能性が高いだろう。

であった。

〈待詔〉とは、何らかの技術を持つ職人に対する尊称として、宋元期の民間で用いられた語である。文字通り「詔を待つ」と言う意味である〈待詔〉が、職人の尊称として用いられるのは、職人が元来朝廷直属の存在であったことに由来する。彼らは良人として、朝廷の命によって割り当てられたものを作り、それを税金として納める。たとえば、唐代の伝奇小説「霍小玉伝《かくしょうぎょくでん》」には、次のようなくだりがある。

侍女の浣沙に命じて紫玉の釵一只を、〔質屋の〕景先の家に行って換金させることにした。道中で〈内作〉の玉細工師の老人に出会った。浣沙の持っている釵を見て、〔老玉工は〕近づいてその釵を検分していった、「この釵は私が作ったものだ。昔、霍王のお嬢さまが髪上げする時に、私に作らせて、大金を下さった。忘れたことなどない。おぬしはいったい何者だ、どうしてこれを手に入れたのだ」。

〈内作〉とは宮廷内の調度品や器物を作る工房をいい、この老人が朝廷に属する職人であったことが知られる。元代においても職人は役に立つ存在として重視され、朝廷によって一括管理されるのが基本であった。前引の王惲『烏台筆補』には、「甲局の首領官張涇が官営工房の作業を私したことを弾劾する意見書」も収められており、次のようにいう。

今、実地に調べた所によれば、中都甲局の首領官・張外郎は、至元四年、五年（一二六七、一二六八）に、よろい職人の劉仲礼を私し、ひそかに工料・鈔四十四両五銭を取って、劉仲礼が作るべきよろいを他の職人にひとつひとつ強制して作らせせた。

ここには、元代の職人たちが中都（今の北京市）甲局という部署に集められて管理されていたこと、彼らにはそれぞれに割り当てられた仕事があったことが明記されている。

彼らはもちろん、秀秀の父親のように市井で商売することもできたし、崔寧や老玉工のように貴顕の屋敷で御用職人として雇われて働くこともあった。しかし、同じ「雇われて働く」とはいっても、彼らの場合は決してその屋敷の奴婢となることを意味しない。崔寧が郡王府を「うちのお屋敷」と呼ぶように、所属意識は存在しても、彼らは身分的にはあくまでも良人であった。

では、郡王家に入って〈養娘〉となった秀秀はどうか。原文「秀秀養娘」を、たとえば吉川幸次郎は「秀秀の方」と訳している。〈待詔〉のむすめである秀秀が身分としては当然良人であること、後文で崔寧が彼女に対して「小娘子（奥さま）」と呼びかけていることなどによる訳語と思われ、たしかに〈養娘〉は「奥方」と理解してよさそうに見える。だが、本当にそれで良いのだろうか。実はこの〈養娘〉の語こそ、「碾玉観音」の物語を考えるうえで極めて重要な、身分関係のキーワードなのである。

〈養娘〉の語は、宋元から明代にかけて、通俗小説などに散見する。たとえば、陸鈔本の元・高明《こうめい》『琵琶記《びわき》』(5)の例を見ておこう。第三出の冒頭、末扮する牛丞相家の「院子（執事・年寄下男）」が、屋敷や姫君のすばらしさを褒め称えているところに、「老姥姥」と「惜春養娘」の二人が登場してくる。

〔末が登場して言う〕……やや、おかしなことだ、乳母どのと養娘の惜春どのが踊りながらやってくるぞ。いったい何をしておいでなのか。〔浄が乳母に扮し、丑が惜春に扮して、舞いながら登場する〕……〔丑のせりふ〕

（5）元刊本を写したものといわれる陸鈔本『琵琶記』にしか、この「養娘」の語は登場しない。汲古閣本では「惜春姐」に作る。本章では、銭南揚『元本琵琶記校注』（上海古籍出版社、一九八〇）を参照した。

執事どの、あなたはご存知あるまいが、私はお嬢さまに窮屈な目に遭わされております。

ここの〈養娘〉について、銭南揚《せんなんよう》は「即ち侍婢なり」と注する。ただし、陸鈔本では「惜春養娘」がどういう立場にあるかを明示する記述はない。おそらく汲古閣本《きゅうこかくぼん》の『琵琶記』第三齣に「老姥姥」の語として「私と惜春はお嬢さまにお仕えしております」とあることや、本出後文で登場するお嬢さまに、一緒にお針仕事をしなさいといわれていることなどから、銭南揚は〈養娘〉を侍女であると判断したのであろう。

また、『金瓶梅』第十回、李瓶児《りへいじ》について説明する箇所で、次のような記述がある。

〈李瓶児は〉はじめは大名府の梁中書の妾だった。梁中書というのは、つまり東京の蔡太師の女婿で、夫人がとても嫉妬深く、妾や女中を叩き殺しては奥庭に埋めていたという人。そこでこの李氏は、表側の部屋に住み、〈養娘〉に面倒を見てもらっていた。……この李氏も西洋真珠百個と、二両の目方のある黒の宝石一対を持って、〈養娘〉媽媽と一緒に東京の親戚の家に逃れた。

李瓶児の〈養娘〉は、年齢的には惜春ではなく「老姥姥」に近いだろう。彼女については、第十三回でも李瓶児自身が「私の小さい時からの〈養娘〉で、腹心の者」と説明している。

今度は時代をさかのぼって、宋代の文人黄庭堅《こうていけん》には次のような詞がある。

「宴桃源」

書趙伯充家小姫領巾

天気把人僝僽。落絮游糸時候。茶飯可曽忺、鏡中羸得銷瘦。生受。生受。更被養娘催繡。

趙伯充《ちょうはくじゅう》家の姫君のスカーフに記す

ああ嫌な天気。柳の絮が飛び蜘蛛の糸が漂う春の季節。食事も楽しくない。鏡に映る姿はやせ衰えていくばかり。辛い、辛いわ。そのうえ〈養娘〉からは刺繡しろとせっつかれるなんて。

この「宴桃源」詞は、元祐二年（一〇八七）の作とされ、黄庭堅は当時中央の官職に就いていた。詞題に見える趙伯充は、名を叔益といい、宋の宗室の一員である。黄庭堅は、彼の屋敷で開かれた宴席に参加し、その場でこの作品を作って書き付けたものと考えられる。

詞はまず春の気候から詠い起こされる。「把」は現代中国語と同じく目的語を導き、「僝僽」は愁いや恨めしい気持ちをいう双声の語であるから、全体で「春の気候が私を憂鬱にさせる」の意。三句目、「可」は強調の反語で、麗しい春だがどうして楽しいことがあろうか、と述べる。そして、自分は愁いでやせ衰えていくばかりなのに、更に「生受〈辛い〉」なことには、〈養娘〉から刺繡をしろとせっつかれる、という。春愁の情緒を理解しない〈養娘〉が野暮なだけに、詞全体が諧謔味を帯び、宴席にふさわしい戯れの作となっている。

興味深いのは、ここに登場する〈養娘〉が惜春とは逆に、針仕事がおろそかになるお嬢さまを叱咤する立場にあるということである。本詞における〈養娘〉は、おそらく李瓶兒の〈養娘〉の如く、一種の乳母のように、お嬢さまが赤ん坊の頃から傍にいる「付き人」なのであり、世話係であったと考えられる。

以上の例から帰納するに、おそらく〈養娘〉の養は、「世話をする」「育てる」の意、また娘は女性に対する一種の敬称であり、〈養娘〉でお嬢さまや奥さまの世話をする侍女・女中の意であったとするのが妥当なのである。彼女たちが年を取れば、「老娍娍」「媽媽」とも呼ばれるようになる。図らずも『琵琶記』の「老娍娍」が、「把我這里做丫頭、做丫頭老了（ここに女中奉公にやられ、女中奉公をしている間に年老いてしまった）」と述べるのが、彼女たち〈養娘〉の在り方を端的に示しているといってよい。〈養娘〉とは女中なのであり、元が良人であろうと、〈養娘〉として屋敷に入った時点で、年季が明けるまでは（多くの場合は一生）主家の奴婢となるのである。

ところが、「碾玉観音」では、良人である崔寧に秀秀を「小娘子」と呼ばせ、夫婦となって駆け落ちするまでは、終始へりくだった態度をとらせている。それは、とりもなおさず崔寧（あるいは当時の人びと）にとって、元来の在り方はともかく、〈養娘〉が「奥方（妾）」を意味したことを示している。そして、このような「女中奉公」の実態こそが、冒頭案件が問題としていた「女子の典雇」の「弊」に他ならなかった。(6)すなわち、典雇されて貴顕の屋敷に入ったむすめは、仮に名目上は刺繍などの「貨工」のためであったとしても、実際には主人の「妾」となるのが常だったのである。

ちなみに、典雇によって「妾奉公」することとなったむすめがその後辿る道には、大きく二つある。一つは、『琵琶記』の「老姥姥」のように、そのまま一生主家の女中として生きる道、もう一つは、やはり『京本通俗小説』所収の「至誠張主管《しせいちょうしゅかん》」に登場する「小夫人」のような道である。「至誠張主管」で、糸問屋の張士廉の妾となるのが「王招宣府裏出来的小夫人」。彼女はちょっとした言葉の過ちで王招宣《しょうせん》の不興を買い、「随身房計（支度金）」付きでどこかへ嫁にやられることになった、という来歴の女性であった。「碾玉観音」でも、郡王は「〔秀秀は〕年季が明けたら崔寧の嫁にやろう」というのだが、彼女たちは時には財産付きで、他所（良人）に下げ渡されることがあったのである。(7)

いずれにせよ、「女子」が「典雇」されるということの実態とその後が、これら通俗小説や戯曲の〈養娘〉たちによって、図らずも描き出されていることになる。死ぬまで奴婢として女中奉公をするか、主人の目にとまって妾奉公した後に屋敷の外に払い下げられ良人に戻るか。黄庭堅の時代から『元典章』の時代、そして明代になっても、

「女子の典雇」の内実はおそらく何も変わっていないのであった。

三　〈遺漏〉とかけおち

本節では、崔寧や秀秀が物語の展開する中で取る行動が、『元典章』ではどのように扱われ、どういった現実を反映しているのかを考えていくことにしたい。

「碾玉観音」に描かれる情節の中でとりわけ重要なのは、臨安の街を襲う〈遺漏《いろう》〉であろう。〈遺漏〉は火事を意味する語である。[8] 臨安を中心とする江南地域は当時極めて火事の多い地域であった。[9] 宋代の都市の防火体制を、宋・孟元老《もうげんろう》の『東京夢華録《とうけいむかろく》』巻三「防火」の記述によってみておこう。訳文は平凡社東洋文庫のそれにしたがった。

（6）「碾玉観音」の本文中には、「典雇」の語こそ出てこないが、郡王から璩夫妻に「身価（身代金）」が与えられ、「待秀秀満日（秀秀の年季が満ちたら）」という記述があることからすれば、秀秀の女中奉公が事実上の「典雇」であったこと、疑いない。

（7）財産付きの払い下げは、郡王や王招宣が〈開府〉という高い身分の人であるから可能なのであって、市井でもすべてそうであったとは限らない。

（8）『宋史』等では火事は「火」や「大火」と記すのが普通で、筆記でも「遺火」といういい方が散見する程度である。元代になると、『元史』巻百五「刑法志」「禁令」に「諸遺火」の項目が見え、『元典章』「刑部 十九」「諸禁」に「禁遺漏」という項目が立つように、公文書で「遺火」「遺漏」が用いられる例が増加する。この「遺火」と「遺漏」は、少なくとも元典章の中においては明確な区別なく使われているように思われる。

（9）とりわけ紹興年間の臨安は、ずばぬけて火事が多かったことで知られ、『宋史』等の記述によれば、紹興年間だけで少なくとも二十二回の大火があったことがわかっている。梅原郁「南宋の臨安」（『中国近世の都市と文化』、京都大学人文科学研究所、一九八四）参照。

どの町々にも、およそ三百歩ごとに警邏詰所が一つあり、五人の邏卒《らそつ》がいて、夜間の見回りをしたり、事務をとったりしている。また高いところに煉瓦で火の見楼を築き、楼の上には見張りのものがいる。その下には数部屋の番所があって、兵隊百人余りが詰めているほか、火消し道具、たとえば大小の水桶、洒子、麻搭、斧、鋸、梯子、火叉、大綱、鉄猫兒など一式を備えている。火を出したところがあれば、騎兵が急ぎ軍廂主へ注進に及ぶと、侍衛馬軍司、歩軍司、殿前司の三衙と、開封府庁とが、それぞれ所属の兵隊を引きつれて消火に出動し、市民の手を煩わさない。

これは北宋の都汴京（今の開封市）の様子であるが、臨安についても宋・呉自枚の『夢粱録』巻十に類似の記述があり、やはり望楼や軍兵の配置などがあったことが知られる。ただし、当時の消火活動というのは、周りの家々を取り壊して延焼を防ぐというものであり、しばしばその被害は甚大になった。そして当然、火事の混乱に乗じた犯罪もまた多かった。『元典章』「刑部　十九」「諸禁」「禁遺漏」には、《遺火搶奪（失火現場における強盗）》という次のような案件が収められている。

兇徒悪党乗風火驚擾之際強奪財物、比同白昼搶刼、枷令示衆、照依強盗通例科断。如巡捕軍人弓兵、救火人丁乗時持仗搶奪財物、比之百姓加等断刺。致傷人命者、依強盗殺人定論。

〔訳〕
無頼の者やならず者たちが火事場の混乱に乗じて家財や物品を強奪したならば、昼間の強盗の事例と同様に、枷令して民衆に晒させ、強盗のきまりに照らし合わせて裁断する。もし巡捕の軍卒・弓手の兵卒、消防の人丁が混乱した状況に乗じて凶器を所持し、家財物品を強奪したなら、この場合は民間の人びとよりも一等を重くして裁断し、刺青を施す。人命を奪った

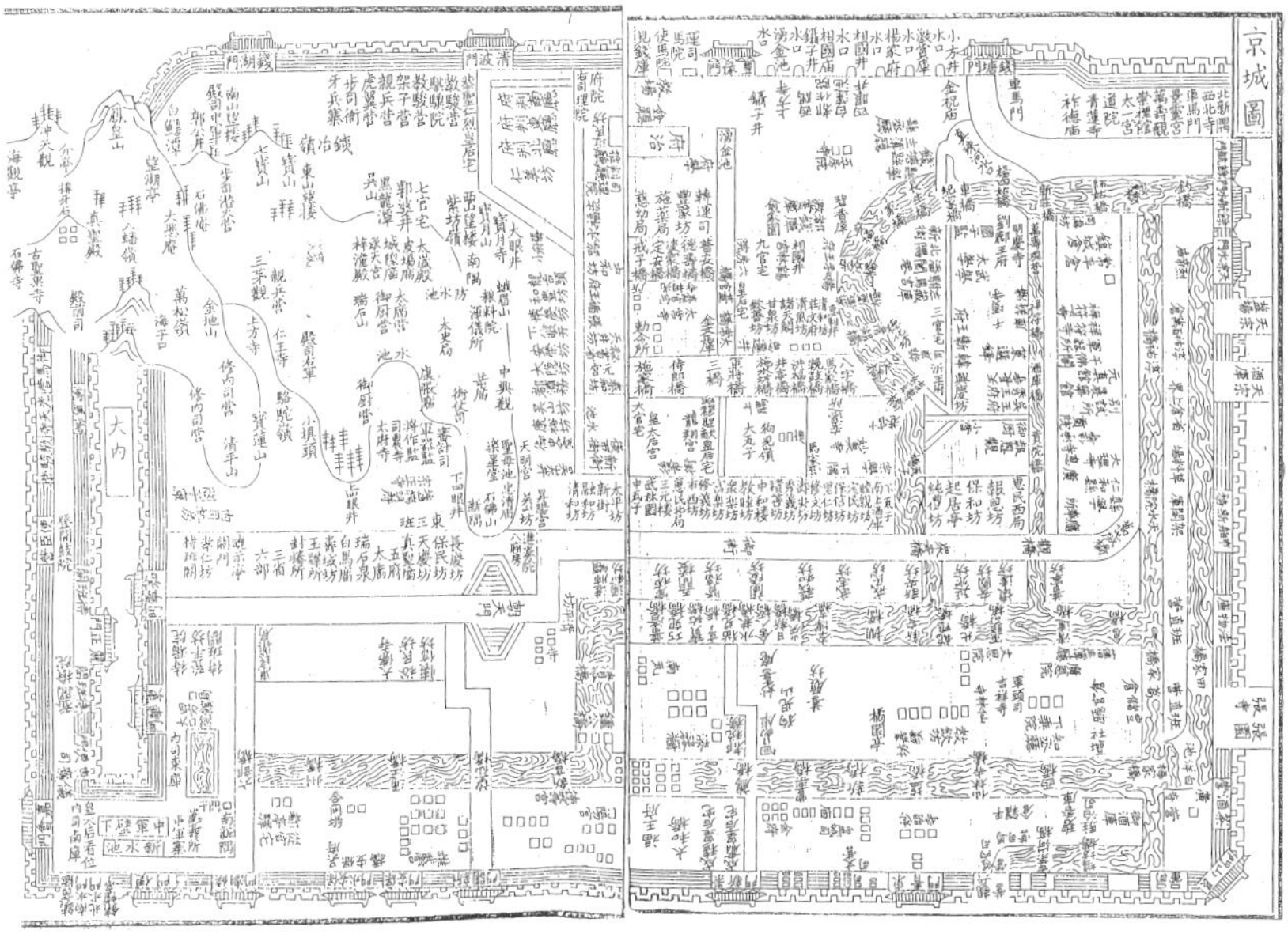

図20 『咸淳臨安志』に付された、南宋時代臨安の地図

者は、強盗殺人のきまりに照らし合わせて罪を裁決する。

消防活動に従事する者による火事場泥棒に関する裁決だが、当時の消防道具には、斧や火叉（とびぐち）のようにしばしば凶器まがいのものがあったことも、火事場泥棒の被害を助長したこと、容易に想像がつく。

さて、「碾玉観音」では、〈遺漏〉が郡王邸付近の井亭橋《せいていきょう》で発生する。たまたま近くで酒を飲んでいた崔寧が、すわ一大事と駆けつけた屋敷で目にしたのは、次の光景であった。

お屋敷に駆けつけたときには、もはや何もかも運び出した後、ひっそりとして人っ子一人いません。……左の廊下を進むと、一人の婦人がよろよろと書院（原文は府堂）から出てきて、ぶつぶつ独り言をいいながら、トンッと崔寧にぶつかりました。みればお女中の秀秀です、崔寧は二三歩下がって小声で挨拶いたしました。……秀秀は手に袱紗にいっぱいの貴金属を提げ、左の廊下から出てきたところを崔寧とぶつかったのです。

邸内に最後まで一人残り、書院から金銀を詰め込んだ袱紗を持って出てきた秀秀。決して文中に明記されているわけではないが、ここで描かれているのは、おそらく秀秀による火事場泥棒であった。秀秀はその現場を、図らずも崔寧に見つかってしまったのである。

秀秀は見つかったのが崔寧であったのを幸い、逃げ遅れたので家に連れていってくれと要求し、今度はそれを盾に夫婦になるよう脅迫する。緊急事態とはいえ、秀秀を自宅に連れ帰ったのが郡王にばれたら、崔寧は郡王からの信用を失うだろう。ましてや、いくら口約束があったとはいえ、年季明けを待たずに秀秀と夫婦になることは、郡王の財産（奴婢）を盗むのと同義である。ここにおいて、火事場泥棒をした秀秀も、その秀秀を連れ出してしまった崔寧も、ともに「郡王に見つかったらおしまい」という状況に置かれてしまった。

最終的に崔寧は、「夫婦になり、金目の物をもって、火事の混乱に乗じて逃げ出す」、すなわち「駆け落ち」を選択する。しかし、『元典章』「戸部　四」「婚姻」「駈良婚」の条には、《逃駈妄冒良人為婚（逃亡した駆口を良人と偽って婚姻すること）》という次のような案件が見える。

勘責到逃駈王納単朮招伏：壬子年於本使王里伯朮戸下作駈口附籍、至元二年背使在逃、至元五年娶訖香河県良人故楊偉妹楊粉兒為妻。……旧例：妄以奴婢為良人而与良人為夫婦、徒二年。奴婢自娶者、亦同。各還正之。

〔訳〕
逃げ出した駆口の王納単朮を尋問して得た供述に、「壬子の年（一二五二）、主人である王里伯朮の家で駆口となりました。至元二年（一二六五）に主人に背いて逃亡し、至元五年に香河県の良人、故楊偉の妹楊粉兒を妻としました」という。……旧例には、「奴婢を良人と偽って、良人と夫婦にした場合、二年の徒刑とする。奴婢が自分で婚姻した場合も、同じである。それぞれ元の場所に返せ」とある。

王納単朮は「壬子の年に駈口になった」というから、おそらく秀秀らと同様、良人が典雇の結果奴婢となったものと考えてよいだろう。これは逃げ出した奴婢が男性のパターンだが、女性の場合も同じであること、いうまでもあるまい。また、『元典章』の同巻同所には《良人は駆口を娶ってはいけない》という案件も見えている。ようするに、年季付きであろうがなかろうが奴婢である者と良人との結婚は認められていなかったのである[10]。

罪を重ねて駆け落ちした二人は、臨安から二千里余りも離れた潭州に落ち着き、崔寧は玉細工の店を構えて秀秀と暮らし始める。ところが、平穏に一年以上も暮らしたある日、郡王の使いで潭州を訪れた〈排軍の郭立〉に、二人は発見されてしまう。崔寧たちはあっというまに捕らえられ、臨安に連れ戻される。そしてその後、崔寧は臨安府に送られ、秀秀は郡王府の裏庭へ連行されるのである。

ここから、二人の立場の違いと、それを当然とする当時の意識をうかがうことができるだろう。〈待詔〉すなわち良人である崔寧には、犯罪を犯した場合でも公的な裁きを受ける資格がある。郡王といえど、良人を勝手に裁くことは許されない。崔寧は建康府への徒刑に処されるが、後に皇帝に認められて都に戻ると、「郡王なんかもう怖くない」とうそぶいて、堂々と暮らすことができるのである。

これに対して、〈養娘〉の秀秀は主家の財産（奴婢）である。前引『南村輟耕録』「奴婢」の条で省略した部分に

（10）前引『南村輟耕録』にも、奴婢と良人の婚姻は禁止されている旨の記述が見えていた。

は、実は次のような一文があった。

刑律に、無許可で牛馬を屠った場合、百回の棒たたきである。駈口を殴り殺した場合、普通の人（を殺した場合）と較べて一等減らされ、百七回の棒たたきである。奴隷を牛馬と同じと見なしているためである。

奴婢は「普通の人」ではない。また、『元典章』「刑部 四」「諸殺」「殺奴婢娼佃」には、奴婢を殺しても主人は軽い罪にしか問われない、という案件が複数見える[11]。奴婢が主人の怒りに触れる行為をした場合、主人による奴婢への私刑が、法的にもかなり容認されていた、ということになる。むしろ、私刑が当然であったとすらいえるかもしれない。そして、主人側が権力者であればあるほど、その傾向が強まったであろうこと、想像に難くあるまい。実際、秀秀は郡王に「打死」され、そのまま埋められてしまうが、郡王は「秀秀はわしが殺して裏庭に埋めた」といってはばからないのである。そこに罪の意識は毫も感じられない。これが主人と奴婢との関係の現実であった。

この現実に対して、殺された秀秀（奴婢）の側はどのように感じていたのか。象徴的なのは、小説の最後で命乞いする崔寧に対して秀秀がいう次の言葉であろう。

私はあなたのお蔭で、郡王さまに叩き殺され、お裏庭に埋められました。恨めしいのは、郭排軍のおしゃべり。しかしそれも今日はもう仇をうち、郡王さまから背中への棒打ち五十をくいました。

秀秀が「恨」んでいるのは、「郭排軍のおしゃべり」だけなのであり、しかもその仇も郡王にとってもらった、という。たしかに、郭立が告げ口しなければ二人は平穏に暮らし続けたであろう[12]。その意味で秀秀の「恨み」は極めて自然ではある。だが、よく考えてみると、彼女を直接死へと追いやったのは、郡王である。しかも、殺された後裏庭に埋められて、まるで「なかったこと」のように処理されてしまう。にもかかわらず、当の秀秀は「郡王さまに叩き殺され、お裏庭に埋められました」と淡々と事実を述べるだけで、郡王を「恨めしい」とは一言もいわない。そればかりか、秀秀を殺したといって憚らない郡王に対して、「碾玉観音」では、話し手を含め、誰一人として郡王の罪を問おうとしないのである。(13)

そして、このような記述の背後にこそ、冒頭案件で呂恕が「亡宋旧弊」と称した問題の本質がある。

四　江南の風俗への眼差し

「碾玉観音」には、先にも述べたように南宋期の江南における、「女子の典雇」の実態が描かれていた。主人公秀秀は、典雇の結果、郡王の屋敷の〈養娘〉となる。この〈養娘〉が本来は奴婢身分の「女中」と訳すべき語であることはすでに論じた。しかし、吉川幸次郎が「秀秀養娘」を「秀秀の方」と訳して一見違和感がなかったように、

---

(11)『元典章』「刑部　四」「諸殺」「殺奴婢娼佃」《殺放良奴》、《打死無罪駆》、《殴死有罪駆》、《主打駆死》。

(12) 郭立は「しゃべって何になる（我没事却説甚麼）」といっておきながら、屋敷に帰るとあっさり約束を反故にして、二人の居場所を郡王に告げ口する。これは、崔寧が建康府へ流される際の護送役人が、「自分に関係の無いことはかかわってどうなる（去管這閑事怎地）」とのスタンスを取るのと、極めて対蹠的である。護送役人は「他又不是王府中人」との説明があるように、郡王の僚属ではない。「府外」の人にとって、郡王は「触らぬ神にたたりなし」の相手だったのであろう。

(13)「取り殺す」という最も復讐らしいことをされるのは崔寧であるが、これは復讐というよりもむしろ、幽霊になってまで追いかけるほどの崔寧に対する執着の帰結であり、半ば心中のようなものといえる。

図21　『警世通言』「崔待詔生死冤家」の挿絵

郡王が郭排軍を折檻する場面。題記には「咸陽王は烈火の性を捺不下（おさえ得ず）、郭排軍は閑磕牙（無駄口）を禁不住（禁じ得ず）」と書かれる。悪いのは郭排軍の無駄口なのである。

物語における〈養娘〉の描かれ方に「奴隷」の印象が希薄であることもまた事実である。このことは、もちろん一つには、彼女たちの多くは「妾奉公」であったことに由来するだろう。しかし、もう一つの要因として、現在のわれわれが「奴婢」という言葉でイメージするものと、当時の「奴婢」の実態との間にある種の懸隔があることを挙げておく必要があるだろう。

当時の「奴婢（駈口）」は、現代的な意味での「奴隷」とはずいぶん異なる存在であった。確かに彼らは売買される。仕事を選ぶ自由もないし、場合によっては郭立のように折檻されたり、秀秀のように殺されることもある。戸籍もないため、勝手にどこかに行くこともできない。しかし、たとえば「碾玉観音」の中で、良人の〈璩待詔〉は〈虞候〉を「府幹《ふかん》（府のご用人さま）」と呼び、〈虞候〉に対して「老拙（手前）」とへりくだった自称を用いている。崔寧は〈養娘〉の秀秀を「小娘子（奥さま）」と呼び、しきりに恐縮する。このことが意味するのは、郡王のような〈開府〉と呼ばれるほど強い権力を持った者の〈駈口〉であれば、日常生活において良人よりも強い立場を得、妾奉公すれば身分は〈駈口〉でも良人として市井で暮らすよりもおそらくはずっとよい暮らしができた、ということであろう。郡王の屋敷には秀秀の他にも複数の〈養娘〉がいるが、秀秀を除く全員が火事の後、逃げずにちゃんと屋敷に戻っていることは象徴的といえる。

これに関しては、さらに『元典章』「刑部 十九」「諸禁」「禁典雇」《禁典雇有夫婦人（夫のいる婦人を借金の形に身売りすることを禁ずること）》という案件が傍証となるだろう。

江淮混一十有五年、薄俗尚且仍旧、有所不忍聞者。其妻既入典雇之家、公然得為夫婦、或為婢妾、往往又有所出、三年五年限満之日、雖曰還於本主、或典主貪愛婦之姿色、再捨銭財、或婦人恋慕主之豊足、棄嫌夫主。

〔訳〕

旧南宋領を収めてから、十五年も経つが、この風俗（妻を他人に典雇すること）はなお昔のままに行われ、目に余るところがある。その妻が一旦典雇先に帰属すると、〔その家の主人と〕公然と夫婦となり、あるいは奴婢や妻妾となって、子どもが生まれることもある。三年五年して年限が満ちれば元の夫に戻すと言いつつも、主人がその婦人の容姿におぼれて再び〔元の夫に〕お金を渡して〔契約を伸ばしたり〕、逆に婦人の側が典雇先の主人の裕福な暮らしにひかれて、元の夫を嫌がるようになる。

江南地域では、未婚のむすめどころか、既婚女性が自分の夫によって別の男に典雇される。しかも、典雇された既婚女性が雇い主〈使主〉〈典主〉などと呼ばれる）と「公然と夫婦」になり、「裕福な暮らしにひかれて」、年限が満ちてももとの夫婦関係に戻らないということがある、という。場合によっては、返す（帰る）のが嫌になって、「逃亡した」と偽ったり、殺傷事件にまで発展することもあったという。[14] 既婚女性ですらこのようであるならば、未婚のむすめは改めていうに及ぶまい。

（14）引用箇所の後文に「久則相恋、其勢不得不然也。軽則添財再典、甚則指以逃亡。或有情不能相捨、因而殺傷人命者有之」とある。

「裕福な暮らし」すなわちお金のために破壊されるのは、夫婦関係だけではない。『元典章』「戸部 十七」「戸計」「承継」には、《禁乞養異姓子〔異姓の子どもを養子縁組することを禁ずる〕》という次のような案件も収められている。

体知得、南方士民為無孕嗣、多養他子、以為義男、目即螟蛉。姓氏異同、昭穆当否、一切不論。人専私意、事不経久、及以致其間迷礼乱倫、失親傷化、無所不至。有養諸弟従孫為子者、有不睦宗親、捨抛族人而取他姓為嗣者、有以妻之弟姪為子者、有以後妻所携前夫之子為嗣者、有因妻外通、以奸夫之子為嗣者、有由妻慕少男養以為子者、甚至有棄其親子嫡孫順従後妻意而別立義男者、有妻因夫亡、聴人鼓誘、買囑以為子者、有夫妻俱亡而族人利其貲産、争願為義子者。

〔訳〕

実地調査によると、南方の人びとは跡継ぎができない時、他の〔家の〕子どもを養子縁組して義子とし、「螟蛉」と称している。姓氏が同じかそうでないか、跡継ぎとしての資格があるかないか、というようなことは一切気にしない。みな自分勝手にし、有り様はころころ変わり、礼教や人倫を乱し、親子関係が損なわれ風俗を傷つけ、やらないことはないほどである。弟や兄弟の孫を養子縁組して子どもとする者、親族と不和なために、一族の者を棄てて他姓の子を跡継ぎとする者、妻の弟や姪を子どもとする者、後妻の連れてきた前夫の子どもを跡継ぎとする者、妻が浮気して、その浮気相手との間の子どもを跡継ぎとする者、妻が若い男が好きで、その男を養子縁組して子どもとする者、ひどいところでは、実の子どもや孫を棄てて後妻の意に従い、別に義子を立てる者、妻が夫を亡くし、人の勧めに乗って、〔他の子どもを〕買って子どもとする者、夫婦が共に亡くなり、その一族の者が資産を自分のものにしようとして、争ってその養子となることを願う者、等がいる。

〈養子〉を「螟蛉《めいれい》〔あおむし〕」というのは、蜂の子のえさにされている「螟蛉」を、「螟蛉が蜂の子を養っている」

と誤認したことによる比喩である。中国の家族制度において、養子は同姓の宗族の中から取るものであり、その際「昭穆《しょうぼく》（親等内の序列）」が跡継ぎとしてふさわしいかどうかが考慮された。ところが、江南では養子縁組の際、同姓か異姓かを問わず、「昭穆」も問わず、あろうことか宗族と全く関係のない他家の子どもを買ってきたりと、とにかくなんでもあり、しないことはないという状況、挙げ句の果てには財産目当てで養子になろうとするものすら存在する、というのである。本案件の後文で、勝手な養子縁組の横行が、「良人の売買」の口実となっている、と述べられるように、これら養子縁組の多くが、金銭がらみで行われていたのは明らかだろう。伝統的な中国社会において非常に大切にされる親子関係すら、このありさまであった。

このような江南の状況と比較して、『元典章』がしばしば取り上げるのが、「腹裏《ふくり》」や「中原」、すなわち北方である。先に挙げた《夫のいる婦人を借金の形に身売りすることを禁ずること》では、「中原では極貧の民でも、大飢饉に遭い家族ともにのたれ死にしたとしても、妻を他人に典売することはない」という。もちろん、実際に北方にお金目的の人身売買がなかったわけではない。たとえば、冒頭案件が「腹裏の例に従い、ただ一年以内の月日に応じた契約書を作ることを許す」と述べるのは、腹裏でも典雇は存在したことを示すし、『元典章』「刑部　十九」「諸禁」「禁典雇」《妻妾を借金の形にすること》には、「金を払って和解するということを口実に、明らかに金を受け取って離縁し、妻を売りに出している者もいる。膠西県《こうせいけん》（今の膠州市）で現在禁止されていることを例に挙げると、苗月兒には夫楊大があったが、至元二十七年（一二九〇）、食うに事欠いたために、馬国中から中統鈔《ちゅうとうしょう》六十両を受け取って、彼に嫁して妾となった」との事例も挙がる。しかし、後者の案件で「食うに事欠いたために」との但し書きがあり、またその後文で「腹裏の人びとが近年妻妾や子どもを売っているのは、みな食うに事欠いてのことで、まことにやむを得ないことである」と述べるように、それは基本的には飢饉などのやむにやまれぬ事情あってのことであった。北方の暮らしは貧しく、それ故の非常手段として人身売買があったのである。

これに対し、江南の人身売買が決して食うに事欠いてのそれでなかったことは、「碾玉観音」やここまで見てきた江南の典雇にかかわる案件が示すとおりである。秀秀はそもそも郡王家に入らずとも職人を親に持つ良人として「普通の」生活を送ることができた。先に挙げた《夫のいる婦人を借金の形に身売りすることを禁ずること》の案件では、典雇された妻が戻らない理由の一つに「典雇先の主人の裕福な暮らしにひかれて」とあったが、この妻は元の夫の所に戻ったからといって、北方の民のように食うに事欠くわけではおそらくない。江南において、良人、特に女子の典雇が厳しく取り締まられねばならなかったのは、典雇が北方のように「やむを得ないもの」ではなく、実際には単なる駈口化の手段となりはて、しかもそれを典雇される良人の側も積極的に運用しようとしていた実態があったからに他なるまい。

翻って、「碾玉観音」では、前節末で述べたとおり、殺された秀秀をはじめ誰一人として郡王を糾弾しなかった。このことが意味するのは、郡王の屋敷が一種の治外法権の場となっており、その空間で雇い主の郡王が行うことは、それがたとえ折檻であろうと殺人であろうと、奴婢や良人の側からすればそれらはすべて〈正義〉として認識された、という事実であろう。言い換えれば、奴婢が雇い主を恨むという社会環境そのものが、そもそも当時の江南にはなかったのである。一部の金持ち、権力者が富も人も全てを時には不法に囲い込み、また庶民もその金持ちに群がって甘い汁を吸おうとする。お金のためなら親子関係も夫婦関係もなにもかもを破壊して悪びれず、良人として市井でまっとうに地道な生活を送るよりも、駈口として典主の下で華美で贅沢な生活を送ることを良しとするような、一種の拝金主義的風潮が当時の江南社会を覆っていた。「碾玉観音」は、その江南の現状を如実に描いた作品ということができる。

「碾玉観音」をそのような作品として捉えた場合、われわれは一方で、またあることに気付きもするのだ、小説を書いた作者（おそらくは「書会《しょかい》の才人《さいじん》」と呼ばれる人たちであっただろう）は、郡王のような権要を告発する力はおろか、そのような社会状況を問題にする意識すらもちあわせていなかったことに。そして、まさにこの「問題意識の欠如」こそが、呂恕のいう「亡宋旧弊」の正体だったのだ。

『元典章』が収める上申書の執筆者、なかでも呂恕をはじめとする北方の知識人たちは、江南の現実に対する尖鋭な意識をもった。彼らは、権要が振るう権力と金、そしてそれに群がって羞じない庶民の姿に、文化的な退廃の後に訪れる〈滅亡〉のサインを読み取っていたのだ。彼らがそのような意識をもつに至ったのは、北方人が永らく懐き続けてきた〈江南への敵愾心〉がもちろん根底にあったのかもしれないが、しかし同時に、異民族の圧倒的な力を前にして、それでも必死に伝統を保持しようとする中国官僚の自負もあったように筆者は想像している。華北出身の中国官僚からすれば、江南社会の現状こそが〈中華文明〉の末路だったのである。

（藤原祐子）

第三章　江南の顔役

――《職名をもたない位階官が役所を牛耳ること》――

本章では、「刑部　十九」「雑禁」「禁豪覇」《職名をもたない位階官が役所を牛耳ること》を発端にして、モンゴル時代の〈江南〉にのさばった〈豪覇〉と呼ばれる人びとが、元来どのような社会状況の中で何を目的に、どのようにして〈覇権〉を形成していったのかを考察する。また、南宋時代との比較を通じてモンゴル時代の特徴を浮き彫りにするとともに、十三・四世紀江南社会の一貫した特質が何にあったのかについても論及する。

《閑良官把柄官府》

大徳七年十月十九日、江西行省准中書省咨：

尹滋等言、諸閑良官内、有一等豪猾無知小人、不曽請俸勾当、詐受宣勅、不去遠方之任、或有馳駅、因作買売、虚走一遭、推事廻環、別続求仕、或在家住坐、与司・県官、接為交友、倶不当雑役、更影占別戸、如此把柄不均。若有此等人員、合無責限有司、追収所受宣勅牌面。如司・県官不追申者、司吏、断罪罷役、典史・正官、取招定罪、廉訪司厳行体察施行。

送刑部議得：如有似此人員、宜令所在官司、究問明白、取招申上、仍令各道廉訪司体察相応。都省咨請依上施行。

〔訳〕

《職名をもたない位階官が役所を牛耳ること》

大徳七年（一三〇三）十月十九日に江西行省が受け取った中書省からの咨：

尹滋などがいうことには、「位階をもちながら実職をもたない閑良官たちの中には、狡猾で力をもつ恥知らずの輩がいて、俸禄をいただいて正規の職に就いて公務を行おうとせず、宣命や勅牒といった叙任状を詐取して遠方の職には就かず、あるいは駅伝を利用して商売を行い、適当な嘘をついて一回りしてきては別の仕事をもらおうとする、あるいは、自宅にいて録事司や県の役人と交際し、自身はお上のさまざまな労役は負担せず、ほかの戸籍のものが提供する労働を私的に独占するものたちがいる。その権柄づくの横行はかくも不公平である。このような閑良官がいた場合は、期限を設けて担当の役人たちにその者たちが受け取った叙任状や牌子を回収させ、もし録事司や県の役人が事実を上申しないなら、司吏の場合は刑を決めて罷免し、典史や長官の場合は自白状をとって量刑し、廉訪司の役人が現地に赴いて厳しく吟味するようにすべきである」とのことである。

中書省から刑部に送ったところ、刑部は「このような閑良官がいたならば、地元の役所が取調べ、自白状をとって上申し、各地の廉訪司が現地に赴いて吟味するのが適切でしょう」とのことである。

中書省は咨を送るので、上記のように施行されたい。

一　モンゴル時代江南社会の〈豪覇〉

本案件が問題とするのは、位階をもちながら実職名を有さない役人の中に、〈宣勅《せんちょく》〉等の叙任状を入手しながら遠方には赴任せず、職務にかこつけ、駅伝を利用して商売を行い、適当な口実を設けて戻って来ては別の職名を求め、みずからが負うべき労役は負担せず、他戸が提供するものだけは享受する、そういった〈カネと力をもった裏社会の人たち〉のような連中がいたことである。案件の題目にある〈把柄《はへい》〉とは、官員と結託して官府や地方政治を意のままに牛耳ることをいうから、このような連中は録事司や県の官員とも結託し、〈豪覇《ごうは》〉の名の通り、〈顔役〉として地域に君臨していたと思われるが、ただ、彼らの〈出身〉が何であり、何を目的にしてどのように〈権勢〉を手に入れていったのかについては、必ずしも明らかではない。

以下においては、上述の〈豪覇〉に関するイメージを念頭に置きながら、『元典章』「禁豪覇」に収められた諸案件をもとに、〈豪覇〉の多様な実態について迫ってみたい。

まず、『元典章』「刑部　十九」「諸禁」「禁豪覇」《豪覇紅粉壁迤北屯種（豪覇は紅く粉壁し、長城以北で屯田させる）》を見てみよう。

《豪覇紅粉壁迤北屯種（豪覇は紅く粉壁し、長城以北で屯田させる）》

大徳八年正月、湖広行省准中書省咨：

江西福建道奉使宣撫呈：

巡行至江西、拠諸人言告、有一等驟富豪覇之家内、有曽充官吏者、亦有曽充軍役〔離〕〔雑〕[1]職者、亦有潑皮凶頑者。皆非良善、以強凌弱、以衆害寡、妄興横事、羅織平民、騙其家貲、奪占妻女、甚則害傷性命、不可勝言、交結官府、視同一家、小民既受其欺、有司亦為所侮、非理害民、縦其奸悪、亦由有司貪猥、馴致其然。莫若厳禁各処行省已下大小官吏、非親戚、不得与所部豪覇【等戸、往来交通、受其饋献一切之物。如有違犯官吏、依取受不枉法例、科断。其豪覇[2]】茶食・安停人等、似前違犯、取問是実、初犯、於本罪上、比常人加二等断罷、紅土粉壁、標示過名、再犯、痛行断罪、移徙【接連、三犯、断罪移徙】辺遠、如此、少革侵害細民之弊。具呈照詳。得此。

送刑部議得、除見任官吏、不得於所部之内、受要饋献、明有禁例外、拠見呈各処豪覇・凶徒害民、凌犯官府、合准奉使宣撫所擬、厳加禁約、敢有違犯之人、初犯、痛行断罪、於各処門首、泥置粉壁、書写過名、若二年改過、許令除籍、其有不悛再犯者、加等断罪、遷徙迤北地面屯種相応。

都省准擬、請依上施行。

〔訳〕

大徳八年（一三〇四）正月、湖広行省が受け取った中書省の咨：

江西福建道奉使宣撫の呈：

巡行して江西に至り、庶民の告発を受けたところ、にわかに富裕になった豪覇の家には、かつて官吏に充てられたものや、かつて軍役や雑職に充てられたものがあり、また無頼のものや凶暴で頑迷なものもいる。彼らは皆な善良ではなく、立場や力の強さを恃《たの》んで弱いものを侮り、数の多さにまかせて少ないものに危害を加え、みだりに思いがけない事故や災いを引き起こし、その罪を庶民に着せて陥れ、その家産を騙し取ったり、妻や娘を強奪したりし、甚だしい場合には命をも脅かすこともあり、言うに堪えない。彼らが官府（お上）と結託することは、一家と同じようなものであり、下々の人びとはすでにその被害を受けており、有司（役人）も侮られているのである。真っ当な理由もなく民を害し、その奸悪をほしいままにするのも、また有司（役人）が欲深いために、馴れてしまってそのような状況となっているのである。各処の行省以下の大小の官吏を厳しく禁治することが最もよく、親戚でなければ管轄内の豪覇【などの戸と往来してやり取りし、その見返りや貢物を一切受け取ってはいけない。もし違犯する官吏があれば、賄賂を受け取っても法を枉げないという決まりによって科断する。その豪覇・】茶食・安停人は、以前の違犯について訊問して事実であれば、初犯であれば常人の場合より二等罪を加算して断罪・罷免し、紅土によって粉壁して罪名を標示し、再犯であれば厳しく断罪して、【隣接した地域に移し、三犯であれば】辺境の遠い地に移す。このようにすれば、庶民を侵害する弊害を少し改めることができるでしょう。呈をお送りするのでご検討ください。得此。

中書省から刑部に送って議論させたところ、現任の官吏は管轄内からの付け届けなどを受けてはいけないことについては禁例が明文化されているのはもちろんのこと、江西福建道奉使宣撫の呈にあるように、各処の豪覇や兇徒が庶民を害したり、官府を侮ったりした場合、奉使宣撫の提案の通り、厳しく禁約を加えるべきである。あえて違犯する人がいれば、初犯は厳しく断罪し、各処で門の目立つところに泥を塗って粉壁し、罪名を書写する。もし三年の間に過ちを改めれば、罪人の名簿から除籍することを許す。改めず再び罪を犯したものはさらに罪を加算して断罪し、長城以北に移住させて屯田に従事させるのが適当でしょう、とのことであった。

中書省はこの刑部の提案を認めるので、上記の通り施行されたい。

本案件では、にわかに裕福になったいわゆる成金の〈豪覇〉とその身内である元下級役人や元兵卒が、自らの有

（1）原文は「離」とするが「雑」の誤りであろう。すでに諸校本が校訂している。
（2）【　】は原典における脱文を意味する。すでに諸校本が校訂している。

する財力・権勢・暴力といった〈力〉や数の多さに任せて、弱い人びとを侮り危害を加えること、事故や災いを起こしてその罪を庶民に着せること、人びとの財産や妻女を奪うこと、さらにひどい場合には命をも脅かすことが問題視される。また、〈豪覇〉たちは官府（すなわちお上）とも結託し、お上の方もまた〈豪覇〉からの賄賂や付け届けを受けていたことがわかる。

これによれば、〈豪覇〉は大きく二つの弊害をもたらしていたと考えることができよう。一つは庶民におよぶ害、もう一つは官府や地方政治に及ぶ害である。〈豪覇〉は、彼らのもつさまざまな力を背景にして、時にお上とグルになりながら、地域社会や地方社会の秩序を乱していたのである。

それでは、財力や権勢、暴力などの力を背景にしてのさばる〈豪覇〉とは、どのような〈出身〉の人びとであったのだろう。

まず、冒頭案件において、〈閑良官〉すなわち位階を有しながらも実職には就いていない〈豪覇〉のことが述べられていることから、官員身分を有する人たちがいたことがわかる。また、《豪覇は紅く粉壁し、長城以北で屯田させる》からは元下級役人や元兵卒の〈豪覇〉の存在がうかがわれる。

また、《豪覇は紅く粉壁し、長城以北で屯田させる》では、にわかに裕福になった〈驟富豪覇《しゅうふごうは》〉について述べられていたが、『元典章』「刑部　十九」「諸禁」「禁豪覇」《富戸が子や孫を官員に付き従わせることを禁ず》においても、〈豪覇〉について「豪富兼并家」、すなわち「権力と富とを併せもつ家」という表現が用いられている。さらにまた、『元史』巻二十「本紀　二十」「成宗　三」大徳六年（一三〇二）正月の条には次のような記述もある。

成宗テムルは御史台《ぎょしだい》の臣僚に、「朕は江南の富戸が民田を横取りしており、そのために貧民が流浪していると聞いた。お前たちは以前からこのようなことを知っていたのか？」と言った。御史台の臣僚たちは、「富民たちの多くはカアンが降した保護を与えるという「護持《ごじ》の璽書《じしょ》」を乞い、それを恃みとして貧民を欺いているため、役所は取り調べて処分することができないので、それら「護持の璽書」をすべて回収するのがいいでしょう」と答えた。成宗はただちにこのとおりにし、三日を越えないようにさせた。

〈江南の富戸〉の中には〈護持の璽書〉を恃みとして貧民を欺き、民田を横取りするものがいる、というのだが、ここにいう〈江南の富戸〉とは、〈護持の璽書〉を盾にして人びとに害を及ぼしているのだから、当然〈豪覇〉の一種と考えるべきである。こうした記述を総合するなら、いわゆる〈豪覇〉と呼ばれる人たちには、地主や豪農、豪商といった人たちも含まれていたことがわかるだろう。

このほか、『癸辛雑識《きしんざつしき》』続集「上」「楊髡《ようこん》が陵墓を暴く」には紹興路会稽県にある泰寧寺の僧である宗允と宗愷が、楊総統を誘って、寺院の土地にするという虚偽の口実を設けて文書を発給してもらい、そこにあった宋朝の歴代皇帝・皇后の陵墓を暴いたというエピソードが記されている。彼らは数多くの陵墓を盗掘して莫大な財貨を手に入れたが、その後の分け前をめぐって争ったようである。その際、「本路（紹興路）に下された文書では、ただ寺院の境界を争ったことに触れるのみで、陵墓を暴いたことは全く言及されておらず、このために江南地域では陵墓が盗掘されるということが盛んになり、暴かれなかった墓はない。宗愷と楊総統は分け前が不公平であるということで、すでに杖刑を受けて死んだ。宗允はいまや寺主となり、財貨を多く貯め込んで豪覇となっている[3]」と述べられるように、盗掘の罪は追及されなかったようである。ここで興味深いのは、お上から文書（おそらく許可証）を発給してもらうために寺院の土地にするという口実を使ったことと、事件後に寺主となった宗允が〈豪覇〉と称されている

（3）『癸辛雑識』の原文は次の通りである。「其下本路文書、只言争寺地界、並不曽説開発墳墓、因此江南掘墳大起、而天下無不発之墓矣。其宗愷与総統分贓不平、已受杖而死。有宗允者、見為寺主、多蓄宝貨、豪覇一方。」

点である。ここから、寺院ならびに寺主という宗教関係者も〈豪覇〉たりうる存在であったことがわかるのである。

さらに、地域で悪事・狼藉を働く〈やくざもの〉も、時として〈豪覇〉と呼ばれていた。『元典章』「刑部　十九」「諸禁」「禁豪覇」《扎忽兒歹の意見書二件》は大徳十年（一三〇六）に杭州路に派遣されたダルガチの扎忽兒歹が杭州路の政務における弊害を述べたもので、〈豪覇〉の連中が官府を〈把柄〉し、〈ごろつきども〉が人びとを騒がしていることを述べたものである。その二件目では、さまざまな悪事・狼藉を働いて杭州路の地域社会や地方政治を乱す〈豪覇〉として、お上の決まりを恐れない〈游手好閑〉や〈破落悪少〉と表現される、ごろつき・ならず者連中が問題とされている。彼らは吏人らとグルになり、街で騒ぎを起こして人びとから金品を強奪したり女性を攫ったり、遊廓や酒場で酒食・金銭をたかったり暴力沙汰を引き起こしたり、公然と諸物を我が物としたり、巡捕であると偽って往来する客商たちから金品を奪い取ったりといった、さまざまな悪事を好き放題に行っているという。

以上を踏まえれば、元代江南地域にのさばる〈豪覇〉とは、官員や下級役人・兵卒ならびにその経験者、商人や地主、宗教関係者、さらにはやくざ者など、多様な出自・背景を有する人びとであったことがわかる。すなわち、〈豪覇〉とはさまざまな〈顔〉をもっていたといえる。当然ながら、これらの〈顔〉は截然と区別されるものではなく、むしろ、それらさまざまな〈顔〉を併せもっている場合がほとんどであったはずである。そして、彼らは自らの有する財力や権威・権勢、暴力などを背景にして地域社会や地方政治に大きな影響を及ぼしていたのである。

二　〈豪覇〉の手口

『元典章』には、〈豪覇〉が有力者やお上と結びつき、グルになっていく様子、のさばっていく過程などが、鮮明に描かれているものもあり、興味深い。以下ではそれらをもとに、〈豪覇〉の手口を具体的に見ていこう。

《扎忽兒歹陳言二件（扎忽兒歹の意見書二件）》

大徳十年　月　日、江浙行省准中書省咨：

　杭州路達魯花赤扎忽兒歹呈：

　　本路事務繁冗、実与其他路分不同。豪覇把持官府、破落潑皮擾民等項事理、開呈照詳。

送刑部議擬到本官所言事理、都省逐一議擬于後、請依上施行。

一件、把持官府之人、処処有之、其把持者、杭州為最。毎遇官員到任、百計鑽刺、或求其親識引薦、或賂其左右吹嘘、既得進具、即中其奸、始以口味相遺、継以追賀饋送、窺其所好、漸以苞苴、愛声色者、献之美婦、貪財利者、賂之玉帛、好奇異者、与之翫器、日漸日一日、交結已深。不問其賢不肖、序歯為兄弟、同席飲宴者有之、下碁打双陸者有之、並無忌憚。彼此家人妻妾、不避其嫌疑、又結為姉妹、通家往還、至甚稠密。街坊人民、見其如此、遇有公事、無問大小、悉皆投奔、嘱託関節。俗号猫兒頭、又曰定門。貪官汚吏、呑其鉤餌、惟命是聴、欲行即行、欲止則止、稍有相違、発言告訴、被其揹勒、拱手俯非、是非顛倒、曲直不分。民之冤抑、無所伸訴。其有廉謹官吏、欲立紀綱、拒絶此徒、則権門所讛、群聚而謀、加湜豪覇、揑合事情、装飾詞訟、編排証佐、設誓告論、使品官与皂結、対詞庭下、比至弁証明白、受辱以多、致使善良為之喪志。……（後略）

〔訳〕

大徳十年某月某日に江浙行省が受け取った中書省からの咨：

　杭州路のダルガチ・扎忽兒歹の呈に、

　　杭州路は事務が繁忙で、他の路と比較にならない。地域の有力者が役所を裏で左右し、ごろつきどもが人びとの生活の邪魔をすること等について、箇条書きにした上申書を送るので、お調べいただきたい、とあった。

刑部に送って案作りをし、扎忽兒歹の意見書について、中書省の責任者は条項ごとの回答を作成した。以下のように実施せられよ。

ひとつ、役所を裏から左右しようとする者はどこにもいるが、杭州のそれが最もひどく、官員が赴任してくると、あらゆる手を使って渡りをつけ、親戚や友人から紹介してもらったり召使いなどに金を渡して吹聴させたりして、顔見知りになるとすぐに悪巧みを仕掛けてくる。飲食の供応に始まり、次には祝い事の贈り物、その嗜好を見てしだいに抱き込みにかかる。声色を好む者には美婦を贈り、利財を好む者には金品を与え、書画骨董を愛するものには珍宝を贈り、日一日と交わりを深くする。賢や不肖を問わず、年齢にしたがって兄弟の契りを結び、飲食宴会があればいつも同席し、碁や双六の会があれば必ず一緒に打ち、互いにすっかり打ち解ける。両家の家族妻妾まで人目を憚らず姉妹の契りを結び、家族ぐるみで非常に親しくなる。近所のものたちはこうした関係を見て、何か事があれば大小にかかわらずみな相談に出かけ、裏からからくりを用いることになる。これを俗に「猫の頭」とか「決まった入り口」という。欲深い官僚胥吏は罠にはまり、いいなりになるしかない、行けと言われれば行き、止まれと言われれば止まる始末で、少しでも意向にそむけば訴え出られ、ただいいなりに強要されて手をこまねいて従うだけである。是非善悪は逆様になり、曲直もなく、民の冤抑は晴らすすべもない。清廉で真面目な役人がいて、紀綱を盾にこうした輩を拒絶するなら、権門を籠絡し、徒党を組んで共謀し、そのコネにものを言わせ、事件を捏造し、でたらめな訴え文を作り、証拠を捏造し、仲間ぐるみで示し合せて、位階官と奴婢連中とをお白州で闘わせ、調べがはっきりする頃には、あまりの辱めのために善良な者たちの正義感さえすっかり奪われてしまうことになる。…（後略）

これは、《扎忽兒歹の意見書二件》の一件目の案件である。ここでは、〈豪覇〉たちが杭州路に赴任してくる官員に近づき、それぞれの趣味嗜好に応じて金品・美女・珍宝などを贈ることで、官員たちとの交友を深めようとする姿を見て取ることができる。それぞれの趣味嗜好を探るために、さまざまな贈り物をして相手の反応を見るあたりに、彼らの周到さ・巧妙さもうかがえる。そして、交友を深めていくと、兄弟の契りを結んだり、飲食や宴席・娯楽などもともにしたりするなど、常に行動をともにして、家族ぐるみの付き合いにまでもっていくという。《豪覇は紅く粉壁し、長城以北で屯田させる》でも、〈豪覇〉が官府や役人と結託することは一家のようであると述べられるが、こうして〈豪覇〉と官府や役人たちとが一蓮托生のような関係になっていくのであろう。そして、あとから騙されたとか罠に嵌められたとか悔やんでも遅く、官員たちも〈豪覇〉たちのいいなりになるしかなく、〈猫の頭〉とか〈決まった入り口〉のような状況に追い込まれるのである。

加えて、〈豪覇〉たちの誘いに乗らないような清廉な官員がいたとしても、彼らのいいなりになる連中が官府には紛れており、あらゆる手を回して陥れられるという。このように、〈豪覇〉と官府の〈癒着〉がまかり通っていたために、地方政治の秩序は大きくゆがめられていたのである。

モンゴル時代江南地域における〈豪覇〉たちは、このように周到かつ巧妙に官員たちを抱きこみながら、あるいは陥れながら、官府へ影響力を及ぼし地方政治をも牛耳るような状況を作り出していた。しかし、〈豪覇〉たちのターゲットとなり、害悪を被っていたのは、官員だけに限らない。『元典章』「刑部　十九」「諸禁」「禁局騙」《罠を仕掛けて金品を騙し取る》を見てみよう。

《局騙銭物（罠を仕掛けて金品を騙し取る）》

延祐五年四月　日、承奉江浙等処行中書省箚付‥近拠杭州路申‥

准江南浙西道粛政廉訪司分司牒‥

体知得、杭州一等無籍之徒・游手好閑不務生理、尋常糾合悪党、欺遏良善、局騙銭物、恃此為生。其局之名七十有二、略挙如太学亀、美人局、調白之類、是也。其党、則有曰張公・曰貼身・曰舎人等名号、其意専一尋訪良家子弟・富商大賈到来本路。此輩、則群聚密議、以意測料各所嗜好者、迤漸交結、設賭博撲戯、騙取人財、要罄取蓄。致令子弟客商、貧乏失所者有之、飲憤死亡者有之。似此之類、固難縷数。……（後略）

〔訳〕

延祐五年（一三一八）四月某日、受け取った江浙等処行中書省の箚付：〔江浙等処行中書省が〕近ごろ受け取った杭州路の申：〔杭州路が〕受け取った江南浙西道粛政廉訪司分司の牒：

現地に赴き調べたところ、杭州にいる無宿の連中ややくざ者たちは地道に働こうとせず、いつも悪人どうしでつるんで徒党を組み、善良な人びとを騙して、罠に嵌めて銭物を詐取することを生業としている。詐欺の手口は七十二もあるといい、〈太学亀〉〈美人局〉〈調白〉などのようなものである。連中は〈張の旦那〉〈供回り〉〈若様〉などを名乗り、杭州路にやってくる良家の子弟や富豪・豪商と顔見知りになることをもっぱらの目的とする。この者たちは徒党を組んで密議を凝らし、人の趣味嗜好を目的をもって忖度してしだいに交際を深めていき、賭博などの罠を仕掛けて人や金品を騙し取り、蓄財を吸い取ってしまうのである。〔罠に嵌められた〕良家の子弟や客商の中には生業を失うものもいれば、恨みを飲んで憤死してしまうものもいて、こうした例には事欠かない。

ここでは、杭州路において、ならず者連中や無頼たちが徒党を組み、良家の子弟や富商・客商などの富裕層をターゲットに、あの手この手の詐欺を働き、金品を巻き上げようとする様子が述べられる。彼らのターゲットとなり金品を巻き上げられた人びとは、生業を失ったり、怒りのあまりに憤死してしまったりするものもいたという。この案件では三つの事例が挙げられているが、「このような事例には事欠かない」とある通り、おそらくは氷山の一角であり、江南地域における深刻な社会問題となっていたはずである。彼らが働く詐欺の手口は七十二種類にものぼるというが、ここで挙げられる〈太学亀〉〈美人局〉〈調白〉などは、《扎忽兒歹の意見書二件》にも述べられるような、ターゲットの趣味嗜好を周到に探った上でのやり口といえる。

この《罠を仕掛けて金品を騙し取る》や《扎忽兒歹の意見書二件》からは、身分を偽ってターゲットに接近し、交際を深めつつ趣味嗜好を探り、その後に罠に嵌めていくという、ならず者連中の手口と、そしてそれに嵌まっていく人びとの姿が鮮明に浮かび上がってくる。

ところで、〈豪覇〉にターゲットとされたこのような人びとの中には、泣き寝入りせざるを得なかったものもいたと思われ、あるいは罠と気付きながらもそこから抜け出せないものもいたはずである。《罠を仕掛けて金品を騙し取る》では怒りのあまりに憤死した被害者もいたと述べられており、騙された怒りや恨みなどの向けどころもなかったのであろう。

《罠を仕掛けて金品を騙し取る》で挙げられる三つの詐欺事件はすべて賭博を利用したもので、詐欺の場として賭博が利用されることが多かったことがうかがわれる。その理由としては、賭博を利用することで、被害者を泣き寝入りに追い込むことが容易であったからだと考えられる。なぜなら、『元典章』「刑部　十九」「諸禁」「禁賭博」《賭博は流罪にする処罰の決まり》に「今後、人を集めて賭場を開き、賭博を行ったものが摘発された場合には、主犯と従犯とを分かたず厳罰に処し、通報者は、賊を通報した例にしたがって恩賞を与える(4)」と見えるように、賭博は参加するだけでも罪に問われたからである。

また、《罠を仕掛けて金品を騙し取る》で「詐欺師の口車に乗って騙されたものは、事件の軽重を吟味して量刑するのがよい」と刑部が判断するように、賭博を利用して詐欺が行われた場合、被害者であっても賭博に参加した罪

（4）　原文は次の通りである。「今後、若是開張兌房、聚衆賭錢、事発到官、不分首従、痛断、告人依告賊例給賞。」

は消えず、多少の情状酌量はあったであろうが、罪に問われることになっていたようである。つまり、賭博は参加自体が罪となるため、賭博という〈狩場〉に誘い込まれ、金品を巻き上げられた被害者たちは泣き寝入りせざるを得ないという状況に陥るのである。《罠を仕掛けて金品を騙し取る》では被害者の訴えがあるが、それも相当の覚悟の上であったと推察されよう。さらに、このような状況に鑑みれば、〈豪覇〉たちがターゲットを賭博に誘い込むことでその弱みを握ることも可能であり、あたかも〈蜘蛛の巣〉や〈蟻地獄〉に誘い込んで決して逃さないようにするという〈豪覇〉たちの手口を見ることができる。

以上、モンゴル時代江南地域にのさばる〈豪覇〉の実態を探ってきた。財力や権勢、暴力といった様々な〈力〉を併せもった、官員や豪農豪商、宗教関係者ややくざ者などが〈豪覇〉となり、その〈力〉を維持・拡大して地域社会での影響力を保持するために、地方官府・官員との〈癒着〉が図られていた。そして、それは執拗かつ巧妙なさまざまな手口によって成し遂げられていたのである。

ところで、江南地域における〈豪覇〉の問題は、モンゴル時代に突如生じたものなのだろうか。

三　『清明集』の世界――亡宋の旧弊――

モンゴル時代の江南地域においては、〈豪覇〉の問題に限らず多くの社会問題が存在していたことが、『元典章』「刑部　十九」「諸禁」から見出すことができる。もちろん、『元典章』自体に江南地域の案件が大多数を占めるのは当然であるが、注目すべきは、それらの案件の報告や処理の過程に見られる報告者の意見、皇帝の聖旨や中書省・尚書省の判断、刑部をはじめとする六部の意見などに、それらの問題が江南地域にすでに定着している特徴であるかのように述べられている点である。

たとえば、『元典章』「刑部 十九」「諸禁」「禁豪覇」の《富戸が子や孫を官員につき従わせることを禁ず》に「江南三省の管轄地には、民に富と権勢を併せ持った家が多く、邸宅や居室、衣服、日常用品など、本分を越えて私欲をほしいままにし、その意の及ばぬところはない」とあって、江南の江浙・江西・湖広行省における〈豪覇〉について述べられる。また、《扎忽兒歹の意見書二件》の二件目では「杭州は街も大きく土地も広々としており居住する人は多く、風俗は利を求め、民心は言葉巧みに人を欺く」という杭州路の風俗について述べられる。

このような江南地域の風俗・社会状況については、『元典章』「刑部 十九」「諸禁」「禁典雇」の《典雇は年間契約の文書を交わすこと》では「子どもを典雇すること、これは「亡宋の旧弊」（南宋時代の悪弊）であり、風俗を乱し良俗を損ない、まことによい習慣ではない」といい、同じく《地主が小作人の家族を質に入れて売ることを禁ず》では「「亡宋の弊政」（南宋時代の悪弊）を今になっても改められていない」というように、南宋時代から江南地域に定着していた問題として認識されていたことがわかる。また、《妻妾を典雇すること》には「呉越の風俗では妻子を典雇するのは習慣となって久しいが、南宋以来ずっと禁止されていない」とあり、前代すなわち南宋期において禁止されていなかったために、そのような風俗がモンゴル時代まで保たれていると見なされていたことがわかる。

このように、モンゴル時代の江南地域に見られる状況は、前代すなわち南宋時代にすでに定着していたと認識されていた。〈豪覇〉の問題についても、南宋時代の江南地域において〈豪横〉〈豪強〉などと称されるごろつき連中がひき起こすさまざまな問題があった。南宋時代の〈豪横〉については、南宋時代の地方官による判語（裁判判決文）を集めた『名公書判清明集《せいめいしゅう》』（以下『清明集』）の「懲悪門」「豪横」から知ることができる。中でも最も詳細に述べられているのが、『清明集』巻十二「懲悪門」「豪横」蔡九軒《豪横》である。

《豪横》

本官（蔡九軒）がその県に足を踏み入れるや、行く手を遮り大勢でもって、豪強の方閻羅・方震霆・方百六官に酷い目に遭わされている旨を、涙ながらに訴え出る者たちに出くわした。これらの者たちは道に累々と相い連なって訴えかけてやまず、その内容はといえば、いずれも力を恃んだ横紙破り、狼藉・騙り、不法な併呑、殺人傷害といったことばかりである。彼らはみな口々にゆえなく虐げられていると叫び、歯噛みして身を切らんばかりであり、地面に倒れ伏して泣き崩れ、言い聞かせても立ち去ろうとしない有様である。本官が思うに、朝廷の信任を受けている以上、民草の生活をよくよく察知して、悪人を取り除き善良なものを守ることこそ、すなわちわが職分であろう。そこで順番に楊珍・王伯昌・徐璿・章附鳳・方天驥・僧従定・厳実・方注・方必勝・方日宣・洪千十五・鄭琇・詹士俊・彭元敷・程椿・程申ら十六人の訴状を本州（信州）に送付して追及させることとした。

ところが、当の方震霆は自らの勢威を恃んで泰然自若、出頭命令などどこ吹く風である。そこで路から州、州から県、県から巡検・県尉へと督促してゆき、担当の吏を処分した上で、〔方震霆を出頭させて〕批書を提出するようきつく申し付けたところ、ようやくお上に出頭してきたのである。しかし、獄中で幔幕を張って酒盛りをするなどまったく泰然としており、獄吏も獄吏でその勢威におそれをなすか、金銭に籠絡されるかして、すっかり言いなりになってしまい、敢えてこれを取り調べようとはしなかった。そこでわれわれは、獄官に批書を提出させ、獄吏に刺青をほどこして処断し、しかる後にようやくこの方震霆の不法行為の数箇条を上申させたのである。（後略）(5)

この判語では、〈豪強〉である方閻羅や方震霆などが悪逆無道の限りを尽くしている様子が述べられている。その内容は、横紙破りや狼藉・ゆすりたかり、不法な侵奪、殺人傷害といったものであるという。そして、彼らはたびたびの出頭命令にも従わず、また出頭したとしても獄中で酒宴を張るなどやりたい放題で、さらには獄吏も恐れをなすか買収される有様で、完全にお上をなめきっている様子がうかがえるのである。

彼らのような連中は、〈豪横〉や〈豪強〉〈豪民〉などと称され、彼らのはびこる地域――特に江西――は〈難治〉の地とみなされていた。『清明集』に収められる判語からは、〈豪横〉たちが引き起こす問題と、それらに対する地方官たちの悪戦苦闘ぶり、そして地方官たちの〈名公〉（名裁き）ぶりが浮かび上がってくる。

さて、蔡九軒の《豪横》では、方閻羅らの悪行が次々と列挙され、多数の仲間や手下とともに金銭の巻上げや詐取・恐喝、田畑の侵奪など、種々の詐欺・強奪・横領行為を行っていたことがわかる。さらに、暴力を振るって人びとに危害を加え、ときには死に追いやっていた。

また、この判語の後半では、彼らのような連中を取り締まるべき吏たちも、グルになって悪事を働いていたことが述べられている。

また饒州《じょうしゅう》司理院の報告によると、「本院の追及によって明らかになったところでは、王守善と徐必顕とは確かにそれぞれ信州司理院で取り調べに当たる吏であるが、今回の事件について、方百六官などが不法に民を虐げた事などを取り調べることになっていたのに、多額の賄賂を受け取って、獄中で好き放題に酒盛りなどさせて、きちんと取り調べをしなかった。この件についてお伺いを立て、ご判断を仰ぐこととしたい」旨、申し送ってきている。方百六官は地方で勢力を振るい、詐欺や強奪などなさぬ悪事とてない。〔江南東路信州〕弋陽《よくよう》県の民

（5）訳文は清明集研究会（編）『『名公書判清明集』（懲悪門）訳注稿』《その一》、汲古書院、一九九一年、三四‐三七頁に依拠する。

は恨み骨髄であり、このことを訴えようとする者は道路に一杯に集まってきていた。こうした裁きをつけるには、何としても厳しい態度で臨まねばならぬ。それなのに、吏の王守善と徐必顕とは、多額の賄賂を受け、獄中で酒盛りなど好き放題をさせて、きちんと取り調べをして報告をしなかった。法をおそれぬこと明白である。この件は非常に重要な事件であるのに、それにもかかわらずこのような有様であるならば、その他の、屁理屈をこねて法を自分に都合よくねじまげて解釈し、黒を白と言いくるめるようなことは定めし数え切れぬほどやっていることであろう。

吏である王守善と徐必顕とが方百六官などから多額の賄賂を受け取り、さらにはあろうことか獄中での酒盛りまでも黙認しているのである。このように、南宋時代の〈豪横〉たちは、官府の胥吏《しょり》に手を回して、自らが処罰されたりしないように罪を逃れようとしていたのである。

『清明集』から浮かび上がるこのような南宋江南地域の〈豪横〉〈豪強〉たちの姿は、『元典章』から見えてくるモンゴル時代江南地域の〈豪覇〉と、重なる点と異なる点がそれぞれあるように思われる。

南宋の〈豪横〉たちは、ごろつきやならず者などのやくざ連中であり、取り巻きや手下を多く抱える〈やくざの親分〉のような存在であったと言える。彼らはその〈暴力〉を背景にして詐欺・恐喝・ゆすりたかり・強奪・横領・傷害殺人などを働いていた。こうした〈力〉の前には、彼らを取り締まるべき官府も恐れをなしており、あるいは彼らから賄賂を受け取って懐柔されたりしていた。これらはモンゴル時代の〈豪覇〉の姿と重なるが、一方で、『清明集』からは明確な官員の身分を有する〈豪横〉の姿は浮かび上がってこない。精々、〈豪横〉に取り込まれて結託する胥吏の姿が描かれる程度である。また、彼らは州県の役所はもちろんのこと、路の監司や中央・朝廷の権威すらも恐れておらず、何もできないと高を括っており、中央政府や高位高官との結びつきには無頓着であった。ここには、南宋時代の裁判制度の問題や、中央政府と地域社会との繋がりが実際に希薄であったという時代背景も大きく影響していると思われるが、南宋の江南地域には、お上を恐れることなく思うがまま悪事を働く〈豪横〉がはびこる、そのような光景が広がっていたのである。

四　『元典章』の世界

モンゴル時代の江南地域で〈豪覇〉がはびこる状況――〈『元典章』の世界〉――と、南宋期の江南地域で〈豪横〉が悪行を重ねる状況――〈『清明集』の世界〉――とは、その本質は重なっており、『元典章』の世界は『清明集』の世界を引き継ぐものとして理解できよう。いわゆる宋元交替によって、江南地域の社会状況は大きな変化――モンゴルによる破壊――を被ったのではなく、地域社会に根付いた〈伝統〉をかたく維持し続けていたのである。しかしながら、モンゴル時代の〈豪覇〉には南宋時代の〈豪横〉にはなかった新たな一面も見出すことができる。それは、〈豪覇〉のもつ多様な〈顔〉や、モンゴル中枢との結びつきである。

モンゴル時代の〈豪覇〉のそのような一面を示してくれる、『元典章』「戸部　三」「承継」《妻姪承継以籍為定（妻の甥の相続は戸籍登録することを決まりとする）》の《又例（もう一件）》を最後に挙げておきたい。

大徳四年四月　日、江西行省准中書省咨：来咨：

備袁州路申：

至元二十六年八月内張元俊告、伯妾阿褚立元俊次男益孫為親男安老後、将田土房屋分作両分、一分与乞養男張元平、一分与益孫承管、抄戸納糧。不防袁道判説合伯妾阿褚、将益孫分到祖居立為崇明観。看詳、張庫使抛下田産二十五頃七十五畝、除過房男張元平一分該田七頃八十二畝承戸納糧外、有田七頃九十三畝、張庫使生前遺撥褚恵真養贍。其褚恵真起立崇明観、以張庫使男張安老為戸納糧。今張元俊争告、却縁敬奉皇太后懿旨「褚恵真分到田地、断回与崇明観養贍道衆者。敬此。」本路豈敢不遵、合従省府移咨都省、啓稟明降、非本路専処之事。申乞照詳。得此。

咨請照詳。准此。

都省照得本省先咨、張庫使至元二十三年身故。二十六年、伊妾阿褚為乞養男張元平不聴教訓、親男張安老夭亡、自行具状、赴録事司告給公拠、立同祖親姪張元俊男益孫為安老後、承継張庫使戸名、至元二十七年供抄入籍当差。至元二十八年、阿褚捨俗出家、礼邵法師為師、将渓園祖居創立崇明観。張元俊告発到官、本婦状結、前項田土並不曽捨作常住。已咨本省、断令張益孫収継当差去訖。其邵法師却将褚恵真告拠過房抄上入籍同祖姪孫張益孫作疏族、姪張元俊妄称已曽過房為男、又将張益孫已承継田土作褚恵真受分物業、朦朧赴皇太后位下呈告。以此議得、褚恵真棄俗為道、前夫張庫使抛下田産、已令乞養子張元平与入籍孫張益孫承継戸名、応当差税。合准已擬、令張益孫依旧為主管業。除外、咨請依上施行。

〔訳〕

大徳四年（一三〇〇）四月某日、江西行省が受け取った中書省からの咨：〔中書省が受け取った江西行省からの〕咨：

〔江西行省が〕受け取った袁州路の申：

　至元二十六年（一二八九）八月に張元俊が訴えることには、伯父の妾の阿褚が張元俊の次男の張益孫を彼女の実の息子である張安老の跡取りとし、田地・家屋を二分して、ひとつを養子の張元平に、もうひとつを張益孫に与えて相続させ、戸籍登録と納税負担をさせることにした。〔この件は〕はからずも袁道判が阿褚と示し合わせており、張益孫が相続した

〈祖居〉に崇明観という道観を創建したのではあるまいか、とのことである。

〔袁州路が〕調べたところ、張庫使が遺した田産の二十五頃七十五畝のうち、養子の張元平の相続分である七頃八十二畝が戸籍を継承して納税しているのを除き、七頃九十三畝は張庫使が生前に褚恵真（阿褚）の生活のために彼女に分与したものである。褚恵真はそこに崇明観を創建して、張庫使の息子の張安老に新たに戸籍を作って納税させたのである。いま張元俊が訴え出ているが、皇太后の「褚恵真が相続した田地は、崇明観に返して道衆の生活のために使え。敬此。」という懿旨《いし》を奉じているため、本路（＝袁州路）はどうして従わないということがあろうか。江西行省から中書省に咨を送り、きちんと指示を奉じるべきことであり、本路が勝手に処理してよい案件ではない。申を送るのできちんとお調べいただききたい。得此。

〔袁州路からの上記のような申を受けたので、江西行省から中書省に〕咨を送るので詳しくお調べいただきたい。准此。

中書省が以前に送った咨を調べたところ、張庫使は至元二十三年（一二八六）に没している。至元二十六年に、彼の妾であった阿褚が、養子の張元平が自分の言うことを聞かず、実の息子の張安老が夭逝してしまったために、自らその事情を記して録事司に赴いて公拠（証明書）の発給を受け、同宗の甥である張元俊の息子の張益孫を張安老の跡取りとし、張庫使の戸籍を継承させ、至元二十七年に戸籍に入れて差役を負担させることとしたのである。至元二十八年に、阿褚は出家して邵法師を師として、渓園祖居に崇明観を創建したのである。張元俊の訴えが官司に届き、阿褚の供述調書を取ったところ、上記の土地は寄進したものではないという。すでに〔中書省から〕江西行省に咨を送り、張益孫に相続させて差役を負担させ終わっている。邵法師は、褚恵真が養子として戸籍に入れた同宗の姪孫である張益孫が遠縁であるのに、甥の張元俊は養子としたと偽って称しているといい、邵法師はまた、張益孫がすでに相続した田地を褚恵真が相続した資産であるとして事実を隠して皇太后のもとへ赴いて報告したのである。このことに基づいて中書省が協議したところ、褚恵真はすでに出家して道門に入っており、亡夫の張庫使の遺した田産は、すでに養子の張元平と新たに戸籍を作った張益孫とに戸名を継承させており、彼らに税役を負担させるべきである。すでに擬した通り張益孫にこれまで通り戸主として資産を管理させるべきである。〔中書省から江西行省へ〕咨を送るので、上記の通りに施行されたい。

ここで問題となっているのは、江西行省袁州路で生じた、とある土地財産相続争いである。登場人物も多く複雑であるが、まずは状況を整理しておこう。

争いのもととなっているのは、至元二十三年に没した張庫使という人物の遺した土地・家屋であり、これをめぐって張庫使の甥に当たる張元俊が訴えを起こしたのが騒動の発端である。本案件は、張元俊の訴えの内容、それを受けた袁州路の調査報告、中書省での調査・協議の結果の三つに大きく分けられる。

まず張元俊の訴えの内容は、張庫使の妾であった阿褚（褚恵真）が遺産の田産を二分割することを決め、一方を張庫使の養子となっていた張元平に、もう一方を張益孫という人物に相続させ、それぞれ戸籍登録を行って納税を行うようにしたという。この遺産を継承した一方の張益孫とは、張元俊の次男であり、張庫使と阿褚との間の実子であった張安老の養子に入った人物である。張元俊に拠れば、阿褚が袁道判なる人物と示し合わせて、張益孫に相続させた土地に崇明観という道観を建ててしまったという。

次に袁州路の報告に拠れば、張庫使の遺産は二十五頃七十五畝であり、そのうち張元平が七頃八十二畝を相続し、すでに戸籍登録や納税も行われている。残りの土地のうち七頃九十三畝は、張庫使が生前に阿褚の生活のために彼女に分け与えていたものであるという。ここでは張庫使の遺産のうち十畝が浮くが、これが本来張益孫が相続したものであろう。つまり、張庫使の〈遺産〉は、生前に阿褚に与えられた七頃九十三畝、死後に二分された張元平の七頃八十二畝と張益孫の十畝とに三分されたと考えられるのである。そして、阿褚が崇明観を建てたのは自らに与えられた土地を利用してのことであり、実の息子である張安老を戸主としていたという。これは張元俊の言い分と食い違っているために彼は争う姿勢を見せていたが、崇明観に関して皇太后の懿旨《いし》が下されていたために、袁州路では判断を避け、江西行省に報告し、さらに中央の中書省の判断を仰ぐように意見を付している。

江西行省は袁州路からの報告をそのまま中書省に送り、中書省でさらなる調査・協議がもたれている。張庫使は至元二十三年に没しており、跡を継いだ養子の張元平が自分のいうことを聞かず、実子であった張安老も夭逝してしまっているとして、至元二十六年に阿褚が事情を録事司に訴え、張益孫を張安老の養子として迎え張庫使から張安老に継承されていた戸籍を継がせたという。つまり、張庫使の没後、その遺産は実子の張安老と養子の張元平とに二分されており、張安老の死後にさらに張益孫に引き継がれたのである。そして、至元二十八年に阿褚は出家して邵法師なる人物に師事して道門に入り、渓園祖居に崇明観を建てたが、彼女の言い分によれば決して寄進したわけではないというので、この土地も含めて張益孫に戸籍上は継承・納税させるようにしたのである。これに対して、邵法師が、張益孫は張庫使の遠縁に当たり、張元俊が勝手に養子として迎えたと称している、また張益孫が相続した田土を褚恵真が継承したとして、事実とは異なることを皇太后に告げて、問題の懿旨を入手したようである。

これらに基づく中書省での協議の結果、張庫使の遺した田産は、張元平と張益孫がそれぞれ継承しており彼らが税役を負担するべきであり、以前に決めた通りに阿褚に分与されたという土地についても、阿褚が出家しているために張益孫を戸主として税役の負担を課すという判断が下されているのである。

以上が本案件で問題となっている土地財産争いの顛末であるが、ここで注目したいのが一方の当事者である阿褚が袁道判ならびに邵法師と結託し、さらには皇太后の懿旨まで手に入れて張庫使の遺した土地を我が物としようとしていた点である。

本案件は大徳四年四月に江西行省が受け取った中書省からの咨文の内容であるが、張元俊が訴えを起こしたのは至元二十六年八月である。この懿旨を発した皇太后とは、大徳二年（一二九八）に亡くなったココジン・カトンに他ならない。あるいは袁道判や邵法師が阿褚を唆したのかもしれないが、自らの目的を果たすためにカトンというモンゴル中枢と結びつき〈お墨付き〉を得ようとする姿をここに見ることができる。

ここで、〈豪覇〉のもつ多様な〈顔〉を思い起こせば、彼らは官員の身分を有していたり、地主や大商人であったり、宗教関係者であったりと、いくつもの〈顔〉をもつ人たちであった。本案件で争われている土地を遺した張庫使その人が、そもそも、官員身分と地主という二つの〈顔〉をもつ〈豪覇〉だったのであろう。また、事件の関係者である袁道判や邵法師もまた、道教者という〈顔〉をもつ〈豪覇〉だったのではあるまいか。

一方の当事者である張元俊は、阿褚がカトンの懿旨を手に入れていたことを当然知っていたはずである。彼の訴えを受けた袁州路は、当初、自分たちの手に余るとして判断を避けた。それはおそらく、ココジンの懿旨があったからに違いないが、最終的には中書省の判断によって〈懿旨の内容〉と異なった結論が下されているのである。中書省はカアン直属であり、その判断はおそらくはカアンである成宗テムルの意思を反映したものと考えられるだろう。

以上を踏まえれば、この張庫使という〈豪覇〉が遺した土地財産をめぐる争いが、単なる地域社会の一家族におけるものではなく、中央やモンゴル皇族という支配者層の動きとも関連していたことがわかる。すなわち、阿褚は〈宗教関係者〉を通じて〈女性投下領主〉と結びつき、一方の張元俊は、行政上の地方衙門から中書省、さらにはその背後にいるカアンへと結びついているのである。この相続争いは、カアンによる中央集権体制と分封制というモンゴル支配の二重構造の、いわば代理戦争という様相を呈したといえるだろう。そして、この代理戦争を最終的に張元俊側の勝利に導いたのは、おそらく、テムルの母であるココジン・カトンの死だったのであろう。

このように見るならば、元代江南地域における〈豪覇〉には、旧南宋社会にはなかった新たな局面が浮かび上がってくる。

十三世紀以降のモンゴルによるユーラシア規模の支配・統合という新しく生まれた状況下において、その影響を受けて江南地域でも、それまでとは異なる状況が生じていた。すなわち、投下領や諸権益を通じた〈モンゴル〉との結びつきや〈北〉からのさまざまな人の流入である。江南地域には〈モンゴル〉支配者層の投下領がモザイク状に配置されていた。また、〈ウイグル〉などの色目人や地方官府の官員たちも、〈北〉から多く流入していた。こうした状況の中で江南地域の〈豪覇〉たちは、〈北〉からの人びとに近づき、取り入り、あるいは彼らを騙し、陥れ、あの手この手を尽くしていた。〈豪覇〉たちは宣命・劄牒・牌符や〈護持の璽書〉、懿旨などを入手し、それを盾にしてのさばっていたが、彼らは〈北〉から流入する人びとを通じてモンゴル中枢との関係を結ぶことにも腐心し、その〈お墨付き〉や〈後ろ盾〉を得ようとしていたのであろう。このように、モンゴル時代に新しく生まれた状況を、最大限に利用しながら自らの財力や権勢を維持・拡大しようとしていたのが〈豪覇〉であり、〈モンゴル〉による中国支配の中で、最も利益を享受したのは、実はこのような〈豪覇〉たちなのかもしれない。

一方で、カアンやカトンをはじめとするモンゴル中枢にとっても、投下領などの権益や政治争いなどに絡み、江南地域に対して無関心ではいられなかったはずである。すなわち、『元典章』からうかがえるモンゴル時代の〈豪覇〉と〈モンゴル〉との結びつきは、単に〈豪覇〉から〈お墨付き〉や〈後ろ盾〉を求めるような一方的な動きではなく、江南地域に影響力を保持するという〈モンゴル〉側からの動きも含めた、双方向的な利害の一致を背景としたものと捉えることもできるだろう。モンゴル支配下における江南地域と支配者層は、〈豪覇〉という存在を通じて双方向的に結びつけられていたといえるのではないだろうか。

こうした点こそがモンゴル時代の江南地域に見られた大きな特徴であり、南宋時代とは大きく異なっているのである。モンゴル時代の〈豪覇〉と南宋時代の〈豪横〉は、使えるものはなんでも利用してのさばるという本質的な姿を共通して見せている。しかしその一方で、〈モンゴルの傘〉という新たな状況が生じると、〈豪覇〉たちは支配者層である〈モンゴル〉との結びつきや〈北〉からの人の流入という新たな状況を、積極的に利用して自らの利益

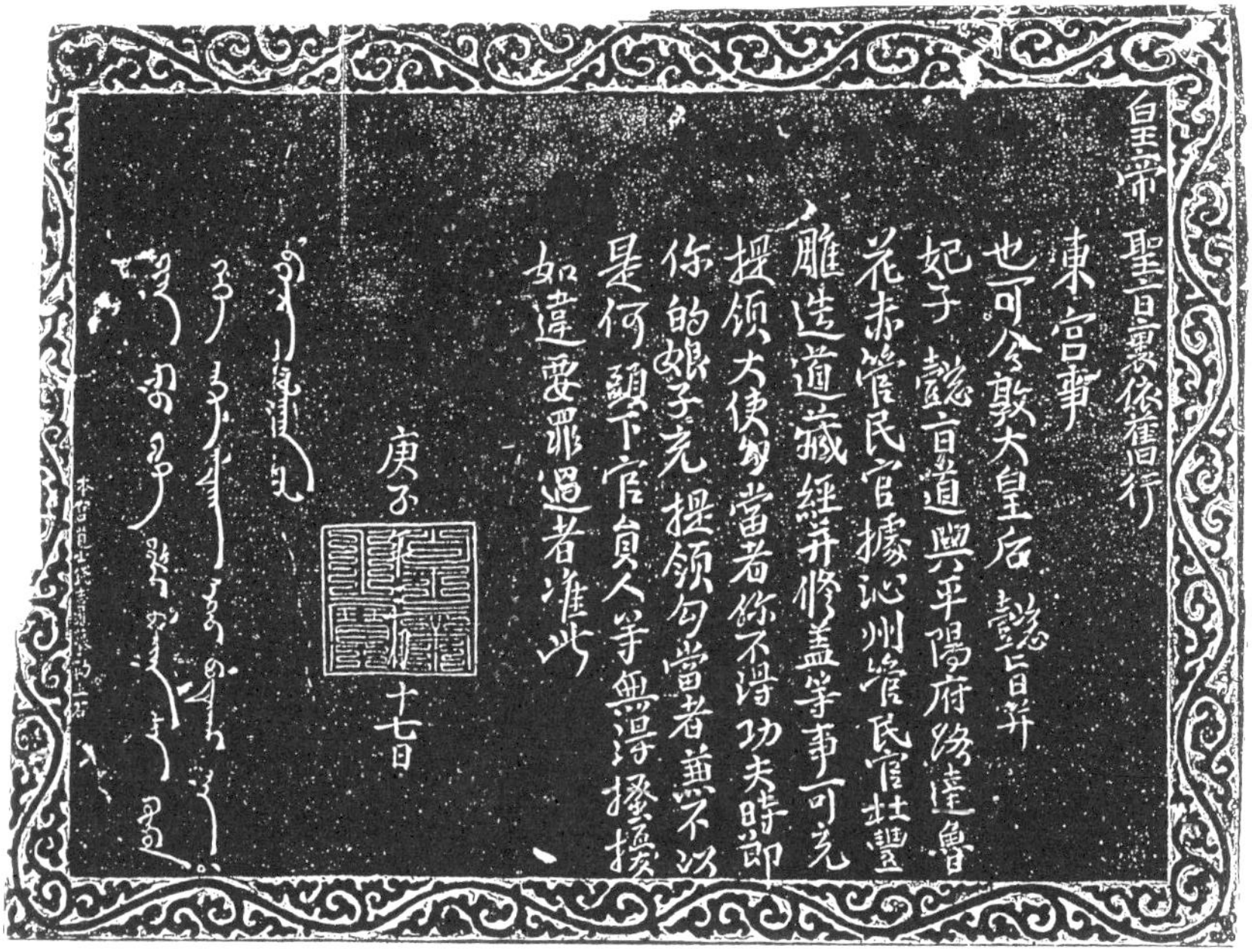

図22　1240年済源十方大紫微宮懿旨碑拓影（蔡美彪『元代白話碑集録』科学出版社　1955年）
蔡美彪は、この碑文を「聖旨碑」として録するが、懿旨碑であることは明らか。懿旨は、仏寺や道観等の宗教施設に対して宛てられることが多い。

を追い求めていたのである。〈豪覇〉とは、モンゴル時代の新たな状況が生み出した存在であったともいえるのかもしれない。そして、この〈豪覇〉こそが、モンゴル時代において支配者層と江南地域とを結ぶ〈仲介者〉としての役割を果たしていたのである。

（伊藤一馬）

第四章　モンゴルのひとたちを売りさばく

――《人などを海外に輸出することを禁じる》――

本章は《人などを海外に輸出することを禁じる》という案件を取り上げ、海外への禁輸品の問題について検討を行う。特に禁輸品の中に〈モンゴル人〉が挙げられることに注目し、〈モンゴル人〉が商品となる背景、人身売買にかかわる人びとの実態についても考察する。

《禁下番人口等物》

大徳七年三月、江浙行省照得：先准　　中書省咨：御史台呈：行台咨：福建廉訪司申：金銀・人口・弓箭・軍器・馬疋、累奉
聖旨禁約、不許私販諸番、非不厳切、縁有一等下海使臣并貪之徒、往往違禁、本船事頭・稍手人等、容隠不首、通同私販番邦。〔糞名〕〔莫若〕(1)明立罪賞、庶革前弊。具呈照詳。送刑部擬到、罪賞事理、仍令廉訪司常加体察相応。都省逐一区処于后、咨請依上施行。
一、下番船隻、先欽奉

（1）原文は「莫若」を「糞名」に誤る。

奏准市舶法則内一款節該、金銀・男子・婦女（一）〔人〕[2]口、並不許下海私販諸番。又一款、船商下海開船之際、合令市舶司輪差正官一員、於船岸、開岸之日、親行検視各大小船内有無違禁之物、如無夾帯、即時放与開洋前去。仍取検視官結罪文状、如将来有告発、或因事発露、但有違禁之物、及因而非理搔擾船商取受作弊者、検視官並行断罪、廉訪司臨（将）〔時〕[3]体察。欽此。除外、体知得、一等不畏公法之人、往往将蒙古人口、販入番邦博易。若有違犯者、厳行断罪。今（従）〔後〕[4]下番船隻、開洋之際、仰市舶司官、用心捜検、如有将帯蒙古人口、随即拘留、発付所在官司解省。

一、馬疋、若有私販番邦者、将馬給付告人充賞。若捜検得見馬、与捜検之人、犯人杖一百七下。市舶司官吏故縦者同罪、罷職不叙。

〔訳〕

《人などを海外に輸出することを禁じる》

大徳七年（一三〇三）三月、江浙行省が調べたところ、以前に受け取った中書省の咨文に次のようにある。御史台の呈文に次のようにある。行御史台の咨文に次のようにある。

福建廉訪司の申文によると、金銀・人・弓矢・武器・馬などは、しばしば奉った聖旨による禁令で、海外諸国に勝手に売り払ってはならず、厳しく取り締まっていないわけではないのだが、一部の海外に出かける使者や貪欲な連中は、ともすれば禁令を破り、その船の船長や漕ぎ手たちは、隠し立てして通報せず、グルになって海外諸国へこっそりと売り払ってしまう。禁令違反の罪と告発に対する褒美を明確にすれば、これまでの問題は改まるであろう。〔御史台が中書省へ〕呈文を送るのでお調べ頂きたい。

〔中書省が〕刑部にこの呈文をまわし、刑部が次のような案を作った。禁令違反の罪と告発者への褒美については、廉訪司に常に実地に調査させるのが良いであろう。都省は一つ一つ、後に条文にて規定を示す。咨文を送るので、このように処置されたい。

一、海外へ赴く船については、以前につつしんで奉じた、上奏して許された「市舶法則」中の一条の概略に、「金銀・男子・女子・召使等は、すべて海外諸国へこっそり売り払ってはならない」とある。

また別の一条には、「海商が海外へ出港するときは、市舶司に交替で正式な官員一人を派遣させ、港において岸を離れる日に、自ら乗船してそれぞれ大小の船において、輸出禁止物品があるかどうかを実見調査させ、もしなければ、すぐさま出港させよ。また、調査を行なった官員には保証書を提出させ、もし問題が告発されたり、事が露見し、禁止物品があった場合、さらにいい加減なことで訳もなく海商を困らせたり、問題を起こしたりすることがあれば、市舶司の調査官はすべて罰し、廉訪司はその都度直接調査せよ」とある。

以上のことは当然のこととして、いま実地に知りえたことであるが、一部のおおやけのきまりを遵守しない連中が、しばしばモンゴル人を海外諸国へ売り払って交易しているのである。もしこのような罪を犯すものがおれば、厳しく処断せよ。いまから海外へ赴く船については、出港の際、市舶司の官員にしっかりと捜査させ、もしモンゴル人を商品としてもっておれば、すぐさま捕え、現地の役所に送り、中書省へ護送せよ。

一、馬については、もし海外にこっそり販売する者があれば、その馬を密告者に与えて褒美とする。もし捜査の際に馬が発見されたならば、捜査者にその馬を与え、犯人は杖一百七回とする。市舶司の役人が黙認したならば犯人と同罪とし、免職の上、再任しない。

（2）原文は「人」を「一」に誤る。
（3）原文は「時」を「将」に誤る。
（4）原文は「後」を「従」に誤る。

一　海外禁輸品の諸相

元朝の時代、モンゴル政権の強力な軍事力の下、ユーラシア大陸全体をつなぐ陸・海の交通網が出現した。もちろんそれ以前の時代にも、さまざまな地域をつなぐ交通路は存在していたが、それが大きく結合され、ヒトとモノの行き来がより大規模に、かつ広範囲に及ぶようになったのが、この時代の一つの特徴といえるだろう。ただそこには、元朝政府が禁令を出して取り締まらねばならない問題も存在した。それが冒頭案件が取り扱う、海上交易における禁輸品の問題である。

まず冒頭案件のタイトル《人などを海外に輸出することを禁じる》についてみてみよう。原文は《禁下番人口等物》とあるものの、諸点校本等ですでに注記されている通り、目録では《禁販下番人口馬疋等物》とある。「販」「馬疋」字が脱落していると考えるべきであり、その方が、内容にもふさわしい。

冒頭案件全体は、成宗テムルの大徳七年（一三〇三）三月に江浙行省《こうせつこうしょう》が中書省から受け取った咨文を中心とし、さらに咨文が引用する諸文書から構成されている。まずこの案件をダイジェストする並行史料として『元史』巻二十一「成宗本紀 四」大徳七年二月壬午（二十四日）の条がある。そこでは「人びとが金銀絲線等物をもって〈下番〉させないように禁じた」とまとめられている。[5] つまり『元史』の本紀編纂を経ると、冒頭案件の禁令は、単に「金銀絲線等物」を「下番」することを禁じるだけの内容になってしまうのである。なお〈下番〉とは、船で南海交易に赴くことをここではいう。また、『元史』本紀の「二月壬午（二十四日）」の日付は、大都で中書省が本案件を発した日であり、本案件の冒頭にある「三月」は、江浙行省がその咨文を受領した日である。

さて『元史』の本紀の記事だけでは、どのような文脈の中に冒頭案件が位置付けられるかはよくわからない。次に本案件に関連する、成宗テムル時代以前における、南海交易をめぐる禁令について見てみよう。冒頭案件に密接にかかわるのが、『元典章』「戸部　八」「課程」「市舶」《市舶則法二十三条》であり、これは世祖クビライの至元三十年（一二九三）の規定である。そのうちの第十四条目は次のとおりである。

一、金銀・銅銭・鉄貨・男子・婦女・人口、並不許下海私販諸番（物）[6]。如到番国、不復前来、亦於元賫去公験空紙内、明白開除、附写縁故。若有一切違犯、止坐船商舡主。

〔訳〕
一、金銀・銅銭・鉄製品・男子・婦女・召使たちは、すべて勝手に海外に輸出して南海諸国に販売することを禁じる。もし南海諸国に至って、二度と帰ってこない人がある場合は、もともともってきた証明書の空白部分に、はっきりと箇条書きにし、（帰ってこない）その理由を書かせる。すべて違反があれば、海外交易商人と船主のみを罪に問う。

ここでは、禁輸品目として「金銀・銅銭・鉄貨・男子・婦女・人口」が挙がっていることを確認しておきたい。貴金属類、貨幣、そして〈ヒト〉が海外交易において商品として輸出してはならないとされているのである。冒頭案件で「欽奉奏准市舶法則」として言及され、「金銀・男子・婦女（一）〔人〕口、並不許下海私販諸番」と引用されているものは、直接的にはこの至元三十年の市舶則法を指すことは明らかである。なお、諸校定本がすでに指摘しているように、いま引用した冒頭案件中の「一」の字は、「人」に校訂するべきである。元刊本では、「一」字は

（5）　禁諸人毋以金銀絲線等物下番。
（6）　「物」は衍字である。

しばしばゲタ字として用いられる。

さて、成宗テムル時代の冒頭案件では、「金銀・人口・弓箭・軍器・馬疋」が禁輸品として取り上げられていた。厳密には「しばしば賜った聖旨」での禁令といわれているので、テムル時代に制定されたと断定できるわけではないが、ひとまずはテムル時代の禁輸品リストと見ておく。ここにはクビライ時代の禁令では取り上げられていた「銅銭・鉄貨」が見えなくなっているかわりに、弓や兵器、そして馬が入っている点が注目される。すべて軍事にかかわるモノである。当然ではあるが、モンゴルに脅威となるようなモノは、海外諸国への輸出は禁じられているのである。

では、冒頭案件より後の時代はどうであろうか。『通制条格』巻十八「関市」「市船」に挙げられる、仁宗アユルバルワダの、延祐元年（一三一四）年七月十九日の聖旨の条格における第一条目を見てみよう。

一、金銀・銅銭・鉄貨・男子・婦女・人口・絲綿・段疋・銷金綾羅・米粮・軍器、並不許下海私販諸番。違者、舶商・船主・綱首・事頭・火長、各決壹伯柒下、船物俱行没官。若有人首告得実、於没官物内壹半充賞。重者、従重論。発船之際、仰本道廉訪司厳加体察。

〔訳〕

一、金銀・銅銭・鉄製品・男子・婦女・召使たち・絲綿・段疋・金をあしらった絹・米粮・武器は、すべて海外に輸出しこっそりと南海諸国に販売してはならない。違反したものは、海外交易商人・船主・綱首・事頭・火長に対し、それぞれ一百七回の杖刑とし、船の積載物はすべておかみが没収する。もし告発するものがいて事実と判明した場合は、おかみが没収したものの半分を褒美として与える。罪が重いものは、相応に処断する。船が出港する際は、その港を含む地域を管轄する廉訪司が厳重に実地調査を加えさせよ。

時　　代	禁　　輸　　品
至元三十年（1293）	金銀・銅銭・鉄貨・男子・婦女・人口
大徳七年（1303）	金銀・人口・弓箭・軍器・馬疋
延祐元年（1314）	金銀・銅銭・鉄貨・男子・婦女・人口・絲綿・段疋・銷金綾羅・米粮・軍器

ここに見える禁輸品のリストは《市舶則法二十三条》や冒頭案件よりも長い物であり、「金銀・銅銭・鉄貨・男子・婦女・人口・絲綿・段疋・銷金綾羅・米粮・軍器」が挙がる。至元三十年の禁輸品はすべて入っていることからすると、冒頭案件では「銅銭・鉄貨」が省略されていたと見るのが穏当かもしれない。また冒頭案件で初めて現れた「軍器」も、延祐元年聖旨に記されている。「弓箭」「馬疋」は言及されていないが、これらは「軍器」に代表されているとも考えられる。

この延祐元年規定では、新たに糸や布製品である「絲綿・段疋・銷金綾羅」と、主穀である「米粮」が加えられている点が注目される。これらの物品は政府の独占的な交易品であって、〈私的な販売〉である「私販」を禁じている、という意味かもしれない。また、絹は中国の主要輸出品であり、この規定自身はそれほど長くは実施されなかったのかもしれない[(7)]。なお、この『通制条格』と同文が『至正条格』「断例」巻十二「廐庫」「市舶」にある。

冒頭案件を含めて、海外への禁輸品に言及する三件の規定をまとめると、上の表のようになる。至元三十年の《市舶則法二十三条》・大徳七年の冒頭案件・延祐元年の規定を並べてみると、冒頭案件では「馬疋」が禁輸品として取り上げられている点が特徴的であることがわかる。モンゴル政権にとって馬は国家の軍事力の根幹にかかわり、厳しく管理されていた。ただ馬の海外への密輸については、冒頭案件以外に言及されているものを見出せない。先に述べたように、「軍器」の語に包含された可能性もあるが、元朝政権における馬政の問題の中からも考究し

（7）　高栄盛『元代海外貿易研究』四川人民出版社、一九九八年、二二八―二三一頁は、この問題について考察している。

ていくべき課題かと思われる。

さらに《市舶則法二十三条》では、禁輸品のリストに続いて、「もし南海諸国に至って、二度と帰ってこない者がいる場合」の規定が詳細に記されている。これは中国から出港する際、乗組員として登録されている者の中に、実際は商品として海外に販売される予定の〈ヒト〉が混じっている可能性を想定した規定であろう。市舶則法や延祐元年規定で「男子・婦女・人口」が禁輸品として明示され、また後で検討するように冒頭案件の主題が「蒙古人口」の禁輸であることを合わせて考えると、〈ヒト〉の海外輸出を元朝政府は厳しく取り締まろうとしていたこと、逆に〈ヒト〉の売買取引が横行していた現実が浮かび上がってくる。この点は、後で検討することとする。

さて元朝政府は禁輸品が交易船に積載されるのを、どのように取り締まっていたのであろうか。冒頭案件では、市舶司の官員が出港の日に船内を実地検分し、違反がないことを保証する書類を提出することとなっている。さらに事後に禁輸品の積載が露見した場合や、海商に対して問題を起こした場合などは、市舶司の官員を処罰することも明言されている。いずれも「又一款」から始まっている一節であり、これは「市舶則法内一款」に係るものであるから、至元三十年にすでに規定されていることである。対応する『元典章』「戸部　八」「課程」「市舶」《市舶則法二十三条》の第二十一条には、次のようにある。

一、船商下海、開舡之際、合令市舶司輪差正官一員、於船舡開岸之日、親行検視各各大小舡内有無違禁之物。如無夾帯、即時開洋、仍取検視官結罪文状。如将来有人告発、或因事発露、但有違禁之物、及因而非理擾擾船商、取受作弊者、検視官並行断罪、粛政廉訪司臨時体察。

〔訳〕

一、海外交易商人が海に出る時、出港の際には、市舶司に交代で正官一名を派遣させ、船が岸を離れる日に、直接大小すべての船の中に禁輪品が積載されていないかを実地検分させよ。もし積載されていなければ、すぐさま出港させ、さらに調査を行った官員からは保証書を取れ。もし後に告発する者がいたり、何かのきっかけで事が露見し、禁輪品があったり、またさらに、いい加減なことで不合理にも海商を困らせたり、問題を起こしたりすることがあれば、実地調査した官員はすべて罪に問い、粛政廉訪司はその都度直接取り調べよ。

これを冒頭案件と比べると、ほぼ同文であることがわかる。ただし細かい所では、たとえば冒頭案件が「即時放与開洋前去」としている所が、「即時開洋」となっているなど、《市舶則法二十三条》の方が簡略化されている印象がある。冒頭案件の方が規定を忠実に掲載しているのかもしれない。一方、冒頭案件では「於船岸、開岸之日」と述べられている所は、《市舶則法二十三条》では「於船舡開岸之日」となっている。それゆえ中華書局点校本は、冒頭案件を「於船〔岸〕〔船〕開岸之日」と校訂している。同様に冒頭案件の「臨将」も、中華書局点校本のように、《市舶則法二十三条》に従って「臨時」に校訂するべきだろう。

また、先に挙げた『通制条格』巻十八「関市」「市舶」の延祐元年の聖旨の条格の第二十条目には次のようにある。

一、舶商下海、開船之日、仰市舶司輪差正官壹員、親行検視各大小船内有無違禁之物。如無夾帯、即時放令開洋、仍取本司検視官重甘罷職結罪文状。如将来有人告発、或因事発露、但有違禁之物、決杖捌拾柒下、解見任、降貳等。受財容縦者、以枉法論。却不得因而非理搔擾舶商。本道粛政廉訪司厳加体察。

〔訳〕

一、海商が海外に向けて出発する時、出港の日には、市舶司に命じて正官一人を交代で派遣させ、直接大小すべての船の中に禁輸品が積載されていないかを実地検分させよ。もし積載されていなければ、すぐさま出港させ、さらに市舶司の実見調査官からは、もし遺漏があれば免職に甘んじる旨の保証書を取れ。もし後に告発する者がいたり、何らかのきっかけで事が露見し、禁制品があったならば、杖八十七回とし、現職を解任の上、二等降格とする。財物を受け取って見逃した場合は、「枉法」として処罰する。このようにして、いい加減なことで不合理に海商を困らせることが無いようにするのである。当該の地域を管轄する粛政廉訪司は厳重に実地調査をするようにせよ。

これも、《市舶則法二十三条》や冒頭案件と内容は大きく異ならないが、文章がより文言に近いことが特徴といえる。ただし、前二者が「及因而非理搔擾舶商、取受作弊者」と述べる部分が、「財物を受け取って見逃した場合は、「枉法」として処罰する。このようにして、いい加減なことで不合理に海商を困らせることがないようにするのである」となっている点は興味深い。ここから、前二者がいう「取受作弊」とは、具体的には〈賄賂を受けて見逃す〉ことを想定している事がわかる。さらに、前二者が「結罪文状」と表現していた部分は、「重甘罷職結罪文状」、つまり〈重ねて甘んじて（問題があれば）免職となる保証書〉となっており、より意味が具体的な表現となっている。いずれにしても、総じて禁輸品輸出の取り締まりの方法は至元三十年に決定され、それが大徳・延祐年間へと継承されていたと結論づけることができる。

では、至元三十年の《市舶則法二十三条》とほぼ同内容にもかかわらず、冒頭案件はどうして大徳七年に出されなくてはならなかったのであろうか。換言すれば、どのような背景の下で冒頭案件が出されたのか、という問題がある。冒頭案件自体は、それが出される経緯を述べないし、直接関連する史料も管見の限り見当たらない。さまざまな要素が絡み合って出されたともいえるだろうが、一つ想起するべきは朱清《しゅせい》・張瑄《ちょうせん》のことである。

朱清・張瑄は、クビライの時代の後半期に、海運を統括した人物である。(8) 陶宗儀《とうそうぎ》が撰した『南村輟耕録《なんそんてっこうろく》』巻五「朱張」は、彼らはもともと南宋末期の海賊であったことを述べる。なお、この文章の末尾には、「胡石塘先生が撰文した『何長者伝』に見える」とあるが、清・呉曽祺《ごそうき》『旧小説』戊集「金元明」に収録されている胡長孺《こちょうじゅ》「何長者伝」がそれに当たる。

朱清・張瑄は元に投降すると、南宋の「図籍」を海路で大都へ輸送した（『元史』巻九十三「食貨志 一」「海運」）。その後、至元十九年（一二八二）に上海総管の羅璧《らへき》らとともに、江南の穀物を大都へ海運することに成功し（前掲「食貨志 一」、『元史』巻百六十六「羅璧伝」）、彼らはこの業務を統括していくことになる。至元二十三年（一二八六）には二人とも海道運糧万戸となり、成宗テムルの時代の元貞二年（一二九六）には江西・河南の行省の参知政事に任ぜられる。

しかしその権勢は長くは続かず、大徳六年（一三〇二）正月、彼らは弾劾されることとなった。『元史』巻二十「成宗本紀 三」大徳六年正月庚戌の条には、「江南の僧である石祖進《せきそしん》が、朱清・張瑄の違法行為十件を申し立てたので、御史台に命じて調査させた」とある。これを見ると僧侶による弾劾が、朱清・張瑄の取り調べの発端になったように見える。しかし、これとは異なるエピソードを記す記事もある。『元史』巻百十九「脱脱伝」は、ジャライルのムカリの子孫である脱脱が江浙行省平章政事であった時のこととして、次のように記す。「時に朱清・張瑄は、海運で成功したことをもって、参知政事にまで出世し、その権勢をたのみにして、多くの違法行為を行ったが、事が露見するのを恐れて、黄金五十両・珠三嚢を脱脱に賄賂として渡し、その罪を隠してくれるように依頼した。脱脱は大いに怒り、かれらを役所に繋いだうえ、使者を派遣して報告した」。これによれば、脱脱が朱清・張瑄の賄賂の提供

（8）朱清・張瑄についての研究は多くあるが、まずは植松正「元代江南の豪民朱清・張瑄について—その誅殺と財産官没をめぐって—」『東洋史研究』二七-三、一九六八年、四六-七一頁（再録：植松正『元代江南政治社会史研究』汲古書院、一九九七年、二九七-三三五頁）を参照するべきである。

を摘発した事になっている。朱清・張瑄の伝は残っておらず、詳細は不明であるが、彼らは多くの有力者に賄賂を送っていたことが発覚し、大徳七年以降、多くの官員が連座して罷免されることとなった。また、朱清・張瑄が誅殺された具体的な年月日もよくわからないが、大徳七年正月に彼らの妻子が大都に連行され、家財が差し押さえられ、「軍器、海船等」が没収された記事が『元史』巻二十一「成宗本紀 四」に見えるので、[9] この時点である程度の決着がついていたと見るのが穏当だろう。

長々と朱清・張瑄の事績を挙げてきたが、ここで注目したいのは彼らが江南の穀物を大都へ海運していただけではなく、海外貿易にもかかわっていたことを示す記事である。同じく『元史』巻二十一「成宗本紀 四」の大徳七年閏五月癸未の条には、「江浙行省右丞董士選《とうしせん》に命じて没収した朱清・張瑄の財産を京師に運ばせ、海外に赴いてまだ帰還していない彼らの商船については、帰港すればすぐにきまり通り官が没収することとする」とある。これを見ると、朱清・張瑄は商用船舶を所有していたこと、そしてまだ海外から帰ってきていない彼らの商船があることがわかるのである。先に言及した『南村輟耕録』も、「（朱清・張瑄のそれぞれの）父子は、位は宰相にまでのぼり、弟姪甥壻といった一族もみな大官であった。田園や屋敷は天下に鳴り響き、もろもろの倉が立ち並び、巨大な船舶は「番夷」をめぐり、輿や騎馬が狭い街中を埋め尽くしている」という（『旧小説』所収「何長者伝」も同じ）[10]。こちらはやや文飾があるようにも思われるが、朱清・張瑄の所有する大型船が、「番夷」と行き来している様子がうかがえる。この「番夷」は南海方面を想定して大過ないであろう。

さて、冒頭案件が大徳七年二月二十四日に発せられたことは、すでに見た。このタイミングは、朱清・張瑄の弾劾と誅殺を経て、その資産の整理が行われている時期と見事に重なる。朱清・張瑄の違法行為は、贈賄については従来の研究でもよく言及されていた。しかし、彼らは南海交易にも大いにかかわっているのであり、それに関連して発覚した不法行為をうけ、冒頭案件が出されたと考えるのも十分可能であろう。先に見たように、朱清・張瑄の

「軍器、海船等」が没収された点から見ると、「軍器」は密輸を目論んだものであった可能性もある。「軍器・馬疋」といった、至元三十年の《市舶則法二十三条》では言及されていない禁輸品が冒頭案件で初めて登場する背景には、朱清・張瑄の処罰の存在が見え隠れするのである。

二　売られていくモンゴル人

さて、冒頭案件で最もショッキングな記述は、「体知得、一等不畏公法之人、往往将蒙古人口、販入番邦博易（実地に知りえたことであるが、一部のおおやけのきまりを遵守しない連中が、しばしばモンゴル人を、海外諸国へ売り払って交易しているのである）」という部分であろう。元朝は少数のモンゴル人が、圧倒的多数の漢人・南人を支配する構造で知られているが、支配者層のモンゴル人すら売買の対象となり、海外に輸出されている事実がここから見出されるのである。おそらく経済的に困窮したモンゴル人が売買されたのであろうが、その具体的な背景は、冒頭案件から見出すことはできない。

元朝時代において、モンゴル人の窮乏を示す記事は『元史』にもいくつか見える。たとえば『元史』巻十三「世祖本紀 十」至元二十一年（一二八四）十一月癸卯の条には、「貧乏であるモンゴル人の也里古・薛列海・察吉児などに鈔十二万四千七百二十二錠を賜った」とあり、また同十二月是月の条に「貧乏であるモンゴル人の兀馬児などに鈔二千八百八十五錠、銀四十錠を賜った」と記されている。『元史』において「蒙古貧乏」の表現はこの二例だけで

（9）（乙卯）命御史台・宗正府委官遣発朱清・張瑄妻子来京師、仍封籍其家貲、拘収其軍器・海船等。
（10）二人者、父子致位宰相、弟姪甥壻、皆大官。田園宅館徧天下、庫蔵倉庾相望、巨艘大舶帆交番夷中、輿騎塞隘門巷。

あり、それぞれの支給額もかなり多いので、これらの場合は何らかの特殊な事情を考慮するべきかもしれない。

また、モンゴル人諸王が窮乏をカアンに訴え、何らかの給付に与る事例はよく見られる。『元史』巻十八「成宗本紀 一」元貞元年（一二九五）正月癸亥の条では、「安西王阿難答《アナンダ》・寧遠王闊闊出《ココチュ》は、配下の貧乏を言上してきたので、安西王に鈔二十万錠、寧遠王に六万錠を賜った」とある。ただし、どれほどの窮乏状態にあるのかはよくわからず、本紀の記事だけでは貧乏の背景も不明瞭である。「安西王阿難答」は、クビライの孫のアナンダであるが、彼は翌年五月にも同様の訴えを成宗テムルにし、頻繁な支給要請をたしなめられている。『元史』巻十九「成宗本紀 二」元貞二年五月辛未の条にはこのようにある。「安西王は使者を派遣し、貧乏であることを告げた。成宗テムルは次のようにいった。『世祖クビライは、分け与える難しさをもって、かつて聖訓を出されたことがある。アナンダもまたこれを知っているだろう。貧乏だというのは、どうしてお前ひとりだけであろうか。去年は鈔二十万錠を賜い、糧食も提供した。いままた与えれば、〈ほかの〉諸王は不公平だと思うだろうし、与えなければ、おまえは餓死者の多さをいうだろう。いま糧食を一万石支給するから、貧しいものを選んで救済せよ』」[11]。本当に窮乏しているのか、どれほど窮乏しているのか、なぜ貧しいのかはよくわからないが、モンゴル人諸王はカアンに訴え出ることによって、何らかの援助を受け取れたことは事実である。

もう少し具体的なモンゴル人の窮乏の例としては、中国に駐屯するモンゴル人兵士についての記事がある。『元史』巻百三十四「千奴伝」によると、大徳七年（一三〇三）に嘉議大夫・大都路総管兼大興府尹となった千奴は、通議大夫・同僉枢密院事にすすみ、次のような上奏をする。「モンゴル軍の山東・河南にいるものは、甘粛に出張防衛することになると、万里を越えていかねばならず、軍装馬装の費用はすべて自弁となり、出征のたびに財産を金に換え、ひどい場合は妻子を売りに出している。（後略）」[12]。遠方への出征となると、モンゴル人兵士が貧困の危機に瀕するありさまが、ここからは見出せるだろう。また、場合によっては、モンゴル人の妻子が〈売りに出される〉事態もあることが読み取れる。後略部分では、現在は辺境において戦闘はないのであるから、甘粛に近い所から守備兵を出すようにしてはどうかという提案が述べられ、それがこの上奏の骨子となっている。

一方、戦争状態ともなれば、当然のごとく戦争罹災者のモンゴル人も発生する。アルタイに駐屯するトガチ（脱火赤）が延祐三年（一三一六）末に反乱を起こすと、その被害をこうむった者たちが窮乏していることがわかる記事が、『元史』巻二十六「仁宗本紀 三」延祐四年（一三一七）二月丙寅にあり、「諸王の管轄下ではトガチの乱に直面したことによって、百姓は貧しくなってしまったので、鈔十六万六千錠・米一万石を支給して救済した」と記されている。[13] トガチの反乱は北辺で起こっており、ここでいう「百姓」はモンゴル人を想定してよいだろう。

また、寒冷なモンゴル高原で遊牧生活を送るモンゴル人たちが、自然災害によって家畜を失い窮乏することも、もちろん容易に想像できる。たとえば『元史』巻三十五「文宗本紀 四」至順二年（一三三一）十一月丁丑には、「興和路の鷹坊戸やモンゴルの一万千百戸余りが、大雪のため家畜が凍死してしまったので、米五千石で救済した」という記事がある。[14] この記事では具体的にどの地域のモンゴル人が被害に遭い、どの機関が救済したのかは不明であるが、もう少し情報がある記事も示してみよう。『元史』巻三十五「文宗本紀 四」至順二年四月甲子の記事では、「鎮寧王那海の部曲二百が、風雪のために家畜を失ってしまったので、嶺北行省《れいほくこうしょう》に命じて二ヶ月分の食料を（救済のため）支給させた」とある。[15] モンゴル人にとって、主たる財産である家畜が死んでしまえば、生活が成り立たな

(11) 辛未、安西王遣使来告貧乏、帝語之曰「世祖以分賚之難、嘗有聖訓、阿難答亦知之矣。若言貧乏、豈独汝耶。去歳賜鈔二十万錠、又給以糧。今与、則諸王以為不均、不与、則汝言人多餓死。其給糧万石、択貧者賑之」。
(12) 上疏言「蒙古軍在山東・河南者、往戍甘粛、跋渉万里、装槖鞍馬之資、皆其自辦、毎行必鬻田産、甚則売妻子。（後略）」。
(13) 丙寅、以諸王部値脱火赤之乱、百姓貧乏、給鈔十六万六千錠・米万石賑之。
(14) 丁丑、興和路鷹坊及蒙古民万一千一百餘戸、大雪畜牧凍死、賑米五千石。

くなる。戦乱ならば、ある程度は避けようがあるだろうが、牧草が失われる干ばつや、家畜そのものの命を奪ってしまう大雪・寒冷といった自然災害はどうしようもない。もちろん、上で挙げたように政府の救済例はあるが、すべてをカバーできたとは到底考えられない。

以上のように、元朝期において支配者層を形成していたモンゴル人といえども、生活に困窮するきっかけはいくらでもあった。そして、その結果「妻子を売りに出す」モンゴル人の実例も史料から見出すことができる。では〈売られたモンゴル人〉は、どのように〈流通〉したのだろうか。少なくとも冒頭案件を見る限り、中国世界を経由して、海外に流れていくケースがあったことは間違いない。このような前提の下、〈売られるモンゴル人〉についてもう少し考えてみたい。

前節で取り上げた《市舶則法二十三条》では、「男子・婦女・人口」が禁輸品として挙がっていた。しかし冒頭案件の大徳七年では、特にモンゴル人の海外輸出が問題として取り上げられている。売買されるモンゴル人の実情について、元朝政府はどれほどの認識をもっていたのであろうか。

『元史』巻十六「世祖本紀 十三」至元二十八年（一二九一）六月丁卯朔の条には「モンゴル人が回回の地に行って商人となることを禁じる」という記事がある。[16] これに対し中華書局点校本の校勘記は、本条と対応する次の『通制条格』巻二十七「雑令」《蒙古男女過海》を根拠に、本紀の記述に脱落があると考えている。

《蒙古男女過海（モンゴルのむすこ・むすめが海を渡る）》

至元二十八年六月初一日、欽奉聖旨：泉州那裏毎海船裏、蒙古男子・婦女人毎、做買売的往回回田地裏、忻都田地裏将去的有、廕道、聴得来。如今行文書禁約者、休教将去者。将去人有罪過者、廕道、聖旨了也。欽此。

〔訳〕

至元二十八年（一二九一）六月初一日に、つつしんで受け取った聖旨に次のようにある。泉州の在地の海上をゆく船で、モンゴル人のむすこ・むすめたちを、商売する者たちが回回の地やインドの地にもっていっているのである、と、耳にした。いま、文書を回して禁止せよ。もっていかせるな。もっていく者がおれば罪に問え、という聖旨であるぞ。欽此。

この案件の日付の「六月初一日」は、世祖本紀にいう丁卯朔に当たる。そして「蒙古男子・婦女人毎（＝〈モンゴル人のむすこ・むすめ〉）」を、「做買売的（＝〈商売をする者〉）」が、「回回や忻都の田地に将去する（回回［イランなどを考えるべきだろう］やインドの地に連れていく）」ことが、ここでは禁止されているのである。中華書局点校本の校勘記は、冒頭案件も参照しつつ、世祖本紀の「禁蒙古人往回回地為商賈者」は「禁〔将〕蒙古人〔口〕往回回地為商賈者」とするべきである、と考えている。従うべきである。つまりこの部分の『元史』世祖本紀は、ある意味において、《モンゴルのむすこ・むすめが海を渡る》の直訳体を〈誤訳〉したのである。

いずれにせよ、至元二十八年六月段階で、モンゴル人が商品として海外に輸出されていることをクビライや元朝政府は認識しており、禁令を出しているのである。しかし、冒頭案件が出された大徳七年においても、このモンゴル人の海外輸出問題は続いていた。では、大徳年間以降はどうだろう。本書で中心的に扱っている『元典章』「刑部十九」の「禁典雇」には次のような短い案件が収録されている。

《禁典買蒙古子女（モンゴルの子女を典売（買い戻し条件付き売買）することを禁じる）》

延祐七年十（一）〔二〕[17]月　至治改元

(15)（甲子）鎮寧王那海部曲二百、以風雪損孳畜、命嶺北行省賑糧両月。

(16)禁蒙古人往回回地為商賈者。

詔書内一款：回回・漢人・南人典買蒙古子女為軀者、詔書到日、分付所在官司、応付口糧収養、聴候具数開申、中書省定奪。

〔訳〕

延祐七年（一三二〇）十二月、至治改元の詔書の内の一款に次のようにある。

回回・漢人・南人でモンゴルの子女を典買して軀としている者は、詔書が届いた日より、所在の官司に引き渡し、食料を支給して保護することとし、人数をそろえて上申するのを待って、中書省が処置することを許す。

ここでいう「至治改元の詔」は、『元典章』新集「詔令」に収録されており、該当の部分は四条目に見える。(18) これを見ると、延祐七年（一三二〇）においても〈売買されるモンゴル人〉は相変わらず存在し、カアン自身もこの問題を認識して、救済措置を取ろうとしていることがわかる。しかし、これも一時的な対処療法にしかならなかったのではないだろうか。〈売買されるモンゴル人〉がいなくなるような抜本的な解決方法は、もちろんこの後も提示された形跡はない。

モンゴル人の商品としての取引や、海外輸出に関する問題は、《蒙古男女過海》（至元二十八年）・冒頭案件（大徳七年）・《禁典買蒙古子女》（延祐七年）と、何度も取り上げられ、モンゴル政権も看過できないものとして認識していたことは間違いない。さて、少しわき道にそれるが、事の重大さを明初の『元史』編纂者たちは十分に認識していたのかどうかよくわからない記事がある。それは『元史』巻百五「刑法志　四」「禁令」の記述である。

海外に赴く使臣や海商で、中国の生口・宝貨・戎器・馬匹を海外にもたらすものは、廉訪司がこれを取り締まれ。商人で金銀を買い集めて海外に赴くものは、これを禁止し、違反者は処罰せよ。海岸線の豪民で、海外の

商人と交易して銅銭を海外に流出させる者は、一百七回の杖刑に処す。(19)

先に見たように、馬の海外輸出禁令は冒頭案件から始まるものであり、また違反者が百七回の杖刑とされていることなどから見て、この記述は冒頭案件の時代以降の禁令をまとめているものと判断できる。しかし一見してわかる通り、この刑法志の記述は冒頭案件のように「蒙古人口」の禁輸をいわず、そのかわりに他には例を見ない「中国生口」を禁輸品として挙げているのである。つまり、「男子・婦女・人口」と表現されていた禁輸品を、「中国生口」と表現しているのだ。しかしそうであるならば、わざわざ取り立てて「蒙古人口」の禁輸を規定した冒頭案件の意図は失われてしまう。加えて〈売買されるモンゴル人〉が問題化された事実も、この部分では見えなくなってしまっている。その意味で、この刑法志の禁輸品リストは、実に中途半端なものといわざるを得ない。

さて、先に挙げた《禁典買蒙古子女》で注目するべきは、〈売買されるモンゴル人〉を〈商品として取り扱う〉存在として「回回・漢人・南人」が特に取り上げられている点である。この場合の「回回」は〈ムスリム商人〉と考えてよいだろう。そして、予想通りというべきかもしれないが、「漢人・南人」も、モンゴル人を〈商品として取り扱う〉主体であったのである。では、モンゴル人を含む〈商品としてのヒト〉を取り扱う〈売り手〉と〈買い手〉は、どのようにして取引を行っていたのであろうか。次節ではこの点を考えてみたい。

(17)「二」は「三」の誤りである。諸校定本がすでにそのように校する。
(18)一、回回・漢人・南人典〔売〕〔買〕到蒙古子女為軀者、詔書到日、分付所在官司、応付口糧収養、聴候具数開甲、中書省定奪。
(19)諸下海使臣及舶商、輒以中国生口・宝貨・戎器・馬匹遺外番者、従廉訪司察之。諸商賈収買金銀下番者、禁之、違者罪之。諸海浜豪民、輒与番商交通貿易銅銭下海者、杖一百七。

三　〈ヒト〉を売買する

海外交易が非常に発達する中で、元朝政府は禁輸品を規定していく。その一方でそれをすり抜けようとする「一等下海使臣、并貪之徒」や「一等不畏公法之人」の存在が問題となっていたことは、冒頭案件などから見出される。また、前節で見た通り、モンゴル人を含む〈ヒト〉の売買には、「回回・漢人・南人」がかかわっていた。

元代における実際の商取引の現場については、会話テキストとして有名な『老乞大《ろうきつだい》』に実にリアルに描かれている。そこでは、高麗の商人たちが大都にやってきて商売を行う様子を見ることができる。ところで、〈ヒト〉の取引に絞って考えてみた場合、実際にはどのような手続きを踏んで〈ヒト〉の売買が行われていたのであろうか。ここでは視点を変えて、『元典章』の中から〈ヒト〉の取引の問題を見てみたい。

まず、どのような〈ヒト〉が商取引の対象であったのだろうか。本書で中心的に扱っている『元典章』「刑部 十九」「諸禁」の「禁誘略」の二件目には、次のような案件がある。

《応売人口官為給拠（売ってもよい「人口」は官が証明書を出す）》

至元三十年十一月、江西行省准　中書省咨：拠福建行省備：建寧路申：閩海道廉訪司牒：閩広之地、前時守令非人、民失其所、遂有盜賊生発、互相擄掠人口、官司莫之省問、縦令販売、或公然要銭収回。加以作乱地面、提兵一至、玉石倶焚、所擄人口、雖曰分間、未嘗一一能尽。合無今後作過之人家属、官為見数、不許収捕官兵分要及匣勒。江南司県、応売人口、依例於本処官司陳告来歴根因、勘会是実、明白給拠、方許成交。仍令関津渡口厳加検索、如有違犯、痛行断罪、其所売人口、随即為良、厥価入官。若本処把隘人員不為用心、致有脱漏者、罪亦及之。得此。本省除已遍下、応売人口、依例先於本処官司陳告所売人口来歴、給拠方許成交、仍令関津渡口把隘人員厳加検索。外拠的係賊人老小、官為羈管、依例咨発。請定奪。都省議得、軍兵擄到人口、令本路官与廉訪司官一同分間。如委係作（久）〔歹〕(20)賊徒家属、依例施行。外拠駆擄良人、随即発付元籍、召親完聚施行。

〔訳〕

至元三十年（一二九三）十一月に、江西行省が受け取った中書省の咨文に次のようにある。受け取った福建行省の備に次のようにある。建寧路の申文に次のようにある。閩海道廉訪司の牒に次のようにいう。

閩広の地は、さきに適当な長官がいなかったがために、人びとは生業を失い、ついには盗賊が発生し、たがいにヒトを奪い合った。官司はこれを取り締まらず、勝手に販売させたり、公然と金をとって取引させたりしていた。さらに紛争地域は兵火を受け、無辜の民も罪人もともに殺されてしまった。盗賊に捕えられていたヒトたちは素性が調べられていたとはいえ、一人一人が丁寧に調べられたわけではなかった。

今後は、罪人の一族郎党は、官司が実数を把握し、鎮圧に入った兵士たちが〔勝手に〕その者たちを山分けしたり、強制的に割り当てて働かせたりしないようにするべきである。江南の司県は、売買できるヒトについては、きまり通り当該地域の官司がそれらの来歴・根拠を申告させ、確かめて問題が無ければ、証明書を発給し、はじめて売買を許すこととする。また、関所や渡し場においては、厳重に検査・監督をさせ、もし違反するものがあれば厳しく処罰する。そして、売られたヒトについては、すぐに良人とし、その代金は官が没収する。もし、関所や渡し場の者たちが怠慢で見逃すことがあるような

(20)　原文は「歹」を「久」に誤る。

らば、当該監督者を処罰する。〔以上のようにするべきである〕得此。

本省（福建行省）は、関係各所に文書を回し、売買できるヒトについては、決まり通り、まず当該地域の官司において、取引するヒトの来歴を申告させ、官が証明書を出して初めて取引を許すこととする。なお関所や渡し場を守る者たちに厳しく取り締まらせたのはもちろんのことであった。そのほか、盗賊の郎党たちについては、官が身柄を拘束して、きまり通りに処理することとする。〔中書省に文書を送るので〕ご判断を請う。

都省が協議したところ、兵士が捕まえたヒトについては、当該路の官員と廉訪司の官員とが一緒に調査・分類し、もし本当に盗賊の一族郎党であれば、きまり通り処分する。それ以外の捕まえられた良人については、すぐに原籍に戻し、もとの家族と一緒にさせることとする。

本案件は盗賊が横行し、政権が兵士を派遣して鎮圧を行っている地域にかかわるものである。このような混乱状況においては、兵士が捕まえた〈ヒト〉や、盗賊が捕えていた〈ヒト〉が、勝手に売買取引される可能性があった。本案件は、そのような状態を交通整理することを目的としている。まず重要なことは、地方行政府がきちんと〈ヒト〉の素性を調査し、〈売買してよいヒト〉なのかどうかを明らかにし、取引可能な〈ヒト〉であれば、その旨を記した証明書を発行していることである。そして、〈売買してよいヒト〉とは、すなわち〈「良人」ではないヒト〉であることが読み取れる。つまり、「良人」として戸籍登録されている〈ヒト〉は納税者であり、〈売買対象〉ではないのである。本書第三部第一章「戸籍と〈本俗〉」においては、本案件にも出てくる「人口」の語について検討されているが、そこでも言及されるように、人身売買されるのは「駈口」などの「賎」に分類される非納税者なのである。この点は、大前提として重要である。また、このような〈商品としてのヒト〉は、「関津渡口」で厳重にチェックされている。もちろんそこでは、官が発給した証明書との照合が行われるのだろう。この点からは、〈商品としてのヒト〉が、水運を使って遠距離流通する場合もあることが想定できる。

では、〈取引してよいヒト〉であることが確定された後は、どうなるのであろうか。同じく『元典章』「刑部 十九」「諸禁」「禁誘略」には《略売良人新例》という案件があり、こちらは〈取引してはいけないヒト〉について、詳細な規定を載せている。これを見ることで、逆に〈取引してよいヒト〉の売買について考えてみたい。

《略売良人新例（良人を手段を弄して売ることについての新たな規定）》

大徳八年六月　日、江西省准　　中書省咨：河南省咨：襄陽路申：略売良人事、咨請照験。照得、至元三十〔一〕[21]年十月欽奉

聖旨節該、「強掠者、以強盗例科断、人帰本家。和誘者、各断一百七下」。欽此。議得、今後諸掠売良人為奴婢者、[22]【略、謂設方略、不和而取。十（議）〔歳〕[23]以下、雖和亦同略（去）〔法〕[24]】一人断一百七・流遠、二人以上処死。為妻妾子孫者、一百七・徒三年。因而殺傷人者、同強盗法【見血為傷。因掠殺傷傍人亦同】。若略而未売者、減一等。和誘者【誘謂和同】、又各減一等【謂誘一人、売為奴婢者、於流罪上減一等。一人以上、於死罪上減三等。為妻妾子孫者亦准此】。及和同相売為奴婢者、各断一百七。掠誘奴婢貨売為奴婢者、各減略誘良人罪一等。為妻妾子孫者、七十七・徒一年半。知情娶買及窩蔵受銭者、各逓減犯人罪一等【逓減、謂知情娶買減犯人一等、窩蔵人又減一等】。假以過房乞養為名、因而貨売為奴婢者、九十七、引領牙保

(21) 諸校訂本にしたがって「一」を補う。
(22) 【 】は、原文においては双行の割注で表示される。
(23) 原文は「歳」を「議」に誤る。
(24) 原文は「法」を「去」に誤る。

（情知）〔知情[25]〕減二等、価銭没官、人給（園）〔円[26]〕聚。如（元無）〔無元[27]〕買契書・官司公拠、務司輒行税契者、決四十七。有司不応給拠而輒給者、依務司断罪。及承告不即追捕者、決四十七。関津過所、主司知而受財縦放者、減犯人罪三等、仍除名不叙。失検察者、笞二十七【謂関津渡口、応盤去処】。如能告獲者、略人每人給賞三十貫、和誘每人二十貫、以至元鈔為則、於犯人名下追徴、無財者徴及知情安主・牙保、応捕人減半給之。其事未発而自首者、原其罪。若同伴有能悔過自首、捉獲徒党者、免罪、仍減半給賞。再犯及因掠傷人者、不在首原之例。於大徳八年三月十六日

奏過事内一件、「去年冬間、有一起賊将百姓每的媳婦・孩兒掠将去、那個城子裏売做奴婢的呉馬兒一起賊人拿住、取了招伏、

上位奏過、（名）〔合[28]〕正典刑的正典刑了、合杖断一百七下・流遠的流遠了（的）、合配役的交配役了来。因著這的每、俺商量来：若不厳切禁治呵、賊人每日漸的多去也。今後諸掠誘良人為奴婢者、略売一個人断一百七下・流遠、二人已上処死。為自己妻妾子孫者、断一百七下・徒三年。因而殺傷人者、同強盗断罪。若略而未売者、減一等。和誘者、又各減一等。又和同相売為奴婢者、各断一百七下。又掠誘奴婢貨売為奴婢者、各減掠誘良人罪一等。将這奴婢人每為妻妾子孫者、断七十七下・徒一年半。知情娶買及窩蔵受銭者、各遞減犯人罪一等。又仮以過房乞養為名、因而貨売為奴婢者、断九十七下。引領牙保知情、減二等。価銭没官、人給（園）〔円〕聚。如無元買契書・官司公拠、務司輒行税契者、決四十七下。有司不応給拠輒便給拠者、依務司一体断罪。及承告不即追捕者、決四十七下。関津渡口当該的官人每、知而受財縦放者、減犯人罪三等、除名不叙。失検察者、笞二十七下。這般勾当如能告獲者、掠人每人給賞中統鈔三定、和誘每人賞中統鈔両定、於犯人名下追徴、若無財者、於知情安主・牙保人処追徴、応捕人減半給賞。其事未発自首告者、与免其罪。若同伴有能悔過自首、捉獲徒党者、免罪、仍減半給賞。本人再犯及因掠傷人者、雖曽首告来呵、

不免他的罪過。這般商量来。依著俺定来的体例行呵、怎生」、麼道、

奏呵、奉

聖旨「那般者」。欽此。

〔訳〕

大徳八年（一三〇四）六月某日、江西省が受け取った中書省の咨文に次のようにある。河南省の咨文に次のようにある。襄陽路の中文に次のようにある。「手段を弄して良人を売る事について、咨文をお送りするのでお調べ頂きたい」。

調べてみるに、至元三十一年（一二九四）十月につつしんで奉った聖旨の概略に、「無理やり連れ去った者は、強盗の例に従って処罰し、連れ去られた人は本人の家に帰らせる。納得の上で連れていった者は、一百七回の杖刑とする」。

協議したところ、今後は良人を無理やり連れ去って売り、奴婢にした者は【「略」とは、方略を設けて、同意の無いまま取ることをいう。十歳以下は、同意があったとしても「略」と同じとする】、一人ならば一百七回の杖刑の上で流遠とし、二人以上ならば死刑に処す。妻妾や子孫とした者は、一百七回の杖刑の上で三年の徒刑とする。いい加減なことで殺傷に及んだ者は、強盗の法でもって処罰する【流血すれば「傷」とする。無理やり連れ去ろうとして傍の人を殺傷した場合も同じ】。もし手段を弄して連れ去っても、まだ売り飛ばしていない者は、罪を一等下げる。納得の上連れていった者は【「誘」というのは「和」と同じである】、またそれぞれについて罪を一等下げる【一人を納得の上連れていき、売って奴婢とした者は、流罪から罪を二等下げる。一人以上の場合は、死罪から罪を三等下げる。妻妾や子孫とした者もまたこれに準じる】。お互い納得

(25) 原文は「知情」を「情知」に誤る。
(26) 原文では「園」は略字体で表記される。「圓」の略字として書かれたものであろう。
(27) 原文は「無元」を「元無」に誤る。
(28) 原文は「合」を「名」に誤る。

の上で売って奴婢にした者は、一百七回の杖刑とする。無理やりに、あるいは同意の上で奴婢を商品として売って奴婢にした者は、手段を弄して、あるいは納得の上で良人を連れていく罪よりも一等下げる。妻妾や子孫とした者は、それぞれ順に〔＝七十七回の杖刑のうえ、一年半の徒刑とする。事情を知りながら買って娶ったり、隠しもって金銭を受け取った者は、それぞれ順に〔＝「逓減」〕犯人よりも罪を一等下げる【「逓減」とは、事情を知りながら買って娶った者は犯人よりも罪を一等下げ、隠しもった人はまた、それより一等を下げることをいう】。過房乞養を名目に、いい加減なことで商品として売って奴婢にした者は、九十七回の杖刑とし、連れて行った牙保が事情を知っていれば罪を二等下げ、価格の金銭は官が没収し、被害者は家族と一緒にさせる。もともとの売買契約書や・官司が発給した証明書がないのに、税務司がたやすく契約税を納めさせた者は、四十七回の杖刑とする。有司が証明書を出すべきではないのに出した者は、その税務司において処断する。密告をうけたのにすぐに捕縛を行わなかった者は、四十七回の杖刑とする。関所や渡し場で、監督者が事情を知りながら賄賂を受けて、見逃した者は、犯人より罪を三等下げ、なお罷免して再任はしない。取り締まりを怠った者は、二十七回の笞刑とする【「関津渡口」とは、まさに集散する地点をいう】。もし密告があって捕縛できた場合は、手段を弄して連れ去った者一人につき三十貫を賞金とし、納得の上で連れていった者一人につき二十貫を賞金とし、至元鈔で与え、〔賞金は〕犯人から徴収するが、財産が無ければ事情を知っていた買い手や牙保から徴収し、捕縛した当人には半分を賞金として与える。事が露見する前に自首した者は、無罪とする。もし共犯者で罪を悔いて自首したり、一味を捕まえた者は、罪を許し、賞金の半額を与える。再犯の者であったり、無理やり連れて行こうとして傷害を与えた者は、自首免罪を適用しない。

大徳八年三月十六日に上奏した事案のうちの一件に次のようにある。「去年の冬に、百姓の妻子を無理やり連れ去り、ある都市で売り飛ばして奴婢とした呉馬兒という盗賊を捕まえて、自白状を取った。カアンに上奏したところ、まさに決まり通りにするべきは決まり通りとし、一百七回の杖刑の上、流遠の者は流遠にし、配役するべきは配役させたのであった。これらの事より、われわれは次のように協議した。

もし厳しく取り締まらなければ、賊人たちは毎日次第に多くなっていくであろう。今後は、良人を無理やり連れ去ったり、同意の上で連れていって奴婢にした者は、手段を弄して売った者は一百七回の杖刑のうえ流遠とし、二人以上の場合は死刑とする。自分の妻妾や子孫とした者は、一百七回の杖刑の上で三年の徒刑とする。いいかげんなことで殺傷に及んだ者は、強盗の罪と同様に処刑する。もし手段を弄して連れ去ってもまだ売り飛ばしていない者は、罪を一等下げる。納得の上で連れていった者は、またそれぞれ罪を一等下げる。またお互い納得の上で売って奴婢にした者は、一百七回の杖刑とする。また無理やりに、あるいは同意の上で奴婢を商品として売って奴婢にした者は、それぞれ良人を無理やりに、あるいは同意の上で連れ去った罪より一等下げる。この奴婢を妻妾や子孫とした者は、七十七回の杖刑のうえ、一年半の徒刑とする。事情を知りながら買って娶ったり、隠しもって金銭を受け取った者は、それぞれ順に犯人より罪を一等下げる。また過房乞養を名目に、いい加減なことで商品として売って奴婢とした者は、九十七回の杖刑とし、連れて行った牙保が事情を知っていれば罪を二等下げ、価格の金銭は官が没収し、被害者は家族と一緒にさせる。もともとの売買契約書類や、官司が発給した証明書が無いのに、税務司がたやすく契約税を納めさせた者は、四十七回の杖刑とする。有司が証明書を出すべきではないのに出した者は、税務司において処罰する。密告を受けたのにすぐに捕縛を行わなかった者は、四十七回の杖刑とする。関所や渡し場で、監督業務にあたっている官人たちが、事情を知りながら賄賂を受けて見逃した者は、犯人の罪を三等下げ、罷免して再任はしない。取り締まりを怠った者は、二十七回の笞刑とする。この事件ついて密告があって捕縛できた場合は、人さらい一人につき中統鈔三定を賞金とし、納得の上で連れて行った者一人につき中統鈔二定を賞金とし、犯人から徴収するが、もし財産が無ければ、事情を知っていた買い手や牙保の者から徴収し、捕縛者自身には半分を賞金として与える。事が露見する前に自首した者は、無罪とする。もし共犯者で罪を悔いて自首したり、一味を捕まえた者は、罪を許し、賞金の半額を与える。その者が再犯であったり、無理やり連れて行こうとして傷害を与えた者は、自首したとしてもその罪は許さない。このように協議した。われらの定めた決まり通りにしてはいかがでしょうか」と上奏したところ、聖旨を奉り、「そのようにせよ」〔とのことであった〕。

少々長い案件である上、前半の至元三十一年の聖旨の後ろから、大徳八年三月十六日の上奏までの部分が、どのような文書の内容なのかよくわからない問題もある。おそらくこの部分は、至元三十一年の協議・決定事項であり、大徳八年に再確認されている、と考えて良いのではないだろうか。いずれにせよ、この案件でも「良人」は〈売り買いしてはいけないヒト〉であることが明確に指摘されている。

さて、この案件は裏を返せば、「賎」の〈ヒト〉はどのように取引されるかを考えるヒントが示されているといえる。まず〈ヒト〉の売買においては、先に見た《応売人口官為給拠》にも出てきた、その人物が〈取引して良いヒト〉であることを示す「官司公拠」や売買契約書が必要であり、それらをもって税務に赴いて確認を取り、納税をしなければならないことがわかる。また、本案件でも「関津過所」「関津渡口」といった交通の要衝での、〈商品としてのヒト〉の検査が行われていたことが述べられ、場合によっては賄賂を渡すことで、〈取引してはいけないヒト〉も流通していたともいえるだろう。

そして商取引において無視できない〈仲介者〉である、〈牙〉の存在も見出せる。本案件で扱われる〈ヒト〉の取引においても、〈牙人〉〈牙保人〉が〈仲介者〉として売り手と買い手をつないでいるのである。本案件では、〈取引してはいけないヒト〉の取引において、事情を知りながらかかわった〈牙人〉が処断される規定が示されている。さらに、犯人が密告者や捕縛者への賞金が支払えない場合は、〈牙人〉がそれを肩代わりしなければならないことも規定されている。

冒頭案件に関連付けていうならば、困窮したモンゴル人は、おそらくは前節でみたように「回回・漢人・南人」の商人によって取引されており、そこで売り手と買い手を仲介していたのは〈牙人〉なのである。ただし本案件を

図23　浙江省嘉興市現存後至元六年立石「嘉興路重建水駅記」碑（山本明志撮影）

見る限り、その〈困窮した結果、商取引されるモンゴル人〉は、規定上「良人」であってはならず、「駈口」などの「賤」でなければならないし、それを証明する公的な文書も必要であったのだろう。それらが揃っていれば、少なくとも〈中国〉において、合法的に流通は可能であった。一方、第二節で取り上げた至治改元の詔では、そのような「軀」となっているモンゴル人は、官が保護することが述べられていた。とはいうものの、モンゴル人の「軀」の「典売」自体が違法行為とされているわけでもない。

　さて本案件が、しつこいぐらい事細かに〈ヒトの売買の規定〉を述べるのは、裏を返せば、大量の違法な〈ヒト〉の取引がなされていたからなのであろう。そこには〈商取引されるモンゴル人〉も多くいたと思われる。あるいは、第一節で推測したように、冒頭案件が朱清・張瑄に深くかかわるものであるとするならば、〈モンゴル人〉を売りさばく主体として、朱清・張瑄のような〈南人の大官〉、あるいは〈南人の権豪勢要〉が大きくかかわっていたことも考えられるのである。

このような状況を見るに、元朝の支配者層たる〈モンゴル人〉の〈中国世界〉における立場は決して単純なものではなく、さまざまなレベルがあることに気づかされる。〈支配する側〉と〈支配される側〉の関係は、ある場合においては〈売られるヒト〉と〈売りさばく主体〉の関係にねじれてしまっている。冒頭案件は、この〈ねじれ〉こそが、元朝期の中国世界を見る有効な視座となる可能性を示しているように思われるのである。

（山本明志）

あとがき

本書は、「はじめに」において『元典章』の性格を要約し、「元朝期の〈民間〉が〈役所の近辺〉で編集して上梓した、官吏のマニュアルを擬した法令集」とした。この要約が、われわれ〈胡馬越鳥の会〉がたどり着いた一応の結論であるが、ただし、当時を生きた人たちはタタールも色目も漢人も、今日のわれわれと異なった世界観の中にあったことは明らかで、もっと適切な日本語があれば〈法令〉や〈民間〉といったタームを別の言葉に言い換えたいと、「あとがき」を書いている現在もぐずぐずと考えている。

たとえば、モンゴル時代の諸制度について重要な証言を残した同時代人・胡祇遹《こしいつ》は、彼の文集『紫山大全集』巻二十二「雑著」「論定法律」において次のように述べている。

……いま、上は中書省や六部、下は末端の地方衙門にいたるまで、どこでもみな、法文チェックの役人が設置されている。が、検査・照合すべき法律の方が定められていない。『泰和律《たいわりつ》』に依拠することは至元八年（一二七二）に禁令が出て、できない。「モンゴルの祖宗の家法」を漢人はすべて知ることができないし、また、文書化された頒降《はんこう》があったわけでもない。……わたくしが愚考するに、廃止してしまうわけにはいかない緊急かつ重要な法律を『泰和律』の中から一、二百条選び、それを「モンゴルの祖宗の家法」とセットにして、状況や意図が共通するものについてはモンゴル文字モンゴル語で意味を解説し、ご進講申し上げ、その都度法令化していくのがよいのではなかろうか……

モンゴルが華北に侵攻する以前、華北には女真が経営する金朝があり、その金朝は一二〇一年に、唐律に基礎をおいた『泰和律』を制定して運用していたという。その『泰和律』は、中統政府が発足した一二六〇年以後も一応運用されていたが、これをクビライは、一二七二年に禁止した。右の記述は、一二七二年以後の華北が法的にはある種の真空状態にあったことを述べたものだが、ここで重要なのは胡祇遹たち中国官僚がそうした事態にどう対応しようとしたかではなく、彼が「『モンゴルの祖宗の家法』を漢人はすべて知ることができないし、また、文書化された頒降があったわけでもない」と述べている点である。

右にいう「モンゴルの祖宗の家法」とは「扎撒《ヤサ》」とも漢字音訳された法令をいい（ウイグル文字モンゴル語で起草され、原本は〈ウルグ・ヤサ（大法令）〉と呼ばれたという。現存しない）、「チンギス・カンの遺訓」として彼の後裔に受け継がれた〈モンゴルの掟〉を指す。モンゴルの王族たちに「扎撒」と呼ばれる「チンギス・カンの遺訓」があったことは、『元典章』等の漢文資料にも時々言及があって、中国方面に住む人びともその存在はよく知っていた。むしろモンゴルは、現地の人びとをその場で「切り捨て御免」にする口実に「扎撒に照らして処罰する」という表現を用いたから、「チンギス・カンの遺訓」が峻厳にして呵責ない〈モンゴルの掟〉であることを知らないものはなかったはずだが、しかるに胡祇遹は、右の一文において『「モンゴルの祖宗の家法」を漢人はすべて知ることができないし、また、文書化された頒降があったわけでもない』と述べている。とすれば当時の中国の民たちは、何が「扎撒」に触れることなのか十分に理解しないまま、その〈掟〉に触れた廉《かど》によって処刑されていたことになる。彼らは、一方では『泰和律』は廃止され、他方、「扎撒」は漢訳されていない、準拠すべき規範が何もない中で生活していたといってよい。

モンゴルの人たちは、なぜ「扎撒」を漢語に翻訳しなかったのだろう。

現代を生きるわれわれには近代文明が形成した〈法治〉という観念がある。この〈法治〉は法による統治権の行使をいい、軍隊や警察等の暴力組織をもつ権力がその暴力装置を背景に〈彼らが定めた掟〉を浸透させ、〈法〉の名のもとに権力を執行して社会的安定を得る、そうした仕組みをいうだろう。〈法治〉を実現するためには、暴力装置が機能する範囲を囲い込む、〈国家〉という観念も必要だろうが、モンゴルは、軍隊や警察等の暴力組織についてはきわめて強力なものを有したにもかかわらず、〈彼らが定めた法＝扎撒〉については、これを翻訳して征服地に強い権力を行使することをしなかった。それが何故かといえば、〈法〉によって暴力をカムフラージュさせる発想が彼らになかったか、ないしは、その必要性をまったく感じなかったから、あるいは、彼らにとって「チンギス・カンの遺訓」や「扎撒」は、今日のわれわれがいう〈法〉とは別の範疇に属するものだったからだろう。チンギス・カンの子孫たちは今日のわれわれとは全く異なった世界観の中で生きていたのであって、彼らが建設した国家《ウルス》は近代の国家とは異質だったし、「チンギス・カンの遺訓」や「扎撒」もわれわれのいう法令とは異なったものだったのだ。

当時さまざまに設けられた〈きまり〉がわれわれのいう法令と異質のものだったことは、〈律〉〈令〉〈法〉〈格〉〈式〉といった概念・言葉を生んだ中国社会においても同様だった。

『元典章』の成立を考える上でわれわれが強く意識しなければならないのは、南宋期以後の中国社会は、特に江南において、民事・刑事上のトラブルが発生すればただちにお上に訴え出てその判断を仰ぐ、今日にも似た訴訟社会になっていたことである。そこでの〈裁き〉は、今日的な〈法の運用〉とはもちろん性格を異にした。その一例を、北宋の文人・蘇軾《そしょく》にまつわる次の逸話に見てみよう。

蘇軾が杭州の知事を務めていた時のことである、扇子職人が負債のために訴えられ、蘇軾の前に引き出されてきた。聞けば先年、父親が多額の借金を残して死に、今春は雨が続き冷夏となって、扇子は売れず、返す金もないという。それを聞いた蘇軾は扇子職人を咎めず、一束の無地の扇子をもって来させ、筆を執っておもむろに画と題記を書きはじめた。この噂はあっという間に広がり、扇子職人がお白砂を出る頃には金持ちたちが役所の門で待ちかまえ、群がるようにして扇子を買い漁った。扇子職人はいとも簡単に借金を返済し終えたのである。

この逸話、後代に捏造されたデタラメな伝説で、もちろん事実ではあるまいが、そんなことが問題なのではない。ここでのポイントは蘇軾という行政官が法文に一切論及することなく事件を解決していることである。

中国には「本」と「用」という考え方があって、「法」とは「用」であり、「治」が「本」であった。「治」とは人びとが人倫の基本にしたがって和して生活している状態をいい、それは元来、為政者が本来的に備える「徳」の感化力によって達成するものだった。そうした感化力を中国の古典典籍は「教化」と呼び、「教化」によって自然と達成された社会的安定を「人治」とか「徳治」と呼んだのである。「法」は、そうした「治」を導くための「用＝手段のひとつ」にすぎず、「手段のひとつ」だからつまりは補助であり、必要最小限でよかったし、設けられていても使われないのがむしろ理想だった。漢の高祖・劉邦《りゅうほう》が関中に入り、秦の苛烈な法律を除いて「約法三章」にしたように、「人を殺せば死す、人を傷つけるもの、及び盗むものは罪に抵《あ》てる」といった単純なものを「法」として周知せしめ、新たな状況が生まれればその都度、状況に応じて臨時に運用を工夫すればよかった。しかも、「約法三章」にいう「罪に抵《あ》てる」とは、「人倫に照らして、それと同等の刑罰に当てはめる」の意であって、量刑の判断基準はあくまで人倫にあって、法文それ自体にあるのではなかったのだ。右の蘇軾の逸話は、その意味では、彼が「法」によってではなく〈頓智〉によって「人治」をもたらしたことを謳《うた》うものといえるだろう。

中国は、権力が本来的にもつ暴力を為政者の〈徳〉に読み替え、その権威が発する〈道徳的な圧力〉や〈人倫上の通念〉によって社会的な安定を達成しようとした、ある意味で反法治主義的な国家だった。こうした文明にあっては、社会が複雑化し、複数の人間関係が複数の利害を生んだ際、それらを調整する方法として新たな法体系が構築されるより、むしろ、例外規程を増やし、裁量の幅を拡大することによって、〈道徳の主宰者〉の無謬性や絶対性が担保される道が選択された。こうして唐代以後、〈格〉や〈式〉と呼ばれる新規程が次々に生まれたが、それら〈格〉〈式〉はまた同時に、「民はこれに由《よ》らしむべし、これを知らしむべからず」（『論語』「泰伯第八」にある言葉。「民は人倫に導くことはできるが、教えることはできない」の意）という伝統思考を根底にもっていて、記録され発布はされたものの、民に示して彼らを教え導くためではなく、基本的には役所でファイルし、職務規程として役人を縛るために使われた。無知蒙昧の民に人倫の何たるかを教えることはできないから、判例を充実させ、さまざまな事態に対応できるよう役人を指導し、間接的に社会秩序を達成しようとしたのである。つまり、中国にとって法令とは、義務を課して人民を支配するためのものでなかったかわりに、民がそれを拠り所とすることも許さない、役人が状況に応じて参照し、運用を工夫するマニュアルの一種にすぎなかったのだ。とすれば、モンゴル時代に「扎撒」が漢訳されず、また『泰和律』が廃止されようと、そのこと自体が直接的に華北の民に与える影響はなかったものと思われる。

一方、江南においては、すでに南宋期から『折獄亀鑑《せつごくきかん》』や『棠陰比事《とういんひじ》』『清明集《せいめいしゅう》』といった〈法書〉が出版され、民間にはある種の〈裁判ブーム〉があった。これらの書籍はみな共通した特徴をもち、法カテゴリーでいえば民事や刑事に属する犯罪（六部の管轄でいえば主に〈刑部〉）が扱われ、体裁は裁判記録集、また、一件ずつは〈蘇軾の裁き〉にも似た「名公の判（名裁判官の有名な裁き）」になっていて、法文は引用されず、個別に下された判決内容が事件の概要とともに列せられるだけなのである。要するに、後代に生まれた「公案小説」や「探偵小説」に類する〈読み物〉になっていたのだが、では、それらの〈法書〉がなぜ出版されたのかといえば、江南社会はすでにある種の成熟を迎え、巷の利害がさまざまな犯罪を生む一方、それを解決して不平を晴らす手段は民間になく、ただお上の行政官だけが〈徳治〉という名目によって、罪を〈道徳的〉に裁く権利をもっていたからである。〈法書〉が目指したのは法令の整備や周知徹底ではなく、錯綜した現実の中から〈人倫の根本〉を見出すことであった。したがって民間は、それら〈法書〉を、為政者によって執行される〈正義〉と〈復讐〉の物語として、まるでゴシップ記事でも読むように読んだのである。

『元典章』は、このような状況にあった中国社会がモンゴルの嵐に曝《さら》される中で編纂され、出版された。『元典章』の性格を、「はじめに」で述べたように「元朝期の〈民間〉が〈役所の近辺〉で編集して上梓した、官吏のマニュアルを擬した法令集」と要約し、そこにある〈民間〉や〈官吏のマニュアル〉〈法令〉といった語彙をもし中国法制史の文脈の中だけで安易に解釈するなら、本書は、元朝期の中国社会をただ〈歴史的連続〉の面からしか捉えていないことになるだろう。『元典章』は確かに、「公案小説」や南宋期の〈法書〉にも類する判例集としての側面をもったが、ただしこの書物は、〈六部〉すべてにかかわる詳細な判例・マニュアル集なのであって、「公案小説」や南宋期の〈法書〉のような犯罪に特化した読み物ではなかった。それに、南宋期の〈法書〉は法令を例示するためのものでは結局はなかったが、『元典章』は、法令を羅列する点にこそ、その編纂の最大の目的があったように思われる。この点において『元典章』は、伝統中国が育んだ〈法観念〉や〈世界観〉とは別の地平の中で編纂されたとすることができるだろう。それが結局どのような地平だったのか、その点はよく解らない。ただ、モンゴル支配という未曾有の現実が『元典章』のような類例を見ない希有の文書集を生んだことだけは確かなのだ。

本書は、『元典章』の中からいくつかの案件を選び、その読みにくさの質を解析しながら文意を帰納し、モンゴル時代史研究がかかえるいくつかの問題に新たな視座を提示することを目的として作られた。ここでのわれわれの試みは、ある言い方をすれば、『元典章』に列せられた個々の法令の、同時代における意味を問い直すことだったかもしれない。

本書の刊行に当たっては、大阪大学出版会による平成二十八年度大阪大学教員出版支援制度の適用を受け、また、編集の川上展代さんにはさまざまにご助言をいただいた。ここに特記して感謝を献げる。

二〇一七年一月二十七日

高橋文治

著者紹介

赤木　崇敏（あかぎ・たかとし）

1976年生まれ。現在、四国学院大学文学部准教授。主な業績に、「唐代前半期の地方文書行政 ── トゥルファン文書の検討を通じて」（『史学雑誌』117-11、2008年）、「十世紀敦煌の王権と転輪聖王観」（『東洋史研究』69-2、2010年）、「唐代官文書体系とその変遷 ── 牒・帖・状を中心に」（『外交史料から十～十四世紀を探る（東アジア海域叢書七）』汲古書院、2013年）等がある。

伊藤　一馬（いとう・かずま）

1984年生まれ。現在、日本学術振興会特別研究員PD。主な業績に、「北宋における将兵制の成立と陝西地域 ── 対外情勢をめぐって ── 」（『史学雑誌』120-6、2011年）、「南宋成立期の中央政府と陝西地域 ── 「宋西北辺境軍政文書」所見の赦書をめぐって ── 」（『東方学』123、2012年）等がある。

高橋　文治（たかはし・ぶんじ）

1953年生まれ。現在、大阪大学大学院文学研究科教授。主な業績に、『成化本「白兎記」の研究』（共著　汲古書院、2006年）、『モンゴル時代道教文書の研究』（汲古書院、2011年）等がある。

谷口　高志（たにぐち・たかし）

1977年生まれ。現在、佐賀大学教育学部准教授。主な業績に、「愛好という病 ── 唐代における偏愛・偏好への志向」（『東方学』126、2013年）、『皇帝のいる文学史 ── 中国文学概説』（共著　大阪大学出版会、2015年）等がある。

藤原　祐子（ふじわら・ゆうこ）

1978年生まれ。現在、岡山大学全学教育・学生支援機構准教授。主な業績に、「『草堂詩余』と書会」（『日本中国学会報』59、2007年）、「『詳註周美成詞片玉集』の註釈をめぐって」（『橄欖』19、2012年）、「『草堂詩余』成立の背景―宋末元初の詞の選集・分類注釈本と福建」（内山精也編『南宋江湖の詩人たち―中国近世文学の夜明け』勉誠出版、2014年）等がある。

山本　明志（やまもと・めいし）

1977年生まれ。現在、大阪国際大学グローバルビジネス学部講師。主な業績に、「13・14世紀モンゴル朝廷に赴いたチベット人をめぐって」（『待兼山論叢（史学篇）』45、2011年）、「河南省滎陽の金元時代の石刻史料」（『歴史評論』783、2015年）等がある。

語彙索引

【凡例】

1. 本索引は、本書が引用した文書資料にあらわれる吏牘語、制度用語、地名、人名のうち、特に重要と思われる語彙を選び、ローマ字拼音の順に排列したものである。
2. 本書の中で校訂されている文字については、すべて校訂後の文字を掲出した。
3. 語彙の所在は本書の頁数で示し、同一頁に同一語彙が複数回あらわれる場合は、( ) 内にその回数を示した。

H

J

W

X

引用文書資料表

本書が引用した文書資料について、その標題と本書における引用頁数を、出典ごとの掲載順に列挙する。

『元典章』

『元典章新集』

『通制条格』

『至正条格』

『永楽大典』「站赤」

大英図書館蔵カラホト文書

『中国蔵黒水城漢文文献』

『元典章』が語ること
── 元代法令集の諸相 ──

2017年3月21日　初版第1刷発行　［検印廃止］

著　者　赤木　崇敏・伊藤　一馬
高橋　文治・谷口　高志
藤原　祐子・山本　明志

発行所　大阪大学出版会
代表者　三成賢次

〒565-0871　大阪府吹田市山田丘2-7
大阪大学ウエストフロント
TEL：06-6877-1614　FAX：06-6877-1617
URL：http://www.osaka-up.or.jp

印刷・製本所　（株）遊文舎

ISBN978-4-87259-589-5　C3098